Yasemin Grißmann

Getting Closer

Timeout für mein Herz

Yasemin Grißmann wurde 1985 in der Nähe von Salzburg geboren und lebt jetzt mit ihrer Familie, zwei Katzen und vier Schlangen im wunderschönen Tirol. Wenn sie nicht gerade ihre vielen Ideen zu Papier bringt oder ihre Nase in ein Buch steckt, verbringt sie ihre Freizeit mit ihren beiden Söhnen am Fußballplatz oder in der Karatehalle, wo sie selbst auch regelmäßig unterrichtet.

Yasemin Grißmann

Getting Closer
Timeout für mein Herz

Roman

PIPER

ISBN 978-3-492-50688-5

Redaktion: Redaktionsbüro Diana Napolitano, Augsburg
Satz auf Grundlage eines CSS-Layouts
von digital publishing competence (München)
mit abavo vlow (Buchloe)
Covergestaltung: Alexa Kim »A&K Buchcover«
Covermotiv: depositphotos.com (enterlinedesign; LiliGraphie);
Creative Fabrica
Printed in the EU

Kapitel 1

Mana

»Frauen können nicht einparken.«

»Oh, ich würde sogar mit geschlossenen Augen besser einparken als du. Rückwärts.«

»Was noch zu beweisen wäre, Baby.«

Wenn ich eines noch mehr hasse als Überheblichkeit bei Männern, dann ist es die Überheblichkeit von Lennox Collister. Der Kerl denkt, er sei Gottes Geschenk an die Weiblichkeit.

Manchmal frage ich mich, ob es daran liegt, dass ich ihm als Sechsjährige einmal die Schaufel im Sandkasten zu fest über die Birne gezogen habe. Vielleicht hat sich dabei eine Gehirnwindung gelockert und woanders eingenistet. Aber im Grunde weiß ich es besser. Ich weiß, warum er so ist.

»Nenn mich noch einmal Baby, und ich parke dich rückwärts in deinen Spind ein.«

Das Gegröle seiner Freunde lässt nicht lange auf sich warten, während meine Freundinnen in lautstarkes Gelächter ausbrechen.

Es war ein Schock, Lennox vor einem Jahr hier auf dem Campus zu begegnen. Ehrlich gesagt dachte ich nicht, dass wir uns jemals wiedersehen würden. Wenn ich bedenke, wie wir uns bei jeder sich bietenden Gelegenheit anfeinden, wäre es auch besser gewesen, sich nicht mehr über den Weg zu laufen. Schmerzhaft zwar, ohne Zweifel, aber wenigstens wären nicht wieder all die alten Wunden aufgerissen worden. Wunden, die er ganz offensichtlich noch immer in sich trägt. Ich hasse mich dafür, für seine Schmerzen verantwortlich zu sein, selbst wenn ich sie ihm nicht absichtlich zugefügt habe. Allerdings hasse ich auch Lennox dafür, dass er mir nicht verzeihen kann. Dass er mir nie die Chance gegeben hat, mich zu erklären.

»Ich werde ganz sicher nicht mit einem Haufen empfindlicher Mädchen an einer Benefizsportveranstaltung teilnehmen. Frauen haben keine Ahnung von Football.«

Aber sie haben sehr wohl Ahnung davon, wie man mit der Faust ausholt. Blöd nur, dass meine Eltern mir beigebracht haben, niemals körperliche Gewalt anzuwenden. Bereits zu Beginn der Vorlesung wurden wir damit konfrontiert, dass am Ende des Schuljahres eine Benefizveranstaltung stattfinden wird, deren Gelder für einen guten Zweck gespendet werden sollen. Seither zählt Lennox unzählige Dinge auf, die Frauen angeblich schlechter können als Männer. Einparken und Football sind dabei ganz oben auf seiner Liste.

»Wen nennst du hier empfindlich, Collister?«

Die Soziologie-Vorlesung findet heute im Park statt, da unser Professor ein absoluter Frischluftfanatiker ist, der sich gern mit seinen Studenten im Kreis auf dem Rasen ausbreitet. Zum Glück ist es bereits Mitte März und die Sonne hat schon genug Kraft, um uns zu wärmen. Ich habe wenig Lust, mir hier den Hintern abzufrieren. Was das betrifft, bin ich wirklich typisch Mädchen. Mir ist immer sofort zu kalt. Da wir im Kreis sitzen, ist es ein Leichtes für Lennox, mir direkt ins Gesicht zu grinsen, weil er mir genau gegenüber sitzt.

»Das …«, setzt er an, wird jedoch von Professor Thompson unterbrochen.

»Mister Collister und Miss West haben, ohne es zu wissen, eine gute Einleitung in ein neues Projekt geschaffen. Ich danke Ihnen, meine Herrschaften.«

Gern geschehen? Verwirrt beobachten wir alle, wie sich ein breites Grinsen auf seinem Gesicht ausbreitet. Diesen

Gesichtsausdruck kenne ich. Er verheißt selten etwas Gutes und endet meistens damit, dass wir irgendeine schier unlösbare Aufgabe erfüllen müssen. Dabei dachte ich, die Verkündung besagter Benefizveranstaltung wäre schon schlimm genug gewesen.

»Wir werden uns dieses Semester mit gängigen Klischees auseinandersetzen. Das bedeutet für jeden Einzelnen von Ihnen, die privaten Aktivitäten des jeweils anderen zu erleben und mitzumachen. Zeigen Sie sich gegenseitig Ihre Hobbys. Probieren Sie sie aus und ziehen Sie Ihre Vorteile daraus. Tauschen Sie gern auch für einige Zeit die Rollen. Sie werden überrascht sein, wie viele Gemeinsamkeiten Sie finden werden. Bevor mich jetzt jemand unterbricht oder mir erklären möchte, dass er das auf keinen Fall tun kann, lassen Sie mich gleich eines klarstellen.«

Er richtet sich gerade auf und sieht uns ernst an. Auch wenn die Tatsache, dass er im Schneidersitz auf dem Rasen hockt, seine Ernsthaftigkeit etwas infrage stellt, spricht keiner ein Wort.

»Die Note dieser Arbeit macht die Hälfte der Abschlussnote aus.«

»Nein!«

»Ist das Ihr Ernst?«

»Das können Sie doch nicht machen.«

Diese und noch andere Proteste prallen einfach an ihm ab als er in aller Seelenruhe zwei kleine Holztruhen hinter seinem Rücken hervorholt und vor sich abstellt.

»Ich kann und ich werde. In diesen beiden Box befinden sich kleine Zettelchen. Auf diesen winzigen Papierstreifen stehen Namen. Ihre Namen. Wenn wir sie für den Zweck nutzen, den ich geplant habe, dann nennt sich das auslosen.«

Kollektives Aufstöhnen macht die Runde, denn jeder hier hasst Partnerarbeiten.

»Richtig gehört. Einmal Mädchen, einmal Jungs. Ich werde ziehen, und Sie werden es hinnehmen.«

Niemand wagt es, sich ihm zu widersetzen.

»Hoffentlich wirft er mich mit Max zusammen. Der Kerl ist heiß.«

Der Kerl ist wenigstens nicht so überheblich wie Lennox. Lucy, die sonst eher still ist während des Unterrichts, scheint tierisch auf den Kerl zu stehen. Max und Lennox könnten nicht unterschiedlicher sein. Während Max eine Brille trägt und ständig seine Umhängetasche inklusive Tablet mit sich herumschleppt, wie Nerds es nun mal machen, verkörpert Lennox das typische Bild eines Badboys. Voll tätowiert. Eine Null-Bock-Einstellung, auf die die meisten Mädels, warum zur Hölle auch immer, total abfahren und eine Frisur, die wirklich jeden Tag so aussieht, als wäre er gerade aufgestanden und sich mit den Fingern nur nachlässig durch die Haare gefahren. Wie früher träg er auch heute noch dunkle Jeans mit Löchern an allen möglichen Stellen und ein schlichtes Shirt. Ebenfalls in Schwarz. Ich werde nie verstehen, wie man für kaputte Hosen so viel Geld ausgeben kann. Auch wenn ich zugeben muss, dass ihm dieses Outfit echt gut steht.

Ich hingegen möchte weder mit Lennox noch mit Max zusammengeworfen werden. Alles, was auch nur im Entferntesten mit Lennox zu tun hat, würde ich gern, so gut es geht, von mir fernhalten. Was auch der Grund ist, warum ich nicht so oft nach Hause fahre an den Wochenenden. Unsere Eltern sind schließlich immer noch Nachbarn, und ich habe keine Lust, ihm dort auch noch zu begegnen, wo er es doch jahrelang geschafft hat, mich zu meiden und all meine Annäherungsversuche zu ignorieren. Durch meine eigene Schuld, wie ich mir immer wieder schmerzhaft eingestehen muss.

»Miss West und Mister Collister! Meinen Glückwunsch.«

Nein, nein, nein!!

»Das ist ein Scherz, oder?«

Lennox Augen weiten sich genau so wie meine. Scheinbar ist er auch nicht gerade begeistert davon.

»Ich beliebe nicht zu scherzen, was die Bildung meiner Studenten betrifft. Und jetzt würde ich Sie bitten, mich nicht anzusehen, als hätte ich Sie für eine Nierentransplantation vorgeschlagen.«

Wie vom Donner erschlagen starre ich Lennox an, als der Professor weitere Namen aus seinen Kisten zaubert, nicht fähig, darauf zu achten, was um mich herum geschieht.

Ächzend steht Professor Thompson irgendwann auf und fängt an, Unterlagen an alle zu verteilen.

»Setzen Sie sich mit dem Thema auseinander. Vereinbaren Sie selbstständig Ihre Treffen, und machen sie das Beste daraus. Vergessen Sie nicht: Die Hälfte der Gesamtnote hängt davon ab, und unser Ziel wird es sein, am Ende dieses Studienjahres zusammen diese Benefizveranstaltung reibungslos über die Bühne zu bringen. Im Zuge unserer Abschlussveranstaltung. Ich wünsche Ihnen allen noch einen wunderschönen Nachmittag und viel Spaß miteinander.«

Sichtlich mit sich zufrieden schlingt er sich seine in die Jahre gekommene Tasche um die Schulter und spaziert gemächlich davon, während in unseren Reihen Tumult ausbricht.

»Ich hab Max. Perfekt.«

Lucy ist, was das betrifft, eindeutig leichter zufriedenzustellen als ich. Lennox und ich ... auf keinen Fall. Oh nein. Verdammte ...

»Wir müssen reden!« Lennox Finger schlingen sich fest um meinen Oberarm, gerade als ich dachte, ich könnte einfach schnell abhauen und genau diesem Gespräch noch einen weiteren Tag entgehen. Aber falsch gedacht. Dafür, dass er mich seit Ewigkeiten nicht mehr angesprochen oder eines Blickes gewürdigt hat, finde ich es jetzt wirklich unverschämt, von ihm zu glauben, ich würde jetzt noch auch nur ein Wort an ihn verschwenden wollen.

»Ach, echt? Was du nicht sagst. Lass mich los.« Okay, das waren neun Wörter.

»Nein, wir reden jetzt.«

»Zum Reden musst du mich nicht anfassen. Lass. Mich. Los.«

Vielleicht hilft ihm ein Tritt in seine Weichteile dabei, seine Meinung zu ändern. Bevor ich meine Gedanken in die Tat umsetzen kann, zerrt er mich hinter den nächsten Baum, drückt mich gegen die Rinde und lässt mich los, als hätte er sich an mir verbrannt.

»Bin ich dir zu heiß?«

»Das ist nicht witzig.«

»Was willst du, Nox?«

Beim Klang seines Spitznamens schluckt er kurz, und etwas blitzt in seinen Augen auf. Es ist jedoch so schnell wieder weg, dass ich mir nicht sicher bin, ob ich es mir nicht nur eingebildet habe.

»Wir können das nicht machen. Nicht zusammen.«

»Dann geh du doch zu Professor Thompson und klär das. Sag mir dann Bescheid, wie es gelaufen ist.«

»Oh nein, du wirst das machen.«

»Ich?«

»Ja, du!«

»Warum?«

»Weil du das genauso wenig möchtest wie ich.«

»Falsch. Ich habe eine noch größere Abneigung, als du jemals haben könntest.«

»Na dann los. Rede mit ihm. Da vorn ist er.« Lennox gibt mir einen leichten Schubs in Richtung des Unigebäudes.

»Wenn du mich noch einmal angreifst, zeige ich dir an Ort und Stelle, wie groß meine Abneigung wirklich ist.«

Wir funkeln uns beide wütend an, bis zumindest Lennox versucht, die Taktik zu ändern. Sein Blick wird plötzlich weich. Flirtend.

»Vergiss es, du Armleuchter. Dieser Blick zieht bei mir nicht.«

Nicht mehr.

»Mann, Mana. Ist dir klar, was der Kerl von uns verlangt? Ich kann das nicht. Ich will das nicht. Ich …«

Ich drehe mich um und gehe, während er immer noch Gründe aufzählt, warum er das nicht zusammen mit mir machen möchte. Als wüsste ich das nicht selbst. Als würden mir selbst nicht an die tausend Argumente einfallen, die dagegen sprechen, dieses Projekt zusammen mit Lennox durchzuziehen. Und kein einziges davon spricht für mich.

»Mana!«

Ich drehe mich um, nur um rückwärts weiterzugehen. »Was für ein Anblick. Lennox Collister rennt einem Mädchen nach.«

Dass ich früher mal sein Mädchen war, scheint gefühlt eine Ewigkeit her zu sein.

»Ich renne keinem Mädchen nach. Ich versuche lediglich, einem Dickschädel wie dir die Notwendigkeit eines Gespräches mit Professor Thompson näher zu bringen.«

»Hör zu.« Ich bleibe stehen und sehe zu ihm hoch.

»Ich habe genauso wenig Lust darauf, dass mit dir gemeinsam durchzuziehen. Aber wenn wir es geschickt anstellen, werden wir uns kaum über den Weg laufen und können alles Weitere meinetwegen per Mail klären. Nur lasse ich mir von dir bestimmt nicht auch noch meine Noten versauen.«

Dass ich selbst vorhin noch vorhatte, das Team zu wechseln, muss er ja nicht erfahren. Aber wenn man den Professor kennt, und das tun wir beide, dann weiß man, dass er sich nicht erweichen lassen wird. Und ich habe schlichtweg weder die Zeit noch die Energie dazu, mich weiter damit auseinanderzusetzen.

»Ach, denkst du das? Schon mal einen Blick in die Unterlagen geworfen? Nein? Das würde ich an deiner Stelle mal machen. Und dann sag mir, ob du das immer noch so locker siehst, Schlaumeier!«

Lennox dreht auf dem Absatz um und stürmt davon. Und ich nehme widerwillig die Papiere zur Hand und fange an zu lesen. Scheiße …

Kapitel 2

Lennox

»Alter, du bist doch nicht immer noch sauer wegen diesem scheiß Projekt, oder?«

Aiden hat gut reden. Er muss den Mist ja auch nicht mitmachen.

»Ich bin genervt davon, es mit Mana zu machen.«

»Ach komm. Mit Mana würdest du es gern mal machen, gib es zu!«

Sein dreckiges Lachen lässt mich genervt die Augen rollen. »Was bist du doch witzig.«

Er hat recht, aber er ist dennoch ein Arsch. Das mit Mana und mir wird niemals passieren. Nicht nach allem, was zwischen uns vorgefallen ist. Genervt lasse ich mich neben ihm aufs Sofa fallen und lege die Beine auf den Couchtisch vor mir.

»Es ist nur ein Projekt. Was soll schon passieren? Die paar Wochen wirst du es wohl aushalten, oder?«

Das halte ich für ein Gerücht.

»Was passieren soll? Dass ich am Ende mit pinken Nägeln und Make-up irgendwo im Hörsaal sitze, weil es ein bescheuertes Projekt von mir verlangt.«

Aiden schafft es nur schwer, sich ein Lachen zu verkneifen. »Viele Männer tragen Make-up. Schauspieler zum Beispiel. Außerdem …« Er greift nach dem Zettel, der auf dem kleinen Tischchen neben dem Sofa liegt, und liest noch einmal. »… könnt ihr auch gemeinsame Sachen unternehmen.

Wichtig ist nur, dass du sie am Ende besser verstehst und sie dich. Ihr seid flexibel. Was spricht dagegen, herauszufinden, was sie so in ihrer Freizeit macht?«

Mein wütender Blick lässt Aiden auf der Stelle verstummen. Als könnte man Frauen jemals verstehen. Tut mir leid, aber ich hab es versucht. Keine Chance. Diese Aufgabe ist doch Schwachsinn. Mir graut es jetzt schon vor dem Gedanken, das alles am Ende des Semesters in eine schriftliche Form zu bringen.

»Und dass wir zusammen dieses bescheuerte Benefizding durchziehen. Wie soll das gehen? Spielt sie dann Football und ich mache einen auf Cheerleader oder was?«

»Entweder das, oder ihr spielt beide Football. Ich glaube, es geht gar nicht so sehr darum, zu festgelegten Zeiten mit ihr zu tauschen, sondern gemeinsam mit diesen Klischees aufzuräumen. Zeig ihr, warum du Football so sehr liebst, und lass dir von ihr näherbringen, warum es so toll ist, ein Cheerleader zu sein.«

»Gut. Mal angenommen, wir spielen zusammen Football und die Jungs haben Angst davor, sie zu verletzen. Was dann? Sollen wir dann das Spiel unterbrechen? «

Aiden ist nicht mit meinem Vater aufgewachsen und auch nicht mit Brüdern. Im Gegenteil. Der Scheißer hat vier ältere Schwestern und wird auch heute noch von ihnen allen verwöhnt. Das ist auch einer der Gründe, warum er ganz anders über Frauen denkt als ich. Manchmal beneide ich ihn darum. Um den Zusammenhalt, der in seiner Familie herrscht. Dann fällt mir wieder ein, dass ich einmal einen Menschen in meinem Leben hatte, der mir auch zur Seite gestanden hätte, komme, was wolle. Bevor sie alles zerstört und mein Vertrauen missbraucht hat. Das Wissen, dass ich ihr nie die Möglichkeit gegeben habe, sich zu erklären, hilft mir nicht weiter. Damals war ich um einiges jünger und noch leichter zu beeinflussen als heute. Schon klar, dass dieser Umstand mein Verhalten nicht entschuldigen kann, aber die Kluft zwischen Mana und mir ist mittlerweile so groß, dass sie wohl nie mehr überbrückt werden kann.

Zum Glück taucht gerade, als meine Gedanken mich zurück in die Vergangenheit bringen wollen, Sam auf. Mit unzähligen Einkaufstüten aus dem Supermarkt. Was zur …? Schnell stehen Aiden und ich auf und marschieren Sam nach in die Küche. Die Küche, die wir eigentlich nur nutzen, um Partys zu schmeißen, Popcorn zu machen oder Sachen aufzuwärmen. Denn niemand von uns kann wirklich kochen. Aiden, Sam, Max und ich wollten eigentlich zusammen ins Studentenheim ziehen. Aber Aidens Dad hatte da dieses Haus, und was soll ich sagen, wir leben alle ziemlich günstig hier und haben die WG, die wir immer schon zusammen gründen wollten. Ich möchte dieses Haus nur ungern verlieren. Die Küche ist schön. Weiß mit dunkelgrauer Arbeitsfläche und einer Kücheninsel genau in der Mitte des Raumes. Alles aus Granit. Aidens Vater steht auf Luxus, und das merkt man auch an der Einrichtung. Allein mein Zimmer ist doppelt so groß wie mein Kinderzimmer damals zu Hause.

»Sam. Hey, Sammilein. Leg die Sachen weg. Ganz langsam, und niemandem wird etwas passieren.«

Aiden schiebt sich immer näher an Sam ran, als würde er einem scheuen Reh gegenüberstehen.

»Mach dich nicht lächerlich, Aiden. Ich koche.«

Zack, Totenstille. Zumindest bis zu dem Moment, als Max wie ein Wirbelwind ins Haus stürmt.

»Sam … Er ist … Er hat … Oh …«

Er schlittert keuchend in die Küche, sieht erst Sam und dann uns, bevor er sich mit den Händen auf die Knie stützt und versucht, wieder zu Atem zu kommen.

»Ich wollte euch warnen. Er … er hat vor zu kochen.«

Schwerfällig, was eigentlich gar nicht zu einem Sportler passt, richtet er sich wieder auf und zeigt mit dem Finger in Sams Richtung.

»Willst du uns umbringen? Ist es das?«

Sam legt den Kopf in den Nacken. Sichtlich genervt von uns allen. »Ich koche.«

»Das haben wir verstanden!«, schalte ich mich nun auch endlich ein. »Wir kapieren nur nicht, warum?«

Sams Blick gleitet langsam zu mir, und er sieht mich an, als müsste ich sehr wohl wissen, warum. Tu ich aber nicht. Wobei ...

»Fuck. Das Projekt? Die zwingen dich zum Kochen?«

Er nickt knapp und presst die Lippen zusammen. Sam hasst kochen genau so sehr wie der Rest von uns. Allerdings nimmt er seine Ausbildung ziemlich ernst. Müsste er für eine gute Note nackt über den Campus laufen mit Gewichten an seinem Penis, er würde es tun.

»Na gut, zwingen ist übertrieben. Aber Colette liebt es, zu kochen. Und ... deswegen versuche ich herauszufinden, was genau ihr daran so viel Spaß macht. «.

»Wie kann jemand es lieben, stundenlang in der Küche zu stehen?«

»Genau das versuche ich heute herauszufinden.«

»Hast du vergessen, dass du nicht kochen kannst?« Max Stimme trieft vor Sarkasmus, doch ich muss ihm recht geben. Sam kann nicht kochen. Zumindest nichts, was über Nudeln mit Tomatensoße hinausgeht.

»Halt die Klappe. Ich übe nur, damit ich mich bei ihr zu Hause nicht vollkommen zum Affen mache. Also was ist? Helft ihr mir? Wenn nein, dann schwirrt ab.«

Ein paar Augenblicke lang sehen wir uns alle nur stumm in die Augen, bevor Max, Aiden und ich uns synchron umdrehen und die Küche verlassen. Sams Proteste im Rücken.

Als hätten wir uns abgesprochen, kommen wir kurz danach wieder zurück. Aiden mit dem Feuerlöscher in der Hand, Max mit seinem Tablet und ich mit dem Erste-Hilfe-Kasten.

»Ihr seid Arschlöcher. Habe ich euch das schon einmal gesagt?«

Aiden drückt ihm einen nassen Schmatzer auf die Wange, stellt den Feuerlöscher demonstrativ auf die Arbeitsfläche und legt ihm einen Arm um die Schulter. »Arschlöcher, die dir jetzt helfen werden. Zumindest werden wir dafür sorgen, dass unser Haus am Ende noch steht.«

»Was genau kochen wir denn da?«, mischt sich Max nun ein und tippt etwas auf seinem Tablet herum.

»Irgendetwas mit Kürbis ...« Max hebt seinen Blick, schiebt sich seine Brille wieder zurück nach oben und verzieht kurz das Gesicht.

»Ach so. Irgendetwas mit Kürbis. Was bist du doch präzise. Und wo genau, mein Schatz, hast du den Kürbis?«

Sam greift in seine Einkaufstüte und zieht einen Kürbis hervor, den er demonstrativ vor uns auf der Arbeitsfläche abstellt.

»Ich kriege es durchaus hin, nach Rezept einzukaufen.«

Sein genervter Blick trifft Max zerknirschten.

»Sam hat recht. Einkaufen ist wirklich nicht so schwer. Aber ich hoffe, dir ist bewusst, dass man nicht einfach wahllos Dinge kauft, und dann hofft, dass die Küche wie durch Zauberhand die Zutaten in sich aufsaugt und etwas Essbares zaubert.«

Ich lache bei Aidens Aussage leise los, werde aber wieder ernst, als Sam mir einen bitterbösen Blick zuwirft.

»Tut mir leid. Los, wir helfen dir. «

»Nox hat recht. Wir wollten ohnehin mal wieder einen Abend zusammen verbringen. Was macht es für einen Unterschied, ob wir uns einen Film ansehen, oder gemeinsam kochen.«

Aiden scheint genauso wenig Lust darauf zu haben wie ich. Trotzdem zögert er keine Sekunde und wäscht sich die Hände.

»Danke, Jungs.«

Nachdem wir uns alle mehr oder weniger geschickt daran gemacht haben, den Kürbis zu zerkleinern und zusammen mit den anderen Zutaten in einem Topf zu vermischen, sitzen wir endlich an der langen Küchentheke und betrachten unser Werk mit eher gemischten Gefühlen.

»Du glaubst wirklich, dass man das essen kann?« Ein wenig zu angewidert starre ich auf meinen Teller. Zwar weiß ich laut Rezept, was das werden sollte, nur leider sieht das Ganze nicht aus wie Kürbis-Linsen-Curry. Generell sieht es nicht wie etwas aus, dass ich mir freiwillig in den Mund stecken würde.

»Ich hoffe es?« Sam selbst scheint sich seiner Sache absolut nicht sicher zu sein. Was blöd ist. Wer isst schon gern etwas, wenn der Koch selbst aussieht, als würde er sich am liebsten übergeben wollen? Richtig. Niemand.

»Kommt schon, Leute. Nur weil es schlecht aussieht, heißt es nicht, dass es auch so schmeckt.«

Tapfer steche ich mit meiner Gabel in die Pampe aus Kürbis und Linsen und die anderen folgen meinem Beispiel. Gleichzeitig schieben wir uns einen Bissen voll in den Mund und ... sehen uns stumm an, bevor wir alle aufspringen und zum Waschbecken stürmen.

Kochen ist definitiv nicht seine Stärke. Meine auch nicht, um fair zu bleiben, und ich kann nur hoffen, dass Mana nicht plötzlich zur Starköchin mutiert ist, und ich das jetzt die nächsten Wochen ständig machen muss.

»Sam? Ich würde dir raten, dir beim Kochen von Colette helfen zu lassen. Sonst wird das nichts, Kumpel. Das Zeug schmeckt, als wäre es schon einmal gegessen worden.«

Max spricht genau das aus, was sich wohl der Rest von uns ebenso denkt. Sam hat viele Talente. Kochen gehört allerdings nicht dazu, und ich frage mich erneut, ob der Professor sich nicht einen üblen Scherz mit uns erlaubt hat.

»Die Küche sieht aus, als hätte sie das Essen verdaut«, werfe ich trocken ein und lasse meinen Blick durch den Raum schweifen.

Wir vier sind verwöhnte Scheißer, was das betrifft. Es findet sich nach jeder Party mindestens ein Mädchen, dass gern hierbleibt und mit uns aufräumt.

»Na gut«, nimmt Aiden die Zügel in die Hände. »Die Küche räumt sich nicht von selbst auf. Also ran an die Arbeit Männer.«

Ich bereue es, heute nach Hause gekommen zu sein. Anstatt hier die Küche zu putzen, könnte ich genau so gut in den Armen eines Mädchens liegen und es mir gut gehen lassen. Aber was tut man nicht alles für seine Freunde.

Kapitel 3

Mana

Zwei Tage lang habe ich es erfolgreich geschafft, Lennox aus dem Weg zu gehen. Zwei Tage, in denen ich leicht hätte vergessen können, dass wir dieses Projekt gemeinsam durchziehen müssen und das im besten Fall noch, ohne uns gegenseitig umzubringen.

Mittlerweile bin ich fest entschlossen, mir von diesem Kerl und meiner Abneigung gegen ihn, nicht meinen Notendurchschnitt vermiesen zu lassen. Ob ich ihm dabei nicht an die Gurgel gehe, kann ich jedoch nicht versprechen. Kleine Schritte.

Also habe ich mir einen Ruck gegeben und ihm heute Morgen eine Nachricht geschrieben. Lucy war so lieb, mir über Max seine Nummer zu besorgen, und ich hasse den Umstand, dass ich überhaupt darum bitten musste. Wir treffen uns also in wenigen Minuten hier im Park. Den Treffpunkt habe ich bestimmt. Die Orte, die er vorgeschlagen hat, würde ich nur ungern mit seiner Anwesenheit für immer für mich vermiesen. Wie zum Beispiel der Pavillon im Wald, ganz in der Nähe der Uni. Zu abgelegen, schließlich wollen wir etwas für die Uni tun und kein heimliches Stelldichein organisieren. Außerdem hatte ich so einen Pavillon im Garten meines Elternhauses. In dem saßen Nox und ich früher stundenlang, wenn es zu spät war, um noch in den Wald zu unserer Höhle zu gehen.

Warum ich ausgerechnet jetzt daran denke, ist mir schleierhaft. Alles, was ich möchte, ist, diese Begegnung mit ihm so schnell wie möglich über die Bühne zu bringen. Wir beide funktionieren zusammen einfach nicht. Nicht mehr.

Ich setze mich mit meinem Terminkalender in der Hand auf eine Bank unter einem großen Baum. Bereits gestern habe ich alle Termine, die auch für Lennox relevant sein werden, mit Leuchtmarker markiert. Wenn er noch immer der gleiche Chaot ist wie früher, hat er sich ganz sicher nicht auf dieses Treffen vorbereitet.

»Mana!«

Selbst nach all der Zeit klingt mein Name aus seinem Mund immer noch, als wäre er etwas Besonderes. Wie früher, als ich tatsächlich noch wichtig für ihn war. Auch wenn seine Stimme rauer geworden ist. Kratziger. Auf eine heiße Art und Weise. Kurz lässt mich der Klang seiner Stimme die Augen schließen und kräftig schlucken. Allerdings besinne ich mich wieder darauf, worum wir beide wirklich hier sind, und ich öffne sie wieder, um ihn anzusehen. Egal wie wütend und verletzt ich bin, ich komme nicht umhin zu bemerken, wie verdammt gut er aussieht. Auch wenn die Tattoos im Lauf der Jahre immer mehr geworden sind. Auch sein Gesicht ist kantiger geworden und seine Augen ernster. Irgendwie fehlt ihnen das übermütige Funkeln von früher. Vielleicht hat er es noch. Nur nicht für mich.

»Lennox.« Ich nicke ihm knapp zu, als er sich neben mir auf der Bank niederlässt.

»Ich …« Bevor er seinen Satz auch nur ansatzweise aussprechen kann, drücke ich ihm meinen Terminplaner in die Hand.

»Die farbig Markierten sind die, die dich betreffen. Das Waxing habe ich dir erspart. Dank mir ein anderes Mal.«

»Oh wie schade. Dabei wäre das vermutlich eines der einfachsten Dinge von deiner Liste.« Er funkelt mich so arrogant an, dass ich mich sofort gerader hinsetze und eine Augenbraue hebe. Eine Sache, die ich stundenlang üben musste, weil ich es nie so lässig hinbekommen habe wie er. Er war es, der es mir beigebracht hat. Wir hatten so viel Spaß dabei, bevor alles so kompliziert wurde, und es ist traurig, dass dies das Einzige ist, was mir von ihm geblieben ist.

»So, du denkst also, das wäre einfach? Na gut. Dann begleite mich.«

»Zum Waxing?« Plötzlich wirkt seine gesamte Haltung gar nicht mehr so gelassen wie noch vor wenigen Minuten und mein linker Mundwinkel zuckt ganz leicht.

»Klar. Was soll schon groß passieren? Ist doch ganz einfach.«

Schnell nehme ich meinen Kalender wieder zur Hand und markiere den Termin ebenfalls mit Farbe. Rot. Damit er ihn auch ja nicht verpasst.

Er schluckt hart, und ich kann förmlich sehen, wie verzweifelt er versucht, eine Ausrede zu finden, um nicht dort auftauchen zu müssen.

»Mal sehen, wer von uns beiden mehr aushalten kann.«

Angepisst nimmt er mir den Terminplaner wieder aus der Hand und überfliegt die anderen Termine.

»Ernsthaft? Maniküre?«

»Natürlich.«

»Oh großer Gott, ich habe kurz nicht daran gedacht, dass du eine Cheerleaderin bist.«

Ich grinse breit und wackle mit den Augenbrauen.

»Du wirst so sexy aussehen in meinem Dress.«

»Wie bitte?« Sein Gesicht ist zum Schießen komisch, und ich muss so schallend lachen.

»Ich ziehe keine Kleider an. Muss ich doch nicht, oder?« Dieser Gedanke scheint ihn wirklich fertigzumachen. Es wäre lustiger, in einfach bis zum nächsten Training in dem Glauben zu lassen, dass er mein Outfit tragen muss.

»Keine Sorge. Du darfst Hosen tragen. Und das Pink steht dir bestimmt.«

Er runzelt die Stirn, schlägt meinen Terminplaner zu und dreht sich mit seinem kompletten Oberkörper in meine Richtung.

»Pink? Seit wann tragt ihr Pink?«

»Seit jetzt.«

»Du verarschst mich doch, oder?«

»Klar. Aber da sieht man mal, wie wenig du sonst auf uns achtest.«

Auf einmal grinst er dreckig. »Um eine von euch mit nach Hause zu nehmen, muss ich nicht wissen, welche Farbe eure Kleidchen haben. Außerdem feuerst du die Basketballer an. Mit denen habe ich nichts am Hut.«

»Du bist ein Schwein.« Sage ich trocken und greife nach meinem Planer, den er aber blitzschnell aus meiner Reichweite zieht.

»Die Frauen stehen drauf.«

»Die Betrunkenen?«

»Jetzt wirst du fies.«

»Stimmt. Und du bist noch genauso blöd wie immer. Jetzt gib das wieder her.«

Er hält ihn noch höher. Ich kenne diese Masche. Jetzt will er, dass ich danach greife, und dann werden wir uns ganz klischeehaft tief in die Augen sehen, uns immer näher kommen und dann von irgendetwas Banalem unterbrochen. Nein danke. Also ziehe ich mich zurück.

»Weißt du was? Behalte ihn. Vorerst. Ich hab meine Termine alle im Kopf. Und dir rate ich, mir bald zu sagen, was ich Großartiges mit dir unternehmen darf. Zeig mir deine Hobbys, Lennox.« Ich stehe auf und mache gerade einen Schritt von ihm weg, als er nach meinem Handgelenk greift und mich am Weitergehen hindert. Er steht auf und ich drehe mich genervt zu ihm um.

»Was ist?«

»Ich war nicht immer blöd. Und das weißt du.«

Stimmt. Das weiß ich. Ändert jedoch nichts an der Tatsache, dass er es jetzt ist und ich absolut nichts mehr mit ihm zu tun haben will. »Lass mich los.«

Er tut es und drückt mir meinen Planer wieder in die Hand. »Ich bin vielleicht nicht so intelligent, wie du es gern hättest, aber ich bin durchaus in der Lage, mir Termine zu merken, ohne sie zu notieren.«

Sofort habe ich seinen Vater vor Augen, der ihm sagt, er sei dumm und sollte sich gefälligst mehr auf seine Ausbildung anstatt auf seinen Sport zu konzentrieren. Ich kenne niemanden sonst, der sich so oft abfällige Bemerkungen über seine Intelligenz anhören musste wie Lennox. Und sofort tut mir mein überhebliches Verhalten leid. Aber der Schmerz und die Wut darüber, dass er uns einfach so aufgegeben hat, weil ich einen einzigen Fehler gemacht habe, lassen einfach nicht zu, dass ich mich entschuldige. Also starre ich ihn nur stumm an und schlucke kräftig. Früher habe ich ihn in den Arm genommen, wenn sein Vater mal wieder zu weit gegangen war. Heute werde ich das nicht tun. Und so, wie er mich ansieht, möchte er das auch gar nicht.

Ohne ein weiteres Wort dreht Lennox sich um und geht. Während ich ihm einfach nur stumm nachsehe. Großartig. Und wir sollen das gesamte Semester über so tun, als wäre es okay, gemeinsam dieses Projekt durchzuziehen?

Kapitel 4

Lennox

Wenn ich auf dem Feld stehe, fühle ich mich frei. Als könnte ich mehr erreichen, als so mancher Mensch mir zutrauen würde. Hier weiß ich, was ich kann. Ich muss nicht erst darüber nachdenken, mein Körper funktioniert einfach. Mein Kopf ist leer, und ich konzentriere mich einzig und allein auf den Ball in meiner Hand. Nur heute nicht. Heute trainieren Mana und Lucy mit uns. Ich bin Mana so lange erfolgreich aus dem Weg gegangen, dass es sich jetzt anfühlt wie ein Witz des Schicksals, dass ausgerechnet wir beide hier am Boston College aufeinandergetroffen sind. Als wäre das nicht genug, müssen wir nun auch noch zusammenarbeiten.

Die kurze Begegnung letztens hat einiges von meiner Vergangenheit wieder aufgewühlt. Meine Vergangenheit mit Mana. Wir hatten alles. Eine Bindung. Ein Leben. Eine Zukunft. Bis sich mein Leben von heute auf morgen geändert hat und nichts mehr so war wie zuvor. Mana jetzt mit meinen Jungs zu sehen, macht mich fertig. Weil ich wirklich alles komplett von ihr getrennt habe. Auch das Footballspielen.

Und jetzt steht sie mit ihrer Freundin am Spielfeldrand, eine knappe Sporthose, ein Tanktop und die Haare zu einem hohen Pferdeschwanz zusammengebunden. So was hat sie früher auch schon getragen. Nur muss ich zugeben, dass sie es erst jetzt so richtig ausfüllt. Heiliger … Unauffällig halte ich mir den Football vor den Schritt und versuche, meinen

Blick von Manas Figur zu reißen. Nur für alle Fälle. Trotz des Suspensoriums, das wir auch beim Training tragen müssen. Sicher ist sicher.

Als Mana und ich noch Freunde waren, war sie ein Mädchen. Also so ein richtiges. Mit Schleife im Haar und Taschentüchern im BH. Ich weiß noch, wie ich damals hoffte, dass sie nicht ausgerechnet vor meinen Augen plötzlich anfangen würde, in ihre Klamotten reinzuwachsen. Ich war zwölf und fand damals alles noch wahnsinnig eklig, was mit Mädchen zu tun hatte. Als ich sechzehn wurde und ich meinen Geburtstag mit ihr allein in unserer Höhle gefeiert habe, ist mir das erste Mal bewusst aufgefallen, dass sie nicht mehr nur ein Mädchen ist.

Jetzt trifft mich ihre Veränderung wie eine Wucht. Sie füllt ihre Kleidung definitiv besser aus als vor einigen Jahren. Ich muss an etwas anderes denken, wenn ich nicht möchte, dass ich gleich mit meiner Erektion Ball spiele und mein Suspensorium sprenge.

Grüne Enten. Babydelfine. Oh Mann. Schnell reiße ich meinen Blick los und werfe den Ball einmal hoch in die Luft, um ihn gleich darauf wieder aufzufangen und durchzuatmen.

»Jungs. Soll ich euch noch Kuchen bringen oder fangen wir endlich an?« Genervt stampfe ich auf sie zu und sehe Mana dabei die ganze Zeit in die Augen. Sie hat schöne Augen. Immer schon. Verdammt.

»Hallo. Mana. Lucy.«

Ich nicke den beiden knapp zu, lasse jedoch meine Augen weiterhin auf Mana gerichtet.

»Hallo.«

»Bereit? Oder gibst du schon auf, bevor es angefangen hat?«

Bitte tu uns beiden einen Gefallen und geh einfach. Brich das Projekt ab, und alle werden glücklich. Manas Augen sprühen vor Zorn förmlich Funken. Diese Leidenschaft darin hatte sie früher nicht. Zumindest wäre sie mir niemals so aufgefallen wie jetzt. Nicht so ausgeprägt.

»Ich gebe nicht auf. Du etwa? Angst, gegen ein Mädchen zu verlieren?«

Wie auf Kommando brechen wir alle in schallendes Gelächter aus und Lucy stellt sich empört neben Mana.

»Tut mir leid, Süße. Aber niemand, schon gar nicht du, kommt gegen Lennox an. Oder einen von uns.«

Sam, der seine Pleite beim Kochabend letztens scheinbar überwunden hat, grinst so arrogant, dass ich beinahe damit rechne, Mana würde ihm einen Tritt zwischen die Beine geben.

»Das werden wir schon noch sehen.« Manas Kampfgeist ist bewundernswert. Aber glaubt sie wirklich, sie könnte es mit uns allen aufnehmen? Und das ganz ohne Footballerfahrung? Na gut, sie kennt die Spielregeln. Unsere Väter haben früher jedes Spiel zusammen gesehen, und auch wir beide waren mehr als einmal mit ihnen im Stadion, wo ich kaum etwas von den Spielen mitbekommen habe, weil ich zu beschäftigt damit war, Mana alles zu erklären. Aber ich habe es geliebt, wie gierig sie jede Information von mir aufgesaugt hat, auch wenn davon kaum etwas hängen geblieben ist.

»Werden wir. Vorher musst du dich aber umziehen.«

»Ach und was? Rein zufällig besitze ich keine Footballausrüstung.«

Jetzt wird mein Grinsen durchtriebener. »Ich aber. Du darfst gern meine Sachen tragen.«

Ich fass es nicht. Mana, die sonst immer penibel auf alles vorbereitet ist, hat keinen Gedanken daran verschwendet, sich vorher etwas für das Training zu besorgen.

»Dein verschwitztes Zeug? Nur über meine Leiche.«

»Lässt sich einrichten.«

»Du machst Scherze, oder?«

»Du warst doch schon bei Spielen dabei. Du hast gesehen, wie rau es zugehen kann. Ohne Helm und Brustschutz lasse ich euch nicht aufs Feld.«

Auch wenn ich nicht davon ausgehe, dass einer meiner Jungs ihnen ernsthaft wehtun würde.

Max kommt auf uns zu, ein Trikot und einen Helm in der Hand.

»Vergiss es.«

Er hält in der Bewegung inne und sieht mich mit hochgezogener Augenbraue an.

»Mana nimmt meine Sachen.«

Der Höhlenmensch in mir kann offenbar nicht zulassen, dass der Schweiß eines anderen an ihr haftet. Schnell schäle ich mich aus meinem Trikot und dem Brustschutz und halte ihr beides entgegen. Ihr Blick sagt mir, dass sie wiederum nichts an sich haben möchte, was von mir kommt. Pech für sie. Entweder das, oder sie kann gehen. Außerdem entgeht mir das kurze Aufflackern in ihren Augen nicht, als ihr Blick an meinen Bauchmuskeln hängen bleibt. Ja, die waren früher noch nicht da.

»Kollege, ich hatte nicht vor, Mana meine Sachen zu geben.«

Grinsend hält er sein Trikot Lucy entgegen, die leicht errötet, aber alles anstandslos entgegennimmt. Nur Mana sträubt sich. Mal wieder. Als würde sie schon aus Prinzip nicht tun, was ich ihr sage, und ich vermute mal, dass ich mit diesem Verdacht gar nicht so unrecht habe.

»Nun zieh schon an. Mana, ich hab keine Zeit für den Scheiß. Die Jungs wärmen sich schon auf, und wir sollten ebenfalls schon am Platz sein.«

Ohne länger herumzueiern gehe ich auf sie zu, helfe ihr mit dem Brustschutz und ziehe ihr einfach das Trikot über den Kopf. Soziologieprojekt am Arsch.

»Das ist mir zu groß.«

»Du wirst es überleben.«

Schnell habe ich ihr noch, ohne auf ihre Proteste zu achten, meinen Helm auf den Kopf gesetzt. Fuck ist das heiß.

»Mein Name steht dir.« Ich zwinkere ihr kurz zu und gehe rückwärts von ihr weg. »Und jetzt los.«

Ich drehe mich um, laufe auf das Feld und nehme den Helm entgegen, den Aiden mir entgegenstreckt und schlüpfe schnell in meine Ersatzausrüstung, die er ebenfalls bereithält. Sein blödes Grinsen kann er nicht ganz verbergen.

Mana beeilt sich, zu uns aufzuschließen und klatscht in die Hände, als sie bei uns ankommt. »Okay, Männer. Was muss ich tun? Darf ich den Ball halten?«

»Auf keinen Fall!«

Sam und Max sehen Mana so bestürzt an, dass Aiden neben mir in Gelächter ausbricht und seine Stirn gegen meine Schulter presst. Lucy scheint nur Augen für Max zu haben und ich vermute mal, sie würde nie eine einzige seiner Entscheidungen infrage stellen, so wie sie ihn ansieht.

»Sie will den Ball angreifen«, haucht Max entsetzt.

»Einfach so«, antwortet Sam ebenso schockiert.

»Leute, es ist doch nur ein Ball.«

Sofort richten wir vier uns entsetzt auf und fassen uns synchron an die Brust. Auch der Rest der Mannschaft zieht kollektiv die Luft ein.

»Nur ein Ball?«, fragt Aiden, während ich sie aus zusammengekniffenen Augen anstarre.

»Dieser ... Ball ... ist uns heilig. Niemand fasst ihn einfach so an. Zumindest niemand, der nicht den Hauch von Ehrfurcht dafür aufbringen kann.«

»Ich fasse deine Dinger doch auch nicht einfach so an«, mischt Max sich ein und reißt dann die Augen auf, als ihm bewusst wird, was er da gesagt hat.

»So war das nicht gemeint. Ich meinte deine ... Dinger.« Hilflos kreist er mit seiner Hand durch die Luft und Sam schlägt ihm auf die Schulter.

»Du machst es nicht besser, Kumpel.«

»Ich meinte diese furchtbaren Glitzerdinger, die ihr Cheerleader ständig in der Hand habt.«

Sofort richtet Mana sich zu ihrer vollen Größe auf. Sie ist trotzdem um einiges kleiner als ich. Süß. Doch dieses Mal ist es Lucy, die sich einmischt.

»Furchtbare Glitzerdinger? Erlaube mal.«

Sam lacht erfreut auf und deutet mit dem Finger auf sie. »Siehst du? Es stört euch. Also bezeichne unseren Ball nie mehr einfach nur als Ball, klar?«

Er beugt sich zu den beiden runter, bis sein Gesicht sich auf gleicher Höhe wie ihre beiden befindet.

Mana ist nicht so unerschrocken, wie sie sich gerade gibt. Ich kann sehen, wie sie kräftig schluckt und dann ruppig nickt. Auch Lucys Augen werden groß, als sie sich beeilt, ebenfalls zu nicken. Mana sieht süß aus, mit den geröteten Wangen und meinem Trikot. Selbst der Helm steht ihr. Früher habe ich mir immer vorgestellt, dass sie eines Tages diejenige sein wird, die es tragen wird. Zu meinen Spielen. Zu Hause mit nichts sonst drunter. Damals waren meine Träume auch wirklich nur Fantasien, von denen ich gehofft habe, sie irgendwann verwirklichen zu können. Ich hatte noch nicht einmal Bartwuchs, aber die Fantasien waren damals schon sehr einprägsam. Auch wenn ich Mana das natürlich nie erzählt habe. Aber sie war ein Mädchen und immer bei mir, und ich war eben nur ein hormongesteuerter Junge, der gar nicht so genau wusste, was da mit ihm passiert. Jetzt ist ein Teil davon zur Realität geworden, nur Mana hat ihren Platz darin nie bekommen.

»So das reicht jetzt. Alle auf ihren Platz. Mädels? Versucht einfach, mitzuhalten.« Grinsend drücke ich ihr nun endlich den Ball entgegen, umfasse sie am Oberarm, um sie mit mir mitzuziehen, während Max Lucy ein bisschen zu euphorisch zeigt, wo sie sich aufstellen und was sie machen muss. »Du darfst jetzt meine Aufgabe übernehmen.«

Das Training ist ... eine Katastrophe. Die Jungs behandeln die Mädels wie ein rohes Ei. Was ich ja verstehen kann, wenn man bedenkt, dass sie eben Mädchen sind. Aber geht es bei unserem Projekt nicht genau darum, die Rolle des anderen einzunehmen und besser zu verstehen? Dann soll sie das gefälligst auch tun. Mana ist nicht so zerbrechlich, wie die Jungs glauben. War sie noch nie. Und Lucy kenne ich nicht gut genug, um das einschätzen zu können. Auf jeden Fall scheint sie sich ihrem Schicksal um einiges ruhiger hinzugeben, als Mana es je könnte. Während sie sofort zurückfeuert, wenn ihr jemand einen dummen Spruch drückt, wirkt Lucy um einiges nachdenklicher und besonnener. Sie passt zu Max.

»Jungs. Wir sind nicht beim Ballett. Was soll der Scheiß?«

Gerade trägt Max Lucy den Ball hinterher, als könnte sie nicht selbst laufen, und Aiden bietet Mana seinen Helm an, um sich draufzusetzen. Gefrustet werfe ich meinen Helm von mir und stapfe auf die beiden zu. »Sie ist nicht zerbrechlich. Ein paar blaue Flecken werden sie nicht umbringen. Also spielt endlich Football oder wir beenden das Training für heute.«

Mana zieht sich ebenfalls ihren Helm vom Kopf. Ihre blonden Haare kleben ihr verschwitzt am Kopf, ihr Gesicht ist gerötet und sie atmet heftig. Sie ist das Gewicht der Ausrüstung nicht gewohnt, und auch wenn das hier kein richtiges Training war, muss ich ihr zugutehalten, dass sie dennoch alles gegeben hat. Sie hat es versucht und mehr kann ich nicht verlangen. Zu meiner Schande muss ich gestehen, dass ich gar nicht so sehr darauf geachtet habe, wie Lucy sich angestellt hat. Aber so wie Max sie gerade anstrahlt, hat sie entweder alles richtig gemacht oder er ist einfach um einiges nachsichtiger, als ich es bin.

»Nox?«

Ich zucke zusammen, als Mana den Spitznamen meiner Kindheit für mich nutzt.

»Ich kann nicht mehr. Ehrlich, ich kann nicht mehr.«

Arrogant schmunzelnd fahre ich mir durch meine nassen Haare und sehe sie mit schief gelegtem Kopf an. »Du gibst schon auf?«

»Ja. Für heute. Das nächste Mal bin ich besser vorbereitet. Da nehme ich mir eine Ausrüstung mit, die mir passt.«

»Du denkst, daran liegt es? Denkst du, wir dürften die Ausrüstung als Grund nehmen, das Training sausen zu lassen?«

Mana seufzt tief auf und schüttelt den Kopf. »Nein. Aber ich hab ...«

»Du hast was?«

Sie windet sich ein wenig unter meinem Blick, und ich finde es komisch, dass ihre sonst so große Klappe plötzlich gar nicht mehr so groß ist.

»Mana?«

»Ich hab meine Tage, okay?«

Sie hat was? Oh mein Gott. Warum musste ich auch unbedingt nachfragen. Reflexartig halte ich ihr meine Wasserflasche, nach der ich gerade gegriffen habe, hin.

»Du solltest was trinken.«

Sofort greift sie danach und nuckelt daran, als müsste sie ihren Flüssigkeitshaushalt der letzten Woche auffüllen.

»Du bist selbst Sportlerin.«

Sie nickt.

»Warum hast du dann nichts zu trinken mitgenommen?«

»Ich hatte es eilig.«

Eilig. Sie hatte es eilig. Verlegen kratze ich mich am Hinterkopf, denn sie hat ihre Tage. Verdammt noch mal, so was will man als Kerl doch nicht wissen. Ich zumindest nicht. Was soll ich mit der Information jetzt anfangen?

»Ich fass es nicht. Okay. Genug für heute, Jungs. Lucy. Das Training ist beendet.«

Ich habe noch nie ein Training früher beendet, aber heute ist irgendwie alles anders. Die anderen klopfen mir beim

Vorbeigehen auf die Schulter und küssen abwechselnd Mana und Lucy auf den Kopf. Bereits beim ersten Training haben sie es geschafft, alle um den Finger zu wickeln. Das war so nicht geplant, Mana sollte kein Teil hiervon werden. Lucy begleitet die Jungs in Richtung Umkleiden und wartet dann dort auf Mana.

Als Mana sich meine Ausrüstung vom Körper zieht, wende ich den Blick schluckend ab und packe meine Tasche zusammen.

Als sie mir meine Wasserflasche wieder zurückgeben will, schüttle ich unwirsch den Kopf. »Behalt sie. Vergiss sie beim nächsten Mal nicht.« Ich schultere meine Tasche und werfe ihr einen letzten Blick zu. »Wenn du den Scheiß wirklich durchziehen willst, dann sei beim nächsten Training gefälligst nicht so ein Mädchen, klar?«

»Falls es dir entgegen ist, ich bin ein Mädchen. Mädchen haben nun mal ihre Tage. Das sind Schmerzen, die du dir nie vorstellen kannst.«

Ruhig gehe ich auf sie zu und sehe zu ihr runter. »Ich hatte in meinem Leben schon genug Knochenbrüche, um zu wissen, was Schmerzen sind. Mehr Gehirnerschütterungen als vermutlich gut für mich sind, und trotzdem jammere ich nicht herum. Ich werde den Trainingsplan nicht nach deiner Periode richten, klar?«

Sie nickt wütend und presst die Lippen zu einem schmalen Strich zusammen.

»Gut. Wenn du es nicht packst, kannst du es jederzeit dem Professor sagen.«

Ich drehe mich um und verschwinde. Sich Sorgen zu machen, nur weil eine Frau ihre Tage hat, ist unfassbar peinlich. Zumindest ist es mir unangenehm, darüber zu sprechen.

Kapitel 5

Mana

Mein Körper ist ein Haufen Matsch. Als wäre ein Zug über mich hinweggerollt und auf mir stehen geblieben. Gestern, kurz nach dem Footballtraining, war noch alles so weit gut. Es war anstrengend, und ich war danach wahnsinnig müde. Außerdem bin ich Cheerleaderin. Ich bin es gewohnt, mich körperlich zu betätigen. Allerdings war ich nicht darauf gefasst, wie anstrengend Football tatsächlich ist. Unglaublich, dass Lennox und die anderen das beinahe jeden Tag machen.

»Liebling, ich bin da.«

Emma kommt kichernd nach Hause. Wir beide wohnen zusammen, seit wir hier studieren und ergänzen uns prima. Sie kocht gern. Ich esse gern. Ich backe gern. Sie nascht gern. Wir putzen beide nur das Nötigste und beschweren uns nicht, wenn einmal etwas liegen bleibt. Perfekt also. Außerdem hatten wir beide keine Lust auf eine Studentenbude am Campus und haben uns kurzerhand nach einer eigenen Wohnung hier in Chestnut Hill umgesehen. Unsere Eltern bezahlen uns die Miete, damit wir uns voll und ganz auf das Studentenleben konzentrieren können, und wir beide genießen es sehr, hier nur unseren eigenen Regeln folgen zu müssen.

Wenn man unsere Wohnung betritt, steht man sofort in einem breiten Flur, von dem aus mehrere Türen abzweigen. Gleich links befindet sich unser Wohnzimmer mit Fenster zum Garten raus. Ich liebe es, stundenlang dort zu sitzen und zu lesen. Geradeaus kommt man in die Küche, in der wir auch unseren kleinen Esstisch haben. Rechts befindet sich Emmas Zimmer und ein Bad, und dann kommt man in mein Reich. Gleich rechts vom Eingang. Es ist das kleinere Zimmer von beiden, und ich wollte es unbedingt haben. Ich liebe die Aussicht auf den Wald, der eine Seite des Hauses umgibt. Außerdem habe ich eine zur Truhe umgebaute, breite Fensterbank vor meinem Fenster. Perfekt also. Und es ist ruhig hier. Es wohnen fast nur ältere Leute in diesem Komplex, und ich bin froh, nicht jede Nacht von irgendeiner anderen Party vom Schlafen abgehalten zu werden.

»Ich sterbe gerade. Perfektes Timing also.«

Als Emma ins Wohnzimmer kommt und mich auf dem Sofa wie ein Häufchen Elend liegend vorfindet, lacht sie laut los und lässt sich neben mich fallen. »So schnell stirbt man nicht.«

»Es fühlt sich auch nicht nach schnell an. Sondern nach einem langsamen, qualvollen Tod.«

Emma nimmt mich nicht ernst, denn sie lacht immer noch. Aber mir tut wirklich jeder Muskel weh. »Du bist doch sonst nicht so, Mana.«

»Sonst spiele ich auch nicht Football mit den Jungs.«

Auch wenn sie mich wirklich nicht so hart angepackt haben, wie sie es untereinander tun würden. Und doch hat es mir gefallen. Schon immer hat es mir gefallen, Cheerleader zu sein. Das Gefühl, durch die Luft geschleudert zu werden, Überschläge zu machen und unsere Jungs bei ihren Basketballspielen anzufeuern, war schon immer genau das, was ich tun wollte. Heute kamen neue Dinge dazu. Ich wusste nicht, wie befreiend es sein kann, mit einem Ball unter dem Arm geklemmt über ein Feld zu rennen und zu versuchen, die anderen abzuhängen. Nicht dass ich es hinbekommen hätte. Aber dennoch habe ich mein Bestes gegeben und Gefallen an Football gefunden. Mein Körper hat sich wieder daran erinnert, wie es damals war, als Nox und ich Kinder waren, und er mir gezeigt hat, wie Football funktioniert.

Anfangs war meine Sicht durch den Helm ziemlich eingeschränkt. Als ich mich jedoch daran gewöhnt habe, war es einfach nur geil. Bis auf die Schmerzen heute. Aber auch das war es mir beinahe wert. Lennox gegenüber würde ich das niemals zugeben, aber ich kann seine Faszination für seinen Sport verstehen. Nach nur einer Einheit. Wie wird das wohl, wenn ich mehrere Trainings mit ihm absolviere?

»Ich will Snickerdoodels backen«, murmle ich in eines der Sofakissen.

»Kommt gar nicht infrage. Wenn du noch mehr von den Dingern backst, werden wir beide fett und dann können wir das Cheerleadersein an den Nagel hängen.«

»Bei unserem Trainingspensum trainieren wir das ohnehin wieder ab, noch bevor es sich festgesetzt hat.«

Ich liebe diese Kekse. Meine Mom hat sie in meiner Kindheit immer für mich und Lennox gebacken. Das ganze Haus roch nach Zimt, während Nox und ich aus meinem Bett eine Höhle gebaut haben, um dort zu lesen. Meistens habe ich ihm vorgelesen. Irgendwie hat es ihn immer beruhigt, meine Stimme zu hören. Ich hätte ihm ein Telefonbuch vorlesen können, und es hätte ihm dennoch gefallen. Mom hat uns dann immer eine Menge Snickerdoodles in unser kleines Versteck gebracht.

Ich gebe zu, jedes Mal wenn ich sie backe, denke ich an ihn. An unsere schönen Zeiten. Daran, wie er mich immer zum Lachen gebracht hat, wenn ich traurig war. Wie er nachts manchmal über den Baum, der zwischen unseren Häusern steht, und dessen Äste unsere Kinderzimmer miteinander verbinden, zu mir ins Zimmer geschlichen ist, wenn wir beide nicht schlafen konnten.

Und immer hatten wir Snickerdoodels in einem geheimen Vorrat. Deswegen backe ich sie auch immer, wenn ich frustriert bin. Oder mies gelaunt. Oder traurig. Weil sie mich an schöne Zeiten erinnern. An einen Freund, den ich früher mal über alles geliebt habe, bevor er sich von einer Sekunde auf die andere von mir abgewandt hat.

»Was hältst du davon, wenn wir ausgehen? Komm schon. Es ist Freitagabend, und wir waren schon ewig nicht mehr in der Bar.«

Entsetzt starre ich sie an und verziehe verzweifelt mein Gesicht. »Ernsthaft? Ich kann mich kaum bewegen, wie soll ich denn so aus dem Haus gehen?«

»Mana, ich hab manchmal härteren Sex als jedes Training und ich stell mich auch nicht so an. Komm jetzt. Hoch mit dir.« Sie steht auf und gibt mir einen Klaps auf den Hintern, als ich mich ächzend zur Seite rolle.

»Nein. Ich hab keine Lust. Weder auf Sex noch auf die Bar.«

»Ich aber. Also los. Sonst rufe ich die Jungs an, damit sie dich raustragen.«

»Die Basketballjungs?«

Emma hat keinerlei Kontakt zu denen, außer wenn sie mich zum Training begleitet. Ich glaube kaum, dass sie sie dazu bringen könnte, mich aus meiner Wohnung zu tragen, nur weil sie heute Lust auf Party hat.

»Nein. Die heißen Footballer!«

Als ob. Wir haben bis auf das gemeinsame Projekttraining keinerlei Kontakt zum Footballteam. Die werden auch nicht plötzlich springen, nur weil Emma sie anruft.

Sie sind gesprungen, weil Emma sie angerufen hat. Ich war entsetzt, als plötzliche eine Horde Footballspieler in unsere Wohnung gestürmt ist und mich rausgetragen hat. Fluchend und wild um mich strampelnd. Ich hatte nicht einmal Zeit, mir etwas anderes anzuziehen und sitze nun mit einer Jogginghose und einem einfachen Trägertop in unserer Stammkneipe. Emma war wenigstens so geistesgegenwärtig, mir einen meiner viel zu großen Hoodies über den Kopf zu ziehen. Unauffällig habe ich mich schnell einem Check unterzogen und festgestellt, dass es zum Glück nicht die Hose mit dem Loch im Schritt ist. Ich habe keine Ahnung, wie sie es geschafft hat, oder was sie sagen musste, um die Jungs zu dieser Aktion zu überreden.

Für einen Freitagabend ist noch nicht sehr viel los. Aber es ist auch erst einundzwanzig Uhr. Alles besteht hier aus Holz und ist alt. Und genau das macht den Charme der ganzen Einrichtung aus. Die Rillen in den Tischen zeugen von vielen lustigen Partys. Überall an den Wänden hängen Bilder. Viele Schnappschüsse, die hier im Lauf der Jahre entstanden sind, zieren die gesamte Bar, und es kommen immer mehr dazu. Auch von Emma, mir und unserer Mannschaft hängt schon einiges da oben.

Es riecht nach kaltem Rauch, obwohl hier drinnen absolutes Rauchverbot herrscht. Überall stehen wahllos zusammengewürfelte Tische und Stühle. Neben der Bar gibt es eine kleine Tanzfläche und auf der anderen Seite ein kleines Podest, weil hier ab und an Musiker auftreten.

Wir sitzen in einer Nische ganz hinten in der Bar, direkt am Fenster. Draußen ist es zu dunkel, um viel zu erkennen. Ich bin genervt. Aber so richtig. Meine Haare sind einfach nur locker zu einem Zopf geflochten, und ich fühle mich nicht ausgehtauglich. Mein Outfit schreit ganz laut nach meinem Sofa zu Hause und mehreren Staffeln Criminal Minds. Wenn ich ehrlich bin, bin ich kurz davor, wieder von hier zu flüchten. Allerdings ist mein Plan bereits zum Scheitern verurteilt, denn man hat mich ganz nach hinten geschoben. Umzingelt von mehreren Footballspielern und einer grinsenden Emma, die sich sichtlich wohlfühlt und beherzt nach einem Bierkrug greift, den Aiden eben vor ihr abgestellt hat. Nur einer fehlt. Lennox.

Ich habe es so lange geschafft, ihm erfolgreich aus dem Weg zu gehen. Aber seit wir dieses Experiment durchführen, laufe ich ihm ständig über den Weg. Echt ätzend, dabei wollte ich nur so viel Zeit als nötig mit ihm verbringen.

Lennox benimmt sich mir gegenüber zwar nicht besonders arschig, aber er tut, als wäre unsere Vergangenheit nichts weiter als eine flüchtige Erinnerung. Als würde es ihn nicht belasten, wie das damals bei uns geendet hat. Das macht mich wütend. Wir haben uns Jahre nicht gesehen. Und als wir uns auf dem Campus wieder über den Weg gelaufen sind, war er einfach ein arroganter Bastard, der denkt, die Frauenwelt liegt ihm zu Füßen. Womit er nicht unrecht hat. Überall, wo sein Name fällt, folgt verträumtes Seufzen. Niemand würde auch nur ein schlechtes Wort über den Quarterback der Collegemannschaft verlieren. Fairerweise muss ich zugeben, dass ich mich auch nicht sonderlich darum bemüht habe, unsere Beziehung wieder zu kitten.

»Oh, siehst du das?« Emma stellt mir ein Bier vor die Nase.

»Nein? Was denn?«

»Mensch, Mana. Bist du blind? Lennox ist da.«

»Warum sollte mich das interessieren?«

»Weil er verdammt heiß ist.« Emma beißt sich grinsend auf die Unterlippe und sieht nicht gerade unauffällig an mir vorbei zum Eingang. »Oh, er kommt her. Du hast mir übrigens nie erzählt, was zwischen euch beiden vorgefallen ist.«

Stimmt. Habe ich nicht. Ich habe auch nicht vor, diese Tatsache zu ändern. Zumindest nicht in absehbarer Zeit.

»Wart ihr mal ein Paar, oder so?«

Prustend spucke ich das Bier, das ich eben noch trinken wollte, quer über den Tisch. »Spinnst du?« Zischend beuge ich mich über den Tisch näher zu ihr und sehe sie warnend an. »Sei gefälligst nicht so laut.«

»Warum? Angst, dass er uns hört? So, wie er dich anstarrt, hat er das bestimmt. Außerdem kommt er direkt auf uns zu.«

»Wir sitzen mit euch an einem Tisch«, mischt sich Aiden nun grinsend ein. »Wir können hören, was ihr sagt.«

Schlagartig werde ich knallrot und schließe genervt die Augen. Mein Atem entweicht seufzend aus meinen zusammengepressten Lippen, und ich setze mich automatisch aufrechter hin.

»Wir waren nie ein Paar. Wir sind zusammen aufgewachsen, waren beste Freunde, und dann haben wir nicht mehr miteinander gesprochen. Zufrieden?« Ich schnappe mir ein paar Servietten, um die Sauerei am Tisch so gut es geht zu beseitigen, während ich krampfhaft versuche, meinen Kopf nicht in Lennox' Richtung zu drehen. Der Drang ist groß nachzusehen, ob er uns wirklich anstarrt.

»Einfach so?« Emma ist die geborene Romantikerin. Zumindest wenn es um das Liebesleben von anderen geht. Geht es um ihr eigenes, sieht sie nicht viel Sinn darin, sich auf ewig an ein und denselben Mann zu binden, zumindest noch nicht. Trotzdem möchte ich ihr nicht erzählen, was damals vorgefallen ist, weil ich in dieser Geschichte nicht besonders gut wegkommen würde. Wer gesteht sich schon gern Schuld ein. Also versuche ich, dieses Thema mit einem blöden Witz zu kaschieren.

»Vielleicht hat es ihn verschreckt, dass mir zu der Zeit Brüste gewachsen sind.«

Mein Sarkasmus ist kaum zu überhören.

»Nein, deine Brüste waren nie das Problem, Mana.«

Der Rest des Tisches lacht schallend los und ich würde Lennox am liebsten den Hals umdrehen für seine blöden Sprüche. Mit vor Wut zusammengekniffenen Augen drehe ich mich jetzt doch zu ihm um.

»Halt die Klappe.«

Ergeben hebt er seine Hände, greift nach Aidens Bierkrug und trinkt einen großen Schluck, ohne mich aus den Augen zu lassen. Lennox mag kein Bier. Das weiß ich. Trotzdem trinkt er es. Weil seine Brüder früher immer gesagt haben, echte Männer trinken Bier. So selbstbewusst, wie Lennox auch wirkt, so sehr steht er unter dem Einfluss seiner Brüder und seines Vaters. Er stößt seinem besten Freund kurz gegen die Schulter und dieser rückt zur Seite, um ihm Platz zu machen.

Ich drehe mich wieder zu Emma um und sehe sie grimmig an. »War es wirklich nötig, mich jetzt danach zu fragen?«

Schuldbewusst zieht sie den Kopf ein wenig ein und legt ihn mit einem verlegenen Lächeln schief. Ich liebe Emma, aber so etwas wie Feingefühl besitzt sie nur in den seltensten Fällen. Um die Sache nicht noch mehr aufzubauschen, beschließe ich, mich stattdessen lieber auf das Gespräch der Jungs zu konzentrieren. Und das dreht sich den ganzen Abend nur um Football. Entgegen meiner Erwartungen finde ich es wirklich spannend, und ich fange an, die Jungs mit Fragen zu ihrem liebsten Sport zu löchern. Lennox beantwortet zwar keine einzige davon, aber er spart sich immerhin auch seine blöden Sprüche. Er sieht mich nur an. Ruhig und mit einer gewissen Neugierde in seinen Augen.

Kapitel 6

Lennox

»Das ist nicht euer Ernst!«

»Oh doch, mein Schnuckel. Unser voller Ernst. Und wenn du wissen willst, wem du dafür danken darfst ...« Aiden deutet beschwingt mit beiden Daumen auf sich selbst, als er einen Klappstuhl am Spielfeldrand aufstellt. Und nicht nur er. Max und Sam sind ebenfalls dabei. Sowie der Rest unseres Teams. Ich hasse sie alle. Nein, eigentlich liebe ich sie. Aber heute hasse ich sie.

Heute findet Manas Cheerleadertraining statt. Heute ist es mein Training. Das lassen sich meine Jungs natürlich nicht entgehen. Sie neigen nur leider dezent zu Übertreibungen, denn sie haben auch Popcorn dabei. Und Getränke.

»Du bist ein Arsch.«

»Du stehst auf diesen Arsch. Ich hab gesehen, wie du ihn angestarrt hast.« Aiden wackelt mit den Augenbrauen und wirft sich grinsend eine Handvoll Popcorn in den Mund.

»Nur weil ich darüber nachgedacht habe, an welcher Stelle ein Tritt besonders schmerzhaft wäre.«

Aiden holt leicht mit dem Fuß nach mir aus, während Max, dem Manieren immer schon wichtiger waren als uns, leise mit der Zunge schnalzt und uns tadelnd ansieht.

»Aber, aber. Was sollen denn die Damen von uns denken?«

»Du meinst Mana und ihre Mädels? Und Jungs nebenbei bemerkt.«

Max nickt.

»Komm schon, auf dem Footballfeld bist du auch nicht so.«

Pikiert schiebt Max sich seine Brille weiter nach oben.

»Da sind wir Jungs auch unter uns und ich habe keinerlei Probleme damit, euch in den Hintern zu treten.«

Jetzt muss er selbst lachen, bevor er sich, ebenfalls in so einen dämlichen Klappstuhl fallen lässt und gespannt beobachtet, wie Mana auf uns zukommt. Erschieß mich bitte aber, wenn man sich nur darauf konzentrieren darf, was sie anhat, fällt einem auch auf, wie scharf das ist. Und wie kurz das kleine Röckchen. Zum Glück weiß ich, dass sie darunter eine kurze Hose trägt. Ich muss gestehen, dass mir die Farben orange und schwarz in Kombination mächtig gut an ihr gefallen.

»Hi, Mana. Lennox-Baby kann es kaum erwarten, dich durch die Luft zu schleudern.«

Sam ist auch so ein Verräter. Meine Freunde machen sich einen Spaß daraus, mich aufzuziehen, seit sie von diesem Experiment wissen. Offenbar stört es sie nicht, dass sie ebenfalls Teil davon sind. Beide, außer Aiden und der Rest vom Team. Aber Max und Sam sollten wissen, wie anstrengend das alles sein kann.

»Wenn Lennox-Baby denkt, ich lasse zu, dass er mich fallen lässt, hat er sich geschnitten.«

»Hey.«

Als sie vor mir stehen bleibt und zu mir hochgrinst, will ich mich vorbeugen und sie auf die süße Nase küssen. Dafür würde sie mir aber vermutlich meine brechen.

»Hey.«

Wie einfallsreich ich bin. Von mir selbst begeistert lache ich leise los, was sie dazu bringt, den Kopf leicht schief zu legen und eine Augenbraue zu heben. »Was ist so lustig?«

Ja, Nox, was ist so lustig? Los, sag es ihr.

»Die Jungs. Sie benehmen sich, als wären sie im Freiluftkino.«

Sie wendet sich den anderen aus meinem Team zu und grinst dann breit. Dieses Mal sogar ehrlich. »Ihr wollt sehen, wie Lennox scheitert, oder?«

Johlend stimmen sie ihr zu und sie grinst mich wieder süffisant an. Wie süß.

»Ey, also ich werde es wohl noch schaffen, auf dem Boden zu stehen und dich da hochzuwerfen in diese ... Pyramide? Oder wie war das?«

Seufzend wendet Mana sich ab, und ich weiß im ersten Moment nicht, was sie jetzt von mir erwartet. Soll ich stehen bleiben und mich für meine Aussage schämen? Soll ich ihr nachrennen und um Vergebung betteln? Oder soll ich umdrehen und nach Hause fahren? Nicht schwer zu erraten, was mir gerade lieber wäre, oder? Seufzend folge ich ihr zu ihren Teamkollegen. Beinahe komme ich mir klein vor, als die Jungs aus ihrem Team mich mustern. Obwohl ich größer bin als jeder Einzelne von ihnen, sieht man ihnen auf den ersten Blick an, dass sie jede Menge Kraft haben müssen. Das Einzige, was mir mehr Sorgen macht als ihre Stärke, ist der Blick, mit dem sie mich ansehen. Als würden sie mir allesamt den Arsch aufreißen, wenn ich nicht nett zu Mana bin. Großartig. Ob meine Jungs dafür Mana den ... also ... Na ja, wenn sie nicht nett zu mir ist?

»Leute. Das ist Lennox. Ihr wisst ja, warum er hier ist.«

Sie stellt mich ihren Leuten vor, und ich versuche gar nicht erst, mir alle Namen zu merken.

Als ich alle möglichen Hände geschüttelt habe, stellen sich die Mädels zu Mana und die Jungs zu mir. Sie zeigen mir, wo ich mich aufstellen muss. Genau zwischen ihnen.

»Okay, hör zu. Die nächste halbe Stunde geht es nur darum, sie an den Hüften zu packen, hochzuwerfen und dafür zu sorgen, dass sie auf deiner Handfläche stehenbleibt. Mehr nicht. Du sollst ein Gefühl für sie bekommen. Alles andere kommt später.

»Geht klar. Aber was ist wenn …«

»… du sie fallen lässt?«

Ich nicke ernst.

»Dann fängst du sie auf, bevor sie mit dem Kopf auf den Boden knallt. Außerdem stehen wir direkt neben euch. Wir greifen ein. Beim Training wie bei den Spielen. Das wird schon.«

Maddox, breite Schultern, kantiges Gesicht, klopft mir fest auf die Schultern und ich bin fast ein wenig stolz, dass ich unter diesem Schlag nicht zusammenzucke und auch nicht nach vorn stolpere.

»Ich hoffe, du hältst dein Wort«, murmle ich, denn eine Mana, die mit dem Kopf auf den Boden knallt, nur weil ich sie nicht auffangen konnte, ist kein besonders toller Gedanke.

Als sie auf mich zukommt, würde ich am liebsten sofort meine Hände an ihre Hüften legen und sie an mich ziehen. Vermutlich käme das aber nicht so gut an. Außerdem verwirren mich meine Gedanken aufs Übelste. Also sehe ich sie nur an. Ein leichtes Lächeln auf den Lippen. Und erinnere mich an früher. Als sie sich als Kind, natürlich mit meiner Hilfe, ihre ersten Pompons gebastelt hat und damit stundenlang durch unsere Gärten gesprungen ist. Meinen Namen buchstabierend. Unser Plan war immer, dass ich Football spiele und sie meine Cheerleaderin ist. Wir sind beide genau das geworden, was wir wollten, nur gibt es jetzt, wo wir dieses Ziel erreicht haben, kein uns mehr. Und sie meidet Football wie die Pest. Es muss sie große Überwindung gekostet haben, bei uns auf dem Spielfeld aufzutauchen. Ob sie dabei auch an früher gedacht hat?

»Nox? Ich hab gefragt, ob du bereit bist.«

Fuck. »Klar. Bin ich. Du auch?«

Als sie nickt, wird mir ganz anders.

»Ich will dich nicht fallen lassen.«

»Dann tu es nicht.«

Nicht schon wieder, will sie sagen. Ich kann es in ihren Augen sehen.

»Maddox und ich zeigen dir einmal vor, wie das Ganze aussehen soll, okay?«

Ich nicke und stelle mich mit verschränkten Armen zur Seite.

Mana stellt sich mit dem Rücken zu Maddox vor ihm auf. Das sieht leicht aus. Maddox legt ihr eine Hand flach in den Rücken, sie lehnt sich leicht dagegen, und dann gehen beide in die Knie. Mana springt in eine Mischung aus einem Überschlag und einem Rückwärtssalto. Maddox springt auch leicht nach oben, passt sich ihren Bewegungen an und schleudert sie hoch, bevor sie mit einem Fuß auf seiner Handfläche landet und stehen bleibt, als wäre sie nicht eben in die Luft gesprungen. Sie hat eine Körperspannung, die ich unglaublich finde.

Meine Jungs jubeln ihr vom Spielfeldrand aus zu, und mir steht der Mund offen. Und als Maddox minimal schwankt, und vermutlich ist das normal, wenn man einen Menschen auf seiner Handfläche balanciert, mache ich erschrocken einen Schritt auf sie zu. Um sie aufzufangen. Falls sie fällt.

Sie macht allerdings einen Rückwärtssalto von ihm runter. Angeberin. Süße Angeberin.

»Und das soll ich jetzt auch machen? Vergiss es.«

Ich lasse sie garantiert fallen.

»Du kriegst das hin«, sagt Maddox. »Ich stehe die ganze Zeit daneben und Tom auch. Ihr wird nichts passieren.«

Ernst sehe ich abwechselnd von einem zum anderen. »Versprochen?«

»Versprochen.«

»Gut.«

Mana sagt nichts. Ich bin dankbar, dass mich keiner ihrer blöden Kommentare trifft. Nicht jetzt. Nicht, wo ich sie hochwerfen soll. Nicht, wo ich mich ernsthaft konzentrieren muss, dass genau das nicht passiert. Ich hoffe, meine Footballer-Reflexe helfen mir gleich aus der Patsche, sollte etwas schief laufen.

Als sich Mana vor mir aufstellt, atme ich tief durch und lege meine Hand flach an ihren Rücken. So, wie ich es zuvor bei Maddox beobachtet habe. Ihre Haut ist weich, dort, wo meine Finger sie berühren. Warm. Sie ist bereits aufgewärmt und großer Gott, ich hoffe, sie weiß, worauf sie sich einlässt. Tom und Maddox stehen jeweils einer links und rechts von ihr, die Hände einsatzbereit in ihre Richtung gestreckt.

»Würdest du mir vertrauen, wäre die Sache hier einfacher«, raune ich ihr ins Ohr, als ich mich kurz zu ihr vorbeuge. Dann aber gehe ich leicht in die Knie, versuche, ihrer Bewegung zu folgen und als sie springt, greife ich kolossal daneben. Zum Glück sind meine Reflexe wirklich so schnell, und ich kann meine Arme um ihre Mitte schlingen, bevor sie auf den Boden knallt. Jetzt habe ich sie im Arm. Kopfüber zwar, aber ab einem gewissen Punkt im Leben darf man nicht mehr so wählerisch sein.

»Hey, Baby!«

Mein Kopf ruckt hoch und ebenfalls die Köpfe all ihrer weiblichen Teamkameradinnen.

»Nein, ich meine nicht euch. Ich meine mein Baby. Nox-Baby. Sieh her!«

Aiden ist ein toter Mann. In dem Moment, in dem er sein Handy gezückt und ein Foto von mir gemacht hat, wie ich Mana noch immer um die Hüften festhalte, und sie kopfüber an mir runterhängt, hat er sein Todesurteil unterschreiben.

»Arschloch«, rufe ich zurück, bevor ich mich wieder Mana zuwende und sie langsam runter auf den Boden gleiten lasse.

»Tut mir leid. Geht es dir gut?«

»Klar. Denkst du, Maddox hat mich anfangs nie fallen lassen?«

Maddox nickt, und ich bin erleichtert, keinen blöden Spruch von ihr ertragen zu müssen, als ich ihr meine Hand entgegenstrecke, um ihr aufzuhelfen. Sie ergreift sie sogar.

»Wir versuchen es noch mal. Bis es einmal klappt. Okay?«

»Okay.«

Dann versuchen wir es. Immer und immer wieder. Ich kann gar nicht sagen, wie dankbar ich Maddox bin. Dafür, dass er keinen Schritt von ihrer Seite weicht.

»Nox. Du musst darauf vertrauen, dass Mana weiß, was sie tut.«

Als ich sie wieder einmal auffange und langsam zu Boden gleiten lasse, wische ich mir entnervt mit dem Unterarm über die schweißnasse Stirn.

»Versuch, nicht jedes Mal zusammenzuzucken, nur weil du denkst, sie könnte fallen. Atme durch, und versuch es noch mal.«

Keuchend nicke ich und lege meinen Kopf einen Moment lang in den Nacken. Meine Haare kleben mir verschwitzt an der Stirn, und ich spüre Manas Blick überdeutlich auf mir. Sie sieht ebenfalls ramponiert aus.

Zum Anbeißen. Wie für mich gemacht. Und das war sie immer. Vielleicht macht das meine Angst davor, sie fallen zu lassen, noch größer. Dass ich mir lieber freiwillig die Finger brechen lassen würde, als ihr körperlich wehzutun. Diese Einstellung hätte ich früher gebraucht. Vor Jahren. Denn dann hätte ich sie nicht verlassen, sondern mir wirklich etwas gebrochen, nur um bei ihr bleiben zu können. Aber mit sechzehn Jahren ist man noch nicht so reif, wie man es sich einbildet.

Um diese Gedanken gar nicht erst weiter zuzulassen, beiße ich die Zähne zusammen und begebe mich wieder in Position. Meine Jungs sind immer näher gekommen und sitzen mittlerweile nicht mehr am Spielfeldrand, sondern haben sich in einem großen Kreis um uns herum aufgebaut.

Allerdings hat Maddox ihren Radius vergrößert, denn schließlich braucht er genug Bewegungsraum für sich. Bitte lasst nicht zu, dass ich sie fallen lasse.

»Falls sie doch fällt, achte darauf, dass sie nicht auf den Kopf knallt.«

Ich glaube, das ist so ziemlich das Einzige, was ich versuche, seit ich hier bin.

»Okay, kurze Pause.«

Schwer atmend lege ich den Kopf in den Nacken und stemme meine Fäuste in die Hüften. Ich gebe es nur ungern zu, aber ich kann nicht mehr. Meine Arme brennen, denn sie merken sehr wohl den Unterschied zwischen einem Football und Mana. Mein Kopf fickt mich hart, weil in ihm ständig die Angst davor herumgeistert, Mana wehzutun.

»Trink was.« Ebenso verschwitzt wie ich hält Mana mir eine Wasserflasche entgegen. Eine Pinke. Aber niemand, der kurz vor dem Verdursten ist, ist wählerisch. Also greife ich danach, ohne den Blickkontakt zu unterbrechen. Dann trinke ich sie leer.

»Nur fürs Protokoll ...«, keuche ich leise und lecke mir erst ein paar Mal über die trockenen Lippen, bevor ich weiterspreche. »Meine Jungs haben dich geschont beim Training.«

»Deine Jungs sind auch im Grunde ihres Herzens Weicheier.«

Ich hebe eine Augenbraue, und ein leichtes Grinsen zupft an meinen Mundwinkeln.

»Mana?« Max platziert sein Gesicht neben ihrem, schiebt sich die Brille mit dem Finger höher und sieht sie an. »Das haben wir gehört.«

Sie lacht laut los und wendet ihm ebenfalls ihr Gesicht zu »Es tut mir leid, Max.«

»Oh, nein, mir wird es leidtun.«

Verwirrt runzelt sie die Stirn, dreht sich mit ihrem ganzen Körper in seine Richtung und macht einen kleinen Schritt zurück, als sie bemerkt, dass auch Aiden und die anderen mit verschränkten Armen hinter Max stehen.

»Was, wird dir leidtun?«

»Dass ich dich nächstes Mal bei unserem Training nicht sanft behandle. Keiner von uns.« Max grinst durchtrieben, und ich lache leise hinter ihrem Rücken, als sie den Kopf leicht einzieht, dann aber auch anfängt zu lachen.

»Es tut mir leid, Jungs.«

Bevor die Jungs sie sich noch wie einen Football unter den Arm klemmen können, um ihr an Ort und Stelle zu zeigen, wie wenig weich sie sind, unterbricht Maddox die Pause, indem er kräftig in die Hände klatscht und auf uns zukommt.

»Auch wenn ich nicht glaube, dass du das heute hinbekommst, üben wir jetzt noch ein wenig. Beim nächsten Mal wird es klappen. Es muss.«

Danke dafür. Es ist doch immer schön, wenn jemand an einen glaubt. Aber er hat recht. Ich werde das so schnell nicht hinbekommen. Also üben wir. Verbissen. Weil ich nicht zugeben kann, dass ich hier scheitern könnte. In einem von Frauen dominierten Sport.

Kapitel 7

Mana

Lennox ist und bleibt ein Arsch. Er benimmt sich bei den gemeinsamen Aktivitäten beinahe anständig, beweist aber außerhalb dieses Sozialexperiments, dass das alles nur Show ist.

Sobald wir nicht zusammen trainieren müssen oder andere Termine vor uns liegen, beachtet er mich kaum, wenn unsere Wege sich auf dem Campus kreuzen. Sein Verhalten verwirrt mich extrem.

Heute findet eine dieser typischen Collegestudentenpartys statt. Emma und ich lassen uns das natürlich nicht entgehen und haben uns extra für diesen Anlass schick gemacht. Während sie ein schwarzes, hautenges Kleid trägt, habe ich mich für eine etwas weitere Variante in Babyblau entschieden. Emma meint, es betont meine Augen. Mir gefällt, dass es bis zur Taille eng anliegt und ein wenig darunter erst der Rock ausläuft. Er geht bis knapp über mein Knie und zeigt nicht zu viel, aber auch nicht zu wenig. Die Haare trage ich offen, weil ich kein Händchen für ausgefallene Frisuren habe.

Als das Verbindungshaus, in dem die Party heute stattfindet, in Sicht kommt, dröhnt uns bereits die Musik entgegen. Die Party findet nicht nur innen statt, sondern auch im Vorgarten, und ich bin mir ziemlich sicher, auch hinter dem Haus sammeln sich unzählige Menschen. Sie lachen, einige wanken, die meisten trinken. Auch ich habe vor, mich heute ein wenig zu betrinken. Die letzte Woche war anstrengend. Eine Prüfung jagte die nächste. Das Training beim Football und mein eigenes haben mich zudem sehr gefordert, und heute möchte ich das alles einfach für ein paar Stunden hinter mir lassen.

Zielstrebig zieht Emma mich an der Hand durch eine tanzende, grölende und ausgelassene Horde, direkt in die Küche des Verbindungshauses. Guter Plan. Da, wo eine Küche ist, gibt es auch Alkohol.

»Okay, Mana. Wir zwei werden uns jetzt ein paar Cocktails zaubern.«

Das Tolle an solchen Partys ist, dass jeder machen kann, was er will. Na ja, zumindest, was das Mischen von Cocktails betrifft.

»Mit wir meinst du dich, oder?«

»Natürlich meine ich mich. Schließlich will ich das auch trinken können.« Sie klettert lachend auf die Küchentheke und öffnet eine Schranktür nach der anderen, bis sie alles findet, was sie für einen guten Cocktail braucht. »Halt das mal.«

Gehorsam nehme ich die Zutaten entgegen und stelle sie ordentlich auf der Theke ab. Keinen Plan, was genau sie damit kreieren will, aber ich bin mir sicher, es wird schmecken. Und morgen werde ich Kopfschmerzen des Todes haben.

»Wodka, weißer Rum, Sahne, Blue Curaçao?«

»Check.«

»Kokosnusscreme oder Sirup, Ananassaft und Orangensaft?«

»Check.«

»Gut.« Emma springt nach dem Abhacken ihrer Liste wieder runter auf den Boden und klatscht in die Hände. »Dann brauchen wir nur noch Crushed Ice. Woher kriegen wir das?«

Stirnrunzelnd gehe ich auf den Kühlschrank zu, öffne die Tür vom Gefrierfach und deute mit dem Finger drauf.

»Hier vielleicht?«

»Was täte ich nur ohne dich!«

»Cocktails ohne Eis machen.«

Während Emma sich daran macht, unseren Swimmingpool zu mischen, lasse ich meinen Blick durch den Raum schweifen und bleibe an Lennox hängen, der auf der anderen Raumseite an die Wand gelehnt da steht und mich ruhig beobachtet.

Das Wort »was« formt sich lautlos auf meinen Lippen, was ihm nur ein leichtes Kopfschütteln entlockt.

»Du solltest ihn einladen.«

»Worauf? Auf einen deiner Cocktails? Nein danke.«

»Was hast du gegen meine Cocktails? Ich dachte, du magst sie?«

»Tu ich auch. Aber ich kann Lennox nicht ausstehen.«

Nicht mehr. Emmas Blick streift kurz an mir vorbei in die Richtung, in der ich Lennox noch immer vermute.

»Kannst du schon. Er ist heiß. Und das weißt du.«

Genervt zwicke ich ihr in den Oberarm, weil wir dieses Gespräch nicht zum ersten Mal führen. Seit unserem Abend in der Bar will sie wissen, was genau zwischen Lennox und mir vorgefallen ist. Nach wie vor habe ich diese Episode unseres Lebens für mich behalten.

Ich wüsste auch nicht, was das alles noch bringen soll. Nox und ich sind zusammen aufgewachsen. Wir waren beste Freunde, sind zusammen durch dick und dünn gegangen, und dann verschwand von einem Tag auf den anderen seine Mom und mit ihr auch mein bester Freund. Zumindest an letzterem bin ich schuld. Doch es ist nicht so, als hätte ich nicht mehrmals versucht, es ihm zu erklären. Ich habe seine Mom damals gesehen. An dem Abend, an dem sie ins Auto gestiegen und aus seinem Leben verschwunden ist. Vor allem aber habe ich auch gesehen, mit wem, und es Lennox nie gesagt, um ihn nicht noch mehr zu verletzen. Dass mein Verhalten ein großer Fehler war, war mir zu diesem Zeitpunkt noch nicht bewusst. Ich dachte wirklich, es wäre besser für ihn neben dem Verlust seiner Mutter, nicht auch noch mit dem Wissen leben zu müssen, dass sie mit seinem Onkel verschwunden ist. Als Lennox das herausgefunden hat, ist seine Welt noch ein Stück mehr zusammengebrochen. Mein Verrat hat dem Ganzen noch die Krone aufgesetzt, bis ich irgendwann wütend wurde, weil er sich standhaft weigerte, mich anzuhören. Bis heute.

Aber irgendwann werden wir darüber sprechen müssen. Ein guter Anfang dafür sind all die gemeinsamen Projekte, die wir miteinander machen müssen. Die restliche Zeit meidet er mich, und auch ich habe bisher noch keinen weiteren Versuch unternommen, um die Sache aus der Welt zu schaffen. Selbst wenn sich nichts mehr zwischen uns ändern würde, und wir wieder getrennte Wege gehen, sobald das Projekt abgeschlossen ist, möchte ich einen klaren Strich unter die Sache setzen. Er muss wissen, dass ich aus Liebe zu ihm so gehandelt habe.

»Emma? Cocktail. Mach schon.«

Mittlerweile habe ich meinen fünften Cocktail in der Hand und befinde mich damit auf der Tanzfläche. Ich habe es immer schon geliebt zu tanzen. Meine ersten Tanzschritte habe ich zusammen mit Lennox gemacht. Wir haben unsere Eltern auf einer Hochzeit beobachtet, während sie getanzt haben. Wir waren ungefähr fünf und sechs Jahre alt und uns war langweilig. Also haben wir angefangen, uns ein bisschen zur Musik zu bewegen. Wir waren die Stars des Abends. Es gibt sogar Videos davon. Die habe ich mir allerdings schon ewig nicht mehr angesehen.

Frustriert stecke ich mir den Strohhalm zwischen die Lippen und sauge kräftig daran. Ich muss Nox aus meinem Kopf bringen. Er nistet sich dort wieder viel zu sehr ein, und ich hasse es. Weil es mir permanent aufzeigt, was ich verloren habe. Wen ich verloren habe.

»Hey.« Aiden kommt grinsend zu mir auf die Tanzfläche, schnappt sich mein Glas, um daran zu nippen, und greift mit der anderen nach meiner Hand, um mich einmal unter seinem Arm hindurch zu drehen, und zieht mich dann mit Schwung an sich.

»Hallo. Wusste gar nicht, dass du so gern tanzt.«

»Hm, mache ich auch nur, wenn die Umstände passen. Und die passen heute perfekt.«

Er hat immer noch mein Glas in der Hand und tanzt mit mir, als hätten wir das schon unzählige Male gemacht.

»Okay, was verpasse ich?«

»Mein Lennox-Baby lässt dich keine Sekunde aus den Augen.«

Ich verdrehe die Augen und stoße ein genervtes Seufzen aus. »Darf ich dir Emma vorstellen? Ihr beide würdet euch bestimmt gut verstehen.«

»Nicht nötig. Wir haben uns bereits miteinander bekannt gemacht. Wir sind beide einer Meinung. Du und Nox ...«

»Es gibt kein Nox und ich.«

»Noch nicht. Oder nicht mehr? Auf jeden Fall schmeckt es ihm nicht, wenn du mit einem anderen tanzt. Eigentlich sollte mich das sauer machen. Denn schließlich tanze ich mit dir. Sein bester Freund. Also echt mal.«

Pikiert nickt er kurz in Lennox' Richtung und setzt ein schiefes Grinsen auf. Steht ihm, irgendwie.

»Wieso sollte es mich interessieren, ob es ihn stört oder nicht?«

Mein Verhalten ist auch so eine Sache, die sich in den letzten Jahren sehr ins Negative gesteigert hat. Ich bin verbittert, sobald es um Nox geht, und die Wut auf mich selbst wurde mit der Zeit ebenso zu einer Wut auf ihn. Auch wenn ihn nur ein kleiner Teil der Schuld trifft.

»Sieh es als Teil des Projektes. Typische Klischees. Hier hast du das perfekte Klischee. Der Kerl, der ein Mädchen will, und Funken sprüht, wenn dieses Mädchen in den Armen eines anderen ist.«

»Dir ist schon klar, dass unser Projekt so nicht funktioniert?«

»Weißt du, was ich glaube?« Aiden dreht mich ruckartig um und presst mich mit meinem Rücken an seine Brust und lacht. »Dass es dem Professor nicht um die punktgenaue Einhaltung des Projektes geht. Vielmehr geht es ihm darum, dass Männlein und Weiblein sich besser verstehen lernen. Und wir alle am Ende des Semesters dieses Benefizspiel über die Bühne bringen, ohne uns gegenseitig mit unseren Klischees zu erschlagen.«

Irgendwie klingt es logisch, wenn er das so sagt. Was dieses Spiel betrifft, wird es noch einige Trainingseinheiten mehr geben müssen, und zwar mit dem gesamten Kurs. Wie das gehen soll, frage ich mich allerdings schon. Nicht alle von uns sind so sportlich. Aber ich schätze, darum geht es gar nicht. Vielmehr wird es so sein, dass der Rest von uns, der kein Footballprofi ist, einfach den großen Jungs auf dem Feld hinterherrennen werden.

»Also versuch, die Männer besser zu verstehen. Konzentrier dich auf Nox. Ihn kennst du, wie er früher war. Jetzt lern ihn kennen, wie er jetzt ist. Alles andere erledigt sich wie von selbst.«

Irgendetwas sagt mir, dass es so ein Gespräch gerade auch zwischen Emma und Lennox gibt. Oder warum stehen die beiden so eng beisammen?

»Aiden? Manchmal bist du echt eine Nervensäge, hat dir das schon mal jemand gesagt?«

Er lacht und dreht mich wieder zu sich um. »Ich weiß. Aber im Grunde geht es doch nur darum, dieses Projekt so gut wie möglich zu meistern, um es dann endlich hinter euch lassen zu können. Um das zu schaffen, reicht es einfach nicht, nur innerhalb vorgesetzter Termine Zeit miteinander zu verbringen.«

Die Musik wechselt zu etwas Ruhigerem, und ich greife wieder nach meinem Glas, als Aiden es mir entgegenhält, um seinen Arm um meine Hüfte zu legen.

»Emma lädt sich genau in diesem Moment zu unserem Jungscamping-Wochenende ein. Einmal im Monat verschwinden wir für ein Wochenende, und es gibt nur uns und die Natur. Ihr beide werdet uns begleiten. Lucy und Colette sind auch dabei und wir werden eine Menge Spaß haben. In zwei Wochen.«

Nein. Oh nein, auf keinen Fall werde ich ein ganzes Wochenende mit Lennox irgendwo in der Wildnis Bostons verbringen. Das kann er vergessen. Sie alle beide.

»Im Leben nicht, Aiden.«

Diesen Einwand lässt er jedoch nicht gelten. Er ignoriert ihn schlichtweg.

»Aiden, nein.«

»Mana, doch. Denk an das Experiment.«

Mistkerl. Ich denk an nichts anderes mehr. Daran, dass es einen Großteil der Note ausmacht. Daran, dass ich es ausgerechnet zusammen mit Nox durchziehen muss.

»Ihr seid ätzend«, murmle ich, als Emma sich breit grinsend zu uns umdreht und den Daumen nach oben hält. Lennox sieht ebenso wenig begeistert aus, wie ich mich fühle, und ich weiß bereits jetzt, dass dieses Camp-Wochenende alles andere als einfach werden wird.

»Lass dich drauf ein. Mädchen stehen bekanntlich nicht darauf, ein ganzes Wochenende im Dreck zu leben, ohne eine Dusche und ein warmes Bett. Jetzt kannst du herausfinden, warum wir Jungs das lieben.«

Kapitel 8

Lennox

Die Wochenenden, an denen ich nach Hause fahre, kann ich an einer Hand abzählen. Meistens kann ich mich damit rausreden, dass ich viel zu tun habe. Mein Dad, dem die Ausbildung wichtig ist, murrt nur selten deswegen.

Dieses Wochenende konnte ich mich allerdings nicht drücken und nehme die zwei Stunden Fahrzeit auf mich. Zwei Nächte. Ich muss nur zwei Nächte mit Dad und meinen drei älteren Brüdern aushalten.

Noch ein Grund, warum ich so ungern nach Hause fahre, ist meine Mom. Alles dort erinnert mich an sie. An meine Kindheit. Die Abende, in denen sie mir eine Gute-Nacht-Geschichte vorgelesen hat. Die gemeinsamen Essen mit der ganzen Familie am Sonntag. Auch Manas Familie war sehr oft mit dabei. Aber es erinnert mich ebenso an ihren Verrat. An den Tag, an dem sie einfach verschwunden und nie mehr zurückgekommen ist. Das war auch die Zeit, in der ich Mana verloren habe. Und das nicht einmal absichtlich. Ich war sechzehn. Ein absolutes Mamakind und vor allem das Küken der Familie. Und dann war sie weg. Ließ mich bei Dad und meinen Brüdern zurück, und ich konnte tagelang nicht begreifen, was passiert war.

Dad war so wütend wie noch nie und hat mir befohlen, ja nicht zu heulen. Echte Männer würden das nicht tun. Dabei habe ich mich zu diesem Zeitpunkt noch nicht als echten

Mann gesehen. Ich war Lennox, dessen beste Freundin ein Mädchen war und der gern Football spielte.

Von da an ging alles bergab. Dad hat nicht ertragen, dass Mom ihn verlassen hatte, weswegen er sich noch mehr veränderte. Plötzlich bezeichnete er mich als Weichei, weil ich so viel Zeit mit Mana verbrachte. Männer und Frauen können nicht befreundet sein. Früher mochte er Mana und es hat mich fertiggemacht, ihn so über sie und meine Freundschaft zu ihr sprechen zu hören. Meine Brüder waren nicht besser. Die haben ohnehin nie verstanden, warum ich Mana noch nicht entjungfert habe. Schließlich lag ich oft genug mit ihr in einem Bett und hätte mehr als genug Möglichkeiten dafür gehabt. Ich habe keine Ahnung, warum ich mich so sehr von meinen Brüdern unterscheide. Dad war nicht immer so extrem. Er wurde so erzogen. In seiner Familie hatten die Frauen den Haushalt zu führen und die Kinder zu versorgen. Die Männer verdienten das Geld und hatten dann ein Recht darauf, ihren Feierabend zu genießen. Er war meiner Mom gegenüber nicht ganz so extrem wie sein Dad. Aber seit sie weg war, hatte er einen derartigen Hass auf Frauen entwickelt, dass er nach Mom nie mehr eine andere getroffen hat. Nachdem ich herausgefunden habe, dass sie mit meinem Onkel, Dads Bruder, verschwunden ist und Mana davon wusste, habe ich auch Hass entwickelt. Gegen Mana. Dieser Vertrauensbruch hat eine enorme Kluft zwischen uns aufgetan, die augenscheinlich nicht mehr zu überwinden ist.

Seufzend parke ich den Wagen in unserer Einfahrt und gebe mir selbst ein paar Minuten, um mich für das zu wappnen, was mich dieses Wochenende erwarten wird.

Ich lasse meinen Blick die Fassade nach oben gleiten. Grau. Als Mom weg war, hat Dad das ganze Ding grau gestrichen, und ich ertrage es kaum, es länger als eine Minute anzusehen. Früher war es weiß. Überall im Garten hatte sie ihre Blumenbeete. Bunt. Vor allem Gelb. Gelb war ihre Lieblingsfarbe. Als ich meinen Blick wende, sehe ich Manas Elternhaus. Unsere Grundstücke sind nur durch einen kleinen

Lattenzaun voneinander getrennt. In der Mitte der beiden Häuser steht ein großer Baum, dessen Äste ihr und mein Zimmer miteinander verbinden. Wir haben ihn oft genutzt, um uns gegenseitig zu besuchen. Schluckend wende ich meinen Blick davon ab und steige aus dem Wagen. Als ich meine Tasche aus dem Kofferraum hole, öffnet sich unsere Haustür und ich atme ein letztes Mal tief durch.

»Hallo, Kleiner!«

Colton, mein ältester Bruder, lehnt mit verschränkten Armen im Türrahmen und grinst mir entgegen.

»Nenn mich nicht so. Ich bin einen Kopf größer als du.«

Jetzt schon genervt knalle ich den Kofferraum zu und gehe auf ihn zu. Er wirkt immer noch so selbstgefällig wie eh und je. Wäre ich er, würde ich mich in Grund und Boden schämen. Rausgeworfen von der Frau, den Job verloren, weil er sich benommen hat wie ein Schwein. Und warum? Weil sein Boss eine Frau war. Jetzt wohnt er wieder zu Hause, lebt in den Tag hinein, und ich bin mir nicht einmal sicher, ob er noch weiß, wie eine Dusche funktioniert.

Zur Begrüßung nimmt er mich in den Schwitzkasten und reibt mit den Fingerknöcheln schmerzhaft über meine Kopfhaut. Jepp, Duschen wird eindeutig überbewertet in seiner Welt.

»Lass mich los.«

Wenn ich wollte, könnte ich ihn ganz leicht in den Boden stampfen. Nur bin ich nicht dafür gemacht, andere zu verprügeln. Auch nicht, wenn sie Arschlöcher sind. Ich reiße mich von ihm los und gehe ins Haus.

»Die anderen sind nicht da. Sie kommen erst am Sonntag wieder.«

»Was?« Entsetzt drehe ich mich zu Colton um.

»Sie sind spontan übers Wochenende Angeln gefahren.« Völlig desinteressiert schlendert er ins Wohnzimmer und lässt sich aufs Sofa fallen.

»Warum zur Hölle hat mir niemand Bescheid gesagt?« Dann wäre ich nie hergekommen, fuck.

»Niemand ist verpflichtet, dich über seine Pläne zu informieren, Lennox.«

Doch, schon. Wenn ich extra den ganzen Weg hierherfahre nur, um das Haus dann leer vorzufinden. Das spreche ich aber nicht laut aus. Wozu auch.

»Aber wenn du darauf bestehst, ich werde auch weg sein. Heute Abend gehts los nach New York.«

Ich will nichts wissen über ihn und New York. Jedes Mal wenn er dorthin fährt, dann nur, um die Bars unsicher zu machen und eine nach der anderen abzuschleppen.

Wortlos drehe ich mich um und stürme hoch in mein Zimmer. Der einzige Raum, der noch aussieht wie früher. An den Regalen über meinem Schreibtisch stehen meine Pokale und Medaillen, die ich im Lauf der Jahre gewonnen habe. Darunter kleben Unmengen Fotos an der Wand. Nicht, weil ich sie dorthin geklebt habe. Das war Mana.

Ich trete die Tür zu und sperre ab. Mache ich immer. Weil ich keine Lust habe, dass einer der anderen hier auch nur einen Fuß in dieses Zimmer setzt. Automatisch gehe ich auf das Fenster bei meinem Bett zu und öffne es weit. Wie früher. Damit Mana immer herkommen kann. Zu mir. Seufzend stütze ich die Arme auf dem Fensterbrett ab und starre rüber in ihr Zimmer. Es nervt mich tierisch, umsonst nach Hause gefahren zu sein. Allerdings bin ich auch schlichtweg zu faul, sofort wieder ins Auto zu steigen. Ich bin müde. Eigentlich bin ich das immer. Aber heute besonders. Ich hasse, es mit dem Auto zu fahren. Macht mich jedes Mal wieder fertig. Aus einem Impuls heraus stemme ich mich hoch und klettere auf den Baum, der mir jetzt mit zwanzig gar nicht mehr so hoch vorkommt wie damals, als wir Kinder waren. Ich hangle mich rüber bis zu Manas Haus und versuche probehalber, ihr Fenster zu öffnen. Es geht tatsächlich auf und ich fackle nicht lange, sondern steige durch ihr Fenster in ihr Zimmer ein. Und fühle mich sofort um einiges besser. Ihr Bett ist übersäht mit Stofftieren, die sie alle von mir bekommen hat. Es bringt mich zum Lächeln, dass sie die alle noch hat, und ich greife nach einem kleinen Stoff Football. Den habe ich ihr zuerst geschenkt. Wir waren vierzehn. Mana ist nur ein halbes Jahr jünger als ich. In der Stadt gab es einen Rummel und wir haben uns davongeschlichen. Die ganze Nacht und hatten den Spaß unseres Lebens. In dieser Nacht habe ich diesen Football für sie gewonnen. Dass sie ihn noch hat, ist schön.

Es ist eigenartig, jetzt als erwachsener Mann in ihrem Zimmer zu sein.

»Lennox?«

Scheiße. Mein Kopf ruckt hoch, und ich sehe in die Augen von Manas Mom. Der Anblick lässt mich heftig schlucken, und ich muss aussehen wie ein Idiot mit dem Ball in der Hand. In einem Zimmer, in dem ich nichts zu suchen habe.

»Hey ...«

Als wir Kinder waren, fand sie es nicht schlimm, dass wir uns immer in das Zimmer des anderen geschlichen haben. Sie fand es sogar süß, und wir waren schließlich auch eine Familie. Irgendwie. Aber jetzt bin ich zwanzig, war seit Jahren nicht hier. Deswegen rechne ich halb damit, dass sie mich gleich aus dem Fenster werfen wird. Als sie allerdings auf mich zugeht und mich in die Arme schließt, bin ich überrascht. Sehr.

»Mein Junge.«

Irgendetwas in mir verschiebt sich gerade gewaltig, aber ich bleibe stocksteif stehen und schlucke heftig, als sie ihre Hände an meine Oberarme legt, mich ein wenig von sich schiebt und mich mustert. Mana gleicht ihrer Mom optisch kaum. Aber was die beiden verbindet, ist ihre Fürsorge.

»Ich sollte mir eigentlich Gedanken darüber machen, wenn ein junger Mann in das Zimmer meiner Tochter klettert.«

»Es tut mir leid. Ich ... keine Ahnung. Das war spontan?«

Sanft lächelnd legt sie den Kopf schief und wirft einen Blick an mir vorbei Richtung Fenster und seufzt.

»Ich bin froh, dich zu sehen, Lennox.«

Als meine Mom verschwunden ist, war Adele diejenige, die nach mir gesehen hat. Sie hat für uns gekocht und mir versichert, dass ich jederzeit einen Platz in ihrem Haus haben werde. Allerdings wusste ich das damals nicht zu schätzen. Ich war zu wütend auf alles und jeden.

»Ich bin auch froh«, murmle ich und schlucke erneut kräftig.

»Möchtest du mit uns essen? Dein Vater ist nicht zu Hause und ...«

Selbst wenn, würde er nichts kochen. Er würde etwas bestellen oder uns etwas holen lassen. Ab und zu ja okay, aber bei Gott ich steh drauf, wenn jemand selbst kocht. Vor allem stehe ich auf das Essen von Adele.

Sie scheint mein Zögern zu bemerken und legt mir wieder eine Hand sanft auf den Arm. »Mana kommt erst später. Und sie hat bestimmt nichts dagegen, wenn du ein wenig hierbleibst.«

Hat sie bestimmt. Ich kann mich trotzdem nicht davon abhalten zu nicken. Ich hab sie vermisst. Und ihr Essen, und ich brauche ein bisschen Familie um mich herum, denn im Moment scheint alles durcheinanderzugeraten und das nervt tierisch.

»Sehr gut. Dann komm mit und lass uns George erklären, warum so ein Muskelpaket wie du im Zimmer seiner Tochter steht.« Sie tätschelt grinsend meinen Bauch. »Du bist ja doch noch in deinen Körper reingewachsen.«

Lachend lege ich nun doch einen Arm um ihre Schulter und drücke sie kurz an mich, als wir nach unten gehen.

»Ich hab dich wirklich vermisst.«

Kapitel 9

Mana

Ich kam später als geplant zu Hause an und bin aus allen Wolken gefallen, als meine Eltern mir erzählt haben, dass Lennox hier war und mit ihnen gegessen hat.

Einerseits war ich wütend auf ihn, weil er es wagt, hier aufzutauchen. Andererseits war ich gerührt, dass er wohl die Flucht in unser Haus angetreten ist nach so langer Zeit. Dass meine Eltern ihn lieben, ist kein Geheimnis. Dass ich ihn nicht wirklich hasse, ist auch nicht wirklich überraschend. Aber ich möchte es nicht zugeben. Es ist leichter, ihn zu hassen.

Meine Wut auf ihn ist leichter zu ertragen als meine Gefühle, die sich damals ganz langsam entwickelt haben, bevor sie in sich zusammengefallen sind, als er uns beide nicht mehr wollte. Weil ich ihn so verraten habe. Jetzt ist da nichts mehr außer einer großen Enttäuschung. Auf ihn. Auf mich. Ich hasse das. Ich hasse es, dass ich ständig mit diesem Gefühl herumlaufe.

Unsere Häuser liegen ein wenig abgelegen, und nicht weit von uns entfernt befindet sich eine Steinbrücke, die über einen Bach führt. Wir saßen früher stundenlang dort oben und haben Steine ins Wasser geworfen oder haben den Wald auf der anderen Seite erkundet. Dabei sind wir auf eine Höhle gestoßen. Diese Höhle liegt so abgelegen, dass nie auch nur ein Mensch darauf gestoßen ist. Also haben wir sie irgendwann als unser Eigentum betrachtet und sie sogar eingerichtet. Nervös schlage ich mich durchs Unterholz, genieße die klare Luft hier draußen und leuchte mir mit der Taschenlampe meinen Weg. Irgendwie war es dringend nötig, mal ein Wochenende nach Hause zu fahren, auch wenn ich nicht damit gerechnet habe, ausgerechnet auf Lennox zu treffen.

Ich höre das Holz unter mir knacken. Mittlerweile ist es schon kalt und ich ziehe den Reißverschluss meiner Jacke ein wenig höher, als unser kleines Versteck in Sicht kommt. Ich bleibe stehen. Weil ich mir nicht sicher bin, was mich erwarten wird. Ich war schon eine Weile nicht mehr hier. Um ehrlich zu sein, hatte ich nicht vor, das so schnell zu ändern. Trotzdem stehe ich jetzt hier, weil ich das Gefühl habe, dass Lennox vielleicht nicht allein sein möchte. Und wenn doch? Ich hab genauso das Recht, hier zu sein wie er. Also setze ich meinen Weg fort und schiebe die Holzbretter zur Seite, die den Eingang der Höhle vor unerwünschten Blicken verbergen.

Gerade, als ich sie betrete, und die Bretter wieder an ihren Platz zurückstelle, schreit jemand hinter mir. Auch mir entkommt ein Schrei, meine Taschenlampe fällt zu Boden und gibt den Geist auf.

»Scheiße noch mal, ich hätte beinahe einen Herzinfarkt bekommen!«

Heiliger ich doch genau so. Keuchend presse ich mir die flache Hand gegen mein wild schlagendes Herz, und als sich meine Augen an die dunkle Umgebung gewöhnt haben, sehe ich Lennox vor mir.

»Bist du von allen guten Geistern verlassen?«, blaffe ich ihn an und bücke mich nach meiner Taschenlampe.

»Ich? Wer schleicht sich denn nachts hier rein?«

»Idiot. Nicht ich sitze still im Dunkeln hier drinnen und erschrecke jeden, der sich von draußen reinwagt.«

»Mana, niemand außer uns kennt diese Höhle. Wer hätte sonst hier drinnen sein sollen?«

Einen Moment sehen wir uns schweigend an, bevor ich meine Lampe anstelle und ihm ins Gesicht leuchte. »Was soll der Scheiß denn jetzt?«

Er kneift die Augen zusammen, bevor er sich den Unterarm über sein Gesicht hält und einen Schritt zurückmacht.

»Was machst du hier, Nox.«

»Wonach sieht es denn aus?«

Seine Stimme klingt rau, und es schwingt eindeutig Trauer darin mit.

»Das ist keine Antwort auf meine Frage.«

Ihm entweicht ein tiefes Seufzen, als er umdreht und weiter in die Höhle reingeht. Kurz darauf erhellt Kerzenschein unsere Umgebung, und ich kann die Taschenlampe wieder wegpacken und mich umsehen. Ich war schon ewig nicht mehr hier, und als ich mich umsehe, fühle ich mich wie zu Hause. Hier hat sich nichts verändert. Noch immer stehen die Kisten hier, die wir lediglich mit einem kleinen Sitzkissen ausgestattet haben, um nicht auf dem kalten Boden sitzen zu müssen. In einer Ecke ist noch immer unsere kleine Holztruhe, in der ich, wenn ich sie jetzt öffnen würde, Decken, eine weitere Taschenlampe, Kerzen und dergleichen finden würde. Außerdem befindet sich darin normalerweise unser Süßigkeitenvorrat, den vor allem ich zur Genüge geplündert habe, wenn ich meine Tage hatte.

»Mein Dad hat mich nach Hause zitiert. Er hat nur leider vergessen, mir mitzuteilen, dass er und meine Brüder das ganze Wochenende nicht da sein werden.«

Sieht seinem Vater ja leider ähnlich. »Und deswegen bist du in mein Zimmer eingestiegen?«

Schuldbewusst senkt er seinen Blick, während ich mich auf eine der Kisten niederlasse und die Jacke fester um mich ziehe.

»Das war nicht geplant«, murrt er und setzt sofort wieder diesen wütenden Gesichtsausdruck auf, den ich die letzten Jahre mehr als genug an ihm beobachten durfte. Kaum zu glauben, dass er derselbe Kerl ist, der früher nur gelacht hat, wenn er mit mir zusammen war.

»Du hast kein Recht, so wütend auf mich zu sein, Mana.«

Oh, da bin ich aber anderer Meinung. »Habe ich nicht? Bist du dir sicher?«

Er nickt und sieht mich aus zusammengekniffenen Augen an.

»Also darf ich nicht sauer sein, weil du mich einfach aus deinem Leben gestrichen hast, ohne mir die Chance zu geben, es dir zu erklären? Ist es das, was du mir damit sagen willst?« Er hat keine Ahnung, wie es mich verletzt hat. Wie einsam ich die erste Zeit ohne ihn gewesen bin und wie es auch heute noch Momente gibt, in denen ich mir die Zeit mit ihm zurückwünsche. Auch wenn mir bewusst ist, dass die größte Schuld bei mir liegt, bedeutet das nicht, dass ich nicht unter der Situation leide.

Lennox steht immer noch. »Ist dir schon einmal in den Sinn gekommen, dass ich dich damals gebraucht hätte? Dass ich meine beste Freundin an meiner Seite gebraucht hätte? Wie wichtig es gewesen wäre, wenn wenigstens du ehrlich zu mir gewesen wärst? Nein?«

Mir ist bewusst, dass ich was hätte sagen sollen, bevor etwas passiert ist. Aber dass er nicht einmal sieht, dass auch er seinen Teil zu unserem Bruch beigetragen hat, macht mich rasend. Schnell schieße ich von meinem Platz hoch und funkle ihn wütend an. »Wie hätte ich das denn machen sollen, wenn du mir keine Gelegenheit dazu gegeben hast? Du hast dich in deinem Zimmer verkrochen und kein Wort mehr mit mir gesprochen.«

Lennox fährt sich aufgebracht mit den Fingern durch die Haare und ballt seine andere Hand zur Faust. »Du verstehst es nicht, oder?«

Stumm blicke ich in die Augen, die mir früher so vertraut waren.

»Mana ich war sechzehn. Meine Mom hat aus heiterem Himmel beschlossen, die Familie zu verlassen. Mich zu verlassen. Sie ist mit meinem Onkel durchgebrannt und du wusstest es. Du wusstest davon und hast es mir nicht gesagt. Also verzeih mir, dass ich dich einfach nicht mehr ansehen konnte.«

Mit jedem Wort ist er lauter geworden und in diesem Moment wirkt er so viel erwachsener als jemals zuvor. Seine Worte schneiden tief in mein Herz.

»Du hast mir doch gar keine Chance gegeben, es dir zu erklären!«, schreie ich zurück.

Aber alles, was er sagt, entspricht der Wahrheit. Ich saß damals mit einem Buch an meinem Fenster. Nox war mit seinem Dad und seinen Brüder unterwegs, als seine Mom aus dem Haus kam und Lennox' Onkel aus seinem Auto gestiegen ist, um ihr ihre Koffer abzunehmen. Bereits da wusste ich, dass da etwas ganz gewaltig schief läuft. Als sich die beiden auch noch geküsst haben und dann ins Auto gestiegen sind, um zu verschwinden, wurde mir richtig übel. Weil ich nicht wusste, was ich tun sollte, und auch die Hoffnung darauf, etwas falsch interpretiert zu haben, sehr präsent war, habe ich geschwiegen.

»Mana, ich war verletzt. Du hast mein Vertrauen in dich mit Füßen getreten. Was hast du denn von mir erwartet? Dass ich kurz danach alles vergesse, weil es dir leidtut?«

Mit jedem seiner Worte überträgt sich sein Schmerz auf mich und wird zu meinem eigenen. Auch wenn es nicht schön ist zu hören, was man alles falsch gemacht hat, brauchen wir zwei vielleicht jetzt genau das.

»Ich habe Tag für Tag gehofft, dass du einfach durch mein Fenster in mein Zimmer kommst und mich in den Arm nimmst. Mich bei dir heulen lässt. Einfach für mich da bist. Wieder und wieder versuchst, es mir zu erklären, bis ich dir zuhöre. Stattdessen warst du sauer, weil ich dich ein einziges Mal in unserer ganzen Freundschaft habe nicht sehen wollte, und hast dann einfach so alles aufgegeben. Denkst du wirklich, dass ich mein Leben lang wütend auf dich gewesen wäre? Ich brauchte Zeit. Einfach nur ein wenig Zeit, um die Gedanken in meinem Kopf zu sortieren. Dazu hätte ich dich gebraucht. Dich und ein kleines bisschen Verständnis für mich.«

Er ist so aufgebracht, dass er mich gar nicht erst zu Wort kommen lässt, sondern stur weiterspricht.

»Du warst meine beste Freundin. Dich hätte ich zu der Zeit am meisten gebraucht. Aber du warst nicht da, und es ist nicht meine Schuld. Wäre deine Mom abgehauen, was denkst du, hätte ich getan, Mana?«

Er wäre für mich da gewesen. Er hätte mich niemals belogen oder grundlegende Dinge vor mir verschwiegen, und mein Herz bricht, als mir bewusst wird, dass ich nie auch nur ansatzweise seine Sicht der Dinge gesehen habe, oder auch nur versucht habe, sie zu verstehen. Ich war trotzig. Weil ich nur meine eigenen Gefühle in den Vordergrund geschoben habe. Langsam, wie betäubt, stehe ich auf und betrachte, wie er schwer atmend, mit zu Fäusten geballten Händen, vor mir steht und mich wütend anstarrt.

»Wer war damals da, als du dir in einem Sommer das Bein gebrochen hast und nicht mit an den See konntest? Wer saß stundenlang in deinem Zimmer und hat versucht, dich abzulenken? Wer hat dich nach deinem ersten Versuch von Alkohol heimlich ins Zimmer verfrachtet und dir die ganze Nacht die Haare gehalten, als du alles wieder erbrochen hast? Ich, Mana. Ich war da. Immer. Und ich dachte wirklich, das Mädchen, dass nachts eine Lampe an ihrem Fenster brennen lässt, weil sie weiß, ich habe Angst im Dunkeln, wäre für mich ebenso da, wenn es mir schlecht geht. Warst du aber nicht.«

Seine Stimme klingt plötzlich müde. Ausgelaugt und ich erkenne Tränen in Lennox Augen, während mir bewusst wird, dass er mit allem vollkommen recht hat. Lennox war ein absolutes Mamakind, und mir hätte klar sein müssen, dass er ihren Weggang nicht einfach so wegstecken würde. Stattdessen habe ich angefangen zu zicken, wie ein kleines Kind. Wie ein typisches Mädchen, das dachte, ihre eigenen Probleme wären viel schlimmer als alles andere. Wie konnte ich nur so blind sein, und das alles nicht sehen? Wie konnte ich ihn nur so im Stich lassen? Nun treten auch mir Tränen in die Augen, und ich kann nicht verhindern, dass sie ungehindert über meine Wange laufen.

»Nox …«

Er schüttelt den Kopf und hebt abwehrend seine Hand doch. Sichtlich darum bemüht, nicht zu weinen. »Ich will es nicht hören. Nicht mehr«, flüstert er. »Ich bin nur hier, weil ich einen Ort gebraucht habe, um mich zu verstecken. Weil ich nicht nach Hause möchte, allerdings aber auch keine Lust mehr auf die lange Fahrt zurückhabe.« Harsch reibt er sich mit den Händen über das Gesicht und legt den Kopf in den Nacken, bevor er sich umdreht und auf die Holztruhe zugeht, die unsere nötigsten Dinge beherbergt. Er greift rein und holt etwas heraus, was ich bei dem schummrigen Licht nicht sofort erkennen kann. »Als du weg warst, und Mom, habe ich mich in meinen Sport gestürzt. Mit achtzehn habe ich ein wichtiges Spiel gewonnen.« Als er sich zu mir umdreht, erkenne ich eine Medaille in seiner Hand. »Meine Mitspieler gaben sie ihren Freundinnen. Ich wollte sie dir geben, aber du warst ja nicht mehr bei mir. Also bin ich hierhergefahren und habe sie hier versteckt.«

Nun ist es vorbei mit meiner Selbstbeherrschung und ich lasse den Tränen freien Lauf. Er wollte seine Medaille mir geben. Mir. Und ich habe ihn im Stich gelassen. »Es tut mir so leid.« Meine Stimme klingt brüchig, als mir die Tragweite dessen, was ich alles zerstört habe, bewusst wird. Egal wie ich es drehe und wende, niemand kann Lennox die Schuld dafür geben, denn er hat sich eindeutig in einer Ausnahmesituation befunden, in der wohl jeder nur an sich gedacht hätte. Und ich war nicht für ihn da, weil ich lieber zicken wollte und mich in Selbstmitleid gesuhlt habe. Und wozu das Ganze? Um eine wirklich wundervolle Freundschaft zu zerstören.

Kapitel 10

Lennox

Es tut so gut, ihr endlich sagen zu können, was ich schon seit Jahren mit mir herumschleppe. Endlich die Dinge aus der Welt zu schaffen, die uns beide so lange belastet haben. Wir waren noch so jung. Auf die Idee, früher miteinander zu sprechen, kam keiner von uns.

Sie jetzt weinend vor mir stehen zu sehen, bricht mir das Herz. Also überwinde ich endlich all die Distanz zwischen uns, die wir über die Jahre aufgebaut haben, und ziehe sie fest in meine Arme. Lasse sie weinen. Wäre ich nicht so wütend gewesen, hätte ich ihr die Chance gegeben, mir zu erklären, warum sie mir erst von meiner Mom und meinem Onkel erzählt hat, nachdem ich es durch meinen Vater erfahren habe. Vielleicht hätten wir dann einen anderen Weg gefunden, mit dieser Situation umzugehen.

»Es tut mir leid!«

»Ich weiß. Mir auch!«

Ich lasse Mana los, bringe ein wenig Abstand zwischen uns, bevor ich ihr meine Medaille in die Hand drücke. Sie war ohnehin nur für sie bestimmt und endlich kann ich sie ihr auch geben. Ihre Finger gleiten sanft über das Metall, bevor sie sich die Medaille ans Herz drückt und zu mir hochsieht.

Erschöpft lasse ich mich auf eine der Kisten fallen, stütze meine Ellbogen auf meinen Knien ab und beobachte sie. Sie setzt sich ebenfalls hin. Mein Geschenk noch immer in den

Händen. Nach wie vor erleuchtet nur eine Kerze unsere kleine Höhle. Aber das reicht mir. Das Kerzenlicht macht ihre Züge um einiges weicher. Sie ist immer noch das schönste Mädchen, das mir jemals begegnet ist, und ich habe sie furchtbar vermisst.

»Ich ...«, fängt sie an, reibt sich aber dann mit dem Handrücken schniefend über die Nase, bevor sie mich wieder ansieht.

»Dir ist kalt«, stelle ich fest. Denn es ist wirklich verdammt kalt mittlerweile und leider habe ich nicht daran gedacht, heute auch noch Holz für unsere Feuerstelle zu suchen.

»Es geht schon. Bitte, hör mir zu. Ich muss das jetzt loswerden.«

Ich nicke nur.

»Es tut mir leid. Ich ... ich hatte Angst. Angst davor, dir noch mehr wehzutun. Du warst bereits am Boden zerstört, als deine Mom weg war. Ich wollte es nicht noch schlimmer machen. Außerdem wusste ich ja nicht, dass sie wirklich durchbrennen. Ich war überfordert, dabei hätte ich gleich zu dir kommen sollen, um dir davon zu erzählen. Es tut mir so leid. «

»Wir sind beide dumm gewesen. Fuck, Mana, ich kann nicht fassen, dass wir wegen so einem Scheiß so lange nicht mehr miteinander gesprochen haben.«

»An diesen Abend kamen wir nach Hause, und haben das Haus leer vorgefunden. Mom war weg. Und sie war um diese Uhrzeit immer zu Hause und hat für uns gekocht. Die Küche war kalt und auch ein großer Teil ihrer Sachen war weg. Bis heute weiß ich nicht, warum sie einfach abgehauen ist. Ohne meine Brüder und mich. Falls Dad es weiß, hat er es uns nie gesagt und ich war nicht mutig genug, um zu fragen. Die Tatsache, dass sie ohne uns weg ist, hat bereits etwas in mir kaputt gemacht. Die Bestätigung, dass sie mich nicht genug geliebt hat, um zu bleiben oder mich wenigstens mitzunehmen, wollte ich schlichtweg nicht haben.«

Seufzend lege ich den Kopf in den Nacken und gehe im Geiste noch einmal den schlimmsten Moment meines Lebens durch.

»Ich habe geheult wie ein Baby. Du erinnerst dich sicher daran, denn du hast mich währenddessen im Arm gehalten.«

Mana war für mich da. Zu diesem Zeitpunkt wusste ich noch nicht, was sie beobachtet hat. Dass sie wusste, mit wem meine Mutter weggegangen ist.

Beschämt blickt sie nach unten und zuckt mit den Schultern. Sie wirkt kleiner, als sie ist und unsicherer als sonst, die Lippen fest zusammengepresst, sodass sie nur noch ein schmaler Strich sind.

»Sieh mich an.«

Nur widerwillig kommt sie meiner Bitte nach.

»Du warst die Einzige, der ich bedingungslos vertraut habe. Nur vor dir habe ich jemals geweint. Die Schuld an dieser verfahrenen Situation trifft nicht nur dich alleine, auch wenn es lange gedauert hat, das zu kapieren. Ich hätte wissen müssen, dass deine Handlungen immer nur zum Ziel hatten, dass es mir gut geht. Es tut mir leid, dass ich so an dir gezweifelt habe.« Sie schaut wieder nach unten und atmet ein paar Mal tief ein und aus. Dann stürzt sie sich in meine Arme.

»Ich hab dich so vermisst!«, weinend murmelt sie die Worte gegen mein T-Shirt und ich ziehe sie eine Spur fester an mich.

Erst nach einer langen Weile löst sie sich von mir und wischt sich die Augen mit dem Handrücken ab. Ich lehne mich an die kalte Steinwand zurück und betrachte sie ruhig, während in mir der Wunsch aufkommt, sie aufzuheitern.

»Erinnerst du dich daran, als mein Bruder dir von meinem Handy aus geschrieben hat, dass Einbrecher in unserem Haus sind und ich Hilfe brauche. Damals waren wir zwölf und du bist ohne zu zögern in mein Haus marschiert und hast gebrüllt, dass du jeden unschädlich machst, der sich mir auch nur nähert. Es war, glaube ich, auch mein Bruder, der dich, natürlich auch wieder mit meinem Handy, angerufen hat, um dir zu sagen, ich würde im Krankenhaus liegen, weil ich die Treppen runtergefallen bin. In Wirklichkeit war ich nur beim Arzt, weil ich eine Spritze bekommen habe. Soll ich fortfahren?«

Lachend steckt sie sich meine Medaille, die sie die ganze Zeit in der Hand hatte, in ihre hintere Hosentasche, wischt sich über das Gesicht und schüttelt den Kopf.

»Ich kann nicht fassen, dass ich ihm das geglaubt habe!

Sie schaut mich wieder an, ein leichtes Lächeln ziert ihre Lippen und lässt ihr Gesicht weicher wirken. »Es tut mir so leid. Können wir wieder ... Freunde sein?«

Als ich mir grinsend auf die Unterlippe beiße und nicke, atmen wir beide auf. Wir wussten immer schon, dass uns ohne den anderen etwas sehr Wichtiges fehlt. Aber ich denke, heute wurde uns erst so richtig bewusst, wie sehr.

Sie atmet tief ein und aus, bevor sie aufsteht und ihre Hand an meine Wange legt. Sofort finden meine Hände ihren Weg an ihre Hüfte. »Nox ...« Sie verstummt, und ein kleines Lächeln erscheint auf ihren Lippen. »Ist in der Kiste noch immer Schokolade?«

Wortlos, und ohne den Blick von ihr zu nehmen, strecke ich meine Hand zur Seite aus, öffne den Deckel der Truhe und hole eine Tafel für sie raus.

Kapitel 11

Mana

Unser Gespräch gestern in der Höhle hat gutgetan. Es war nötig, dass wir uns nach all den Jahren endlich ausgesprochen haben. Lennox hatte recht. Ich hätte mit ihm sprechen müssen. Ihm sagen sollen, das seine Mutter mit seinem Onkel weggefahren ist, und dann hätte ich für ihn da sein müssen. Stattdessen habe ich nichts getan und unsere Freundschaft riskiert.

Während er gestern Nacht doch noch nach Hause gefahren ist, bin ich bei meinen Eltern geblieben, denen die Neugierde ins Gesicht geschrieben stand. Ich bin nur nicht bereit, sie zu stillen. Der Gedanke an Kaffee treibt mich kurze Zeit später aber doch aus meinem Bett. Seufzend gehe ich nach unten in die Küche, wo Dad am Esstisch sitzt und seine Zeitung liest, und Mom gerade dabei ist, Speck und Eier anzubraten.

»Guten Morgen.«

Dad lässt die Zeitung sinken und sieht ernst in meine Richtung. Wenigstens wartet er, bis ich mir eine Tasse Kaffee geholt und Mom einen Kuss auf die Wange gedrückt habe.

»Guten Morgen.«

Als ich das Gleiche auch bei Dad mache, bilden sich leichte Lachfalten um seine Augen.

»Möchten wir vielleicht drüber sprechen, warum ein junger Mann sich gestern Abend in dein Zimmer geschlichen hat?«

»Junger Mann? Wir sprechen immer noch von Nox, Dad.«

»Dann lass es mich anders ausdrücken. Warum schleicht Nox sich in das Zimmer meiner Tochter?«

»Das hat er früher auch immer gemacht, Dad.«

»Früher war er ein Kind. Gestern durfte ich beobachten, wie deine Mutter einen Schrank von einem Mann die Treppe runterbegleitet hat.«

Ich verkneife mir ein Lachen, denn sein entsetzter Gesichtsausdruck ist zu süß.

»Ich dachte, du magst Nox?«

»Ich mag ihn auch. Allerdings wäre es mir lieber, er würde ab sofort durch die Eingangstür kommen, damit ich wenigstens weiß, dass du Besuch hast.«

»Dad! Nox und ich sind keine Kinder mehr.«

»Eben. Er kann herkommen. Durch die Haustür. Wie jeder andere.«

»Ist okay, Dad«, sage ich, da es sonst keine anderen gibt, die hier einmarschieren würden.

Während wir frühstücken, gehe ich wieder und wieder unser Gespräch von gestern durch. Ich weiß nicht, ob wir wieder zu unserer früheren Vertrautheit zurückkehren können. Aber ich weiß, dass er zumindest wieder bereit ist, es uns versuchen und mich in sein Leben zu lassen.

Als Mom uns das Frühstück auf die Teller schiebt, lächelt Dad sie dankbar an.

»Setz dich jetzt endlich hin, Liebling. Ich spüle gleich.« Lächelnd setzt Mom sich neben ihn und sieht mich dann mit einer anderen Art Lächeln an. »Also, Nox …«, fängt sie an und sieht dabei aus wie Emma, wenn sie über einen süßen Typen redet.

»Mom …«, sage ich leise und verstecke mich hinter der Kaffeetasse.

»Er sieht sehr gut aus. Aus ihm ist ein richtig stattlicher, junger Mann geworden.«

Dad guckt erneut finster drein. Vermutlich gefällt ihm jetzt noch weniger, dass Nox in mein Zimmer gekommen ist.

»Können wir bitte das Thema wechseln?«

»Du wirst ja rot, Spätzchen«, stichelt sie leise.

»Mom, bitte! Es ist immer noch Nox, und wir hatten seit Jahren keinen Kontakt mehr. Können wir jetzt bitte über etwas anderes sprechen?« Ich presse meine Lippen zusammen und neige meinen Kopf leicht in Dads Richtung, um ihr deutlich zu machen, dass mein Vater ganz und gar nicht begeistert ist von diesem Thema.

»George, wolltest du nicht heute den Rasen mähen?«, fragt Mom meinen Dad, der zwischen ihr und mir hin- und hersieht.

»Ich wollte spülen.«

Mom lächelt ihn einfach mit ihrem schönsten Lächeln an, das sie immer dann aufsetzt, wenn sie etwas möchte. Dad seufzt ergeben, nimmt das Gesicht meiner Mom in die Hände und küsst sie, murmelt ihr etwas zu und steht dann auf.

»Also. Dein Vater ist jetzt weg. Du und Nox? Ich wusste es schon immer!« Begeistert klatscht sie in die Hände und schenkt uns beiden Kaffee nach.«

»Nein, Mom. So ist das nicht.« Ich erzähle ihr in so wenigen Worten wie möglich von unserem Experiment und davon, dass wir deswegen viel Zeit zusammen verbringen müssen. Ich erzähle ihr auch von unserem Gespräch gestern Abend und davon, wie sehr er mir gefehlt hat und wie unsicher ich im Moment bin, weil ich nicht weiß, wie wir beide miteinander umgehen sollen. »Manchmal blitzt der alte Nox, mein Nox, noch durch. Aber die letzten Jahre haben ihn verändert. Wenn du verstehst, was ich meine.« Ich schiebe meinen Teller von mir, nehme meine Tasse in die Hand und lehne mich entspannt zurück. Irgendwie tut es gut, mit ihr darüber zu reden.

»Er ist ernster geworden«, bestätigt meine Mutter und lächelt dann. »Aber er ist eindeutig dein Nox. Wie schuldbewusst er gestern ausgesehen hat. Als ich ihm sagte, dass du nicht da bist, sah er aus, als hätte ich seinen Hund überfahren.«

Ich schnaubte. »Mom! Nox hat gar keinen Hund.«

»Aber er sah aus, als hätte ich seinen imaginären Hund überfahren. Ich glaube, er mag dich.«

Ich schnaube nicht gerade damenhaft und schüttle den Kopf. »Nein, glaub mir. Okay, vielleicht ein bisschen ... ich weiß es nicht. Als wir uns das erste Mal wieder gesehen haben auf der Uni, haben wir uns angefeindet. Gestern hatten wir das erste Mal ein richtiges, klärendes Gespräch.«

»Früher ist er oft in mein Zimmer gekommen, aber das wusstest du, oder?«

Mom grinst mich nur an und sagt nichts weiter dazu.

»Dachte ich mir. Danke, Mom.«

»Wofür?«

»Dass du ihn hast in mein Zimmer klettern lassen. Er hat das gebraucht.«

»Ich weiß, meine Süße. Aber verrate Dad nichts davon, sonst bekommt er womöglich noch einen Herzinfarkt.« Sie zwinkert mir zu und räumt die Teller zusammen. »Was hältst du von einem Ausflug in die Stadt? Wir könnten uns eine Pediküre gönnen. Dein Vater wollte ja unbedingt spülen.«

»Sehr viel halte ich davon!«

Erfreut helfe ich ihr beim Abräumen des Tisches und kichere, als wir die Küche so lassen, wie sie ist und an Dad vorbeilaufen, der mit dem Rasenmäher hantiert und uns kopfschüttelnd hinterher winkt, als Mom ihm eine Kusshand zuwirft.

Kapitel 12

Lennox

Nachdem Mana und ich uns gestern Schokolade geteilt haben, drehten sich unsere Gespräche um Unverfängliches. Irgendwie haben wir es beide nicht übers Herz gebracht, noch weiter in alten Wunden zu stochern. Es war schön, sie ein bisschen bei mir zu haben. Meine Mana. Wenn man kurz außer acht gelassen hat, was unseren Bruch herbeigeführt hat, war es fast so wie früher. Wenn auch weniger intensiv, weil wir beide vorsichtig miteinander umgegangen sind.

Während sie bei ihren Eltern übernachtet hat, bin ich nachts noch nach Hause gefahren. Keine zehn Pferde hätten mich dazu gebracht, im Haus meines Vaters zu bleiben.

Ihre Eltern haben angeboten, bei ihnen zu übernachten. Auf dem Sofa, denn schließlich bin ich jetzt kein Kind mehr. Aber ich habe dankend abgelehnt. Mana und ich haben das erste Mal seit Jahren halbwegs normal miteinander gesprochen. Ich brauchte jedoch ein wenig Zeit für mich und vor allem sollten Mana und ich es ein bisschen langsamer angehen lassen. Wenn wir uns jetzt kopfüber wieder in die ganze Sache reinstürzen, könnte es genauso gut nach hinten losgehen. Sie hat mir gefehlt. Trotz allem, was war, hat sie mir so sehr gefehlt.

Als ich gestern zu Hause angekommen bin, war gerade eine Party zugange. Sophie war ebenso wenig wählerisch wie ich. Es hat nicht lange gedauert, bis die wohlbekannte Wirkung des Alkoholes sich bei mir gezeigt hat und ihre

Lippen suchend über meine geglitten sind. Meine Wut über meine Familie und das aufwühlende Gespräch mit Mana hat dafür gesorgt, dass ich meine Probleme zumindest für eine kurze Zeit in Alkohol hatte ertränken wollen. Sophie kam mir da mehr als gelegen. Aber welcher Kerl in meinem Alter würde auch Nein sagen, wenn sich eine heiße Frau in deinem Zimmer entblößt, sich nackt auf deinen Schoß setzt und dir so dreckige Worte ins Ohr flüstert, dass du das Gefühl hast, deine Hose würde gleich platzen? Ich. Ich habe tatsächlich Nein gesagt. Ich bin so ein Armleuchter.

»Guten Morgen, Nox.«

»Guten Morgen.«

»Hast du gut geschlafen?«

»Ja.« Und jetzt geh.

Sophie hat mein Nein zwar akzeptiert, sich aber dennoch, angetrunken und nackt, wie sie war, auf mein Bett fallen lassen, um sofort einzuschlafen. Da ich, ebenso angetrunken wie sie, zu faul und zu müde war, mein Nachtlager woanders aufzuschlagen, habe ich mich kurzerhand auf den Boden gelegt und dort gepennt.

Sie streckt sich, als sie sich aufsetzt, und ich muss gestehen, sie ist heiß. Unter anderen Umständen wäre ich sofort zu ihr ins Bett gekrochen, um das Versäumte von gestern Nacht nachzuholen. Aber ich kann nicht. Weil mir Mana seit gestern nicht mehr aus dem Kopf geht. Wenn ich ehrlich bin, denke ich schon viel länger wieder über sie nach.

»Wer ist sie, Lennox?«

»Ich weiß nicht, was du meinst.« Ich stelle mich ahnungslos, als ich mich vom Boden aufrapple und in meine Jogginghose steige.

»Du weißt genau, was ich meine. Aber es ist okay, wenn du es mir nicht erzählen willst.«

Mit einem feinen Lächeln auf den Lippen steht sie auf und kommt mit wiegenden Hüften auf mich zu. Vor nicht allzu langer Zeit hätte ich genauer hingesehen, doch heute wende ich den Blick beschämt lächelnd ab und lege mir die Hand verlegen in den Nacken.

»Nox? Sieh mich an.« Automatisch blicke ich ihr sofort in die Augen und hebe abwartend eine Augenbraue.

»Egal wer sie ist, aber wenn sie dich dazu bringt, unkomplizierten und schnellen Sex in den Wind zu schlagen, dann solltest du es ihr sagen.«

Ihre Worte treffen mich härter, als sie sollten.

Sophie drückt mir einen federleichten Kuss auf die Wange, bevor sie sich ihre Sachen schnappt und sich in mein Badezimmer, das direkt an mein Zimmer anschließt, verzieht.

Ich nutze den Augenblick, um nach unten zu gehen, ich rieche Kaffee. Ich rieche aber auch Rauch und anderes Ekelhaftes, was man eben so in die Nase bekommt, wenn Stunden zuvor noch eine wilde Party im Gange war.

Aiden sieht genauso verschlafen aus wie ich und drückt mir, kaum dass ich die Küche betreten habe, eine Tasse mit Kaffee in die Hand.

»Danke, Schatz!«

So hart er auch oft ist, so sehr benimmt er sich oft, als wäre er meine Frau. Nicht dass ich mich beschweren will.

»Bitte Schnuckel!«

Ich lehne mich neben ihn an die Küchentheke.

»Du und Sophie? Alle Achtung, nicht schlecht mein Freund.«

»Sophie und ich haben nur geschlafen.«

»Miteinander?«

Die Frage ausgerechnet von dem Kerl zu hören, der nie auch nur einen One-Night-Stand hatte, ist witzig.

»Nein. Wir waren beide zu betrunken und ... ich konnte nicht.«

»Du konntest nicht? Du meinst, du ...« Aidens Blick schießt runter direkt auf meinen Schritt, und er hebt beide Augenbrauen so weit nach oben, dass sie beinahe in seinen Haaren verschwinden. »Das passiert den Besten. Mach dir keine Gedanken. Ich meine, ich hab das noch nicht durchmachen müssen. Aber …«

»Aiden?« Ich warte, bis er mich ansieht. »Du bist ein Idiot.«

»Ey. Ich kann doch nichts für deine Erektionsstörungen.«

»Mann, ich hab keine Störungen. Ich konnte einfach nicht.«

»Wenn es aber nicht an ihm lag, woran denn dann?«

Seufzend stelle ich meine Tasse auf die Theke und stütze meine Hände daneben ab. »Mein Kopf hat nicht zugelassen, dass ich mit Sophie schlafe.«

Das bringt Aiden dazu, die Stirn in tiefe Furchen zu legen. »Was genau willst du mir damit sagen?«

»Mana und ich …«

»Was ist mit Mana und dir?«

»Jetzt lass mich doch ausreden!«

Schweigend mustert er mich und hält den Mund.

»Du weißt ja, was damals zwischen Mana und mir war.«

Er nickt und beobachtet mich immer noch stumm. Aiden weiß jedes Detail aus dieser Zeit.

»Als ich gestern zu Hause war, sind wir uns begegnet.« Ich erzähle ihm, wie es dazu kam. Was wir besprochen haben. Alles eben. »Mein beschissenes Herz war das erste Mal wieder vollständig. Und als Sophie gestern mit in mein Zimmer kam, konnte ich Mana nicht aus meinem Kopf verbannen.«

Aiden lässt die Luft mit geblähten Backen aus seinem Mund entweichen und stützt sich mit den Unterarmen auf die Theke. »Das heißt, du bist immer noch verknallt in sie.«

Ja, ich schätze, das heißt es wohl. »Ich weiß es nicht.«

»Weiß Mana das?«

»Gott bewahre nein. Du weißt, wie wir damals auseinandergegangen sind. Ich hatte nie die Möglichkeit, ihr zu sagen, dass sich etwas verändert hat. Ich wollte es an diesem

Abend tun. Dann war meine Mom weg und alles wurde kompliziert.«

Aiden habe ich genau in dieser Phase kennengelernt. In dieser rebellischen Situation, in der ich mich zu diesem Zeitpunkt befunden habe. Weil ich damals so frustriert war und dort, wo ich wohne, einfach jeder jeden kennt, bin ich eines Nachts in die nächst entfernte Stadt gefahren. Um meinen Frust in Alkohol zu ertränken. Dort habe ich Aiden kennengelernt, als ich mir in einem Hinterhof die Seele aus dem Leib gekotzt habe.

Aiden, der den ganzen Abend nur an einem einzigen Drink genippt hatte, hat mich bereitwillig seine Schuhe vollkotzen lassen und dann dafür gesorgt, dass ich einen Platz zum Ausnüchtern habe. Er hat mich mit zu sich nach Hause genommen, wo sich seine Mom um mich gekümmert hat. Seitdem sind wir beide unzertrennlich.

Als ich ihn damals gefragt habe, warum er mich nicht einfach meinem Schicksal überlassen hat, sondern einen Wildfremden mit nach Hause gebracht hat, war seine lapidare Antwort, dass ich ausgesehen habe, als würde ich einen Freund brauchen.

Wenn das nicht einen besten Freund ausmacht, weiß ich auch nicht. An diesem Abend habe ich ihm auch alles erzählt. Keine Ahnung wie viel davon für ihn in diesem Moment wirklich Sinn gemacht hat, aber er hat zugehört, während er mich die paar Blocks zu sich nach Hause geschleppt hat.

»Ich kenne Mana ja nicht unbedingt. Nur von deinen Erzählungen und von den paar Begegnungen, die es bisher gab auf der Uni. Aber ich kann verstehen, warum ihr beste Freunde wart. Sie ist eigentlich ziemlich cool.«

Aiden schenkt uns beiden noch einmal Kaffee nach, während mein Blick über das Partychaos schweift.

»Sieh das Experiment als eure zweite Chance. Du hast sie die letzten Jahre vermisst. Auch wenn du es nie offen ausgesprochen hast. Selbst wenn aus euch beiden nicht mehr wird, kriegst du vielleicht dennoch deine Freundin wieder.«

Seine Worte klingen logisch, und doch sind die Worte meines Vaters und meiner Brüder ebenso präsent in meinem Kopf: Männer und Frauen können nicht miteinander befreundet sein. Sei ein echter Kerl und keine Memme. Sei ein Mann.

»Das ist doch jedes Mal der beschissenste Teil an den Partys, oder? Das Aufräumen.« Das Haus sieht aus, als wäre ein Orkan durchgefegt. Zweimal. Überall liegen Plastikbecher. Vereinzelt schlafen noch ein paar der Gäste, und bei einigen Dingen möchte ich gar nicht so genau wissen, was da so herumliegt.

»Es bleibt uns nur leider nicht erspart, oder?« Aiden sieht mich so hoffnungsvoll an, als müsste ich nur mit den Fingern schnippen und alles wäre sauber.

»Leider nein. Außer du rufst deine Mom und deine Schwestern an.«

Lachend weiche ich seinem Schlag aus und stelle mich auf die andere Seite der Kücheninsel. »Damit du was zu gaffen hast?«

Ich grinse breit und wackle übertrieben mit den Augenbrauen. Seine Schwestern sind heiß. Aber auch für mich genau das ... Schwestern. Er weiß, dass ich niemals etwas mit einer von ihnen anfangen würde, zumal sie fast alle um einiges älter sind als ich. Aber ich ziehe ihn gern damit auf. Es ist witzig, wie er sich jedes Mal aufplustert, um den großen Bruder zu spielen, obwohl er das Küken der Familie ist.

»Natürlich nicht«, empöre ich mich gespielt. »Aber wenn sie aufräumen, sieht es danach wenigstens sauber aus.«

»Da ist was dran. Dann würde meine Mom mir Hausarrest aufbrummen, weil ich so ein Schwein bin, und dabei ist es ihr ganz egal, dass ich nicht mehr zu Hause wohne.«

Mein Grinsen wird breiter. »Das wollen wir nicht. Also schlage ich vor, wir wecken Sam und Max und machen klar Schiff. Okay?«

Widerwillig nickt Aiden und schnappt sich dann einen großen Müllsack. Sein dezenter Hinweis darauf, dass ich unsere beiden Mitbewohner jetzt aus dem Reich der Toten erwecken muss.

Kapitel 13

Mana

»Nox?«

»Hm?«

»Wir müssen reden!«

»Worüber denn?«

Seit unserem Gespräch sind nun fünf Tage vergangen und bisher gehen Nox und ich sehr vorsichtig miteinander um. Aus Angst, wieder alles in den Sand zu setzen.

»Wir sollten dieses Projekt-Tagebuch gemeinsam schreiben.«

Die letzten Tage habe ich mir deswegen Gedanken gemacht. Aber ich bin der Meinung, wenn wir wirklich alles aus diesem Projekt rausholen wollen, und das wollen wir, dann sollten wir versuchen zusammenzuarbeiten.

»Findest du?«

Nox hat bereits sein Trikot an, schließlich sind wir heute alle hier, um zu trainieren. Nicht nur ich. Der ganze Soziologiekurs. Alle Cheerleader. Das ganze Footballteam. Keine Ahnung, wie diese Einteilung zustande kam, aber gestern gab es einen Aushang, auf dem oben stand, wer gegen wen spielen wird bei diesem Benefizspiel. Wir Cheerleader gegen die Footballer. Und weil es Teil des Projektes ist, auch der restliche Kurs. Die Basketballer spielen gegen die Frauen-Footballmannschaft, von der ich bis vor Kurzem auch noch nicht wusste, dass es die bei uns an der Uni gibt. Wie aus diesem Haufen heute eine Mannschaft werden soll, ist fraglich.

»Ja. Ich denke, es wäre von Vorteil. Um uns ein wenig besser zu verstehen.« Früher hätte ich dafür nicht erst ein Projekt gebraucht. Aber man sollte nicht zu sehr in der Vergangenheit hängen. Irgendwie hat sich in mir so etwas wie Hoffnung breitgemacht. Hoffnung darauf, dass unsere Freundschaft wieder erwachen könnte. Fragt sich nur, ob Lennox das ebenso sieht.

»Meinetwegen. Ich hab sowieso keinen Schimmer davon, wie man Tagebuch schreibt. Ist wieder so ein typisches Frauending.«

Er ist ätzend. Ich werde aus ihm nicht mehr schlau. Einmal ist er total süß, dann aber in der nächsten Sekunde wieder das frauenfeindliche Arschloch, das mir an meinem ersten Uni-Tag hier über den Weg gelaufen ist.

»Nox. Ich dachte ...«

»Was dachtest du? Dass alles wieder gut wird, nur weil wir letztens eine halbwegs normale Unterhaltung führen konnten?«

Seine Worte treffen mich so sehr, dass ich nicht gleich antworten kann. Stattdessen starre ich ihn nur ruhig an und nicke bedächtig, während ich mir auf die Unterlippe beiße, um deren Zittern zu unterdrücken. Ich werde nicht vor ihm weinen.

Schluckend wende ich mich ab. Ich bin schon fast am Spielfeldrand angekommen, und mein Entschluss dieses Experiment durchzuziehen, befindet sich bereits gefährlich im Wanken, als jemand nach meinem Oberarm greift und mich zu sich umdreht. Nox.

»Es tut mir leid.« Er stößt die Worte so schnell aus, als würden sie ihm körperliche Schmerzen bereiten.

Betont langsam entziehe ich mich seinem Griff und mir ist bewusst, dass es erwachsener wäre, ihm zu verzeihen und es dabei zu belassen. Aber gleichzeitig wäre es auch falsch. Zumindest für mein Empfinden. Nox kann mit mir nicht umspringen, als wäre ich ein Football, den er nach Bedarf durch die Gegend werfen kann. Auch wenn ich mittlerweile besser verstehe, warum unsere Freundschaft zerbrochen ist und mir auch klar wurde, dass ich Schuld daran bin und er es mit seiner Familie absolut nicht leicht hat, bedeutet das nicht, dass ich mir gefallen lassen muss, wie er Frauen behandelt. Wie er mich behandelt. Irgendwo gibt es auch für mein Verständnis Grenzen.

»Nein. Es war mein Fehler zu denken, wir könnten wieder Freunde werden. Liegt vielleicht auch daran, dass wir beide in der Höhle darüber gesprochen haben, es wieder zu versuchen. Kommt nicht wieder vor.« Wieder mache ich ein paar Schritte von ihm weg, bis er plötzlich vor mir steht. »Geh mir aus dem Weg, Lennox.«

»Nein. Ich will so nicht sein. Aber ...« Unbeholfen zuckt er mit seinen Schultern und fährt sich mit der flachen Hand über das Gesicht.

»Aber du kannst nicht? Schon klar. Wie will man auch ein anständiger Kerl werden mit einem Arschloch von Vater und drei Proletenbrüdern, richtig?« Ich habe genau ins Schwarze getroffen, das sehe ich in seinen Augen, die sich schmerzhaft verdunkeln. Aber es war auch gemein von mir, ihm ausgerechnet das vorzuwerfen. »Lass uns die Sache durchziehen und gut ist. Danach musst du nie wieder ein Wort mit mir wechseln. Ich hoffe nur, du findest irgendwann wieder zurück zu deinem früheren Ich. Das hat mir bei Weitem besser gefallen als dein präpotentes Gehabe.« Ich gehe weiter, drehe mich dann aber noch einmal zu ihm um. »Präpotent bedeutet übrigens überheblich. Auch so ein Mädchending. Mit Fremdwörtern um sich zu werfen, hm?«

Nox sieht mich noch einen Moment lang schweigend an und ich würde zu gern wissen, was gerade in seinem Kopf vorgeht. Ich schätze, Tage wie heute, an denen wir streiten, wird es trotz unserer Aussprache noch häufiger geben. Es wird Zeit brauchen, bis sich alles zwischen uns beiden einpendelt. Ein letzter Blick von Nox, bei dem ich mir nicht sicher bin, ob er wütend oder traurig ist, und er wendet sich ab, um in die Mitte des Spielfeldes zu gehen.

Der Platz ist voll, und unzählige Studenten wärmen sich gerade auf. Ich verziehe mich in eine ruhigere Ecke, weil ich gerade keine Lust dazu habe, mich mit jemandem zu unterhalten. Emma wirft mir einen besorgten Blick zu, aber sie kennt mich gut genug, um zu wissen, dass ich gerade nicht sprechen möchte. Ich bin so sauer. Wie konnte ich auch davon ausgehen, dass ein paar Tage, in denen wir uns kaum gesehen haben, nichts zwischen uns ändern würden? Ich habe ihn gefragt, ob wir wieder Freunde sein können. Er wollte es ebenso wie ich und hat mich sogar in seine Arme gezogen. Nox war glücklich. Kaum dass wir uns ein paar Tage nicht sehen, ist er wieder so ätzend. Ich könnte kotzen.

Als Lennox seine Stimme erhebt, sind plötzlich alle still und starren ihn gebannt an. »Ihr werdet alle seilspringen. Mit uns zusammen. Zwei Minuten lang mit geschlossenen Augen.«

Kollektives Aufstöhnen macht die Runde, und sofort ist erkennbar, wer Sportler ist und wer nicht. Als mein Blick neben mir über den Boden schweift, sehe ich die Sprungseile, auf die ich vorhin nicht geachtet habe, und nehme mir eines zur Hand. Seilspringen konnte ich schon als kleines Mädchen. Stundenlang bin ich mit einem Seil durch unsere Einfahrt gehüpft und Nox hat mitgemacht. Weil das Footballer nun mal so machen und er immer schon den Traum hatte, in eine Mannschaft zu kommen. Wir haben sogar oft zu zweit nur ein Seil genutzt. Er stand hinter mir, die dürren Arme um meinen Bauch geschlungen und dann sind wir gleichzeitig gesprungen. Es war lustig, vor allem weil wir öfter hingefallen sind, als das es wirklich geklappt hat. Aber das war uns beiden egal. Wir hatten Spaß.

Ich habe gerade so viel angestaute Frustration in mir, dass ich nicht erst auf den Startschuss warte, sondern gleich anfange, die Übung auszuführen. Mit geschlossenen Augen. Nur am Rande kriege ich mit, dass auch alle anderen sich in Bewegung gesetzt haben. Als ich nach zwei Minuten die Augen wieder öffne, steht Lennox vor mir und sieht mich ernst an.

Ob er auch an damals denken muss? Vermutlich nicht. Schnell schlage ich meine Augen nieder und versuche ihn, so gut es geht, zu ignorieren. Als ich meinen Blick doch wieder auf ihn richte, steht er immer noch regungslos da und sieht mich stumm an, das Kinn leicht nach vorn gestreckt.

»Was ist?«, blaffe ich ihn an und ziehe damit einige Augenpaare auf uns.

»Du hast es nicht verlernt«, sagt Nox ruhig.

Ich weiß sofort, wovon er spricht. Seilspringen mit geschlossenen Augen ist ein Footballer-Ding. Es soll die Konzentration und die Koordination fördern. Ich bin anfangs immer umgefallen. Lennox hat es mich so lange üben lassen, bis ich es konnte. Ich weiß noch, wie stolz er war. Wir waren sechzehn und mächtig stolz, dass jahrelanges Training auch bei mir Früchte getragen hat. Er hat mich damals lachend hochgehoben und im Kreis gedreht. Das war der Moment, wo mir das erste Mal klar wurde, dass ich in ihm mehr als nur meinen besten Freund sehe. Kurz darauf ging unsere Freundschaft den Bach runter, und ich konnte diese neuen Gefühle nie genauer erforschen.

Ihn jetzt vor mir zu sehen, holt alles mit Wucht wieder zurück. Warum jetzt? Warum nicht an meinem ersten Tag an der Uni, als ich ihm aus Versehen über den Weg gelaufen bin? Tränen brennen in meinen Augen, und ein Kloß bildet sich in meinem Hals. Ich werde nicht weinen. Ich werde dieses Training durchziehen, nach Hause gehen und dann werde ich mich in mein Bett verkriechen und heulen wie ein Baby. Klingt doch nach einem guten Plan.

»Konzentrier dich besser auf das Training und nicht auf mich«, presse ich zwischen den Zähnen hervor.

Er sieht mich noch einen ewig langen Augenblick an, bevor sein Gesicht sich wieder verhärtet und er endlich damit beginnt, uns alle in Teams einzuteilen. Wie sollte es auch anders sein, ich bin in seinem. Zusammen mit seinen Freunden und zu meiner großen Freude auch Emma.

»Du stehst auf ihn. Ich wusste es.«

Das ist mir noch nicht einmal eine Antwort wert denn ... Verdammt noch mal ja, sie hat recht. Aber das werde ich nicht zugeben. Ich werde es vehement abstreiten. Und zwar so lange, bis ich es selbst glaube.

»Und er steht auf sie!« Aiden taucht auf einmal aus dem Nichts auf und grinst uns frech an.

Emma strahlt über das ganze Gesicht, und mich beschleicht das ungute Gefühl, dass es nicht nur daran liegt, weil er sich offenbar auf ihre Seite stellt.

»Haltet die Klappe, alle beide!«

Leider tun sie mir den Gefallen nicht.

»Nox steht auf dich. Immer noch. Auch wenn ich nicht ganz verstehe warum, denn du bist nicht gerade liebevoll.« Als Emma einen bedrohlichen Schritt auf ihn zumacht, hebt er abwehrend die Hände. »Reiß mir nicht gleich den Kopf ab, aber sie behandelt ihn, als würde sie ihn lieber irgendwo im Wald verscharren.«

»Sie ist trotzdem meine beste Freundin, und du passt gefälligst auf, was du über sie sagst.«

Ich liebe Emma. Sie ist immer loyal und würde mich immer verteidigen.

»Fakt ist: Ihr beide seid Freunde, seit ihr Kinder wart. So was wirft man nicht einfach so weg, nur weil es einmal schwierig wurde. Ihr habt einen Fehler gemacht. Das passiert. Jetzt kriegt euren Arsch hoch und tut etwas dagegen.«

Kapitel 14

Lennox

»Wisst ihr denn, wie man ein Zelt aufbaut?«

Mana und Emma sind tatsächlich mitgefahren. Um ehrlich zu sein, bin ich fest davon ausgegangen, dass sie kurz vor der Abfahrt mit irgendeiner fadenscheinigen Ausrede daherkommen und zu Hause bleiben. Weit gefehlt denn sie standen tatsächlich zur vereinbarten Zeit heute Nachmittag auf dem Parkplatz vor ihrem Wohnhaus. Beide mit jeweils einem Rucksack, der viel größer ist als sie selbst und ohne Zelt.

Genervt starre ich auf den See vor mir und fasse es nicht, dass ich zugesagt habe, den beiden mein Zelt zu überlassen. Eigentlich sollte ich sie draußen schlafen lassen.

»Im Fernsehen sieht das immer ganz leicht aus. Also ja. Ich glaube, ich weiß, wie man ein Zelt aufbaut«, meint Mana zuversichtlich.

Entsetzt starre ich zu ihr runter und schüttle den Kopf. »Dein Ernst?«

»Nox, du weißt, das ich nie Campen war.«

»Ja.«

»Es tut mir leid. Ich habe Emma gesagt, dass es eine blöde Idee ist.«

War es tatsächlich und das gleiche habe ich auch Aiden gegenüber angesprochen. Aber da dieses Wochenende nicht nur für mich ist, konnte ich den Jungs nicht verbieten, die beiden mitzubringen.

»Weißt du, was eine blöde Idee war?«

Sie sieht mich fragend an.

»Zu so einem Ausflug aufzubrechen und kein Zelt dabei zu haben.«

Verlegen lachend legt sie den Kopf in den Nacken. »Aiden hat gesagt, ihr habt eines für uns.«

»Hat er das?« Drecksack. Warum gibt er dann nicht seines her? Wortlos mache ich mich daran, mein Zelt aufzubauen. Das Zelt, in dem ich heute Nacht nicht schlafen werde. Ich hasse es, allein im Freien zu schlafen, ohne irgendeinen Schutz über meinem Kopf. Aber die Stimme meines Dads, die mich in meinem Kopf anschreit, kein Weichei zu sein, lässt mich die Zähne zusammenbeißen und es wie ein Mann ertragen.

Mana versucht zu helfen. Allerdings jage ich sie gleich zum Teufel, wenn sie mein Zelt, das ich eben schon das zweite Mal auf dem Waldboden ausgebreitet habe, noch einmal durcheinanderbringt. Blitzschnell schlinge ich meinen Arm um ihren Bauch und ziehe sie mit dem Rücken an meine Brust.

»Du wirst es gleich allein aufstellen«, flüstere ich ihr ins Ohr, während sie stocksteif dasteht und ihren Kopf mit großen Augen zu mir zurückdreht, so gut es geht. »Bleib stehen. Beweg dich am besten nicht mehr, bis das Ding steht.«

Fuck. Sie riecht so gut und ist so weich und warm, dass bald mehr steht als nur dieses Zelt. Und scheinbar denkt sie in die gleiche Richtung wie ich. Denn ihre Wangen sind gerötet und ihr Mund steht leicht offen. Ich hingegen grinse sie frech an und wackle mit den Augenbrauen. »Braves Mädchen«, raune ich, bevor ich sie schnell loslasse und zwei Schritte zurückmache. »Und jetzt sitz.«

Immer noch breit grinsend mache ich mich daran, das Zelt aufzubauen, während Emma sich zu Mana gesellt. Offenbar wurde sie ebenso von den Jungs verbannt. Wie jedes Mal haben wir uns den gleichen Platz für unseren Ausflug ausgesucht. Tully Lake. Hier sind keine Wohnwägen erlaubt. Nur Zelte. Genau das liebe ich so an diesem Ort. Keine Autos. Kein künstlicher Lärm. Unsere Zelte stehen in einem Halbkreis um die Feuerstelle herum und wir haben einen tollen Ausblick auf den See.

Als ich meine Isomatte und den Schlafsack ausgerollt habe, merke ich Manas mitleidigen Blick auf mir. Den ich aber ignoriere, denn Mitleid hilft mir auch nicht weiter. Sie sitzt auf einem Baumstamm direkt an der Feuerstelle und sieht sich unsicher um. Als Kind hat sie die Natur gehasst. Sie wollte nicht einmal barfuß durch den Garten laufen. Ich musste sie immer tragen. Zumindest so lange, bis ich ihr gezeigt habe, dass Gras sie nicht auffressen wird.

Ein leises Lächeln schiebt sich bei der Erinnerung auf meine Lippen.

»Nox!« Sam kommt mit einem Bier auf mich zu und grinst breit, während er tief die Luft einatmet, die uns hier umgibt. Sauber und rein. Unverfälscht. Colette, seine Partnerin für das Experiment, und Lucy, die Partnerin von Max, werden später auch noch zu uns stoßen. Keine Ahnung, wie dieses Wochenende werden soll, aber ich werde meine Nächte nicht damit verbringen, Spinnen und anderes Zeugs von den Mädels fernzuhalten. Zumal ich selbst tierisch Schiss vor den Viechern habe.

»Die Mädels sind auf dem Weg hierher. Denkst du, die vier werden sich verstehen?«

Ich habe keine Ahnung. Während der Seminare unterhalten sie sich zwar miteinander, aber privat habe ich sie noch nie zusammen erlebt. »Das werden wir wohl bald herausfinden.«

Die Mädels kommen ganz fabelhaft miteinander aus. Kaum dass die restlichen zwei hier waren, haben sie das Kommando an sich gerissen und uns eingeteilt. Während Max und Sam Holz sammeln, wurde Aiden und mir die Ehre zuteil, die restlichen Sachen aus dem Auto zu holen. Die Mädels unterhalten sich in der Zwischenzeit angeregt und lachen immer wieder laut auf.

»Das ist jetzt genug Holz.« Max lässt einen Stapel voll neben meinem Zelt auf den Boden fallen und wischt sich mit dem Unterarm über die verschwitzte Stirn.

»Gut, dass ihr alle da seid, wir haben uns da was überlegt.«

Ruckartig drehen sich alle Köpfe zu Colette. Selbst die der Mädels. Und sie spiegeln nichts als Überraschung wieder.

»Wir? Du. Du hast dir was überlegt, und ich bin damit nicht einverstanden!«

Na, jetzt wird es aber interessant.

»Wenn Mana damit nicht einverstanden ist, bin ich eindeutig dafür.« Ich kann einfach nicht anders.

»Ich wusste doch, ich mag dich, Lennox.« Colette klatscht aufgeregt in die Hände, während sie jedem von uns einen Blick zu wirft. Langsam wird mir ein wenig flau im Magen. Diesen Blick mag ich nicht. Das ist diese Art Blick, die unweigerlich nach sich zieht, dass ich heute noch etwas machen muss, was ich entgegen meiner Worte ganz und gar nicht tun möchte.

»Verrätst du uns deinen grandiosen Plan noch, oder müssen wir raten?« Sam verschränkt seine Arme neben mir vor der Brust.

»Wir sind acht Menschen. Und haben vier Zelte.«

Oh Himmel.

»Wir müssen ein Experiment durchziehen.«

Oh oh ...

»Also haben wir ...«

Mana boxt ihr in die Seite.

»Habe ich ... beschlossen, dass jeder mit seinem Partner zusammen in einem Zelt schlafen wird.« Zufrieden mit sich selbst setzt sie sich auf den Baumstamm und sieht uns alle fragend an. »Na, was meint ihr?«

»Das ist ein Scherz, oder?« Ich bin fassungslos. Mana und ich in einem Zelt? Gemeinsam? Zwei Nächte lang? Oh heiliger. Selbst wenn wir uns ausgesprochen haben, bin ich mir nicht sicher, ob das so eine gute Idee ist.

»Nein, das ist kein Witz. Wir sollen uns besser kennenlernen und verstehen, wie wir so ticken.«

Mein Blick schnellt zu Mana, die mich ebenso verzweifelt ansieht. Früher haben wir ständig in einem Bett übernachtet. Oder in unserer Höhle im Wald. In der Hängematte im Garten, weil Mana Glühwürmchen fangen wollte. Und ja, sogar in einem Zelt. Aber das ist Jahre her und eigentlich dachte ich, wir haben mehr Zeit miteinander, bevor wir je wieder auf so engem Raum zusammen sind.

»Also ich habe nichts dagegen.« Sam grinst so breit, und es ist nicht schwer zu erkennen, warum er nichts dagegen hat. Er steht auf Colette. Und sie auf ihn. Ich bin mir ziemlich sicher, dass sie nur deswegen diese Idee hatte, weil ihr das Experiment im Grunde genauso am Arsch vorbeigeht wie mir.

»Meinetwegen bin ich auch dabei.« Selbst Max fällt mir in den Rücken, allerdings weiß ich bei ihm, dass er absolut ohne Hintergedanken darauf eingeht. Er findet Lucy süß, mehr aber nicht. Zumindest noch nicht.

Aiden klopft mir auf die Schulter, und ich weiß, ich bin verloren. »Bin auch dabei. Ich kann es kaum erwarten, herauszufinden, ob Emma schnarcht.«

Während die anderen in wilde Diskussionen über Schnarchen und sonstige Schlafgewohnheiten fallen, sehen Mana und ich uns nur stumm an. Aber wir wissen beide, dass wir diese Diskussion verloren haben, noch bevor wir uns richtig dazu äußern konnten.

»Wenigstens musst du nicht unter freiem Himmel schlafen«, flüstert Mana in meine Richtung. Seufzend fahre ich mir mit den Händen über das Gesicht, werde aber von Sam abgelenkt, der mich dazu auffordert, mit ihm das Feuer zu entfachen.

Trotz meiner, zugegeben lahmen Versuche, die Schlafsituation zu ändern, blieb es dabei. Ich werde mir mit Mana ein Zelt teilen und bin tierisch nervös. Früher waren wir beste Freunde und zu diesem Zeitpunkt unserer Freundschaft habe ich Mana nicht als Frau gesehen. Sie war ein Mädchen und ziemlich cool drauf. Jetzt ist sie eine Frau, mit perfekten Kurven an den richtigen Stellen und Herrgott noch mal, wir sind beide nicht aus Stein.

Mein nervöser Blick streift ihren und ich kann bei ihr genau die gleiche Sorge feststellen, wie auch ich sie empfinde. Sie ist genauso nervös wie ich und ich beschließe, ihr ein bisschen was von dieser Angst zu nehmen und rutsche ein wenig zu ihr auf. Leicht stupse ich mit dem Knie gegen ihres, und sie dreht sich in meine Richtung. Die anderen sind so in das Essen und in ihre eigenen Gespräche vertieft, dass es ohnehin blöd wäre, würden wir zwei uns die ganze Zeit anschweigen.

»Wir haben das früher ständig so gemacht. Wir kriegen das auch heute hin.«

»Früher war alles ein wenig anders«, wispert sie zurück und verzieht entschuldigend das Gesicht.

»Mana, ich schwöre, ich bin brav.«

Ein kleines Lächeln breitet sich auf ihrem Gesicht aus, als sie mit der Schulter gegen meine stupst.

»Daran zweifle ich nicht. Trotzdem ist es schon eine ganze Weile her, dass wir uns so nahe waren. Was ist, wenn ich die bin, die sich nicht beherrschen kann, und im Schlaf auf dich draufkrabbelt, weil sie kuscheln will?«

»Dann werden wir kuscheln und am nächsten Morgen so tun, als wäre das alles nicht passiert.«

Ich kann ihre Bedenken verstehen. Meine Bedenken richten sich in eine ganz ähnliche Richtung. Was ist, wenn mein Körper auf Mana reagiert? Und was ist, wenn mein Herz dabei auch noch mitmacht? So oder so wird diese Nacht eine einzige Katastrophe und alles andere als entspannend werden. Wenigstens muss ich nicht im Freien schlafen. Und Mana nicht bei einem der anderen Jungs.

Ich würde gern behaupten, es würde mich entspannen, neben ihr zu liegen. Die Wahrheit ist, dass wir beide so viel Abstand wie möglich zwischen unseren Schlafsäcken lassen. Zumindest so viel, wie in einem kleinen Zelt möglich ist. Stocksteif liege ich auf der Seite, während meine Augen sich gerade einmal ausreichend genug an die Dunkelheit gewöhnen, um ihre Umrisse erkennen zu können. Trotz allem spüre ich ihre Nähe so deutlich, als würde sie in meinen Armen liegen. Früher war es einfach nur schön, mit ihr zu kuscheln. Keinerlei Hintergedanken haben sich damals in meinem Kopf eingenistet, während ich jetzt ihren eigenen Duft, gepaart mit dem Geruch von Lagerfeuer, überdeutlich wahrnehme. Ich müsste meine Hand nur ein wenig ausstrecken und könnte mit dem Finger die Konturen ihres Gesichtes nachfahren. Ich wette, sie fühlt sich weich an. Warm. Während Manas Atmung leicht ins Stocken gerät, machen sich meine Gedanken selbstständig und ich frage mich, wie sie wohl schmecken würde. Nur die Vorstellung von ihren Lippen auf meinen, lässt mein Herz höherschlagen und sorgt dafür, dass mein Blut weiter südlich wandert. Fuck. In meinen Fingern zuckt es kurz und ich halte mich gerade noch so davon ab, meine Hand auszustrecken, sie an mich zu ziehen … tief durchatmend kneife ich die Augen zusammen und zwinge mich dazu, still liegen zu bleiben. In der Hoffnung, endlich schlafen zu können.

Ich kann nicht schlafen.

Nachdem ich mich vergewissert habe, dass Mana eingeschlafen ist, habe ich mich vorsichtig, um sie nicht zu wecken, aus dem Schlafsack geschält und bin runter an den See gegangen. Jetzt sitze ich hier und lasse meine Beine vom

Steg ins Wasser baumeln. Notfalls so lange, bis der Morgen graut. Ich gebe es ungern zu, aber als ich vorhin neben ihr lag, war kurz so etwas wie Zufriedenheit in meinem Inneren. Ich wollte bei ihr sein, und ich hätte sie gern in den Arm genommen.

»Nox.«

Erschrocken ruckt mein Kopf zurück, und meine Augen heften sich an Mana, die barfuß, nur in einem Shirt und einer Decke um die Schultern, auf mich zutapst.

»Hey. Du bist barfuß.« Sehr einfallsreich.

»Kannst du nicht schlafen?«

Ich schüttle den Kopf und mache ihr Platz, als sie sich neben mich setzt. Ihre Haare hängen ihr wirr ums Gesicht, und sie sieht mich verschlafen an. »Warum bist du denn wach?«

»Ich musste aufs Klo«, murmelt Mana beschämt und ich wende meinen Blick wieder ab und betrachte das dunkle Wasser unter uns. »Als Kind bist du mal fast ertrunken. Erinnerst du dich noch?« Ich könnte mir auf die Zunge beißen dafür, dass ich ihr diese bescheuerte Frage stelle.

»Ja. Du hast mich gerettet. Dann hat sich herausgestellt, dass ich an der Stelle eigentlich im Wasser hätte stehen können.«

Ich lache leise und seufze tief. »Ja, das wussten wir aber nicht.«

Mein Dad hat mich danach zur Sau gemacht, weil ich total hysterisch wurde und ihr einfach nachgesprungen bin. Ich war fünf und dachte, so wie Mana auch, das Wasser sei tiefer.

»Nein, wussten wir nicht. Aber ich fand dich damals richtig mutig.«

»Jetzt nicht mehr?«

Sie scheint einen Moment zu überlegen. »Hm, doch. Du bist den ganzen Weg im Dunkeln hierhergekommen. Obwohl du als Kind solche Angst vor der Dunkelheit hattest.«

Zerknirscht greife ich neben mich und schalte kurz die Taschenlampe ein. Nein, ich bin nicht mutig. Ich weiß mir nur zu helfen.

»Du hast immer noch Angst im Dunkeln?« Sie flüstert leise, und ich nicke nur. Was soll ich auch groß dazu sagen? Es ist immerhin nichts, auf das ich stolz bin. »Ist schon gut, Lennox.«

Ihre Hand legt sich vorsichtig auf meine, die zwischen uns auf dem Holz liegt. Sie schiebt ihre Finger zwischen meine, und es fühlt sich an wie früher. Wie wir. Ein Wir, das wir beinahe zerstört haben.

»Es ist doch lächerlich. Ich hab Angst vor der Dunkelheit. Dabei sind die Kerle doch dafür da, die Frauen bei einem plötzlichen Stromausfall zu beschützen. Wie soll ich das anstellen, wenn ich mich heulend in einer Ecke verkrieche?« Ich lache freudlos auf und ziehe meine Hand wieder zurück, was Mana mit einem traurigen Blick registriert.

»Es ist nicht deine Aufgabe, Frauen vor allem zu beschützen, Nox.«

»Was ist dann meine Aufgabe?« Mein Blick richtet sich wieder auf den dunklen See vor uns und der Drang, einfach reinzuspringen und so lange zu schwimmen, bis ich diese Gedanken loswerde, wird übermächtig. Dennoch bleibe ich sitzen.

»Auf dich selbst achtzugeben. So zu sein, wie du sein kannst. Ich glaube nicht, dass wir immer noch in diesen typischen Frauen- und Männerrollen stecken sollten. Aber solange es immer noch Menschen gibt, die darauf bestehen und ihre Kinder so erziehen, wird das noch ein langer Weg.«

»Geh mit mir schwimmen.«

»Was?«

Alles ist besser, als mit ihr ausgerechnet darüber zu sprechen.

»Du hast mich schon verstanden. Wir können beide nicht schlafen, hier ist ein See, und ich finde, er schreit förmlich nach uns.«

Ich rapple mich auf und lege die Taschenlampe in sicherer Entfernung zum Rand des Steges ab. Schließlich brauche ich sie später noch, um zurückzufinden. Da die Alternative zu der kurzen Shorts, die ich anhabe, darin besteht, nackt in den See zu springen, lasse ich sie an und sehe Mana abwartend an. »Na los.«

»Bist du wahnsinnig? Ich hab nur ein Höschen drunter an«, zischt sie und ich grinse breit.

»Umso besser.«

»Du bist echt ein Schwein.«

»Komm schon. Lass dein Shirt an, wenn du dich dann besser fühlst. Oder bleib hier stehen. Ich werde jetzt schwimmen gehen.« Meine Gedanken abschalten.

In einer geschmeidigen Bewegung springe ich kopfüber in den See, obwohl mir schon als Kind eingetrichtert wurde, so was niemals zu machen, wenn ich das Gewässer nicht kenne oder es dunkel ist. Aber ich kenne diesen See hier und pfeife darauf, dass es dunkel ist. Ich Rebell. In Wirklichkeit habe ich Schiss. Wer weiß schon so genau, was sich alles in diesem Wasser befindet. Ekelhafter Gedanke.

Aber kaum taucht mein Körper unter Wasser, kommt er zur Ruhe, und ich schwimme ein paar kräftige Züge, schalte meine Gedanken ab und genieße diesen Moment der Stille. Als mein Kopf durch die Oberfläche bricht, registriere ich mit einem leichten Lächeln ein Platschen hinter mir.

»Scheiße ist das kalt.«

Als ich mich umdrehe, schwimmt Mana schnell auf mich zu.

»Es ist kalt und verdammt dunkel. Ich hasse es, nicht zu sehen was sich unter mir befindet und ... oh mein Gott.« Kreischend strampelt sie wild mit den Beinen und versucht, an mir hochzuklettern. Leider bin ich darauf nicht gefasst und schlucke gleich einen Schwall Wasser, der mich hustend nach Luft ringen lässt.

»Was soll das?« Schnell lege ich einen Arm um ihren Bauch und drücke sie mit dem Rücken an mich.

»Halt still, da ist nichts.«

»Du hast ja keine Ahnung.«

Ich stocke, ebenso wie sie. Ob sie ebenfalls irritiert über die plötzliche Nähe ist? Mit großen Augen dreht sie ihr Gesicht zu mir zurück, wir starren uns einen Augenblick lang an. Schnell lasse ich sie los und schwimme ein bisschen von ihr weg. Sie ist halb nackt und nass. Sicher ist sicher.

Ich schlucke. Hart. Die ganzen komischen Gedanken, die ich in den letzten Wochen wegen ihr hatte, schwappen über mich wie eine Welle. Es ist ein Gefühl von Hilflosigkeit, das mich erfasst. Weil ich mit meinen eigenen Gedanken nicht umgehen kann. Mit meinen Gefühlen. Weil ich selbst nicht genau weiß, was ich will. Nicht mehr. Ich wollte sie. Mana. Aber bevor ich es ihr sagen konnte, war alles zu spät und ich habe dieses Geheimnis bis heute für mich behalten.

»Es ist so dunkel.«

Halt die Klappe. Warum muss sie so sehr darauf herumreiten? Ich hab doch selbst Angst davor. Allerdings nicht so sehr, wie vor meinen eigenen Gedanken. Zumindest in diesem Moment.

»Denk einfach nicht daran. Komm mit.«

Ohne auf eine Antwort zu warten schwimme ich mit ein paar kräftigen Zügen auf die Mitte des Sees zu. Auf die kleine Insel, die sich dort befindet, die man aber im Dunkeln nur schwer erkennen kann. Ich hoffe einfach, dass Mana mir folgt und mir nicht unterwegs verloren geht.

Als ich die Insel entdecke, suchen meine Füße eine Stelle, an der sie Halt finden. Ich kralle meine Finger vor mir ins Gras und halte mich an Ästen fest, die ich in der Dunkelheit zu fassen kriege. Mana ist mir tatsächlich gefolgt und klettert gleich nach mir aus dem Wasser. Sie schlingt ihre Arme um ihren Körper. Das kann ich jedoch nur erkennen, weil sie so dicht vor mir steht, dass mir keine einzige Regung an ihr entgeht.

»Ziemlich finster hier. Wenn ich nur daran denke, den ganzen Weg wieder zurückzuschwimmen, wird mir ganz anders.«

Mir ebenso, aber wenn wir nicht hier übernachten wollen, bleibt uns keine andere Wahl. »Du kannst dich an meinem Rücken festhalten. Ich kann schwimmen.« Warum zur Hölle sage ich so was?

»Wirklich?«

»Klar!« Ich schlucke kräftig. »Dir ist kalt. Wir sollten gar nicht hier sein.« Du Idiot hattest mal wieder eine grandiose Idee.

»Was meinst du? Wer von uns beiden ist schneller wieder am Steg. Du oder ich?«

Was für eine bescheuerte Frage. »Ich natürlich. Deine Arme sind nicht so gut trainiert wie meine.« Wäre es hell genug, würde ich jetzt spielerisch meine Muskeln anspannen und ein wenig angeben. Aber das nützt ja alles nichts, wenn man nur Schemen erkennen kann.

»Angeber.«

Aus einer Eingebung heraus trete ich dicht an sie heran, lege meine Hände an ihre Oberarme und reibe sie ein paar Mal auf und ab, während sich ein Gedanke in meinen Kopf schiebt, der da nichts zu suchen hat und unpassender nicht sein könnte.

»Mana? Weißt du, dass es da etwas gibt, was ich schon vor langer Zeit einmal tun wollte?«

Durch das bisschen Mondlicht, das sich spärlich einen Weg durch das ganze Gestrüpp und die Bäume bahnt, kann ich vage ihre Züge erkennen. Sie reichen aus, um die Neugierde in ihren Augen zu erkennen. Bevor ich es mir noch anders überlegen kann und bevor sie ausholen und mir eine knallen kann, lege ich meine Hände an ihr Gesicht, beuge mich vor und küsse sie. Sanft nur. Aber doch bestimmt. Ich will nun endlich den Geschmack ihrer Lippen auf meinen fühlen und ergründen, ob die Gefühle, die ich vor einigen Jahren weit weggesperrt habe, heute auch nur ansatzweise etwas zu bedeuten haben.

Oh Herr im Himmel, ich bin verloren. Sie schmeckt besser, als ich es mir vorgestellt habe. Nach ihren heiß geliebten Snickerdoodles, die sie bis zum Umfallen gebacken hat.

Mana versteift sich, und ich habe schon Angst, dass sie mich wegstoßen könnte. Ich ziehe sie ein bisschen fester an mich, lege den Kopf schief und gleite mit der Zunge leicht über ihre Lippen und bitte um Einlass. Endlich bröckelt auch ihr Widerstand und sie wird Wachs in meinen Händen. Sie legt ihre Finger um meine Unterarme und stellt sich auf die Zehenspitzen, um mir entgegenzukommen. Fuck, sie schmeckt unglaublich, und mein Herz klopft wie verrückt. Es rastet aus, als sich ihr Körper gegen meinen presst, und ich würde sie am liebsten hier und jetzt von ihren nassen Klamotten befreien und ...

Ruckartig löse ich mich von ihr. Sehe sie schwer atmend an, lasse ihr Gesicht los, als hätte ich mich verbrannt und trete einen Schritt von ihr zurück. Ich entschuldige mich nicht. Es tut mir nicht leid. Ganz und gar nicht. Hin und hergerissen zwischen dem Wunsch, sie erneut zu küssen und dem Drang, aus dieser Situation zu fliehen, überwinde ich die Distanz doch noch einmal und küsse sie wieder, während meine Finger versuchen, so viel von ihrer Haut zu berühren wie möglich, ohne dabei zu weit zu gehen.

Kapitel 15

Mana

Der Kuss von Nox hat sich so viel besser angefühlt, als erwartet. Im Grunde genommen, habe ich mir gar nichts erwartet. Schon gar nicht, dass Lennox mich einfach so küsst. Nachdem ich den ersten Schock darüber überwunden habe, wurde mein Körper ganz von selbst anschmiegsam und ich habe mich auf diesen Kuss eingelassen. Es fühlt sich an, als würde mein Herz zu ihm springen wollen und gleichzeitig zur Ruhe kommen, weil es endlich das bekommt, was es sich schon viel länger wünscht, als ich mir eingestehen wollte. Lennox.

Getrieben von dem Wunsch, ihm noch näher zu sein, habe ich mich auf die Zehenspitzen gestellt, meine Finger in die Haare an seinem Hinterkopf gegraben und den Druck seiner Lippen erwidert. Es hat sich genau richtig angefühlt und im Gegensatz zu der Kälte, die ich aufgrund der Nässe auf meinem Körper gespürt habe, waren seine Lippen warm und weich. Die Gänsehaut, die sich auf meinem Körper ausbreitete, war ganz bestimmt nicht nur das Resultat unseres spontanen Schwimmausfluges.

Als Lennox sich dann einen kurzen Moment von mir gelöst hat und seine Stirn gegen meine gelehnt hat, hatte ich gewünscht, seine Hände würden mein Gesicht immer so sanft festhalten. Als wäre ich zerbrechlich. Wertvoll.

Offenbar fehlten uns beiden die Worte, denn wir haben uns Sekunden lang nur angesehen, bevor wir in stillschweigender Übereinkunft, wieder zurückgeschwommen sind. Ich durfte mich, wie versprochen, an ihm festhalten und wir legten den ganzen Weg schweigend zurück.

Jetzt liege ich wieder neben ihm im Zelt und weiß nicht, wie ich mich verhalten soll. Der Kuss hat etwas in mir ausgelöst und ich will mehr davon. Mehr von seinen Lippen und mehr von ihm. Wir liegen einander seitlich zugewandt, jeder in seinem Schlafsack. So gut es die Dunkelheit zulässt, sehen wir uns in die Augen und einzig unsere Fingerspitzen haben ihren Weg über den Zeltboden zueinandergefunden. Wir berühren uns nur hauchzart und es fühlt sich dennoch so an, als würde er weit mehr berühren als nur meine Hand. Eigentlich müssten wir darüber sprechen, doch die kleine Blase, in der wir uns gerade befinden, ist viel zu fragil, um sie jetzt schon mit der unnötigen Schwere der Worte zu belasten. Ich bin sicher, Nox sieht das genau so und deswegen schweigen wir.

Wir schweigen, als seine Finger sich sanft über meine Hand schieben und er mit dem Daumen über meinen Handrücken streift. Wir schweigen, als er dieses kleine Stück näherrutscht das es braucht, um unsere Knie gegeneinanderstoßen zu lassen. Und wir schweigen, als er leicht seinen Schlafsack anhebt und ich darunterrutsche, um ihm nahe sein. Meine weiche Brust trifft auf seine Harte und als er einen Arm unter meinem Kopf durchschiebt, um mir damit als Kissen zu dienen, fühle ich mich wie zu Hause. Als er dann auch noch seine freie Hand an meine Wange legt, bin ich es, die die Distanz zwischen uns überbrückt und ihn küsst. Eine ganze Weile gibt es nur uns beide. Zusammen, in diesem kleinen Zelt, in dem wir uns einen Schlafsack teilen und uns einfach nur küssen.

»Fuuuuuuuuck!«

Ich schrecke am nächsten Morgen aus dem Schlaf hoch, als ich einen markerschütternden Schrei wahrnehme, der genau neben mir ausgestoßen wird. Lennox schießt wie ein Blitz hoch und rennt aus dem Zelt raus. Aus dem verschlossenen Zelt, wohlgemerkt. Ich muss wohl nicht erwähnen, dass er sich, bei dem Versuch den Reißverschluss zu öffnen, reichlich blöd anstellt und ich noch immer keine Ahnung habe, was zur Hölle los ist.

»Nox!«

Er hört nicht auf mich. Als er das Zelt endlich aufbekommt, stürzt er hysterisch nach draußen, stolpert über die Seile, die das Zelt am Boden fixieren und reißt alles mit sich mit. Ich sehe nur noch Stoff vor mir und kämpfe mich frei.

»Nox! Was zur Hölle stimmt nicht mit dir?« Mein Herz schlägt kräftig, immerhin hat er mich gerade aus dem Tiefschlaf gerissen.

»Bring sie weg. Verflucht noch mal, Mana, sorg dafür, dass sie verschwindet!« Blind tastet er, ohne seinen panischen Blick von mir zu lösen, nach einem Stock und hält ihn wie eine Waffe von sich gestreckt. Was witzig aussieht, schließlich liegt er auf dem Boden.

»Wen soll ich wegbringen?«

Sein Schrei hat auch die anderen geweckt. Während Aiden sich suchend umsieht, offenbar weiß er besser, wovon Lennox spricht, reibt Max sich die Augen und Sam krümmt sich vor Lachen. Die Mädels scheinen noch zu schlafen, was einem Wunder gleicht bei dem Lärm, den Nox veranstaltet.

»Ist er nackt?«, brüllt Colette aus ihrem Zelt. So viel also dazu, dass sie alle noch schlafen.

»Nein, ist er nicht!«, bellt Sam zurück, was sie verstummen lässt.

»Herrgott noch mal, sagt mir jetzt endlich einmal jemand, was hier los ist?« Ich gehe auf Lennox zu, der dazu übergegangen ist, hektisch rückwärts von mir und dem Zelt wegzurobben.

»Hast du ihm in den Penis gebissen oder so?« Sams Worte gehen in seinem Lachanfall beinahe unter, und ich verschlucke mich bei seiner Annahme an meiner eigenen Spucke.

»Sag mal, spinnst du?«

»Leute, ich sterbe hier gleich und ihr macht Witze? Tötet das Vieh endlich!«

»Du kannst Mana doch nicht als Vieh bezeichnen«, bemerkt Aiden nun ebenfalls lachend.

»Arschloch. Spinne. Da ist ... eine Spinne. Sie ist riesig.« Hektisch versucht er, sein Bein aus dem Seil zu befreien, rappelt sich auf, als er es geschafft hat, und rennt dann auf die andere Seite des Lagerfeuers. Er trägt nur seine Boxershorts. Mehr nicht. Meine Güte, er sieht schon echt gut aus. Während Sam und Max beide losprusten, wirft Aiden einen Stein nach den beiden, und ich drehe mich wortlos um und suche den Boden und das Innere des Zeltes nach dem ab, was Lennox dazu veranlasst hat, so hysterisch zu werden. Ein besonders fettes Exemplar sitzt tatsächlich frech genau dort, wo kurz zuvor noch Lennox Kopf gelegen hat. Auch wenn ich kein Problem mit Spinnen habe, kann ich verstehen, wieso Lennox so überreagiert hat. Schnell greife ich nach einem Stock und verscheuche sie damit, bevor ich mich zu Nox umdrehe, der mich verzweifelt ansieht.

»Bitte bring sie weg.«

»Sie ist weg.« Als ich nur einen winzigen Schritt in seine Richtung mache, quietscht er auf und versteckt sich mit einem Satz hinter Aiden, der mich schmunzelnd ansieht.

Nox war schon immer süß, wenn er vor etwas Angst hatte.

»Schwör es mir. Bitte!«

Das letzte Wort wirft er mir über Aidens Schulter hinweg panisch zu.

Als ich noch einmal kurz das Zelt kontrolliert habe, ist Lennox immer noch bleich um die Nase und sieht mir skeptisch entgegen. »Ganz sicher? Wohin geht sie jetzt?«

»In den Supermarkt. Was weiß ich, wohin sie geht?«

Schnaubend wendet er den Blick ab, und ich betrachte die Haken, die Nox aus dem Boden gerissen hat, als er darübergestolpert ist. »Könnt ihr das wieder festmachen?«

Sam begutachtet es ebenfalls und nickt. »Klar. Aber Nox sollte das nicht zur Gewohnheit werden lassen.« Lachend macht er sich daran, alles wieder zu fixieren, als ich Nox ein Grinsen zuwerfe.

»Hast du gehört? Nächstes Mal weck mich vorher auf und beschere mir keinen Herzinfarkt.«

»Hätte ich etwa warten sollen, bis sie mich frisst?«

Nox ist echt putzig, aber er sollte ich eventuell etwas anziehen, weil mein Blick automatisch über seinen Körper streift. Zumindest über den Teil, den ich hinter Aiden erblicken kann.

»Sie hätte dich nicht gefressen.«

»Ach wirklich? Hast du sie gefragt, oder was? So groß, wie das Vieh war, wäre es schon möglich.«

Unter dem Lachen seiner Freunde schiebt er sich endlich hinter Aidens schützendem Rücken vor und sieht sich zweifelnd um.

»Da, wo eine Spinne ist, gibt es aus Erfahrung immer auch andere.« Max Einwurf sorgt nicht gerade dafür, die Situation zu entschärfen. Im Gegenteil. Nox greift panisch nach Aidens Oberarm, während seine Augen die Umgebung scannen. Zu unserem Glück klettern nun auch die drei anderen Mädels aus ihren Zelten. Colette reibt sich die Augen, bevor sie Nox einer genauen Musterung unterzieht.

»Ich weiß nicht, wer von euch beiden mir mehr gefällt.«

Sie grinst Nox und Sam frech an, während Lucy sich leise mit Max unterhält und Emma verkündet, dass sie erst mal Kaffee machen wird.

»Ich. Ich gefalle dir am besten.« Sam klopft sich einmal mit der Faust auf die Brust, bevor er auf sie zugeht, sich eine kreischende Colette über die Schulter wirft und mit ihr auf den See zustürmt. Ein lautes Platschen und die Erinnerungen an gestern kommen wieder und sorgen dafür, dass ich Nox nachdenklich mustere. Den Nox, der noch immer kreidebleich um die Nase ist. Fröstelnd, weil es morgens nach einer Campingnacht einfach immer schweinekalt ist und ich nur ein T-Shirt trage, schlinge ich mir die Arme um den Körper und bibbere leicht.

»Danke. Fürs Retten.«

Mein Blick fällt auf seine Lippen, die mich gestern so überraschend und so wundervoll geküsst haben und wieder zurück in seine Augen. »Ich würde gern sagen, du hättest das Gleiche für mich getan aber ...«

Er lacht leise auf und legt sich in einer verlegenen Geste die Hand in den Nacken. Diese kleinen Macken, wie die Angst vor Spinnen, lässt ihn gleich noch viel liebenswerter erscheinen. Wer hätte gedacht, dass ich das nach all den Jahren wieder so sehen könnte. Nachdem der erste Schreck überwunden ist, haben wir hin und her überlegt, was wir heute machen. Schlussendlich haben wir dann beschlossen, den Tag einfach entspannt mit schwimmen zu verbringen. Niemand von uns war besonders motiviert, eine Wanderung oder dergleichen zu unternehmen. Also lagen wir alle entspannt am See, während die Jungs sich im Wettschwimmen versucht und wir Mädels uns unterhalten haben.

Am Abend des gleichen Tages sitzen wir alle schweigend um das Feuer, während Sam und Colette sich um das Essen kümmern.

»Mana?«

»Hm?«

»Bist du müde?«

»Nein.«

»Nein?«

Ich schüttle den Kopf.

»Warum liegt dein Kopf dann auf meiner Schulter?«

»Hm? Tut er nicht.« Murmelnd gähne ich laut und öffne schwerfällig meine Augen, bevor ich mich ruckartig kerzengerade aufsetze. Mein Kopf lag wirklich an seiner Schulter. »Tut mir leid. Das wollte ich nicht.«

»Schon gut. Möchtest du schlafen?«

Ich schüttle den Kopf, nur leider hält das meine Augen nicht davon ab, erneut zuzufallen.

»Schon okay. Ich pass auf dich auf.« Nox' Stimme ist nur ein Flüstern, als ich den Kampf gegen die Müdigkeit aufgebe.

Als ich das nächste Mal meine Augen wieder öffne, liege ich mit dem Kopf auf seinem Schoß. Nox sitzt mit dem Rücken gegen den Baumstamm gelehnt da und sieht mich ruhig an.

»Sitzt du etwa schon die ganze Zeit so da?«

Er nickt und lächelt leicht, als ich mich aufrichte und mich neben ihn setze. Von den anderen gibt es weit und breit keine Spur.

»Wie lange habe ich geschlafen?«

»Nicht lange. Eine Stunde vielleicht.«

Mein Gähnen zeigt deutlich, dass ich wohl noch nicht fertig geworden bin damit.

»Die anderen schlafen bereits.«

»Ich hab es mir schon fast gedacht. Warum bist du denn noch wach?«

»Wenn du noch ein bisschen Ähnlichkeit mit der Mana von früher hast, hättest du Angst bekommen, wenn du gemerkt hättest, dass du allein hier bist.«

Mein Herz geht auf wegen dieser simplen Geste. Für ihn war es vielleicht nichts Besonderes, mir jedoch bedeutet sie sehr viel.

»Jetzt mach keine große Sache daraus.« Sofort wird seine Miene finster, und ich beschließe, nicht länger darauf herumzureiten. Eine Weile starren wir schweigend in das Feuer, bis er plötzlich neben sich greift und mir etwas unter die Nase hält.

»Fast vergessen. Du hast sicher noch Hunger.«

Mein Blick fällt auf einen Pappteller voller Sandwiches, und sofort fängt mein Magen an zu knurren. Ich habe wirklich Hunger. Ich bin mehr als begeistert, dass heute offenbar mein früherer Lennox wieder bei mir ist. Wenn auch nur für diesen kurzen Moment und vielleicht auch nur so lange, bis es wieder hell wird und die anderen wach werden. So oder so werde ich diesen Augenblick einfach nur genießen. Denn auch wenn ich es nicht laut aussprechen würde, kann ich mir hier und jetzt doch eingestehen, dass ich mehr für Nox empfinde. So war es schon damals. Offenbar hat unsere über die Jahre andauernde Trennung diese Gefühle nie ganz vernichtet.

»Du bist der Beste«, flüstere ich, während ich gierig nach den belegten Broten greife und es mir schmecken lasse.

Nox beobachtet mich die ganze Zeit dabei. Ich spüle den letzten Bissen mit einer Cola, die er ebenfalls für mich beiseitegestellt hat, nach und lächle ihn an. »Danke.«

Plötzlich knistert nicht nur das Feuer vor uns. Nein, auch zwischen uns hat sich etwas verändert, auch wenn ich noch nicht genau benennen kann, was das ist. Aber sein Gesicht kommt meinem immer näher, und seine Augen lassen mich keine Sekunde lang los.

»Du hast mich gestern geküsst!«, flüstere ich und werfe schluckend einen kurzen Blick auf seine Lippen.

»Ich weiß.«

»Du willst es wieder tun, habe ich recht?«

Lennox nickt langsam, ohne mich aus den Augen zu lassen, und als er langsam seine warme Hand in meinen Nacken schiebt, schrillen in mir alle Alarmglocken. Nox ist in einer Sekunde total liebevoll, in der anderen das größte Arschloch, das ich kenne. Ich sollte das hier unterbrechen. Aufstehen, ihm sagen, dass er mich mal gepflegt am Allerwertesten lecken kann und gehen. Hätte ich gestern schon machen sollen, aber ich war so überrumpelt von diesem Kuss. Von ihm und ... es hat sich echt verdammt gut angefühlt, und ich will dieses Gefühl wieder haben. Seine Lippen kommen mir immer näher, und ich kann bereits fühlen, wie sein Atem über meine Haut federt. Flatternd schließen sich meine Augen, während auch mein Körper sich näher zu seinem beugt.

»Scheiße ich kann das nicht.«

Als ich ruckartig meine Augen öffne, presst Nox seine verzweifelt zusammen. Der Druck seiner Finger in meinem Nacken verstärkt sich und er presst seine Stirn gegen meine und schüttelt den Kopf.

»Aber ich kann es«, flüstere ich kaum hörbar, bevor ich den Abstand zu ihm überwinde und nun meine Lippen auf seine presse. Wenn wir wieder zu Hause sind, habe ich noch genug Zeit, mir darüber Gedanken zu machen. Heute will ich das aber nicht. Weil ich ihn schon so lange will und egoistisch genug bin, mir auch zu nehmen, was er mir gibt. Wenn auch vielleicht nur an diesem Wochenende. Leise knurrend packt er seine Hände an meine Hüften und zieht mich auf seinen Schoß. Schnell schlinge ich die Arme um seinen Hals, ohne den Kuss zu unterbrechen. Mein Körper reagiert begeistert auf das Gefühl seiner Muskeln zwischen meinen Schenkeln. Nox ist eindeutig nicht mehr der schlaksige Kerl von damals. Wie von selbst finden meine Finger den Weg in seine Haare, und ich bin überrascht darüber, wie weich sie sich anfühlen. Auch seine Lippen. Weich und warm. Seine Lippen haben mich immer schon magisch angezogen. Früher hing ich immer wie gebannt daran, wenn er mir etwas erzählt hat. Damals konnte ich ja nicht ahnen, dass ich diesen Mund einmal verschlingen würde. So wie jetzt. Ich versuche, seinen Geschmack in mich aufzunehmen, und gleite mit meinen Händen nach vorn, um sie an sein Gesicht zu legen.

Nox reagiert auf mich wie ich auf ihn. Er schlingt seine starken Arme fest um meinen Körper und hält mich fest. Küsst mich mit einer Hingabe, die mir den Atem raubt. Als seine Hände sich an meinen Hintern legen und mich kräftig an sich ziehen, stöhne ich auf und löse meinen Lippen von seinen, um ihn anzusehen. Er wirkt mindestens genauso verwirrt wie ich.

»Was machen wir hier?«

»Wir küssen uns«, spreche ich das Offensichtliche aus.

»Aber warum?« Seine Stimme ist leise. Klingt verzweifelt.

»Weil wir es wollen?« Ich spreche ebenso leise und lege meine Hände vorsichtig auf seine Schultern. Blicke ihn ruhig an und sehe plötzlich wieder den Lennox vor mir, den ich als kleines Kind kennengelernt habe. Den Nox, der wie ein kleiner Welpe damals aus seinem Fenster zu mir rübergesehen hat, weil ich ihn zwei Wochen lang nicht besuchen konnte aufgrund einer Grippe.

Sofort finden meine Lippen wieder seine und wir küssen uns, als hätten wir seit Jahren genau auf diesen Moment gewartet. Gerade, als dieser Kuss intensiver wird, und ich anfange zu vergessen, wo wir uns gerade befinden, holt mich die Realität mit einem Schlag wieder zurück.

Plötzlich hören wir hektisches Rascheln, lautes Lachen und panisches Gestammel aus einem der Zelte. Unsere Köpfe rucken auseinander und wir drehen uns synchron in die Richtung, aus der die Geräusche kommen. Eines der Zelte wackelt verdächtig, und ich beobachte mit großen Augen, wie es sich fast auf uns beide zubewegt.

»Fuck. Ich muss hier raus. Scheiße«, flucht Aiden und Emma lacht.

»Soll ich dir helfen?«

»Scheiße, verdammt ... schnell. Sonst schneide ich das Scheißteil auseinander.«

»Wag es ja nicht. Mann, jetzt stell dich nicht so an.«

Ein Reißverschluss surrt, und kurz darauf streckt Aiden seinen Kopf aus dem Zelt, zieht den Rest seines Körpers nach und stolpert direkt auf uns zu. Er ist kreidebleich im Gesicht. Das kann ich sogar in dem wenigen Licht erkennen, welches uns das Feuer noch spendet. Erschrocken von seinem Anblick rutsche ich von Lennox runter, der sofort aufspringt.

»Aiden, was ...«

Weiter kommt er nicht, denn Aiden übergibt sich im selben Moment direkt ins Lagerfeuer. Großer Gott ...

Während Emma lachend aus dem Zelt krabbelt, stürzt Nox auf Aiden zu und streicht ihm mit seiner großen Hand über den Rücken, während er beruhigend auf ihn einredet. Mein fragender Blick gleitet zu meiner besten Freundin.

»Wir haben getrunken. Während du geschlafen hast. Offenbar verträgt Aiden nicht so viel, wie gedacht.«

»Der Alkohol war ...« Er würgt erneut. »... kaputt. Zu viel durcheinander«, presst er hervor, bevor er sich wieder lautstark übergibt. Auch wenn er mir furchtbar leidtut, bin ich gleichzeitig auch dankbar für diese Unterbrechung, denn ich wüsste nicht, wie weit ich sonst mit Lennox gegangen wäre.

Kapitel 16

Lennox

»Für jeden Schritt, den du machst, muss ich mindestens zwei laufen.«

Keuchend folgt Mana mir durch den Wald, und ich hoffe, sie fällt nicht gleich in Ohnmacht. Wobei ich nichts gegen Mund zu Mund einzuwenden hätte. Sicher verflucht sie sich gerade dafür, heute in dieses Training mit mir eingewilligt zu haben. Vielleicht hätte ich ihr vorher sagen sollen, dass ich vorhabe, sie durch den gesamten Wald von Chestnut Hill zu jagen. Aber wo wäre denn da der Spaß geblieben.

»Warum …« Japsend schnappt sie nach Luft und schließt zu mir auf. »Strengt dich das nicht an?«

Ich grinse breit. »Tut es. Nur nicht so sehr wie dich.«

Augenrollend bleibt sie stehen und stützt ihre Hände keuchend auf ihren Oberschenkeln ab.

»Komm schon. Ich mach auch langsamer.«

»Oh, mach dir nur keine Umstände, Nox.« Stur, wie sie nun einmal ist, richtet sie sich wieder auf, wischt sich den Schweiß von der Stirn und geht einfach an mir vorbei. Lachend strecke ich die Arme seitlich von mir und sehe ihr nach.

»Hey, nimm mich mit.«

»Beweg einfach deinen Hintern!«

»Mein Hintern hat es dir angetan, oder?«

Auf jeden Fall ist mir ihrer ganz genau im Gedächtnis geblieben. Der Kuss an unserem Campingwochenende ist gefühlt ewig her. In Wirklichkeit sind wir erst vorgestern Abend wieder nach Hause gekommen und ich fühle mich in ihrer Nähe so wohl wie schon lange nicht mehr. Wir haben nicht mehr über diesen Kuss am Lagerfeuer gesprochen. Auch nicht über den auf der Insel mitten im See. Ich weiß nicht, ob ich deswegen angefressen oder erleichtert sein soll. Aber da Mana keine Anstalten macht, dieses Gespräch zu führen, werde ich ganz bestimmt nicht damit anfangen. Hindert mich nicht daran, es mir vorzustellen, während ich morgens dusche. Oder abends.

»Nox, du nervst.«

Mein Grinsen wird breiter, als ich mich wieder in Bewegung setze. Eine Weile laufen wir schweigend nebeneinander her, während ich es genieße, nicht reden zu müssen. Das hier erdet mich. Die Natur. Mein Sport und ja, auch Mana. Wie früher. Es ist so ruhig hier, doch ich weiß, wenn wir nur ein paar Meter weiter laufen, stoßen wir auf andere, die ebenso den Drang verspüren, ihre Sporteinheiten nach draußen zu verlagern.

Als wir an eine Abzweigung kommen, die ich sonst auch immer mit Aiden nehme, packe ich Mana am Oberarm und ziehe sie kurzerhand mit mir mit in die andere Richtung. Direkt durch Büsche und Bäume hindurch.

»Du benimmst dich wie ein Neandertaler, hat dir das schon einmal jemand gesagt?«

Ich lache leise, gehe in die Knie und werfe sie mir kurzerhand einfach über die Schulter. »Jetzt benehme ich mich wie einer.«

Kreischend trommelt sie mir auf den Rücken, aber das beeindruckt mich nicht. Nicht wenn sich ihr Hintern so verlockend neben meinem Gesicht befindet.

»Lass mich sofort runter. Ich kann allein laufen.«

»Ich lass dich runter, wenn du aufhörst, mich zu verprügeln.«

Schlagartig stoppt sie ihre Misshandlungen und lässt sich einfach schlapp hängen.

»Unglaublich, wie gehorsam du sein kannst.« Wie versprochen bleibe ich stehen und lasse sie langsam an mir hinabgleiten, bis sie wieder auf ihren eigenen Füßen steht. Dann gehe ich weiter und nach einigen Sekunden Stille folgt sie mir auch wieder.

»Warum gehen wir hier entlang, Lennox?«

Weil ich mit dir allein sein will.

»Weil es hier ruhiger ist. Wir wollen schließlich joggen und uns nicht mit anderen unterhalten.«

»Genau genommen gehen wir gerade nur.«

»Das lässt sich ändern.« Ich fange wieder an zu laufen, steigere langsam mein Tempo und achte mit einem Ohr immer auf die Geräusche, die Mana hinter mir macht. Manche davon würde ich gern in meinem Schlafzimmer hören. Aber ihr das zu sagen würde wohl dafür sorgen, dass sie mich gleich hier im Wald verscharrt.

Als wir an der nächsten Abzweigung landen, sehe ich mich aufmerksam um. Hier war ich noch nicht. Zumindest kann ich mich nicht daran erinnern. Mana sieht sich ebenso neugierig um und rennt plötzlich wieder von mir weg.

»Wo rennst du denn jetzt wieder hin?«

»Ich will da hoch.« Sie deutet eine Böschung hoch, und ich folge ihrem Blick mit den Augen. »Die Aussicht sehen.«

Ohne auf eine Antwort oder gar eine Zustimmung meinerseits zu warten, rennt sie los, und mir bleibt nichts anderes übrig, als ihr zu folgen. Doch bevor wir ganz oben angekommen sind, wechselt sie plötzlich die Richtung. Seit wann kann sie so flink bergauf klettern? »Mana. Warte.«

»Sieh dir das an. Eine Höhle. Ich hab eine Höhle gefunden.«

Sie freut sich wie ein Kind an Weihnachten, und ich könnte ihr die ganze Zeit dabei zusehen. Sie strahlt über das ganze Gesicht und zaubert mir damit ebenfalls ein breites Grinsen ins Gesicht, als ich zu ihr aufhole und neugierig neben ihr stehen bleibe. »Höhlen gibt es nicht nur in Portland, Mana.« Lachend stolpere ich zurück, als sie mir schnaubend gegen die Brust schlägt.

»Ey. Na los. Lass uns reingehen.«

Sie hatte offenbar die gleiche Idee, denn sie dreht sich, noch während ich spreche um und sucht sich zielstrebig einen Weg in die Höhle. Ich folge ihr. Genieße vielleicht auch ein bisschen den Anblick auf ihren Hintern und atme erleichtert durch, als wir uns endlich im Inneren befinden und die Dunkelheit, die uns hier umfängt, jeden weiteren Blick auf sie verwehrt.

»Oh mein Gott, ist das cool. Nox!« Sie dreht sich ruckartig um und prallt prompt gegen mich, während mir ihr Ausruf in den Ohren klingelt. Sie ist nicht gerade leise. »Oh, tut mir leid, aber sieh dich nur mal um.«

»Es ist dunkel hier. Wie soll ich da etwas sehen?«

Kurz darauf leuchtet sie mir mit ihrer Handytaschenlampe ins Gesicht, und ich kneife fluchend die Augen zu. Auf die Idee hätte ich auch selbst kommen können und ziehe meines ebenfalls aus meiner Hosentasche.

»Fast genauso groß wie unsere zu Hause.«

Neugierig geworden sehe ich mich weiter um und setze mich auf einen kleinen Felsvorsprung, bevor ich die Lampe an meinem Handy ausschalte.

»Wir könnten hier unser Tagebuch schreiben. Hast du bereits angefangen?« Manas Stimme klingt hoffnungsvoll, und ich bringe es nicht übers Herz, ihr die Illusion, ich könnte tatsächlich etwas für das Experiment gemacht haben, zu nehmen.

»Ja.« Na ja, ich habe keine ausgefeilten Texte geschrieben, aber irgendwo in meinem Zimmer liegen unzählige Haftnotizen mit meinen Kritzeleien herum. Um am Ende des Schuljahres wenigstens irgendetwas vorweisen zu können.

»Gut.«

Auch ihr Licht erlischt, und ich kann spüren, dass sie direkt vor mir steht. Zwischen meinen Beinen. Wie von selbst legen sich meine Hände auf ihre Hüften und ich lehne meine Stirn gegen ihren Bauch. Zumindest hoffe ich, dass es ihr Bauch ist. Ich muss damit aufhören, sie jedes Mal berühren zu wollen, wenn sie in meiner Nähe ist. Bisher sprechen alle Zeichen dagegen, dass es tatsächlich eine gute Idee sein könnte, sie erneut zu küssen. Als ich es das erste Mal vorhatte, an dem Tag an dem ich ihr sagen wollte, das ich mich in sie verliebt habe, verschwand meine Mom. Unseren zweiten Kuss habe ich selbst mit einem Sprung ins Wasser abgebrochen. Weil ich Angst hatte. Bei unserem dritten Kuss hat Aiden uns ins Feuer gekotzt. Ich sollte es sein lassen. Wir sollten gar nicht mehr daran denken, uns küssen zu wollen.

Andererseits weiß ich nicht einmal, ob Mana überhaupt daran denkt oder ob ich sie einfach jedes Mal damit überrumple. So oder so sollte ich sie loslassen. Ich kann es aber nicht. Weil es sich wie zu Hause anfühlt, sie in den Armen zu halten. Selbst wenn ich nur meine Hände an ihren Hüften habe. Wie es sich dann wohl anfühlen würde, dürfte ich sie nach all der Zeit endlich wieder richtig umarmen?

Ich nehme die sanfte Berührung in meinen Haaren nicht sofort wahr. Erst als sich meine Augen mit einem leisen Seufzen schließen, stellt mein Kopf seine Arbeit ein, und ich genieße es, wie ihre Finger durch meine Haare gleiten und meinen Kopf massieren. Sanft hebe ich meinen Kopf wieder, sehe zu ihr hoch, auch wenn ich nur Schemen erkennen kann. Ohne den Kontakt meiner Hände an ihrem Körper zu unterbrechen stehe ich auf, ziehe sie während dieser Bewegung näher an mich. Jetzt überrage ich sie um fast mehr als einen Kopf und platziere meine Lippen sanft auf ihrer Stirn und murmle: »Ich werde dich jetzt noch einmal küssen. Ich kann nicht anders«.

Langsam löse ich meine Hände von ihr, nur um sie Sekunden später sanft um ihr Gesicht zu legen. Manas einzige Reaktion besteht darin, dass sie ihre Finger um meine Handgelenke schließt und sich auf Zehenspitzen stellt. Das reicht mir als Antwort auf meine unausgesprochene Frage, ob ich sie küssen darf.

Meine Lippen suchen sich ihren Weg über ihre Stirn, zu ihrer Nase bis hin zu ihrem süßen Mund, der sich meinem weich entgegendrängt. Meine Zunge teilt ihre Lippen und ich bitte so stumm um Erlaubnis, sie richtig küssen zu dürfen. Die Erlaubnis gibt sie mir, und ich stöhne leise, als ihre Zunge auf meine trifft. Sie zu küssen bringt meinen Bauch dazu, sich anders anzufühlen. Sich gut zu fühlen. Ich neige meinen Kopf, während ich gleichzeitig eine Hand von ihrem Gesicht löse und meinen Arm um ihre Mitte schlinge, um sie hochzuheben. Wie einstudiert schlingen sich ihre Arme und Beine um meinen Körper, und ich mache ein paar vorsichtige Schritte durch die Höhle, bis ich sie mit dem Rücken gegen die nächste Wand drängen kann.

»Nox …«

Mein Name, nur ein Hauch auf ihren Lippen, den ich sofort wegküsse. Weil ich nicht hören will, was sie zu sagen hat. Nicht jetzt. Nicht in diesem Augenblick, der sich für mich einfach nur unglaublich gut anfühlt.

»Nox!«

Ich schüttle den Kopf, löse den Kuss und stecke mein Gesicht in ihre Halsbeuge, um mich einen kurzen Moment vor der Realität zu verstecken.

»Hör mir zu.«

Statt einer Antwort drücke ich mein Gesicht nur noch mehr an ihren Hals und kneife die Augen zu. Jetzt kann sie mich bestimmt nicht mehr sehen. Und lässt mich sie weiter halten.

»Ich habe nie gesagt, dass du aufhören sollst, mich zu küssen.«

Ihre Stimme klingt belustigt und ich hebe ruckartig meinen Kopf. »Nicht?«

»Nein.«

Stimmt, hat sie nicht. Sie hat nur meinen Namen gesagt. »Was wolltest du dann sagen?«

Sie schiebt ihre Hand leicht in meinen Nacken und kratzt mit ihren Nägel über die empfindliche Haut dort. Die andere findet wieder ihren Weg in meine Haare. Wohlig brummend küsse ich sie wieder und murmle, zwischen zwei Küssen: »Deine Hand in meinen Haaren fühlt sich so gut an.«

»Ich hab meine Hand nicht in deinen Haaren«, flüstert sie zurück, und wie zum Beweis drückt ihre Hand meinen Nacken und die andere meine Hand an ihrem Gesicht. Wenn sie mir gerade nicht den Kopf krault, was zur Hölle …

Entsetzt springe ich zurück, lasse sie sofort los und muss zu meiner Schande gestehen, dass ich keinen Gedanken daran verschwende, ob sie auf den Füßen oder ihrem Hintern landet, als ich kreischend aus der Höhle rausrenne.

»Fuck, fuck, fuck. Mana, hilf mir.«

Ich weiß nicht, ob Mana hier ist oder noch in der Höhle. Ich weiß nur, da sitzt etwas auf meinem Kopf, dass da nicht hingehört, und ich will es weghaben.

»Ich bin hier. Hör auf, so zu zappeln.«

Okay. Mana ist nicht mehr drinnen, und sie klingt auch nicht so, als hätte ich sie zu fest auf den Boden fallen lassen. Sofort strecke ich ihr hektisch meinen Kopf entgegen und bin dermaßen froh über den Umstand, dass gerade niemand in der Nähe zu sein scheint, der dieses peinliche Drama mitverfolgt. Plötzlich kreischt auch Mana los, und mir gefriert das Blut in den Adern, als ich meinen Kopf hochreiße und ihren panischen Blick bemerke.

»Was ist los? Mana, verdammt noch mal, was soll der Scheiß?« Ich brülle so laut, dass sich meine Stimme überschlägt, als ich nun selbst wild in meine Haare greife und dann endlich das loswerde, was ich da von Anfang an nicht haben wollte. Nur ist es keine Spinne.

»Eine Fledermaus sitzt in deinen Haaren.« Mana rennt panisch im Kreis, und ich würde gern behaupten, dass jetzt, wo die Fledermaus wegflattert, meine Panik abebbt und ich für sie da sein kann. Stattdessen renne ich mit ihr mit. Im Kreis. Bis wir irgendwann gegeneinanderprallen, auf dem Boden aufkommen und dann, nach einer Schrecksekunde anfangen zu lachen.

»Es ist eigentlich total witzig, dass ausgerechnet du so Angst vor diesen Viechern hast.«

»Ich dachte, es sei eine Spinne.«

»Meine ich doch. Sonst heißt es ja immer, Frauen wären hysterisch, wenn es um Krabbeltiere geht.«

»Du hattest eben auch Angst.«

»Ja, aber erst, nachdem ich herausgefunden habe, dass es eine Fledermaus ist.«

Mana war damals schon sehr unerschrocken, wenn es um Spinnen oder Käfer ging. Einerseits habe ich sie dafür bewundert. Andererseits fand ich das auch furchtbar ekelhaft.

Ich hasse Spinnen, seit meine Brüder mir mal Unmengen davon in den Bezug meines Kissens gestopft haben, und ich nachts davon wach wurde, das sie sich alle einen Weg nach draußen gebahnt haben. Über mein vierjähriges Gesicht. Als ich in dieser Nacht schreiend aus meinem Zimmer gestürmt bin, haben meine Brüder mich ausgelacht, Dad hat mir eine auf den Hinterkopf gegeben und gesagt, ich solle mich nicht so anstellen und Mom ... Sie hat die halbe Nacht damit verbracht, beruhigend auf mich einzureden und mein Zimmer von allen Spinnen zu säubern. Dabei hatte sie selbst unfassbare Angst davor.

»Ich glaube, wir sind für heute fertig mit Sport. Lass uns zurückgehen.«

Ich hieve mich vom Boden hoch und strecke ihr meine Hand entgegen, um ihr ebenfalls wieder auf die Beine zu helfen. Einen Moment lang sehen wir uns an und ich bin mir mittlerweile sicher, dass ich Mana will. Nicht nur für Sex. Da ist mehr. Es wäre schön herauszufinden, was genau da ist. Zusammen mit ihr. Allerdings möchte ich nichts falsch machen und es langsam angehen lassen.

Kapitel 17

Mana

»Ich fass es nicht, dass ich mich von dir habe breitschlagen lassen, meinen freien Abend hiermit zu verbringen.«

Monstertruck. Großer Gott, ich werde nie verstehen, was Menschen toll an Trucks finden, die über Erhöhungen springen, Loopings vollführen und waghalsige Stunts aufführen. Tut mir leid, aber das ist absolut nicht meine Welt.

»Es ist Teil eures Projektes. Da ihr beide es nicht gebacken bekommt, wie zwei Erwachsene einen Plan zu erstellen, haben Aiden und ich beschlossen, euch so oft wie möglich zusammenzubringen. Eure Sturheit bringt euch noch um eine gute Note, und am Ende ist das Geheule wieder groß.« Emma ist sichtlich zufrieden mit sich selbst und zieht mich mit zu einer Reihe unbequem aussehender Plastikstühle. Nox, Aiden, Max und Sam sind auch da. Die Einzigen, die scheinbar davon verschont geblieben sind, sind Lucy und Colette. Die Glücklichen.

»Hallo, Jungs.« Ich hätte gern etwas von Emmas Optimismus, mit dem sie sich grinsend auf einen der Stühle pflanzt.

»Hallo, Mädels.«

Als ich mich gerade neben Emma hinsetzen will, packt Aiden meine Hand und tauscht mit mir den Platz.

»Warum kannst du nicht einfach sagen, hey Mana, tausch mit mir den Platz?« Kopfschüttelnd sehe ich neben mich und blicke direkt in Lennox ernste Augen.

»Hey.«

»Hey.«

»Du siehst auch nicht gerade begeistert aus.«

Er wirkt hier irgendwie völlig fehl am Platz.

»Ich …« Er beißt sich verlegen auf die Unterlippe und legt sich eine Hand in den Nacken. Diese Geste kenne ich noch von früher. »Gott, ich hasse Monstertruck-Shows.« Seufzend lehnt er sich breitbeinig zurück, schiebt die Ärmel seines Hoddies hoch und verschränkt die Arme vor der Brust.

»Warum bist du dann hier?«

Während der Rest der Jungs gebannt auf das Feld vor uns blickt, und Emma erklärt, worauf es ankommt, habe ich nur Augen für Nox. Und das nicht nur, weil wir uns geküsst haben und wieder unterbrochen wurden. Schon wieder. Ich frage mich, ob wir uns irgendwann küssen können, ohne dass eine höhere Gewalt uns unterbricht. Es ist komisch, den Nox, der jetzt vor mir sitzt, mit dem aus meiner Kindheit in Verbindung zu bringen. Manchmal blitzt der alte Lennox noch hervor. Meistens lässt ihm der neue Nox jedoch zu wenig Platz, um wirklich präsent zu sein.

Er zuckt die Schultern und beobachtet das Geschehen vor uns. »Die Jungs stehen drauf, und ich glaube, jeder von uns, muss ab und an etwas machen, was er nicht so spannend findet.«

Diese Aussage verwirrt mich. Er macht immer noch ständig, was sein Dad oder seine Brüder wollen. Weil er nicht als Waschlappen bezeichnet werden will. Für seine Freunde macht er auch Dinge, die er nicht mag. Wie diese Show heute zu besuchen. Aber nicht, weil er zwanghaft zu ihnen dazugehören möchte, sondern weil es seine Freunde sind und er gern mal für sie zurücksteckt. Zumindest ist es das, was ich aus seinen Worten entnehme. Das ist irgendwie süß.

»Das stimmt wohl.« In mich rein murmelnd lehne ich mich ebenfalls zurück und stecke meine Hände flach zwischen meine Oberschenkel, als mein Blick über die Ränge in dieser Arena gleitet. Die aufgeputschte Stimmung ist förmlich greifbar, und ich kann zumindest verstehen, dass es bestimmt Spaß macht, wenn man mit den richtigen Menschen hier ist und sich nicht nur auf die Show konzentriert.

»Warum bist du denn hier?«

»Emma und Aiden.«

Scheinbar ist damit für Nox alles klar, denn er nickt mit einem wissenden Gesichtsausdruck. »Denkst du, die beiden stehen aufeinander?« Bei seiner Aussage sehe ich einen Augenblick lang zu unseren besten Freunden und schüttle den Kopf.

»Nein, ich glaube, die beiden verstehen sich einfach ziemlich gut, ohne dass da mehr dahintersteckt.«

»Mädchen und Jungs sind nie einfach nur Freunde.«

Ruckartig zuckt mein Kopf wieder zu ihm, und ich hebe eine Augenbraue. »Da spricht eindeutig dein minderbemittelter großer Bruder aus dir.« Einer seiner Mundwinkel zuckt, und ich schnaube leise. »Wir waren auch befreundet. Einfach nur Freunde. Wir zwei. Du und ich.«

»Ich weiß. Aber jetzt …«

Sofort hebe ich meine Hand, und er verstummt. »Wenn du mir jetzt sagst, aber jetzt sind wir es nicht mehr, muss ich dich hauen!«

Nox hebt in einer ergebenen Geste seine Hände und sagt nichts. Gut so. Ich hab keine Ahnung, was da vor sich geht, oder warum Nox Freunde immer wieder aufgeregt von ihren Sitzen springen und warum Emma ebenfalls gebannt auf die ganzen Trucks sieht. Wenn ich dorthin sehe, sehe ich nur Trucks, die sich in der Luft überschlagen oder über Hindernisse springen. Das war es.

»Lass uns abhauen!«

»Was?« Ich sehe Nox zweifelnd an.

»Du hast keinen Bock hier zu sein und ich auch nicht. Wenn du wirklich anfangen willst, die Männer zu verstehen, solltest du auch den kennenlernen, der mit dir in einem Team steckt.«

Ich runzle die Stirn, weil es mich überrascht, diesen Vorschlag aus seinem Mund zu hören.

»Komm schon, Mana. Wir beide sollen doch gegenseitiges Verständnis aufbringen. Dann solltest du verstehen, dass ich nicht hier sein will. Wenn wir schnell sind, entwischen wir Emma und Aiden.«

Ein kurzer Blick zu unseren besten Freunden, und mein Herz klopft aufgeregt ein bisschen schneller. Und auch wenn das hier wohl kaum die Flucht nach einem Banküberfall ist, durchströmt mich dennoch so etwas, wie freudige Erregung. Was zum Teil bestimmt auch an dem Wissen liegt, gleich ein wenig Zeit mit Nox zu verbringen. Das sollte ich nicht zulassen. Nicht allein. Nicht wenn er jedes Mal versucht, mich zu küssen. Trotzdem merke ich, wie ich nicke und seine Hand, die er mir mit einem schiefen Grinsen entgegenstreckt, nehme.

»Wenn ich sage ›Jetzt!‹, dann rennst du. Okay?«

»Okay.«

»Warum flüsterst du, Mana?«

»Ich weiß es nicht. Weil wir flüchten?«

»Flüchten? Mana, wir brechen nicht aus dem Gefängnis aus!« Nox lacht leise, drückt meine Hand ein kleines bisschen fester, und genau in dem Moment, als plötzlich alle aufspringen, weil vermutlich irgendetwas ganz Spannendes mit den Trucks passiert ...

»Jetzt! Los!«

Nox rennt los, und ich stolpere ihm hinterher. Seine Beine sind um einiges länger als meine und für einen seiner Schritte muss ich drei machen. Aber ich beschwere mich nicht, sondern lache los, weil es mich wieder an früher erinnert. Wenn wir Kekse von meiner Mutter gemopst haben und in unsere Höhle geflüchtet sind.

»Wohin rennen wir?«

»Ich habe keine Ahnung!«

Sein Lachen gefällt mir, nicht zuletzt, weil es das erste Mal seit Langem befreit wirkt. Er rennt einfach weiter und lässt meine Hand dabei keine Sekunde los. Zumindest so lange, bis wir bei seinem Auto ankommen und er mir die Beifahrertür aufhält.

»Ich wusste nicht, dass unter diesem tätowierten Berg an Muskeln auch ein Gentleman steckt.«

»Er kommt nicht besonders oft zum Vorschein, also gewöhn dich nicht an ihn.«

Als er mir leicht zuzwinkert, schlüpfe ich schnell auf den Sitz und warte, bis er den Wagen umrundet hat und ebenfalls eingestiegen ist.

»Also, Snickers? Wohin fahren wir.«

Bei dem Spitznamen, den er mir früher gegeben hat, zucken wir beide leicht zusammen. Den Spitznamen hat er mir wegen der Snickerdoodles meiner Mom gegeben.

»Ich ... hab ehrlich gesagt keine Ahnung.«

»Gut. Dann lass mich dich entführen. An einen meiner Lieblingsorte!«

Das Footballfeld am College. Warum bin ich da nicht selbst drauf gekommen. Ohne die vollen Zuschauerränge und die Flutlichter wirkt es weit weniger imposant, als ich es gewohnt bin. Es ist dunkel, aber die Sternennacht ist so klar, dass wir ausreichend sehen.

Nox führt mich genau in die Mitte des Feldes. »Zieh deine Jacke aus.«

»Wie bitte?«

»Mach schon, zieh dich aus. Also die Jacke.« Sein dreckiges Grinsen treibt mir schlagartig die Röte ins Gesicht.

»Nox, es ist kalt. Warum soll ich meine Jacke ausziehen?«

Kommentarlos stellt er sich vor mich und schält mich kurzerhand selbst aus der Jacke, wirft sie neben uns auf den Boden und fasst dann in seine Hosentasche, um einen Haargummi herauszuholen.

»Wow, stopp, warte. Wer hat den bereits benutzt?«

Er hält in der Bewegung inne und sieht mich vorwurfsvoll an. »Niemand, Mana. Wofür hältst du mich, nein ... sag es nicht. Der ist neu, versprochen.«

Ich schließe meinen Mund und halte die Luft an, als er noch näher kommt, sich hinter mich stellt und anfängt, meine Haare zu einem Zopf zu flechten.

»Lennox? Was wird das?«

Zur Antwort bindet er den Haargummi um das untere Ende des Zopfes und zieht dann meinen Kopf daran in den Nacken. Ich schlucke.

»Wir spielen jetzt Ball.«

Sein jugendliches Grinsen, auch wenn es gerade kopfsteht, gefällt mir außerordentlich gut, und ich hoffe, noch einen genaueren Blick darauf zu erhaschen, als ich mich zu ihm umdrehe.

»Wir beide?«

»Wir beide. So wie früher.«

Früher haben wir stundenlang den Ball zwischen uns beiden hin und hergeworfen, weil Nox unbedingt seine Reflexe schulen wollte.

»Nur dieses Mal mit ein bisschen mehr Anreiz.«

Sanft streift er mit seinen Fingern über meine Wange, und ich lecke mir hektisch über die Lippen, als er sich von mir abwendet, um einen Football aus der Tasche zu ziehen, die er zuvor aus dem Kofferraum seines Wagens geholt hat.

»Welcher Anreiz schwebt dir vor?«

Mit dem Ball in der Hand kommt er wieder zu mir und drückt ihn mir sanft gegen die Brust. »Zehn Runden. Wer ihn öfter fangen kann, hat beim anderen einen Wunsch frei. Bist du dabei?«

Er weiß genau, dass ich nicht gewinnen werde. Aber der Ehrgeiz packt mich und so nicke ich. »Bin dabei.«

Lächelnd joggt er rückwärts einige Schritte von mir weg und wirft mir den Ball zu, noch bevor ich mich mental überhaupt darauf einstellen konnte, ihn zu fangen.

»Hey, das war unfair.«

»Konzentration ist der Schlüssel, Mana. Also konzentrier dich.«

Grummelnd sammle ich den Ball wieder ein und werfe ihn. Direkt in seine Arme. Großartig. Sein Grinsen wird breiter und auch ein bisschen überheblicher.

»Ich werfe jetzt, Snickers. Fang.«

Der Ball kommt so blitzschnell auf mich zu, dass ich es mit der Angst zu tun bekomme und schützend die Hände vor mein Gesicht halte. Natürlich prallt der Ball mit Wucht an meinen erhobenen Händen ab.

»Aua. Hey.«

Nox geht zurück zu seiner Tasche und als er zu mir zurückkommt, setzt er mir kurzerhand seinen Helm auf. »So.«

»Sag bloß, du schleppst das Zeug immer mit dir herum?«

»Immer im Auto. Klar. Mir fehlt die Zeit, jedes Mal noch nach Hause zu fahren, um meine Trainingsklamotten zu holen.«

»Einen Spind habt ihr nicht oder was?«

»Doch. Aber in der Tasche ist meine Reserve. Sei froh, ansonsten könnte ich dein hübsches Köpfchen nicht vor meinen Würfen schützen.«

Wieder geht er zurück, holt aus, wirft den Ball, und ich scheitere grandios. Entnervt reiße ich mir den Helm vom Kopf und streife mir die verschwitzten Haare aus der Stirn.

»Das ist frustrierend. Sag schon. Was willst du?«

»Ein Abendessen. Du und ich.«

Die Antwort kommt so schnell, als hätte er sich das bereits längere Zeit durch den Kopf gehen lassen. Und ich nicke nur, denn Deal ist Deal, und ich kann auch nicht behaupten, dass ich das nicht auch gern machen würde.

»Gut. Nächste Runde.«

Dieses Mal klappt es besser als zuvor, und mein Selbstvertrauen kriegt einen kleinen Aufschwung. Zumindest bis mich das Gefühl beschleicht, dass er es mir absichtlich leichter macht. Nicht dass ich mich beschweren würde, denn in meinem Kopf formt sich gerade auch etwas, was ich gern von ihm einfordern würde.

»Gewonnen!« Jubelnd pfeffere ich den Ball von mir und führe einen Freudentanz auf, der von Nox einfach nur liebevoll belächelt wird. Ob er weiß, wie schön er ist? »Hast du das gesehen?«

»Ja. Habe ich. Dann los. Was ist dein Wunsch?«

Als ich dieses Mal den Helm abnehme, halte ich ihn mir schützend vor den Körper. Um etwas zu haben, an dem ich mich festhalten kann. »Ich …«

Als er näher kommt, mir den Helm abnimmt und ihn achtlos neben sich auf den Boden fallen lässt, schlucke ich kräftig. Als er dann auch noch mit dem Finger einer Hand über meine Wange fährt, klopft mein Herz schneller, und ich versuche krampfhaft, die Worte in meinen Gedanken zu formen, um sie überhaupt aussprechen zu können. Gerade, als ich mich dazu in der Lage fühle, und etwas näher zu ihm aufgerückt bin, spüre ich etwas in seiner Hose. Nein, keine Erektion. Aber eine Vibration. Verdammt noch mal.

»Es tut mir leid.« Hektisch und gleichzeitig sichtlich genervt fischt Nox sein Handy aus der Hosentasche und ein flüchtiger Blick auf sein Display, und der plötzliche Stimmungsumschwung in seinem ganzen Wesen sagen mir alles, was ich gar nicht wissen will. Sein Dad.

Nox verschließt sich und geht von mir weg, als hätte er sich an mir verbrannt.

»Nox, tu das nicht.«

Manchmal scheint er zu vergessen, wie gut ich ihn damals kannte und wie gut ich ihn in den letzten Wochen beobachtet habe, um wieder ein Gespür für ihn zu bekommen.

»Ich muss gehen.«

Erschrocken darüber, wie hart seine Stimme klingt, macht mein Herz einen Satz, als er sich abrupt umdreht und weggeht.

»Nox. Bitte.«

»Wenn du möchtest, dass ich dich nach Hause fahre, komm mit.«

Es fällt mir schwer, stehen zu bleiben. Viel lieber würde ich ihn in die Arme schließen und einfach bei ihm sein. Für ihn da sein. Aber ich kann nicht. Weil ich gerade wirklich wütend auf ihn bin. Er ist erwachsen. Warum zur Hölle reicht ein Anruf seines Vaters, um seine Laune in Sekundenschnelle zu ändern?

»Nox!«

Als ich seinen Namen rufe, werden seine Schritte schneller, und er verschwindet, ohne einen Blick zurückzuwerfen. Ich rede mir, bisher noch erfolglos, ein, dass er mich niemals hätte stehen lassen, wären wir weiter von zu Hause entfernt. Den Weg vom Feld bis in mein Wohnhaus finde ich selbst mit verbundenen Augen, und es ist auch nicht besonders weit. Trotzdem bin ich angefressen, weil er einfach so verschwindet. Dass er seine Tasche hier stehen lässt, ist ein weiteres Zeichen dafür, wie sehr sein Vater ihn aus der Bahn wirft. Seufzend sammle ich den Helm und den Ball ein, stopfe beides zurück in die Sporttasche und werfe sie mir über die Schultern, bevor ich damit nach Hause stapfe. Wenn er sie wiederhaben will, kann er ja gern persönlich vorbeikommen und sie holen, dieser Mistkerl.

Kapitel 18

Lennox

Zu meiner Schande muss ich gestehen, dass ich mich bisher noch nicht so in das Projekt reinhänge, wie ich vermutlich sollte. Nach Aidens Ankündigung eben, bereue ich wieder mal, überhaupt ein Teil davon zu sein.

»Eine was?«

»Die Mädels veranstalten eine Pyjamaparty.«

Na toll. So, wie ich Aiden kenne, hat er sich bestimmt bereits Pläne zurechtgelegt, die beinhalten, dass wir uns auch bald auf dieser Party befinden.

»Nein.«

»Alter. Ich hab doch gar nichts gesagt.«

»Aber gedacht.«

»Na gut. Das stimmt. Also wirf dich in einen hübschen Schlafanzug und dann lass uns los. Max und Sam sammeln wir auf dem Weg dorthin ein.«

»Ich schlafe nackt, Aiden.«

»Dann zieh dich aus und komm mit.«

Aiden würde mich tatsächlich auch nackt mitnehmen.

»Ich hab keine Lust auf so eine Party.«

»Okay Kumpel!«

Aiden pflanzt mich auf einen der Barhocker in unserer Küche, bevor er sich direkt neben mir auch einen rauszieht und sich drauf setzt.

»Du hast es immer noch nicht kapiert, oder? Soziologie. Das Projekt. Du sträubst dich immer noch so heftig dagegen.

dass es wehtut. Ein paar Wochen noch, dann ist es erledigt. Jetzt stell dich nicht so an. Eine Pyjamaparty ist das perfekte Klischee. Und wir beide dürfen heute dabei sein und herausfinden, was die Mädels daran so toll finden.«

»Ich hasse dich.« Genervt stehe ich auf und marschiere in mein Schlafzimmer.

»Zieh dich schick an, Baby. Ich will nackte Haut!«

Ich kann nicht anders, als laut loszulachen. Was zieht man aber wirklich an, wenn man dazu gezwungen wird, bei einem Haufen Mädchen zu übernachten? Kurz überkommen mich Zweifel, aber dann beschließe ich, dass nicht nur ich sie besser verstehen muss, sondern sie auch mich. Also packe ich frische Unterwäsche und ein Shirt in meine Tasche, ziehe mir eine graue Jogginghose und meinen schwarzen Hoodie an und poltere schon kurz darauf wieder runter zu Aiden in die Küche.

»Oh Baby, du trägst hoffentlich nur nackte Haut unter dem Hoodie.«

Zur Antwort hebe ich den Saum ein Stück an und verdrehe lachend die Augen, als Aiden anfängt, sich gespielt verzückt Luft zuzufächeln.

»Lass es uns hinter uns bringen.«

Als wir eine Viertelstunde später vor Manas Wohnkomplex ankommen, habe ich bereits wieder den Drang umzudrehen und nach Hause zu fahren. Oder in die nächste Bar. Wir sind das letzte Mal nicht besonders gut auseinandergegangen. Ich hab sie einfach stehen lassen. Weil mein Dad angerufen hat und ich plötzlich wieder sechzehn wahr und Schiss vor ihm hatte. Aber Aiden hatte recht, ich muss diesen Kurs bestehen. Also steige ich aus dem Wagen. Außerdem hat sie sicher meine Sporttasche mitgenommen und die brauche ich.

Max und Sam, die wir eben noch aufgegabelt haben, sind ziemlich gut drauf und scheinen sich tatsächlich auf einen Abend voller Masken, Mädchenfilme und Snacks zu freuen.

Woher ich das weiß? Weil doch jede verdammte Pyjamaparty so abläuft.

Ich war noch nie bei Mana zu Hause. Aber es ist nicht schwer zu erraten, welche der Wohnungen ihre ist.

»Ich schätze, wir folgen dem Gelächter!«

Hysterisches Gekreische und ein vertrauter Geruch, den ich gerade aber nicht richtig zuordnen kann, locken uns durch ein Treppenhaus bis rauf in den zweiten Stock. Als Aiden anklopft, tut sich nichts. Auch nicht beim zweiten Mal. Und da ich keine Lust habe, hier blöd herumzustehen, versuche ich es nun.

»Los. Aufmachen. Sonst gehen wir wieder!«, rufe ich laut.

Sofort verstummt das Gelächter und wir hören Schritte, die eilig auf die Tür zukommen.

»Was macht ihr denn hier?«

»Wir strippen für euch«, antworte ich trocken, was den Mädels ein aufgeregtes Kreischen und den Jungs ein belustigtes Schnauben entlockt. Aber meine Worte zeigen Wirkung, denn endlich öffnet sich die Tür.

»Wer hätte gedacht, dass ihr wirklich auftaucht.«

Emma grinst breit in die Runde, als sie zur Seite tritt, damit wir reinkommen können. Ich schubse Aiden vor mir rein, schließlich ist er schuld an dem ganzen Schlamassel. Was ich aber sehe, als ich einen schnellen Blick an ihm vorbeiwerfe, lässt mich beinahe auf der Stelle wieder umdrehen und von hier verschwinden.

Es ist, wie man sich eine Pyjamaparty unter Mädchen halt so vorstellt. Oder wie ich sie mir vorstelle. Schnell scanne ich den Raum, der sich als Wohnzimmer entpuppt, und seufze tief auf. Der kleine Couchtisch biegt sich fast, weil so viele Knabbersachen und Getränke draufstehen. Ich sehe mir lieber gar nicht so genau an, was es alles gibt, denn sonst werde ich bestimmt allein nur vom Hinsehen schon dick. Neben dem Fernseher stapeln sich DVDs und ich bin mir ziemlich sicher, dass es sich dabei um Liebesfilme handelt.

Und nebenbei, wer schaut heutzutage noch DVDs? Max mustert sie interessiert, während Aiden Emma zur Begrüßung an den Haaren zupft und Sam sich zu Colette setzt. Auf dem Boden sind pinke Schlafsäcke verteilt und ich kann mich nicht erinnern, selbst einen eingepackt zu haben. Was nicht weiter schlimm ist, denn ich habe schon unter mieseren Umständen die Nacht verbracht. Doch meine Augen werden von etwas ganz anderem angezogen. Um die Schlafsituation kann ich mich auch später noch kümmern.

Ich starre Mana an. Die ... einen viel zu knappen Pyjama trägt. Falls man das überhaupt als solchen bezeichnen kann. Sie trägt eine knappe Short, die mit Sicherheit nicht einmal die Hälfte ihres Hinterns bedeckt, und ein Trägertop – und was noch schlimmer ist, keinen BH drunter. Ich werde sterben. Heute und hier.

»Nox ich schwöre dir, wenn du mir noch weiter auf die Brust starrst, werfe ich dich eigenhändig raus.«

Wie von selbst breitet sich ein dreckiges Grinsen auf meinem Gesicht aus, als ich den Kopf anhebe, um ihr in die Augen zu sehen.

Bevor ich kontern kann, packt Aiden seine Hand auf meine Schulter und schiebt mich rasch zum Sofa, wo er mich hinpflanzt, als wäre ich ein Rucksack, den er mal eben in eine Ecke des Sofas pfeffert, bevor er sich selbst daneben in die Kissen fallen lässt.

»Okay, Mädels. Wir sind da. Was machen wir jetzt?«

Meinem besten Freund macht das hier viel zu viel Spaß und ich wende meinen Kopf in die Richtung, aus der ein Duft kommt, den ich bereits im Treppenhaus bemerkt habe.

»Was riecht hier so?«

Während Emma, Colette und Lucy den anderen alle möglichen Dinge aufzählen, die man auf solchen Partys macht, steht Mana auf und verschwindet in die Richtung, aus der der Geruch kommt. Gott steh mir bei, ich steh auf ihren Arsch.

Als sie wieder zurückkommt, habe ich mir bereits ein Kissen auf den Schoß gelegt und kriege große Augen, als der Duft intensiver wird und sie mir einen Teller vor die Nase hält.

»Snickerdoodles? Es ist ewig her, dass ich welche gegessen habe.«

Leicht lächelnd setzt Mana sich auf die Sofalehne neben mir und ich schnappe mir einen der Kekse und rieche daran. Sofort werde ich zurückgeworfen in unsere Kindheit.

»Deine Mom hat mir mal welche gebracht als ...« Ich lächle unbeholfen. »... als ich heimlich geheult habe, weil ich einen Test in Mathe versemmelt habe. Meine Mom war an diesem Tag mit ihren Freundinnen aus und zu Dad konnte ich nicht nach Hause gehen. Er hätte weder Verständnis für die verpatzte Note noch für einen heulenden Dreizehnjährigen gehabt. Deine Mom war klasse. Sie ist es immer noch.« Gedankenverloren starre ich auf den Keks in meiner Hand, bevor ich ihn mir endlich in den Mund stecke und voller Genuss die Augen schließe. »Großer Gott. Hat sie die gemacht?«

Mana schüttelt den Kopf. »Nein. Ich.«

Damit wäre meine Frage geklärt, ob sie die Dinger immer noch backt. Mana hat ihrer Mom schon immer beim Backen geholfen und beinahe schon eine unnatürliche Sucht nach den Dingern entwickelt.

Wir sehen uns in die Augen und ich bin mir sicher, wir denken an das Gleiche. An Zeiten, in denen wir Snickerdoodles gegessen haben, bis wir Bauchweh bekommen haben. Ich nenne Mana ja auch deswegen Snickers, weil sie immer so gut nach ihnen gerochen hat. Und auch heute noch nehme ich manchmal einen dezenten Duft danach an ihr wahr. Vorausgesetzt, sie lässt mich so nahe an sich heran. Ich nehme mir noch einen Keks, breche ihn in der Mitte durch und gebe ihr eine Hälfte davon.

»Ich bin immer noch sauer auf dich. Du hast mich stehen lassen. Auf dem Footballfeld. Mitten in der Nacht.«

»Ich weiß. Es tut mir leid.«

»Manchmal reicht eine Entschuldigung allein nicht aus, weißt du?«

»Ist mir bewusst, aber mehr habe ich gerade nicht.«

Für den Moment scheint es doch genug zu sein.

Hätte mir mal jemand gesagt, dass ich einmal meine Fingernägel in Regenbogenfarben lackieren würde, ich hätte ihn vermutlich einweisen lassen. Aber jetzt sitze ich tatsächlich hier. Auf jedem Nagel eine andere Farbe und sehe entnervt in die Runde.

»Wenn ihr das nächste Mal behauptet, wir spielen Flaschendrehen, dann erwähnt doch bitte vorher, dass ihr damit eine Nagellackflasche meint.«

Vermutlich hätte man mich trotzdem gezwungen mitzumachen, aber ich hätte mich wenigstens ganz männlich dagegen wehren können. Pro forma und so.

»Du siehst bezaubernd aus, Baby.«

Irgendwann bringe ich Aiden um. Ich schubse ihn aus einem Fenster oder knalle ihm den Football beim nächsten Training fest gegen den Kopf.

»Immerhin habe ich ordentlicher lackiert als du.«

»Das stimmt nicht. Ich finde, ich hab das auch toll gemacht.«

Stirnrunzelnd starrt er auf jeden seiner Finger, bevor er Emma hilfesuchend ansieht.

»Das hast du gut gemacht, Aiden. Hör nicht auf Lennox.«

Sie sieht an ihm vorbei in meine Richtung und kneift die Augen ein wenig zusammen. Interessant. Ich bin gespannt, wie lange es dauert, bis die beiden das, was sie da offenbar am Laufen haben, offiziell machen. Von wegen nur Freunde. Ob man es glaubt oder nicht, auch wir Jungs erzählen unseren Freunden, wenn wir eine feste Freundin haben. Ich bin nur gespannt, wie lange es bei den beiden dauert, bis sie endlich mit der Sprache rausrücken.

»Ich bin sein bester Freund. Natürlich hört er auf mich«, kann ich mir trotzdem nicht verkneifen zu sagen, bevor Lucy anfängt, laut zu gähnen und ihren Kopf gegen Max' Schulter lehnt.

Colette und Sam unterhalten sich gerade über diverse Filme und scheinbar entscheiden sie heute Nacht, welchen wir uns später ansehen. Als Mana aufsteht, um ein paar der schmutzigen Gläser in die Küche zu bringen, sieht Aiden mich eindringlich an und nickt in die Richtung, in die Mana verschwunden ist.

»Hast du Genickprobleme oder was ist los?«

»Geh ihr nach. Du stehst auf sie. Also los.«

»Tu ich nicht.« Tu ich doch.

»Wirklich? Ich sehe doch, wie du sie ansiehst.«

»Ich sehe sie genervt an, weil ich es hasse, auf einer Pyjamaparty zu sein. Was zur Hölle soll daran Spaß machen?«

»Die Zeit mit den Mädels, Nox.« Emma sieht mich ruhig an. »Es geht darum, Zeit miteinander zu verbringen und Dinge zu machen, oder über Sachen zu sprechen, die man niemals in einem Hörsaal oder einer Bibliothek besprechen würde.«

»Und das könnt ihr nicht machen, wenn ihr euch einfach so zum Essen oder bei einer von euch zu Hause trefft?«

Emma verdreht leicht die Augen, bevor sie sich mir mehr zuwendet. Auch Sam, Max, Lucy und Colette scheinen sich voll und ganz auf unser Gespräch zu konzentrieren. »Doch. Aber wenn wir uns ohnehin schon treffen, können wir dabei auch Dinge tun, die wir gern machen. Und auf einer Pyjamaparty können wir die ganze Nacht reden und müssen uns nicht erst alle trennen und nach Hause fahren.«

Klingt einleuchtend.

»Wir sitzen doch auch zusammen und gucken Football.«

Wo Sam recht hat.

»Wir betreiben doch aber keinen so großen Aufwand, nur um eine Nacht lang miteinander sprechen zu können.«

»Für uns ist das kein Aufwand«, mischt sich nun Colette ins Gespräch.

»Mana backt gern. Bevorzugt Snickerdoodles und sie liebt es auch sonst, uns mit Essen zu versorgen. Lucy könnte Stunden damit verbringen, Filme auszusuchen, und sie würde auch die ganze Nacht wach bleiben, um sie zu sehen. Wenn sie das auch noch mit ihren Freundinnen tun kann, warum nicht? Emma und ich gehen wahnsinnig gern shoppen und stehen auf alles, was mit Kosmetik zu tun hat. Und mal ehrlich, wir sind Studenten. Wir können es uns nicht leisten, dafür jedes Mal zur Kosmetikerin zu gehen. Warum also nicht hiermit verknüpfen? Mit unseren Mädels?«

Das macht tatsächlich Sinn. Auch wenn ich ungern zugebe, dadurch vielleicht ein bisschen mehr Verständnis für Frauen zu haben. Mein Dad würde mich erschlagen, würde er mich hier finden. Mit lackierten Fingernägeln. Ruckartig stehe ich auf und gehe rüber in die Küche. Zu Mana.

»Zieh dir was an.«

»Wie bitte?«

Sie war gerade dabei, Getränke nachzufüllen, als sie sich schnell zu mir umdreht und mich entgeistert ansieht.

»Ich sagte, zieh dir was an.«

»Warum, wenn ich fragen darf?«

»Weil das viel zu freizügig ist.«

»Du musst mich ja nicht ansehen.«

Okay, ich glaube, ich habe sie beleidigt. »Ich seh dich aber an. Genauso wie die anderen.«

»Hat dich aber nicht zu interessieren, Nox.«

Stimmt. Hat es nicht, aber dennoch macht es mich unruhig, sie so knapp bekleidet vor mir zu haben.

»Tut es auch nicht. Ich finde es nur unangemessen.«

Sie hält sofort in der Bewegung inne und dreht sich langsam zu mir um. »Du bist so ein Arsch. Das hier ist mein Zuhause. Hier darf ich herumlaufen, wie ich möchte.«

Aber nicht, wenn ich hier bin und meine ganze Beherrschung aufbringen muss, um sie nicht anzufassen. Gott, ich bin wirklich ein Arschloch. Also zucke ich nur kurz mit den Schultern.

»Oder stört es dich, mich so zu sehen und zu wissen, dass du mich nicht haben kannst?«

Ihr Gesicht wird ein wenig rot und ich bin mir ziemlich sicher, dass sie meine Antwort entweder gleich wahnsinnig glücklich oder wütend machen wird.

»Wer sagt, dass ich dich haben will?«

»Du hast mich geküsst. Und das nicht nur einmal.«

»Viele Menschen küssen sich, Mana. Nicht immer stecken Gefühle dahinter.« Schnaubend, mit einem schiefen arroganten Grinsen verschränke ich die Arme vor meiner Brust und lehne mich mit der Hüfte gegen die Küchenzeile, genau in dem Moment, als Aiden die Küche betritt.

»Mana, du siehst heiß aus.«

Sie wird sofort knallrot und ich richte mich ruckartig auf. Dieser miese Penner. Er stellt sich neben Mana und legt ihr einen Arm um die Schultern. Seine Lippen bringt er dicht an ihr Ohr und dann flüstert er etwas, was ich nicht verstehe und Mana dazu bringt, leise zu kichern und einfach mit ihm die Küche zu verlassen. Was zur Hölle ...?

Ich gehe ins Wohnzimmer, um zu sehen, was die beiden vorhaben, als sie in einem der Zimmer verschwinden. Ein schneller Blick zeigt mir, dass Lucy und Max eingeschlafen sind. Und das, wo mir vorhin noch erzählt wurde, Lucy könnte die ganze Nacht Filme ansehen. Emma und Colette unterhalten sich und kriegen gar nicht mit, was genau hier vor sich geht oder es interessiert sie einfach nicht. Einzig Sam sieht mich ruhig an und nickt auffordernd in Aidens Richtung.

Das braucht er mir nicht zweimal sagen. Ich stürme los, um das Sofa herum und raus in den kleinen Flur, bevor ich kurz vor besagter Tür stehen bleibe. Plötzlich packt mich eine Unsicherheit, die ich so nicht von mir kenne. Ich halte inne und versuche zu hören, was im Inneren passiert. Mana kichert. Sie kichert. Und das nicht wegen mir, sondern wegen meinem besten Freund. Wie kann er mir das antun? Als er nun auch lacht, setzt bei mir im Kopf etwas aus und ich öffne die Tür und stürme in das Zimmer, um die beiden vom Bett zu zerren. Ich denke nicht mehr logisch, aber das ist mir auch egal. Allerdings muss ich das gar nicht. Sie liegen gar nicht im Bett. Sie sitzen auf Manas Fensterbank und sehen mich an. Alle beide. Mana stirnrunzelnd und Aiden mit so einem überheblichen Blick im Gesicht, dass ich ihm am liebsten eines in die Fresse geben würde.

»Was zur Hölle machst du hier?«

Mit ihr. Mein Herz zieht sich schmerzhaft zusammen bei dem Anblick der beiden.

»Ich? Was zur Hölle machst du jetzt hier, Nox?« Aiden steht langsam auf und kommt auf mich zu. Wir beide sind gleich groß, also ist es nicht schwer, ihm in die Augen zu sehen, während Mana sich irgendetwas murmelnd an uns beiden vorbeischiebt und das Zimmer verlässt. Sie schließt die Tür. Gut so.

»Du stehst also nicht auf sie.«

»Tu ich auch nicht.«

»Wirklich, Nox? Warum stürmst du dann einfach so in ihr Zimmer wie ein Mann auf einer Mission?«

»Das ist Mana, Aiden. Warum machst du das?« Ich spreche leise, trete den Schritt, der uns noch voneinander trennt auf ihn zu und recke mein Kinn vor.

»Weil du sie doch nicht willst.«

Doch. Will ich.

»Meine Mana«, sage ich nur.

»Deine?«

»Ja. Meine.«

Wir sprechen beide immer leiser in der Hoffnung, dass uns draußen niemand belauscht.

»Warum zur Hölle wehrst du dich dann so gegen deine Gefühle?«

Weil Männer und Frauen niemals einfach nur befreundet sein können. Weil Mana mich nicht will. Weil ich nicht gut für sie bin. Weil niemand gut genug für sie ist. Weil ich sie niemals in der Nähe meiner Familie haben möchte, aber leider zu schwach bin, um den Kontakt zu meiner Familie abzubrechen.

»Du weißt warum«, sage ich lediglich, weil Aiden mehr mitbekommen hat, als sonst jemand. Er weiß, was Sache ist und wie es bei mir zu Hause zugeht.

»Deine Familie ist nicht hier. Es geht niemanden etwas an. Aber ...« Er kommt noch einen kleinen Schritt auf mich zu und senkt seine Stimme erneut. »Wenn du nicht bald etwas tust, wird ein anderer merken, wie toll Mana ist. Und wenn du schon bei deinem besten Freund so mordlustig ins Zimmer stürmst, möchte ich ungern dabei sein, wenn du merkst, das sie einen anderen will.« Ohne noch mehr zu sagen, klopft er mir kurz auf die Schulter und geht wieder raus zu den anderen.

Seine Worte arbeiten in mir, und ich brauche einen Moment, bis ich mich ebenfalls wieder anschließen kann. Lucy und Max pennen immer noch. Aiden hat Emma an seine Seite gezogen und Colette hat ihre Beine über die von Sam gelegt. Nur Mana sitzt allein in der Mitte des Sofas und ich lasse mich neben sie fallen und sehe sie ruhig an. Sie mich ebenso und irgendwie braucht es heute nicht mehr Worte. Für den Moment reicht es, dass sie näher zu mir rutscht und ihren Kopf leicht an meine Schulter legt. Dass unsere Hände sich miteinander verschränken und wir stumm auf den Bildschirm starren.

Kapitel 19

Mana

Seit zwei Wochen trainieren wir noch öfter als sonst und Lennox und ich treffen uns nun regelmäßig, um an unseren Tagebüchern zu arbeiten. Es war ein wahnsinniges Chaos, was er mir in Form eines Buches mit unzähligen Post-it-Zetteln überreicht hat.

In den letzten Wochen war der alte Lennox wieder präsenter als der neue und ich muss gestehen, dass ich diesen Umstand sehr genieße. Er hat bisher nicht noch einmal versucht, mich zu küssen. Allerdings habe ich es ebenso wenig darauf angelegt. Weil ich es, glaube ich, nicht ertragen könnte, würde er mich wieder einfach so stehen lassen.

Heute feuere ich meine eigene Basketball-Mannschaft an und ich bin froh um den vertrauten Ablauf, der sich mir bietet. Hier muss ich nicht darüber nachdenken, was ich zu tun habe. Die Jungs anzufeuern ist leicht. Sie sind unsere Mannschaft und wir richten all unsere Abläufe nach ihnen aus. Jubeln, wenn sie einen Korb treffen und feuern sie an, wenn einer danebengeht oder einer der Spieler zu Boden geht. Wenn wir unser Projekt ernster nehmen würden, müsste auch Lennox heute hier sein und meinen Part übernehmen. Oder zumindest Teile davon. Aber er ist nirgends. Nachdem ich ihn diese Woche mehrmals daran erinnert habe, heute nicht zu spät zu kommen, habe ich es nicht mehr für nötig befunden, ihm das heute noch einmal zu sagen,

Er ist erwachsen und eigentlich alt genug, um seine Termine einzuhalten. Wie vor jedem Spiel bin ich wahnsinnig aufgeregt und ich glaube nicht, dass dieser Adrenalinkick jemals ganz verschwinden wird. In der ganzen Halle summt es vor Energie und die Menschen, die heute gekommen sind, um das Spiel zu sehen, können vor Aufregung kaum still halten. Auch wir Cheerleader fühlen diese Energie in jeder Faser unseres Körpers und ich kann es kaum erwarten, darauszustürmen und unsere Jungs anzufeuern.

Wenige Sekunden, bevor es so weit ist, sperre ich alle Gedanken an Nox konsequent aus meinen Gedanken aus und konzentriere mich nur auf meine Aufgabe. Es ist nicht meine Schuld, dass er nicht da ist. Ich werde mir von ihm ganz sicher nicht meine Noten versauen lassen und wenn ich dafür persönlich mit dem Professor sprechen muss.

»Leute, es ist so weit. Raus mit euch!«

Unsere Trainerin scheucht uns einen nach dem anderen in die Halle und wir geben alles. Es ist leicht, so leicht wie atmen. Sich in die Luft werfen zu lassen, komplizierte Sprünge zu machen und gleichzeitig zu jubeln, um die Menge anzuheizen. Die Zuschauer lassen sich von uns mitreißen und als ich meinen Blick für nur eine einzige Sekunde schweifen lasse, sehe ich Nox. Versteckt unter der Kapuze seines Hoodies sitzt er mitten im Publikum. Den Kopf gerade mal so weit erhoben, dass er mich ansehen kann. Uns. Schnell löse ich meine Augen von ihm um nicht aus dem Takt zu geraten und als wir mit unserer Choreografie fertig sind, stürmen wir unter Jubel vom Parkett, direkt auf die Basketballjungs zu, um jeden Einzelnen abzuklatschen und ihnen Glück zu wünschen, während wir uns außerhalb des Spielfeldes aufstellen und die ganze Zeit über dafür sorgen, dass die Menge aufgeheizt bleibt.

»Mana!«

Ich zwinge meinen Kopf mit Gewalt dazu, sich nicht in die Richtung seiner Stimme zu bewegen. Er kann mich mal. Er nimmt das Projekt nicht so ernst, wie er sollte, und seine Stimmungsumschwünge sorgen bei mir für ein Schädel-Hirn-Trauma. Darauf kann ich gut und gern verzichten. Er hält Termine nicht ein, küsst mich nur, um mich dann stehen zu lassen, und was das Schlimmste ist, es fängt an, mir wehzutun. Denn ob ich es will oder nicht, ich habe den Scheißkerl schon längst wieder in mein Herz gelassen. Als hätte es die letzten Jahre nicht gegeben und als hätte er mich damals nicht verletzt. Oder ich ihn, wie er mir deutlich klargemacht hat. Nur würde ich damit bei ihm gegen eine Wand rennen, die sich niemals einreißen lassen würde. Nicht von mir. Vielleicht von niemandem. Ich für meinen Teil bin nicht bereit, die ewigen heißkalten Emotionsduschen von ihm zu ertragen. Wenn er es nicht schafft, sich von seiner Familie zu lösen, ist das seine Sache. Aber ich muss nicht danebenstehen und dabei zusehen, wie er sich selbst kaputtmacht. Nicht, ohne mich selbst dabei zu verlieren.

»Mana. Ignorier mich nicht.«

Wieder höre ich seine Stimme überdeutlich, als er nach mir ruft. Aus dem Augenwinkel kann ich sehen, wie er sich durch die Menschenmasse zu mir durchschlägt. Ich will ihn nicht ansehen, aber ich tue es doch. Weil ich schwach bin. Als er plötzlich vor mir steht und mich ansieht, keuche ich erschrocken auf und ziehe ihm die Kapuze vom Kopf.

»Was zur Hölle ist mit dir passiert??«

Eine Platzwunde ziert seine Stirn, sein Auge ist blau und seine Lippe ist ebenfalls aufgeplatzt.

»Ist nicht so wichtig. Aber ich hab dich nicht vergessen. Oder das hier. Ich konnte nur nicht rechtzeitig hier sein.«

Er sieht mich so flehend an und ich zucke zusammen, als unsere Mannschaft offenbar einen Korb erzielt und die Cheerleader anfangen zu jubeln. Ich hingegen kann nur erschrocken in Lennox Augen sehen.

»Mana bitte. Du musst mir glauben.«

Beim Anblick seines Gesichtes zieht sich mein Herz schmerzhaft zusammen.

»Bitte.«

Ich seufze tief. Nox nickt nur leicht und wendet sich wieder ab. Mit Sicherheit, um von hier zu verschwinden. Ohne darüber nachzudenken, packe ich sein Handgelenk.

»Du kannst jetzt nicht einfach so verschwinden. Nicht, nachdem ich dich so gesehen habe.«

Er wirft mir lediglich einen Blick über seine Schulter zu. »Ich bin nur hier, damit du nicht wieder nur das Schlimmste denkst. Damit du siehst, dass ich einen guten Grund habe, warum ich heute nicht mitmache.«

Das ist mit Sicherheit keine Verletzung, die er sich beim Football-Training zugezogen hat. Da muss mehr dahinterstecken. Außerdem sehen die Verletzungen so aus, als hätte er sie sich erst vor wenigen Minuten zugezogen.

»Ich will wissen, was mit dir passiert ist, Nox.«

Er reißt sich von mir los und dreht sich ruckartig wieder zu mir um. Plötzlich ist er mir so nahe, dass ich den Kopf noch weiter als ohnehin schon in den Nacken legen muss.

»Es ist scheißegal, was passiert ist. Deswegen bin ich nicht hier.«

»Hast du mir bereits gesagt.«

»Dann nimm es hin und lass mich mit deinen Fragen in Ruhe, klar?«

Er spuckt mir die Worte förmlich entgegen und ich zucke zusammen. Nicht zuletzt, weil gerade in diesem Moment wieder ein Korb platziert wird und die Menge um uns herum in Jubel ausbricht. Schlagartig fällt mir auch wieder ein, warum ich hier bin, und ich wende mich von Nox ab, als er gerade im Begriff ist zu gehen.

Ich bin die Letzte in der Umkleide, weil ich nur selten hier dusche. Lieber erledige ich das zu Hause, wo ich mir so viel Zeit lassen kann, wie ich möchte und mich danach entspannt auf mein Sofa setzen kann. Heute komme ich jedoch nicht umhin, hier zu duschen, denn ich bin gleich noch mit Emma in der Bar verabredet. Der heiße Wasserstrahl, der von oben auf mich hinabprasselt, schafft es nicht, die Gedanken an Nox und seinen Anblick wegzuwaschen. Wie leicht wäre das Leben, wenn man Gefühle und Sorgen einfach so in den Abfluss spülen könnte. Er hat sich geprügelt. Da bin ich mir sicher. Und ich will wissen, warum. Vor allem, mit wem.

Weil hier jederzeit die Gefahr besteht, dass jemand reinkommen könnte, ziehe ich mich in Windeseile um und stopfe meine Sachen in meine Sporttasche. Ich werde aus dem Kerl nicht schlau und ich habe die Hoffnung, dass ich meinen ganzen Frust, was diesen Kerl betrifft, gleich bei Emma in der Bar loswerden kann.

Allerdings fesselt etwas anderes meine Aufmerksamkeit, als ich die Umkleide verlasse. Ein paar der Jungs vom Basketball-Team, stehen nicht weit von mir zusammen und unterhalten sich. Sie sehen mich nicht, und ich habe so das Gefühl, dass das auch so bleiben sollte. Vor allem Ben fesselt meine Aufmerksamkeit, weil er sich etwas ans Auge hält, was ziemlich stark an einen Eisbeutel erinnert.

»Der Wichser hat mir ein blaues Auge verpasst.«

»Warum musstest du auch so viel Scheiße labern?«

»Alter, woher sollte ich wissen, dass er so austicken würde? Was hatte er überhaupt in unserer Umkleide verloren?«

»Er sollte heute bei den Cheerleadern mitmachen.«

»Fuck. Das hab ich vergessen. Denkst du, zwischen den beiden läuft was?«

»Zwischen wem? Dem Arschloch und Mana?«

Sie brechen allesamt in schallendes Gelächter aus und in mir zieht sich etwas ganz unangenehm zusammen.

»Vielleicht fickt er sie. Würde zumindest erklären, warum er dir eine gezimmert hat.«

»Der Kerl übertreibt maßlos. Was juckt es ihn, dass mir Manas Arsch aufgefallen ist.«

»Alter, dir ist nicht nur ihr Arsch aufgefallen, du hast mit vollem Körpereinsatz erklärt, wie du es ihr besorgen würdest, wenn du sie erst einmal so weit hat, dass sie mit dir mit nach Hause kommt.«

Mir wird schlecht. Ich wusste, dass Kerle für gewöhnlich ziemlich derb miteinander umgehen. Zumindest auch dann, wenn sie unter sich sind. Aber jetzt würde ich mich am liebsten übergeben. So lange, bis ich seine Worte aus meinem System gekotzt habe. Ich wende mich ab und sehe zu, dass ich von hier wegkomme. Allerdings renne ich prompt gegen eine Wand, die sich bei genauerem Hinsehen als Nox entpuppt.

»Was …«

Er legt mir seine Hand auf den Mund und legt sich den Finger der anderen leicht an die Lippen und schüttelt den Kopf. Und was mache ich? Ich fange an zu weinen wie ein Baby. Ich fühle mich nachdem, was ich eben gehört habe, einfach nur beschmutzt.

Als Nox meine Tränen sieht, nimmt er die Hand von meinem Mund und legt beide Hände vorsichtig an meine Wange, um sie mir vom Gesicht zu wischen. Als das Gelächter der Jungs wieder zu uns dringt, schiebt er mich in einer schnellen Bewegung hinter sich und stürmt auf Ben zu, knallt ihn wütend gegen die Wand und drückt ihm seinen Unterarm gegen die Kehle. Ben schnappt hektisch nach Luft, zumindest versucht er es, während seine Freunde keinen Finger rühren, um ihm zu helfen. Stattdessen nehmen sie Abstand zu Nox und beobachten das ganze Spektakel stumm.

»Ich sage es dir gern noch einmal. In aller Deutlichkeit.«

Er drückt noch mehr zu und selbst durch seinen Hoodie hindurch kann ich erkennen, wie er seine Muskeln anspannt.

»Rührst du Mana an oder atmest auch nur in ihre Richtung, bringe ich dich um.«

So blau wie Ben gerade anläuft, wird er seine Drohung schneller wahrmachen, als mir lieb ist. Also gehe ich auf ihn zu und packe ihn am Oberarm. Was in etwa den gleichen Effekt hat, als würde ich versuchen, einen Felsbrocken mal eben ein wenig zur Seite zu schieben. Nox bewegt sich kein Stück, allerdings hört er auf, Drohungen auszusprechen, und sieht Ben noch ein letztes Mal eindringlich an, bevor er ihn ruckartig loslässt und einen Schritt zurückmacht. Ben sackt keuchend und wild nach Luft röchelnd an der Wand entlang zusammen. Und während seine Freunde auf ihn zustürmen, legt Nox mir einen Arm um die Schultern und zieht mich weg von ihm und raus aus dem Gebäude.

Draußen angekommen lotst er mich sofort zu seinem Auto.

»Geht es dir gut?« Seine Stimme klingt mühsam beherrscht, als er uns vom Parkplatz fährt.

»Ich glaube schon. Stimmt es, was er sagt? Dass du ihm wegen mir eine reingehauen hast?«

Die einzige Antwort, die ich bekomme, ist ein ruppiges Nicken, während er das Lenkrad fest umklammert hält und stur geradeaus sieht.

»Nox du ...«

... solltest dich nicht prügeln. Nicht wegen mir und auch sonst nicht. Doch statt das zu sagen, kommt mir etwas ganz anderes über die Lippen.

»Danke.«

»Mana ... wo musst du hin?«

»In die Bar. Emma wartet auf mich.« Meine Stimme zittert und die Tränen, die er mir vorhin noch vom Gesicht gewischt hat, rollen mir jetzt ungehindert über die Wangen. Ich kann sie nicht aufhalten. Vielleicht ist es auch lächerlich, aber Bens Worte sorgen dafür, dass ich mich billig fühle.

»Mana. Hey.«

Er streckt den Arm nach mir aus, lässt ihn aber wieder sinken, kurz bevor er mein Gesicht auch nur berühren kann.

»Er hat Dinge gesagt die … ich weiß nicht … seine Worte haben mich verletzt.«

Als ich nicht aufhören kann zu heulen, fährt Nox bei der nächsten Gelegenheit rechts ran und zerrt umständlich sein Handy aus der Hosentasche. Ich weiß nicht, wen er jetzt anrufen will und mache mich ganz klein auf seinem Sitz.

»Aiden? Hey. Hast du heute Abend schon was vor? Nein? Cool. Kannst du mir einen Gefallen tun? Kannst du in die Bar gehen? Emma ist dort mit Mana verabredet, aber Mana ist etwas dazwischengekommen … Ja … Ja, genau.«

Ich gebe es ungern zu, aber ich atme erleichtert darüber auf, dass ich einem Abend in der überfüllten Bar entgehen kann, auch wenn ich mit ziemlich hoher Sicherheit einiges an Klärungsbedarf haben werde, was Emma betrifft. Als Nox sein Handy wieder wegsteckt und sein Auto in den Verkehr einfädelt, habe ich mich wieder ein bisschen beruhigt, aber ich wage es nicht zu fragen, wohin wir jetzt fahren. Vermutlich bringt er mich nach Hause. Umso überraschter bin ich, als er einen völlig anderen Weg einschlägt. Da er aber unser Schweigen nicht unterbricht, sage ich auch nichts. Wir fahren etwa eine halbe Stunde, vorbei an der Uni und an Wohnhäusern, bevor er den Wagen in ein Waldstück lenkt und somit mein Schweigen bricht.

»Willst du mich jetzt im Wald verscharren?«

Ich hatte gehofft, ihn damit zum Lachen zu bringen. Wenigstens zum Lächeln. Aber ich gebe mich auch mit dem leichten Zucken seines Mundwinkels zufrieden.

»Noch nicht, Mana.«

Wir fahren die letzten Minuten schweigend, bis er den Wagen anhält.

»Von hier aus müssen wir zu Fuß weitergehen.«

Unsicher, weil es hier stockdunkel ist, starre ich aus der Windschutzscheibe und sehe zu, dass ich Nox folge, der soeben den Wagen verlassen hat.

»Okay. Mana? Wir müssen rennen!«

»Was? Warum das denn?«

Ich taste mich um das Auto herum, bis ich bei ihm ankomme und mich an seinen Arm klammere.

»Na, weil ich doch so Schiss im Dunkeln habe. Also rennen wir jetzt durch den Wald durch. Immer geradeaus. Bis wir da sind.«

Macht er Witze? Verdammt noch mal, ich kann kaum etwas sehen.

»Mana? Bereit?«

»Nein! Was ist, wenn ich stolpere? Wenn ich mir hier den Kopf aufschlage, wird mich niemals jemand finden.«

»Dann stolpere nicht. Und lass mich nicht los.« Er löst meine Hände von seinem Oberarm, nur um unsere Finger miteinander zu verflechten.

»Los.«

»Nox, nein!«

Aber zu spät. Er rennt mit einem Affenzahn los und ich muss all meine Konzentration aufbringen, um mit ihm Schritt halten zu können. Während er immer wieder flucht, weil ein Ast oder Sonstiges ihn im Gesicht und am Oberkörper trifft, bin ich dankbar, dass er die gleichen Schmerzen mit seinem Körper von mir fernhält. Es raschelt und knackst laut unter unseren Füßen und ich frage mich, ob er meine Atmung genauso laut hört, wie ich selbst.

»Nox. Da ist etwas!« Ich schwöre, irgendetwas hat uns gerade angeknurrt und beinahe fühle ich Zähne, die nach mir schnappen.

»Sag doch so was nicht!« Seine Stimme klingt ein bisschen höher und er legt noch einen Zahn zu.

Wenige Minuten später sehen wir endlich wieder Licht. Schwer atmend stützen wir unsere Hände auf unseren Oberschenkeln ab und ich habe das Gefühl, gleich sterben zu müssen.

»Bist du verrückt? Wenn du so Angst vor dem Dunkeln hast, warum zur Hölle jagst du uns beide dann da durch?« Es dauert eine kleine Ewigkeit, bis ich meine Atmung wieder halbwegs unter Kontrolle habe, mich aufrichte und mir mit dem Handrücken die Haare aus der Stirn streiche. »Warum sind wir hier, Nox?«

Als Lennox sich aufrichtet, ziert ein schiefes Grinsen sein Gesicht, während er mit dem Kinn hinter mich deutet. Als ich mich umdrehe, steht mir der Mund offen. Wir befinden uns auf einer Aussichtsplattform mit einem atemberaubenden Blick auf Chestnut Hill und meine Beine tragen mich wie von selbst zum Geländer, wo ich mich festhalte und über meine Heimat blicke.

»Was sagst du?« Nox ist leise neben mich getreten, aber anstatt den Blick über die Stadt schweifen zu lassen, spüre ich ihn überdeutlich auf mir.

»Unglaublich.«

Die Lichter der Stadt wirken so weit entfernt und gleichzeitig habe ich das Gefühl, ich müsste nur meine Finger ausstrecken und könnte sie berühren. Auf einmal weiß ich, ohne es zuvor auch nur geahnt zu haben, dass dieser Moment genau das ist, was ich gebraucht habe.

»Danke, Nox. Für heute.«

Er stellt sich ein wenig dichter neben mich. Meine Schulter berührt seinen Oberarm. »Ben ist ein Arschloch. Okay, ich bin manchmal auch eines, aber ich behandle Frauen nicht so mies wie er.«

»Tust du nicht. Da bin ich mir sicher.«

Außerdem verteidigt ein Arschloch kein Mädchen. Vorsichtig zupfe ich an seiner Kapuze, die er immer noch auf dem Kopf hat, und ziehe sie runter. »Tut es sehr weh?«

»Nicht der Rede wert.«

Seine Hände, die er ebenso wie ich auf das Gerüst gelegt hat, ballen sich zur Faust und strafen seine Worte Lügen.

»Wenn es wehtut, kannst du es ruhig zugeben. Außer mir ist hier niemand.«

Beinahe resigniert sacken seine Schultern hinab, während ich sein Profil betrachte. Er ist wahnsinnig schön.

»Ich dachte, ich breche gleich heulend vor ihm zusammen.« Leise lachend legt Nox den Kopf kurz in den Nacken, bevor er ihn schüttelt und mich angrinst. »Ich glaube, solche Schmerzen im Gesicht hatte ich noch nie. Und ich spiele Football. Das nächste Mal setze ich meinen Helm auf.«

Ich stimme in sein Lachen mit ein und lege vorsichtig meine Finger an die geschundenen Stellen in seinem Gesicht. »Sieht echt übel aus. Du solltest ihn das nächste Mal einfach reden lassen. Das ist es nicht wert.«

Er dreht sich jetzt ebenfalls in meine Richtung und sieht mich ruhig an. »Ich habe gesehen, was seine Worte mit dir gemacht haben. Denkst du wirklich, ich würde einfach so weghören, wenn er so über dich spricht?«

Nein, denke ich nicht, aber ich muss zugeben, mir wäre es lieber. Wie soll das denn in Zukunft sein, wenn die beiden aufeinandertreffen? Es wäre ätzend, wenn man die beiden immer voneinander trennen müsste. Schließlich bleibt es bei den gemeinsamen Trainingseinheiten.

»Nein, denke ich nicht. Können wir einfach ein bisschen hierbleiben und auf die Stadt sehen?«

Es ist zwar ein wenig kalt, aber ich weigere mich, jetzt zum Auto zurückzuhetzen, nur um meine Jacke zu holen. Nox scheint es zu bemerken, denn er stellt sich direkt hinter mich, schlingt seine Arme schützend um meinen Körper und legt sein Kinn auf meinem Kopf ab, während wir beide einfach nur den Blick über die Aussicht gleiten lasse.

Oh, Scheiße. Das ist gar nicht gut. Noch bevor ich die Augen aufschlage, halte ich mir beide Hände vor den Mund und springe fast schon aus dem Bett, um ins Bad zu eilen, weil mir so furchtbar schlecht ist. Die Kloschüssel ist die nächste Viertelstunde mein neuer bester Freund und ich bin völlig erschöpft, als mein Magen endlich Ruhe gibt. Ich glaube außerdem, dass ich Fieber habe.

Das alles kann ich überhaupt nicht gebrauchen. Ich habe tausend Dinge zu erledigen, aber im Moment fühle ich mich zu keiner einzigen in der Lage. Fuck. War wohl doch eine beschissene Idee, letzte Nacht ohne Jacke auf der Aussichtsplattform zu stehen.

Mein Hals tut weh, wenn ich spreche. Selbst das Schlucken fällt mir schwer und ich habe einen total ekligen Geschmack im Mund. Was zu trinken wäre jetzt wirklich nicht schlecht. Nur dass ich dafür in die Küche müsste. Das ist viel zu weit weg. Ich brauche Hilfe. Emma ist ausgerechnet dieses Wochenende zu ihrer Familie gefahren und ich will nicht, dass sie meinetwegen alles abbrechen muss. Sie hat sich so darauf gefreut, ein paar Tage im Hotel Mama zu verbringen. Aber vielleicht ist sie noch gar nicht weg und kann mir vorher noch ein paar Medikamente bringen.

Mit zittrigen Fingern greife ich nach meinem Handy, welches ich geistesgegenwärtig mit ins Bad genommen habe, und wähle ihre Nummer.

»Mana?«

»Emma, ich brauche Hilfe!«

»Was ist passiert?«

»Ich fühle mich nicht gut.«

Meine Stimme klingt schleppend, als ich meinen Kopf erschöpft auf der Klobrille ablege.

»Ich bin schon unterwegs, Mana. Bleib ... bleib am besten, wo du bist. Auch wenn ich es nicht gern sage, aber du klingst echt übel.«

Als sie auflegt, lasse ich erleichtert das Handy aus meiner Hand gleiten, welches mit einem dumpfen Geräusch auf der Badematte aufkommt. Mir ist kalt. Und richtig schlecht.

Mein Kopf zerspringt schier. Wieso muss mir das ausgerechnet heute passieren? Wieso muss mir das überhaupt passieren? Ich habe keine Zeit für so einen Scheiß. Erschöpft schließe ich die Augen und schlage sie nur wenige Sekunden später wieder auf, als jemand mir die Haare aus dem Gesicht streicht. Emma. Wie? Was? Kann sie sich beamen? Wieso ist sie schon hier?

»Hey. Du siehst gar nicht gut aus. Ich glaube, du hast Fieber.«

Zur Antwort krächze ich, nur weil ich keinen ordentlichen Satz zustande bringe. Mein Hals brennt wie die Hölle.

»Mana? Ist dir schlecht? Wenn man den Zustand des Bades mal genauer betrachtet, musstest du dich bereits übergeben. Bleib, wo du bist, ich bin gleich wieder bei dir.«

Als sie wiederkommt, legt sie sich meinen Arm um ihre Schultern und zieht mich auf die Füße, um mit mir rüber in mein Zimmer zu gehen.

»Kannst du kurz sitzen? Du solltest etwas trinken.«

Sollte ich, ja. Allerdings gibt es da ein kleines Problem, denn mir wird total schwindelig. Himmel, das war vorhin noch nicht. Ich kneife die Augen fest zusammen, als ich mich gegen das Kopfteil lehne und versuche, mich gerade zu halten.

»Geht schon. Hast du ... danke.«

Noch bevor ich sie nach einem Glas Wasser fragen kann, hält sie es mir bereits an die Lippen und ich trinke gierig wie eine Verdurstende. Zwar geht das meiste daneben, aber wenigstens verschwindet für eine kurze Zeit dieser üble Geschmack aus meinem Mund. Ich sollte Zähne putzen. Und duschen. Aber eigentlich will ich nur liegen bleiben und sterben. Emma legt eine Hand an meine Stirn und runzelt die Stirn.

»Eindeutig Fieber, Mana.«

Hm? Meine Augen sind so schwer, als ich ächzend aufstehen will.

»Sag mal, wo willst du denn jetzt hin? Du legst dich jetzt hin, ich kümmere mich um dich. Schließlich hast du mich doch genau deswegen gerufen.«

Ach ja, habe ich, stimmt. Das hatte ich doch glatt wieder vergessen.

»Okay. Ich ... bleibe einfach hier.«

Eben habe ich noch gefroren, als herrsche hier drinnen Eiszeit, aber jetzt ist mir plötzlich furchtbar warm. Hat Emma die Heizung aufgedreht? Ich würde sie gern danach fragen, aber sie ist bereits aus dem Zimmer gegangen. Ich höre sie sprechen, also vermute ich, dass sie telefoniert, kriege aber kaum mit, was sie sagt, weil mir immer wieder die Augen zufallen. Irgendwann strample ich die Decke weg und ziehe mir mein Schlafshirt aus, weil mir so furchtbar heiß ist und auch die Hose muss weichen, sodass ich am Ende nur noch meinen Slip trage.

Es ist das erste Mal, dass ich ernsthaft krank bin, seit ich an der Uni bin. Als ich wegdrifte, höre ich Emma noch etwas sagen von wegen nach Hause fahren, aber um mich kümmern wollen ...

Kapitel 20

Lennox

Nach Emmas Anruf habe ich sofort alles stehen und liegen gelassen und bin zu Mana nach Hause gefahren. Jetzt poltere ich durch die Wohnung wie ein Wahnsinniger. Emma hat mir ihren Zweitschlüssel vorbeigebracht.

»Hey ... Was machst du hier?«

»Verdammt noch mal, Mana. Bist du wahnsinnig?«

Gerade sieht sie mich an, als wäre ich es, der hier verrücktspielt und sie zuckt zurück, als ich auf ihr Bett zugehe und mich daneben knie.

»Was ist passiert? Wieso siehst du so aus?«

Als sie eine Hand aus der Decke befreit und auf meinen Arm legt, verstumme ich.

»Ich bin krank, Lennox. Niemand hat mir irgendwas getan. Kannst ... kannst du mir ein Glas Wasser holen?«

Mein Blick fällt auf ihren Nachtschrank, auf dem eine leere Flasche steht.

»Emma hat dich angerufen, oder? Es tut mir leid. Das hätte sie nicht tun sollen.«

»Ach, sei doch still. Du bist krank? So richtig krank? Bist du dir sicher?«

»Nein, ich wollte einfach mal einen Tag im Bett verbringen.« Trocken spricht sie die Worte aus und sieht mich an. Ich scanne sie von oben bis unten und sie sieht wirklich übel aus. Trotzdem ist sie das schönste Mädchen, das ich kenne. Um mich von diesem Gedanken zu lösen, stehe ich abrupt auf, um ihr wirklich ein Glas aus der Küche zu holen. Inklusive einer neuen Wasserflasche.

Schwungvoll schenke ich ihr ein Glas ein und halte es ihr vors Gesicht. Mana richtet sich schwerfällig auf, aber als die Decke über ihre Schultern rutscht, fällt mir die Farbe aus dem Gesicht und ich schlucke kräftig. Hastig klemmt sie sich die Decke unter die Arme und ich starre dennoch einen Moment lang wie benommen genau auf die Stelle, die die Decke eigentlich vor mir verbirgt.

»Danke.«

»Ähm ... was? Ach so. Bitte.« Ich räuspere mich und drücke ihr das Glas in die Hand, bevor ich mich umdrehe und anfange, in ihrem Kleiderschrank zu wühlen.

»Was machst du da?«

»Na, was wohl? Ich suche dir etwas zum Anziehen. Hast du nichts Hochgeschlossenes da drinnen? Ich finde nur Sachen, die die Bezeichnung Oberteil nicht einmal annähernd verdient haben. Das bedeckt ja gerade mal so das nötigste. Ha. Wusste ich doch, dass ich was finde.«

Triumphierend halte ich ein schlichtes, schwarzes Shirt in die Höhe und Mana stellt das Glas zur Seite und streckt ihren Arm nach mir aus. Allerdings lässt sie ihn gleich wieder ermattet auf das Bett sinken. Ihr Arm zittert und sie verzieht das Gesicht.

»Ich glaube, meine Knochen sind über Nacht schwer wie Blei geworden. Scheiße, das ist echt ätzend.«

Nun verziehe ich mein Gesicht. Panisch, während ich unschlüssig mit dem T-Shirt in der Hand vor ihr stehe.

»Ich hole ... Verdammt. Emma ist ja nicht mehr da. Wieso bist du krank geworden? Das ist wirklich ... ungünstig. Ich hole die Jungs. Warte hier, ich ...« Ich stolpere Richtung Ausgang, schlittere aber kurz davor wieder um die Kurve und gehe zurück. »Blöde Idee. Ganz, furchtbar dumme Idee. Mana? Was soll ich jetzt machen? Soll ich deine Mom anrufen? Soll ich ...«

»Wie wäre es, wenn du mir einfach in das Shirt hilfst.«

Ich fühle mich nicht wohl dabei. Ehrlich nicht. Sie ist krank und halb nackt und obwohl es ihr so offensichtlich schlecht geht, kann ich leider nicht übersehen, wie gut ihr Körper sich unter dieser verdammten Decke abzeichnet. Außerdem musste ich mich noch nie um jemanden kümmern, der krank ist. Wenn Mana früher krank war, hat sich ihre Mom um sie gekümmert. Nicht ich. Trotzdem hocke ich mich jetzt tapfer an den Rand des Bettes und nicke ihr ruppig mit dem Kinn zu. Dabei achte ich penibel darauf, sie nicht anzufassen. Zumindest nicht mehr, als ich muss.

»Sorg bloß dafür, dass die Decke nicht verrutscht.«

Stur sehe ich ihr in ihre Augen, ohne meinen Blick auch nur einen Millimeter zu bewegen, und ziehe ihr das Shirt vorsichtig über den Kopf.

»Okay. Das hätten wir. Die Hände ... einzeln?«

Mana zieht ihre Augenbrauen nach oben und hebt dann einen ihrer Arme, so gut es eben geht, in den Ärmel, während sie die andere Hand dafür nutzt, die Decke festzuhalten. Gott sei Dank.

»Du tust ja so, als hättest du noch nie ein Paar Brüste gesehen. Und als wären sie ... ansteckend oder so.«

Meine Augenbrauen knicken sofort ein, und ich funkle sie böse an, während ich weiterhin stur versuche, sie in dieses Shirt zu bekommen, ohne auch nur ein bisschen nackte Haut zu sehen.

»Das sind deine Brüste, Mana.«

»Ach was, wirklich?«

»Ja. Eigentlich erlaubst du mir nie, sie anzustarren, und jetzt tust du so, als wäre es nicht weiter schlimm. Du verwirrst mich, Frau.«

»Du verwirrst mich ebenso, Mann. Du warst doch eigentlich total scharf darauf, sie zu sehen.«

Ich wüsste nicht, dass ich sie jemals darum gebeten hätte. Aber wer weiß, vielleicht hat sie etwas in meinen Blicken gesehen, was darauf hindeuten lässt. So oder so erfüllt sie mir diesen unausgesprochenen Wunsch jetzt, wenn auch unfreiwillig, denn die Decke rutscht nach unten, als sie den zweiten Arm in den dazugehörigen Ärmel verfrachtet.

Sofort weiten sich meine Augen, ich schlucke ziemlich hart und reiße den Kopf wieder hoch, um ihr ins Gesicht zu sehen. Wie in Schockstarre verharre ich kurz und versuche, meine Gedanken wieder zu klären.

Mana hingegen schüttelt mit einem belustigten Schmunzeln ihren Kopf. Oh nein, ich glaube, das war keine gute Idee.

»Ich glaube, mir wird schlecht.«

»Was, jetzt? Okay, dann schnell.« Ruckartig stehe ich auf und zerre ihr die Decke von den Beinen und ...

»Fuck! Willst du mich umbringen? Ehrlich, du schaffst mich.«

Sie hat keine Hose an. Ich sterbe. Allerdings verlege ich das Sterben auf einen späteren Moment, denn Mana krallt sich in mein Shirt und versucht, sich daran auf die Beine zu ziehen. Allerdings zittern diese so stark, dass sie wieder zurück aufs Bett sinkt. Wenn ich nicht gleich vollgekotzte Bettwäsche wechseln möchte, sollte ich jetzt in die Gänge kommen. Seufzend lege ich mir einen ihrer Arme um die Schultern und ziehe sie wieder auf die Beine, um mit ihr ins Bad zu gehen.

»Ich kann so was nicht. Ehrlich, das ist ... eindeutig nicht meine Baustelle.«

»Bad. JETZT!«

Mehr als diese zwei Worte muss sie nicht sagen. Als sie auch noch anfängt zu würgen, hebe ich sie kurzerhand auf meine Arme und renne mit ihr rüber ins Badezimmer. Ein Hoch auf die Pyjamaparty, sonst wüsste ich nicht, wo es sich befinde.

Ich schaffe es gerade noch rechtzeitig, sie vor dem Klo abzusetzen und ihr die Haare in ihrem Nacken zusammenzufassen, als sie sich auch schon lautstark übergibt. Ich glaube, ich stoße ein paar wirklich unschöne Flüche aus, weil mich das hier echt überfordert und ich Angst davor habe, gleich mitzukotzen.

»Das klingt, als würde dein Magen deinen Körper verlassen wollen.«

Ihre Antwort geht in einem erneuten Kotzanfall unter und ich streichle ihr unbeholfen über den Rücken.

»Es ist gleich vorbei. Versprochen. Danach kannst du schlafen.«

Aber es scheint kein Ende zu nehmen. Ihre Haare kleben ihr verschwitzt am Kopf, sie zittert und ich hab keine Ahnung, ob es nur daran liegt, dass sie gerade ihr Innerstes nach außen kehrt, oder ob ihr auch kalt ist.

»Ich fühle mich so ekelhaft. Ich hoffe nur für dich, es ist nicht ansteckend ... was auch immer ich habe.«

Aus einer Eingebung heraus befeuchte ich einen Waschlappen und reibe damit sanft über ihren Nacken und ihre Stirn. Meine Mom hat das früher auch bei mir gemacht, wenn ich krank war,

»Mana. Du solltest ins Bett. Du zitterst.«

Ich schnappe mir den Bademantel, den ich vorhin an der Tür entdeckt habe, und lege ihn ihr um die Schultern. Noch ist es mir zu unsicher, sie einfach hochzuheben und wieder ins Zimmer zu bringen.

»Aber wenn ich zurück ins Bett gehe, brauche ich beim nächsten Mal wieder Hilfe, wenn ich ins Bad muss. Das ist doch ... unpraktisch.«

»Du kannst nicht den ganzen Tag hier auf dem kalten Boden liegen.«

»Wieso nicht?« Jammernd sieht sie mich an.

»Das reicht jetzt.« Ohne noch länger zu fackeln, hebe ich sie hoch, nachdem ich mir sicher bin, dass erst einmal nichts mehr aus ihr herauswill, und trage sie rüber ins Zimmer, wo ich sie vorsichtig auf dem Bett ablege.

»Du bist echt ein Kontrollfreak.«

»Ich weiß.«

»Du hast mich ins Bett gebracht.«

»Blitzmerker. Ich steh total darauf, dass du so klug bist.«

Ich entferne die vollgeschwitzte Decke und schnappe mir einfach eine aus dem Schrank, mit der ich sie zudecke. Ich kenne sie doch noch besser als gedacht. Schon früher hatte Mana immer eine zweite, frisch bezogene Bettwäsche-Garnitur in ihrem Schrank. Gut für mich, dann muss ich jetzt nicht auch noch ein Bett beziehen. Schnell schließe ich die Vorhänge, nachdem ich das Fenster gekippt habe, um den muffigen Geruch wenigstens ein bisschen aus diesem Raum zu bekommen.

»Lennox?«

»Was ist?«

»Danke.«

Verlegen lege ich mir die Hand in den Nacken und räuspere mich. »Mach keine große Sache daraus.«

»Trotzdem danke, dass du dich um mich kümmerst. Und jetzt geh endlich. Du hast bestimmt Vorlesungen und musst die Welt retten oder so.«

Die Welt retten. Die Frau hat eindeutig Fieber.

»Die Welt retten ... genau das, mache ich gerade.«

Ich murmle die Worte nur und hoffe, sie hört sie nicht, als ich einen Stuhl neben ihrem Bett freiräume und mich müde darauf niederlasse, sie beobachte und dabei zusehe, wie ihr die Augen immer wieder zufallen. Als sie endlich schläft, atme ich erleichtert durch, bleibe aber in meiner Position. Was sich noch als Vorteil herausstellt, denn in den folgenden Stunden habe ich öfter etwas zu trinken oder einen Eimer geholt als in meinem ganzen bisherigen Leben.

Eine Woche ist es nun her, dass Mana krank war, und ich gelitten habe wie ein Hund. Danach war ich jeden Tag bei ihr oder habe ihr zumindest eine Nachricht geschrieben. Ob alles okay ist. Ob sie etwas braucht. Am liebsten hätte ich sie gefragt, ob sie mich vermisst, denn ich glaube, dieses Wochenende hat uns einander wieder näher gebracht, wenn auch ungeplant.

Das war dann meistens der Moment, in dem ich mein Handy weggelegt und versucht habe, mich auf etwas anderes zu konzentrieren. Hat nur leider nicht wirklich geklappt. Weil ich ständig an sie denken musste. Und zwar nicht so, wie ich normalerweise an eine Frau denke. Bei Mana habe ich an vieles gedacht, nur nicht an Sex. Nicht weil ich es nicht wollen würde, mit ihr. Sondern einfach nur, weil da so viel mehr ist, worüber es sich nachzudenken lohnt. Ätzend. Das ist richtig ätzend. Dabei will ich sie einfach nur aus meinen Kopf bekommen. Zumindest auf diese Weise. Was mache ich aber stattdessen?

Ich bin gerade auf dem Weg vom Supermarkt nach Hause zu Mana, weil sie mich gebeten hat, für sie einkaufen zu gehen. Emma ist heute anderweitig beschäftigt und Mana muss sich, ihren eigenen Worten zufolge, nicht mehr ausruhen. Ich sage aber etwas anderes. Aber erst als ich ihr gedroht habe, jedem zu erzählen, dass sie schnarcht, hat sie eingewilligt und mir ihre Einkaufsliste geschickt. Sie weiß, das würde ich nie tun, aber ich glaube, sie war froh, eine Ausrede dafür zu haben, dass sie nicht selbst in den Laden musste.

Nachdem ich mir alle Einkaufstüten unter den Arm geklemmt habe, spare ich es mir anzuklopfen und stürme einfach in die Wohnung rein. Mana sitzt auf dem Sofa und fängt an zu lächeln, als sie mich und ihre Einkäufe entdeckt. Allein für dieses Lächeln würde ich jeden Tag für sie einkaufen gehen. Verdammt.

»Hey! Soll ich dir beim Ausräumen helfen?«

»Jepp. Schließlich weiß ich nicht, wo das ganze Zeug hingehört.«

Schweigend räumen wir alles an Ort und Stelle und ich lasse mich kurz danach neben ihr aufs Sofa fallen. Ob sie es sehen will oder nicht, sie ist noch längst nicht so fit, wie sie es glauben möchte.

Erst jetzt fällt mir auf, dass es hier drinnen ziemlich dunkel ist. Nein, Moment. Es ist nicht dunkel, nur wenig beleuchtet. Es stehen haufenweise Kerzen hier herum, und ich frage mich ...

»Hast du heute noch etwas vor? Erwartest du jemanden?« Ruhig spreche ich die Frage aus, auch wenn es mir gerade echt schwerfällt, mich zurückzuhalten. Aber wenn sie hier auf jemanden wartet, werde ich sofort verschwinden. Ich werde nicht derjenige sein, der wie ein Trottel hier sitzen bleibt, obwohl sie eigentlich auf jemand anderen wartet. Und danach werde ich den Penner abfangen und ihm eines auf die Nase geben. Okay werde ich nicht, aber man kann es sich ja vorstellen.

Ein paar Haarsträhnen fallen ihr ins Gesicht, als sie den Kopf schüttelt. »Nein, ich habe niemanden erwartet. Mein Plan war, den Abend mit einem Becher Eiscreme auf der Couch zu verbringen. Ganz allein, während ich fernsehe.«

Ich wusste gar nicht, wie angespannt ich auf ihre Antwort gewartet habe. Erst als meine Muskeln lockerer werden, und meine Schultern wieder nach unten sinken, wird mir das so richtig bewusst. »Okay, dann lasse ich dich jetzt mal mit deinem Eis und deinem Fernseher allein! Gute Nacht, Mana.«

Ich schenke ihr noch ein leichtes Lächeln, bevor ich aufstehe. Mit dem festen Vorhaben, jetzt zu gehen und nach Hause zu fahren. Aber ich komme nicht weit, denn sie springt sofort auf und fällt beinahe über ihre eigenen Füße, als sie meinen Arm packt.

»Nein, bleib. Bitte.«

Ich drehe mich zu ihr um, senke meinen Blick für einen Moment auf ihre Hand und sehe ihr dann wieder in die Augen.

»Warum? Angst, den Eisbecher nicht allein zu schaffen?«

Ich mache einen Schritt auf sie zu und verringere unseren ohnehin schon nicht sehr großen Abstand zueinander. Ich mag es, wenn Mana ihren Kopf in den Nacken legen muss, um zu mir hochzusehen. Keine Ahnung wieso, aber irgendwie stehe ich darauf.

»Scheiß auf das Eis.«

Ich runzle die Stirn und neige den Kopf ein wenig. Ihre zweite Hand findet meinen anderen Arm und von dort aus streichen sie beide langsam nach oben und bleiben am Ende auf meiner Brust liegen.

Wie von selbst legen sich meine Hände an ihre Hüften und drücken leicht zu, während ich einmal hart schlucke.

»Was wird das hier, Snickers?«

Mein Blick ist plötzlich ganz ernst, beinahe schon ... ja, schon fast ein wenig unsicher. Ich habe das erste Mal in meinem Leben keinen blassen Schimmer, was zum Teufel ich jetzt machen soll. Ich will hierbleiben und gleichzeitig weit weglaufen. Ich habe Angst. Angst vor dem, was Manas Nähe in mir auslöst. Angst davor, was mit mir passiert, wenn ich mich darauf einlasse. Weil ich nie weiß, was genau ich eigentlich will. Was ich wollen darf.

»Lass mich das hier bitte nicht bereuen ...«

Noch bevor ich begreife, was sie mir damit sagen will, legt sie ihre Hände in meinen Nacken, stellt sich auf die Zehenspitzen und beim nächsten Wimpernschlag liegen ihre Lippen auf den meinen. Und meine Welt hört für einen Augenblick auf, sich zu drehen, nur um sich dann mit rasender Geschwindigkeit an das Tempo meines schlagenden Herzens anzupassen. Völlig überrumpelt erwidere ich den Kuss wie jemand, der seit Tagen das erste Mal wieder Luft holen kann. Vermutlich ist auch genau das der Fall. Drängend presse ich mich an Mana und dirigiere sie an die Wand neben dem Durchgang zur Küche, während ich den Kuss nicht für eine Sekunde unterbreche. Weil ich es nicht kann.

Weil ich es nicht will. Selbst wenn ich weiß, dass ich muss. Ich sollte aufhören. Sollte sie sofort loslassen und von hier verschwinden. Aber ich schaffe es nicht, mich von ihr zu lösen. Schwer atmend lege ich meine Hände an ihre Wangen, bringe ihren Kopf durch sanften Druck meiner Daumen an ihrem Kinn dazu, sich noch ein wenig mehr in den Nacken zu legen, und bringe Mana gleichzeitig dazu, ihren Mund für mich zu öffnen. Ich stehe unter Strom, als ich ihre Zunge an meiner fühlen kann, und kann ein heiseres Stöhnen nicht mehr länger zurückhalten. Sie schmeckt unglaublich und kurz überkommt mich das Gefühl, davon niemals genug zu bekommen. Von ihr niemals genug zu bekommen.

Gott verdammt, ich kann mich nicht von ihren Lippen lösen. Aber ich muss. Trotzdem dränge ich mich ihr förmlich entgegen, in dem verzweifelten Versuch, mit ihr zu verschmelzen. Nur damit ich sie nie mehr loslassen muss, und es schmerzt bereits jetzt, zu wissen, dass genau das geschehen wird. Weil bisher jeder unserer Küsse unterbrochen wurde. Entweder von anderen oder von meinen eigenen Gedanken, weil irgendetwas in mir danach schreit, das Arschloch, das ich nun mal sein kann, hervorzuholen.

Mana zerrt hektisch an meinem T-Shirt, kratzt mit ihren Nägeln über die erhitzte Haut an meinem Bauch und meiner Brust, und ich löse den Kuss nur so lange, bis ich mir in den Nacken gefasst, und das störende Stück Stoff von meinem Körper gezerrt habe. Wie Magnete pressen sich meine Lippen sofort wieder auf ihre. Weil ich einfach nicht anders kann. So viel dazu diesen Kuss zu unterbrechen. Scheiße noch mal nein. Die Stimme meines Vaters gräbt sich in meine Gedanken und ich habe das Gefühl, davon nie mehr loszukommen. *Männer und Frauen sind nicht nur befreundet. Männer in deinem Alter sind erst dann Männer, wenn sie ihre Jugend genießen und die Frauen rein dazu dienen, ihnen sexuelle Lust zu beschaffen. Heiraten und Kinder kriegen kannst du dann, wenn du alles geknallt hast, was nicht bei drei auf den Bäumen ist.*

Lass mich das nicht bereuen ... Das waren eben ihre Worte, und ich begreife sie erst jetzt. Sie wird es bereuen. Früher oder später wird sie es bereuen. Dann wird sie mich von sich stoßen und mich hassen. Sie soll mich aber nicht hassen. Nicht sie. Nicht meine Mana. Der Gedanke an das, was sie gesagt hat, fühlt sich an wie ein Tritt in den Magen und ich reiße mich panisch von ihr los und stolpere ein paar Schritte zurück, um sie mit großen Augen anzustarren. Ihre Lippen sind geschwollen, ihr Gesicht gerötet und ihre Augen glänzen. Was ist, wenn ich bin wie mein Vater oder meine Brüder?

»Wieso hast du das getan?« Meine Stimme ist heiser und klingt gehetzt, während ich mir verzweifelt die Haare raufe und wie ein Tiger im Käfig hin und her laufe. Ich krieg keine Luft mehr und schnappe dennoch verzweifelt danach, während sich mein Herz bei ihrem Anblick schmerzhaft zusammenzieht. Ich will ihr nicht wehtun. Weder jetzt gerade noch in ein paar Tagen, wenn ich den Worten meines Vaters gerecht werde und ich sie fallen lasse, nachdem ich sie in meinem Bett hatte. Was ist, wenn ich wirklich so bin, wie er sagt?

Warum um alles in der Welt, habe ich den Kuss nicht unterbunden, noch bevor er so verdammt echt geworden ist? Genau das war er nämlich. Absolut echt und unwiderstehlich. So unwiderstehlich, dass ich mich am liebsten sofort wieder auf sie stürzen würde.

»Du hast mich geküsst.« Meine Stimme klingt panisch, während mein Gesicht meine völlige Verzweiflung offenbaren muss. Hektisch atmend schüttle ich immer wieder den Kopf, fahre mir mit den Fingern wiederholt durch die Haare und habe keine Ahnung, was ich jetzt machen soll.

»Mana …« Ich sehe sie traurig an, wage es jedoch nicht, ihr näher zu kommen. Ja, ich habe Angst. Eine beschissene Angst davor, was als Nächstes passieren wird.

»Ja, ich habe dich geküsst, Nox. Weil ich es wollte.« Trocken lacht sie auf, während ihre Brust sich immer noch hektisch hebt und senkt. »Und weil du es offenbar ebenso wolltest, sonst hättest du den Kuss nicht so erwidert. Gott, ich wollte das schon so lange tun. Kannst du mir vielleicht einen Gefallen tun und vielleicht dein Shirt wieder anziehen? Ich kann mich so echt nicht konzentrieren, wenn du jetzt reden willst, statt weiterzumachen.«

Ich soll … was? Ist das ihr Ernst? Gerade weiß ich noch nicht einmal, wo mein verdammtes Shirt ist. Es interessiert mich auch nicht. Vielmehr bin ich damit beschäftigt, nicht an Ort und Stelle zu ersticken. Reden oder gar weiterzumachen kommt mir plötzlich beides gleichermaßen verlockend vor. Aber egal, was ich jetzt mache, wofür ich mich auch entscheide, beides ist falsch. Wenn ich sie jetzt noch einmal küsse, und Gott ich würde am liebsten genau das jetzt machen, und danach verschwinden, spricht sie nie wieder mit mir. Wenn ich jetzt aber mit ihr darüber rede, kann es passieren, dass sie mir Fragen stellt. Seltsame Fragen. Warum ich mich nicht von meinem Vater lösen kann, zum Beispiel. Ob sie verstehen würde, wenn ich ihr sage, dass ich nicht bereit bin, den einzigen Teil an mir, der meine Familie ist, von mir zu schieben?

»Warum ich? Ist es, weil ich dich geküsst habe? Das tut mir leid. Ich dachte, wir wissen beide, dass das nie hätte passieren sollen.« Scheiße, Nox, hör sofort auf, so ein Arschloch zu sein. Du musst nicht so sein. Sei einfach nur du. Sei einfach Nox. Was zur Hölle mache ich aber, wenn ich gar nicht mehr weiß, wer Nox wirklich ist?

Mana verschränkt die Arme vor der Brust und verdreht die Augen bei meiner Frage. »Weil ich auf dich stehe, du Trottel. Und weil ich endlich denke, dass ich eine Chance haben könnte. Wir waren beste Freunde. Du hast dich um mich gekümmert, als ich krank war. Du hast mich verteidigt, als Bens Worte mich verletzt haben und ich dachte ... ich dachte, wir verstehen uns wieder besser.«

Wieder einmal mache ich das Einzige, was ich richtig gut kann. Ich stoße die Menschen, die mir etwas bedeuten, vor den Kopf. »Das war ein Fehler. Es war ein Fehler herzukommen. Ich muss ...« Atme, Lennox. Komm schon. Es war ein Kuss. Nur ein Kuss. Aber der hat es binnen von Sekunden geschafft, meine Welt aus den Angeln zu heben.

»Gehen? Abhauen, weil ich zu viel von dir verlange, wenn du dich mit dem auseinandersetzen sollst, was hier zwischen uns passiert? Bravo, da ist die Tür. Du weißt ja, wie du rausfindest.«

Enttäuscht sieht sie mich an und deutet in Richtung Eingang, aber ihr Blick fleht mich an zu bleiben.

Langsam entferne ich mich rückwärts von ihr. Ich will das nicht. Eigentlich ist es das Letzte, was ich will. Aber ein kleiner Teil in mir zwingt mich dazu, genau das zu tun. Im Moment ist dieser Teil lauter als alles andere. Weil ich ein Weichei bin, dessen Vater selbst aus der Entfernung noch zu viel Einfluss hat.

»Du ... du hast etwas Besseres verdient. Das weißt du.«

Dennoch wünsche ich mir, für ein paar Stunden meinen Kopf abschalten zu können und hierzubleiben. Nur für diese eine Nacht. Wenn diese Nacht vorbei ist, dann ... ich weiß nicht, was dann passiert.

»Das ist echt eine dämliche Ausrede, Nox. Für das nächste Mal solltest du dir echt was Besseres einfallen lassen.« Sie stößt sich von der Wand ab, allerdings nicht, um auf mich zuzugehen, sondern um mich stehenzulassen. Mana steuert geradewegs auf die Couch zu, lässt sich fallen und schnappt sich den mittlerweile ziemlich angetauten Becher Eis vom Couchtisch, den sie dort abgestellt hat. Wortlos fängt sie an zu löffeln und starrt auf den Fernseher, als wäre ich gar nicht mehr da. Was auch in wenigen Sekunden der Fall sein wird. Ich kann das nicht. Ich werde das nie können. Irgendwann wird sie es verstehen. Dann wird sie froh sein, dass sie mich los ist. Langsam gehe ich auf sie zu, beuge mich über die Sofalehne an ihr vorbei und … nehme mein Handy in die Hand.

»Es wird kein nächstes Mal geben. Das verspreche ich dir. Es tut mir leid.« Ich flüstere die Worte dicht an ihrem Ohr und ohne sie aus den Augen zu lassen, gehe ich rückwärts aus dem Wohnzimmer, drehe mich dann abrupt um. Bücke mich nach meinem Shirt und stürme aus ihrer Wohnung.

Der Klang der zuschlagenden Türe hinter mir ist nur ein Echo des Klanges meines gebrochenen Herzens. Eines Herzens, das genau in diesem Moment in tausend Teile zersplittert. Auch wenn ich bis heute dachte, das wäre nicht mehr möglich.

Kapitel 21

Mana

Ich habe ihn geküsst. Ich habe Lennox verdammt noch mal geküsst! Was habe ich mir bloß dabei gedacht? Gar nichts, das muss es sein. Von einem Moment auf den anderen sind sämtliche Sicherungen in meinem Gehirn durchgebrannt. Denn plötzlich konnte ich gar nicht mehr anders, als ihn zu küssen. Seine Lippen waren das Einzige, was ich wollte. Seinen Mund auf meinem, als wenn sie wie zwei Magnete angezogen werden. Ich hatte keine Chance, ihm zu entkommen.

Oh und als es dann so weit war ... war es besser, als ich es mir je hätte vorstellen können. Es ist total klischeehaft und verrückt, aber dieser Kuss hat meine Welt aus den Angeln gehoben und mich alles andere vergessen lassen. So sehr, dass ich zu allem bereit gewesen wäre, wenn er gewollt hätte. Als er sein Shirt ausgezogen hat, nur um mich dann verlangend an sich zu ziehen, sind meine Knie ganz weich geworden. Es war gut, dass ich zu diesem Zeitpunkt bereits die Wand im Rücken hatte. Und Nox vor mir, um mich an ihm festzuhalten. Gott, ich glaube, ich habe jeden einzelnen Zentimeter seines nackten Oberkörpers erkundet, während unsere Lippen miteinander verschmolzen sind. Habe jeden Muskeln mit den Fingern nachgefahren, um ihn mir für immer einzuprägen. Weil das hier, genau wie ich befürchtet habe, eine einmalige Angelegenheit war, die sich so schnell nicht wiederholen wird. Auch wenn ich etwas anderes hoffe.

Dabei war das nicht einmal unser erster Kuss. Nur dass er dieses Mal von mir ausgegangen ist. Nox Worte waren jedoch ziemlich eindeutig, als er mich von sich gestoßen hat. Ich weiß, warum er das tut. Ein Teil von mir versteht sein Verhalten sogar.

Es wäre dennoch gelogen, würde ich behaupten, ich hätte mir nicht mehr erhofft und seine Reaktion hätte mich nicht verletzt. Vielleicht habe ich mir die ganzen Wochen nur eingebildet, dass er auch ein wenig mehr von mir wollen könnte. Vermutlich hat es ihn abgeschreckt, mich kotzend über der Kloschüssel zu beobachten und seine wahrscheinlich kaum vorhandenen Gefühle mir gegenüber haben sich verflüchtigt.

Ich brauche jemanden zum Reden. Jemanden, an dem ich meinen ganzen Frust auslassen kann. Wer eignet sich da besser als die beste Freundin? Entschlossen greife ich nach meinem Telefon, das auf dem Couchtisch liegt, und stelle den Rest Eis ab. Emma hebt bereits nach dem zweiten Klingeln ab.

»Hey. Da du mich um diese Zeit anrufst, gehe ich davon aus, dass du gerade keinen heißen Sex hast. Was ist los?«

Jede Menge ist los. So viel, dass ich gerade gar nicht weiß, wie ich es in Worte packen soll.

»Oh nein. Dieses Schweigen kenne ich. Gib mir zehn Minuten. Sorg dafür, dass du angezogen unten stehst, wenn ich komme.«

»Wohin fahren wir?«

»In eine Bar. Eine halbe Stunde entfernt. Dein Schweigen schreit förmlich nach ein Paar Drinks. Bis gleich.«

»Das klingt perfekt. Gib mir zwanzig Minuten und wir sind im Geschäft.«

Schließlich sitze ich immer noch in Gammelsachen auf dem Sofa.

»Du kriegst alle Zeit der Welt! Und Mana?«

Fragend hebe ich eine Augenbraue, auch wenn meine beste Freundin das nicht sehen kann.

»Ja?«

»Ganz egal, was er angestellt hat, ich werde ihm in den Hintern treten.«

Ja, das würde sie. Nachdem das Gespräch beendet ist, stehe ich entschlossen auf und gehe ins Bad, um mich fertigzumachen.

»Nimm es mir nicht übel, aber so, wie du aussiehst, brauchen wir die doppelte Menge an Drinks.«

So ist Emma. Immer direkt und auf den Punkt. Auf dem Weg hierher habe ich ihr alles erzählt. Und es tat unfassbar gut, sich alles von der Seele zu reden. Jetzt sitzen wir in einer Bar, in der ich noch nie war, und die Emma selbst nur durch einen Zufall entdeckt hat. Offenbar war sie schon ein paar Mal mit ein paar ihrer Freundinnen hier. Ich bin noch nicht sicher, wie sie mir gefällt, aber eine Bar mit dem Namen Darkside ruft nun mal nicht sofort positive Assoziationen in mir hervor. Doch bei genauerer Beachtung tummeln sich hier viele Menschen unseres Alters. Die Musik ist eine Mischung aus Rock und Indie-Pop und auch die Barkeeper wirken auf den ersten Blick freundlich. Die Einrichtung lässt mich jedoch die Stirn runzeln. Hier befinden sich unzählige Tische und seitlich der Bar gibt es mehrere Podeste. Teilweise mit Schaukeln bestückt. Eigenartig. Allerdings kann ich mich nicht weiter umsehen, weil Emma mich direkt zu einem der freien Tische in einer Nische führt.

Wir sitzen kaum, da kommt auch schon jemand, um unsere Bestellung aufzunehmen. Praktisch wie Emma nun mal ist, bestellt sie für den Einstieg einen Shot und gleich für jede zwei Drinks für später.

»Auf Männer, die sich wie Arschlöcher benehmen, nur weil sie Gefühle entwickeln.«

»Er hat Gefühle für dich?!«

Wäre die Situation nicht eigentlich zum Heulen, könnte ich beinahe über Emmas erschrockenes Gesicht lachen. So aber setze ich nur den Shot an die Lippen und kippe ihn in einem Zug runter. Fuck, das Zeug ist stark.

»Glaube ich nicht. Na ja, ich weiß es nicht.«

»Aber du hast ihn geküsst, richtig? Und er hat es zugelassen.«

»Ja, wir haben uns geküsst und der Kuss war ... heftig. Auf gute Art und Weise. Nur hat er danach kalte Füße bekommen.«

Alkohol. Ich brauche mehr Alkohol, während ich das wiederhole, was ich Emma bereits auf dem Weg hierher erzählt habe.

»Das ... ist doch ein Scherz, oder?«

Sie nimmt einen großen Schluck von ihrem Cocktail und deutet mir an, dasselbe mit meinem zu machen.

»Schön wär es. Er wollte es. Er hat zumindest nicht gleich abgebrochen. Aber dann hat er sich wieder völlig verschlossen und ist abgehauen.«

Seufzend sacken meine Schultern nach unten und ich nehme noch einen großen Schluck.

»Ich dachte, zwischen euch läuft es mittlerweile wieder gut?«

»Dachte ich auch. Tat es ja auch. Aber sobald auch nur irgendwie die Richtung geändert wird in seiner Gefühlswelt, macht er dicht.«

Emma sieht ebenso rastlos aus, wie ich mich fühle. Aber was sagt man auch in so einer Situation? Nox hat nie gesagt, dass er mehr wollen würde. Dass er körperlich nicht abgeneigt wäre, ist mir aufgefallen. Jedoch bedeutet das nicht, dass er mehr möchte so wie ich, wie ich mir wirklich nun einmal eingestehen sollte.

»Männer sind eindeutig Idioten.«

»Er ist nur ... kompliziert.«

»Süße, Mathe ist kompliziert. Lennox ist völlig durchgeknallt, wenn du mich fragst. Heiß ja, aber undurchschaubar. Und ich frage mich wirklich, wieso du dir die Mühe überhaupt noch mit ihm machst.«

»Er ist nicht durchgeknallt. Er steht ... nur zu sehr unter dem Einfluss seines Vaters.«

Emma hat, ohne dass ich es mitbekommen habe, neue Drinks geordert, und nach jedem Satz verschwindet ein Schluck davon in meinem Rachen.

»Na ja, jedenfalls habe ich ihn geküsst und er mich und dann hat er sein Shirt ausgezogen und ... wie kann ein Kerl bitte so sexy sein? Er sieht echt verboten gut aus. Nicht dass ich diese Muskeln das erste Mal gesehen habe, aber dieses Mal durfte ich ihn auch anfassen und DAS könnte ich echt den ganzen Tag machen.«

Okay, ich glaube, jetzt wirkt der Alkohol langsam auch bei mir, denn normalerweise bin ich nicht so redselig und schwärme vor mich hin.

»Na super, jetzt will ich ihn auch anfassen.«

Mit den Augen rollend nimmt auch sie einen weiteren Schluck von ihrem Cocktail und kippt sich gleich hintennach noch einen Shot rein.

»Ich glaube ... dich hat es ganz schön erwischt. Und ihn auch. Er ist nur zu blöd, um es zuzugeben. Dir hat der Kuss gefallen. Das weiß ich jetzt. Ihm auch?«

»Ja, ihm auch. Oh und wie. Es war ... gigantisch.«

Ich kann mir das versaute Grinsen nicht verkneifen, als ich daran denke, was ich an meinem Bauch gespürt habe.

»Gigantisch? Was ... Oh. Nein. Dein Ernst?«

Grinsend setzt sich Emma bequemer hin und schlingt die Finger um ihr Glas.

»Oh, ich wette, du hättest ihn gern angefasst. Oder? Hab ich recht? Oh, und wie ich das habe. Also ich hätte das auf jeden Fall gemacht. Warte. Sag nicht, du hast genau das gemacht und er ist deswegen weggerannt. Was stimmt nicht mit dem Kerl? Wie blöd muss man sein, wenn man sich eine Frau wie dich entgehen lässt? Ich sollte ihn verprügeln. Aber so richtig. Dann sollte ich ihm schöne Betonschuhe verpassen und …«

Lachend unterbreche ich sie und schüttle den Kopf. »Nein, ich habe ihn nicht angefasst und bevor du dir jetzt einen Monster-Penis vorstellst, vergiss es gleich wieder.«

Wenn ich betrunken bin, neige ich dazu, ein wenig zu übertreiben und alles auszuschmücken, was man nur so ausschmücken kann.

»Ich werde aus Nox nicht schlau. Einmal küsst er mich. Dann stößt er mich weg. Dann will er mein Freund sein, dann wieder nicht. Er verteidigt mich, kümmert sich um mich, wenn ich krank bin, und dann verschließt er sich wieder. Es ist, als würde ich permanent gegen eine Wand rennen. Langsam kriege ich Kopfschmerzen davon.«

»Nach allem, was du mir über ihn erzählt hast, glaube ich, dass diese Gefühlssache nicht einseitig ist. Ich meine, im Grunde war es nur ein Kuss. Wir wissen beide, dass Lennox kein Kind von Traurigkeit ist. Nur sieht er dich anders an, als die anderen Mädchen.«

Kurzerhand schnappt sie sich mein Handy, das ich irgendwann im Laufe unseres Gesprächs auf dem Tisch geparkt habe. Ich kann mich nicht mehr daran erinnern, es überhaupt in die Hand genommen zu haben. Konzentriert tippt sie auf dem Display herum und ist offenbar auf der Suche nach irgendwas.

»Ha. Ich habs. Wir werden deinem Nox jetzt einmal zeigen, was ihm entgeht, wenn er weiterhin vor dir davonläuft. Denn das tut er ganz offenbar.«

»Oh Gott, was hast du vor?«

Egal, was es ist, ich schnappe mir vorsorglich schon mal einen neuen Shot und trinke einen großen Schluck, der sich ätzend meine Speiseröhre hinunterbrennt. Verdammt, dieses Zeug ist mörderisch.

»Erinnerst du dich noch an unser Wellnesswochenende kurz vor Unibeginn? Ein ganzes Wochenende nur für uns. Den ganzen Tag Cocktails am Pool. Na, klingelt da was?«

Immer noch tippt sie auf meinem Handy herum und hält es wohlweislich aus meiner Nähe fern. Meine Augen werden groß und ich erstarre, denn ich erinnere mich ganz genau.

»Oh nein, das wirst du nicht tun.«

»Oh, und wie ich das werde und du ... Nein. Bleib bloß weg.«

Mit einer Schnelligkeit, die ich ihr aufgrund ihres Alkoholpegels gar nicht zugetraut hätte, reißt sie die Hände in die Höhe und somit noch weiter aus meiner Reichweite.

»Dieser Kerl braucht dringend einen Arschtritt. Einen gewaltigen. Wir müssen ihn daran erinnern, was du zu bieten hast. Denn ich glaube, er weiß das ganz genau, hat es jedoch nach deinem feurigen Kuss vergessen.«

Ich fass es nicht, dass diese Worte ... in meinem Kopf tatsächlich Sinn ergeben. Rasch nehme ich noch einen Schluck aus der Flasche und nicke schließlich, als ich mich seufzend wieder zurücklehne.

»Okay, schick ihm das Foto.«

Das Foto aus dem Urlaub, auf dem ich nur einen schwarzen knappen Bikini trage und eine offene weiße Bluse, die nichts verdeckt. Emma hat es damals heimlich gemacht und ich habe es behalten, weil ich mich darauf schön finde.

»Erledigt. Dank mir später. Oh, er wird Augen machen.«

Lachend drückt sie mir mein Handy wieder in die Hand, aber erst, nachdem sie sich vergewissert hat, dass Nox die Nachricht auch gelesen hat. Nicht dass ich sie vorher noch löschen würde. Ihre Worte. Nicht meine. Als würde ich das tun. Nicht, wo ich doch eben noch gesagt habe, sie soll es ihm schicken. Gebannt starren wir beide darauf, als wir sehen, dass er etwas schreibt. Oh Gott. Ich muss dringend noch was trinken, schaffe es aber nicht, meinen Blick davon zu lösen. Erst als Emma plötzlich kichernd neben mir sitzt, lesen wir beide zusammen die Nachricht.

Lennox: Du willst mich in die Knie zwingen, oder?
Ich: Vielleicht?

Emma wirft mir einen genervten Blick zu. »Mensch, Mana. Vielleicht? Mehr nicht? Komm schon, zeig ihm, was er verpasst, solange du noch mutig genug bist. Los jetzt. Ansonsten werde ich das für dich übernehmen.«

Genervt, aber gleichzeitig ermutigt, verdrehe ich die Augen und beginne erneut zu tippen.

Ich: Ich hätte dieses Outfit vorhin schon tragen sollen. Dann wärst du nicht einfach abgehauen.
Lennox: Nein, aber ich wäre sofort auf die Knie gefallen.

Auf Knien hätte er definitiv eine Menge anstellen können. Prompt werde ich rot, als mir dieser Gedanke durch den Kopf schießt, und Emma fängt dreckig an zu grinsen.

»Oh mein Gott. Los, antworte ihm.«

»Was denn?«

Das, was sich gerade in meinem Kopfkino abspielt, kann ich ihm auf keinen Fall schreiben.

»Hör auf, so viel zu denken. Handle einfach. Schreib ihm ... warte, wieso bist du so rot im Gesicht? Oh, Mana. Du weißt genau, was du schreiben willst. Und jetzt traust du dich nicht.« Sofort drückt sie mir meinen Cocktail in die Hand und starrt mich in Grund und Boden. »Antworte ihm. Bitte. Ich sitze seit Ewigkeiten auf dem Trockenen. Näher an Sex als gerade jetzt, werde ich wohl so schnell nicht kommen.«

Tja, ich wohl auch nicht, wenn ich Lennox nicht irgendwie aus der Reserve locke. Und jetzt, ob es am Alkohol liegt oder nicht, bin ich mir ziemlich sicher, dass ich Nox will. Körperlich genauso wie emotional.

»Okay, halt das mal.«

Mehr als versauen kann ich es ja nicht und das … habe ich vorhin schon. Bestimmt drücke ich Emma mein Glas in die Hand, obwohl ich es einfach nur hätte auf den Tisch stellen können. Aber so kommt mir das Ganze noch ein wenig dramatischer vor.

Ich: Hätte ich das gewusst, dass ich dich so dazu bringe, hätte ich definitiv den Bikini angezogen. Den, der links und rechts am Höschen diese Bänder hat, die man einfach aufziehen kann.

Emma klatscht begeistert in die Hände. »Oh Gott. Ich hoffe, er antwortet dir.«

Ja, das hoffe ich auch. Irgendwie. Andererseits habe ich auch Angst vor dem, was er mir antworten könnte. Es erstaunt mich, dass wir so kurz nach unserer unschönen Auseinandersetzung wieder in das alte Geplänkel zurückfallen können. Keine Ahnung, was ich davon halten soll. Aber ich werde es genießen, solange es anhält.

Minuten, nachdem ich ihm geschrieben habe und er die Nachricht auch gelesen hat, wie mir die blauen Häkchen zeigen, tippt er noch immer keine Antwort, also hake ich noch einmal nach.

Ich: Du stellst es dir gerade vor, oder? Du vor mir auf den Knien …
Lennox: Und auch hinter dir. Auf den Knien.
Ich: Und über mir.
Lennox: Auch das, ja. Scheinbar stellst du dir aber gerade auch so einiges vor, hm?
Ich: Ja, tue ich. Und ich wünschte, wir würden einiges davon auch in die Tat umsetzen.

»Gott, ich kann nicht fassen, dass ich dich immer noch mitlesen lasse.« Ehrlich, das hier ist privat. So was von privat. Trotzdem halte ich das Handy weiter so, dass Emma das Display sehen kann.

Lennox: Hast du etwas getrunken, Mana?
Ich: Spielt das eine Rolle?
Lennox: Antworte mir!
Ich: Sei nicht immer so herrisch!!!!
Ich: Siehst du? Ausrufezeichen kann ich auch tippen.
Lennox: Wo bist du?
Ich: In einer Bar. Die haben hier so hübsche Schaukeln. Warum waren wir beide noch nie hier?
Lennox: Schaukeln? Mana, wie weit ist die Bar von zu Hause entfernt?
Ich: Eine halbe Stunde? Irgendwas mit Dark. Aber ich komm nicht mehr drauf. Aber die Schaukeln sind hübsch.

»Oh, verdammt. Wenn du ihm sagst, wo du bist ... Kommt er dann dich holen? Wow, das wäre ja sooo romantisch. Und heiß. Ich stelle mir gerade bildlich vor, wie er die Bar stürmt, dich über seine Schulter wirft und mit dir davonstiefelt. Und dann fährt er mit dir nach Hause, schleift dich in sein Schlafzimmer und ...«

»Sprich es nicht aus. Das wird sowieso nicht passieren. Dieser Höhlenmensch würde mich höchstens abholen, damit ich zu Hause unter seiner Aufsicht ausnüchtern kann.«

»Aber er würde dich abholen. Weil er auf dich aufpassen will. Warte, das würde ja bedeuten, dass er mir diese Aufgabe nicht zutraut. Scheißkerl.« Etwas von dem Cocktail in ihrer Hand schwappt über ihre Hand.

»Er ist kein Scheißkerl.«

»Doch. Dein Scheißkerl. Er weiß es nur noch nicht.« Sie wackelt ein wenig mit ihren Augenbrauen und grinst mich breit an.

»Jetzt antworte ihm doch endlich.«

Ich: Lass uns lieber weiter schreiben, Nox. Das macht viel mehr Spaß. Weißt du eigentlich, dass der Kuss vorhin … der Beste war, den ich je bekommen habe? Obwohl ich genau genommen ja dich geküsst habe und nicht du mich. Ich würde mich ja dafür entschuldigen, aber es tut mir nicht leid. Im Gegenteil, ich hätte das schon viel eher machen sollen.
Lennox: Wieso hast du dann so lange damit gewartet?
Ich: Weil ich meine Gefühle für dich lange Zeit ignoriert habe. Denn ich war sicher, dass du mich sowieso nicht willst. Aber jetzt weiß ich es besser.
Lennox: Tust du das, ja?
Ich: Ja.
Lennox: Was hat mich verraten? Meine charmante Art dir gegenüber? Oder dass ich vor dir davongelaufen bin? Ja, Sarkasmus. Kennst du, oder?
Ich: Unser beider Spezialität.
Ich: Es war nicht nur deine charmante Art.
Ich: Unsere Gespräche waren ziemlich hilfreich. Dass du für mich da warst, wenn es drauf ankam. Dass irgendwo in dir noch immer mein bester Freund steckt.

Ich starre, zusammen mit Emma, noch ein paar Minuten aufs Handy, bevor ich es seufzend zur Seite lege. Er schreibt nicht zurück. Emma wirft mir einen mitleidigen Blick zu.

»Ich bin sicher, er antwortet noch. Zumindest hoffe ich das.«

»Ja, sicher. Ich bin nicht betrunken, sondern stocknüchtern. Verdammt, ich schaffe es sogar auf diesem Weg, Lennox zu vertreiben.«

Eine Weile trinken wir schweigend und hängen beide unseren Gedanken nach. Es ist eine Sache, sich selbst Gefühle für den ehemaligen besten Freund einzugestehen, was anderes ist es, ihm das auch noch in betrunkenem Zustand zu schreiben.

»Mana, ich glaube …« Emma kommt nicht dazu, ihren Satz zu beenden, denn plötzlich geht die Tür auf und ein wild gewordener Nox stürmt direkt auf uns zu.

Kapitel 22

Lennox

Mana ist eindeutig betrunken. Anders kann ich mir ihre Nachrichten nicht erklären.

Dieses Bild ... Fuck. Wie soll ich sie mit diesem Foto vor Augen bitte aus meinem Kopf bekommen? Gar nicht. Genau. Aber die Dinge, die sie mir da schreibt ... Gott, ich stell sie mir vor. Und zwar alles davon. Was allerdings gerade ziemlich ungünstig ist, da ich im Auto sitze. Auf dem Weg zu ihr. Ich weiß, in welcher Bar sie ist. Dort gehe ich für gewöhnlich mit den Jungs hin, wenn ich Samstagabend Lust auf ein wenig nackte Haut und ein paar Drinks mit ihnen habe. Eine Tabledance-Bar. Ich fass es nicht, dass Mana jetzt dort ist.

Ich werde da jetzt hinfahren und sie mit nach Hause nehmen und es ist mir scheißegal, ob sie oder Emma etwas dagegen haben. Wenn Mana wirklich so betrunken ist, will ich sie in meiner Nähe haben und auf sie aufpassen. Ich möchte ihr den Kopf geraderücken für die Nachrichten, die sie mir schreibt. Dafür, dass sie mich geküsst hat.

Entschlossen lenke ich den Wagen auf den Parkplatz vor der Bar und stürme, kaum das ich ausgestiegen bin, auf den Eingang zu. Sofort beim Betreten schlägt mir kalter Rauch und der Geruch nach Alkohol und diversen anderen Ausdünstungen entgegen. Komisch, dass mir das nie so aufgefallen ist, wenn ich mit den Jungs hier war. Ich finde die Mädels beinahe sofort und stürme wütend auf den Tisch zu.

Nur ist Emma wahnsinnig schnell und stellt sich schützend zwischen mich und ihren Tisch.

»Na sieh mal einer an. Unser Flüchtling ist wieder da.«

Flüchtling. Na toll. Mana hat ihr alles erzählt.

»Was macht ihr hier?«

»Geht dich nichts an.«

»Oh doch, das tut es.«

Nichts und niemand wird sich jetzt zwischen Mana und mich stellen.

»Lass mich zu ihr. Sofort!«

Sie grinst mich dämlich an und streckt ihre Hand nach mir aus. Vermutlich, um mich zurückzuschieben. Aber so weit kommt sie gar nicht, denn ich zucke sofort zurück, als ihre Hand an meiner Schulter landet, und verschränke die Arme vor der Brust.

»Ich will jetzt zu Mana.«

Sie mitnehmen. In mein Bett stecken und nie wieder rauslassen. Das nicht einmal, um Sex zu haben, sondern einfach nur, damit sie bei mir ist. Was stimmt denn bitte nicht mit mir? Echt großartig. Reiß dich zusammen, du Trottel. Als Emma aber immer noch keine Anstalten macht, mich zu ihr zu lassen, packe ich meine Hände kurzerhand um ihre Hüften, hebe sie hoch und drehe mich mit ihr um meine eigene Achse. Wir haben die Plätze getauscht.

»Na geht doch.«

Ich mache zwei Schritte zurück, bevor ich mich umdrehe und auf Manas Tisch zugehe.

»Ich schwöre dir, wenn ich dich in die Finger kriege, trete ich dir in den Arsch, dass du tagelang nicht mehr sitzen kannst. Ich …«

Leck mich. Ich will gar nicht hören, was sie mit mir anstellt. Das Einzige, was ich will, ist, mit Mana zu sprechen.

Ihre Augen sind glasig und sie muss sich mit der anderen Hand leicht abstützen. Dieses Bild … es gefällt mir nicht. Zielstrebig gehe ich auf sie zu, stütze meine Arme links und rechts von ihr auf den Tisch und beuge mich ganz nah an sie heran. Unsere Gesichter sind jetzt nur wenige Millimeter voneinander entfernt, und ich kann deutlich den Alkohol riechen, den sie sich zweifelsohne heute schon genehmigt hat. Das macht mich wütend. Und traurig. Traurig weil … ich der Grund dafür bin. Ich sollte mich von ihr fernhalten. Das war auch genau mein Plan, als ich vor wenigen Stunden aus ihrer Wohnung gestürmt bin. Ich bin ja mal wirklich standhaft mit meinen Entscheidungen. Eigentlich sollte ich mir direkt eine der Flaschen hinter der Bar schnappen und sie mir gleich direkt über meinen dämlichen Schädel ziehen und mich endlich entscheiden, was zum Teufel ich eigentlich will. Ich will sie. Gleichzeitig will ich aber ganz weit weg von ihr sein.

Sie starrt mich einfach nur an und sieht mir in die Augen. Und dann verlassen plötzlich Worte ihren Mund, mit denen ich niemals gerechnet habe.

»Ich hoffe, du gibst dich auch mit meiner schwarzen Unterwäsche zufrieden. Den Bikini habe ich gerade nicht an!«

Ich … habe vergessen, wie man denkt. Was ich hier eigentlich wollte. Ach ja, Mana. Nach Hause. Bett. Bin mir nicht mehr sicher, denn ich glaube, mein System ist gerade abgestürzt. Der kleine Teil in mir, der noch halbwegs funktioniert, möchte am liebsten laut loslachen und gleichzeitig wimmern.

»Was?«

Fehlt nur noch, dass ich anfange zu sabbern. Vermutlich mache ich das sogar schon und es fällt mir nur nicht auf, während ich Mana sprachlos in die Augen sehe.

»Ob. Du. Mit. Meiner. Unterwäsche. Zufrieden. Bist.«

Jetzt redet sie extra laut und extra deutlich. Als würde das Problem darin bestehen, dass ich sie akustisch nicht verstehe. Ich lasse den Kopf hängen und schüttle ihn ein paar Mal. Als ob das etwas bringen würde. Es ist das erste Mal, dass ich mich nur schwer dazu überwinden kann, ihr wieder in die Augen zu sehen. Weil ich wirklich nicht weiß, was ich sagen soll. Deswegen hebe ich meinen Kopf auch nur in Zeitlupe wieder an.

»Schade. Aber okay, nicht schlimm, der wäre sowieso nicht wirklich notwendig, wenn wir mal ehrlich sind. Es geht also auch ohne. Allerdings stehst du immer noch. DAS ist wirklich ein Problem.«

Ich kann nicht glauben, was Mana da sagt. Aber ich muss mir vor Augen halten, dass es nur am Alkohol liegt.

»Wir gehen jetzt nach Hause. Sofort!« Ich sehe ihr ernst in die Augen und spreche die Worte nur ruhig aus, während Emma sich immer noch wütend neben mir aufbaut. Aber immerhin hat sie verstanden, dass sie hier gerade nichts zu melden hat.

»Ach ja, tun wir das? Und was hast du dann vor?«

»Dann bringe ich dich ins Bett.«

In meines. Egal, was sie davon hält. Egal, wie sehr meine Augen sich gerade vor Lust verdunkeln. Sie wird dort nur schlafen. Neben mir. Meinetwegen auch auf mir.

Mana beginnt zu lächeln. Ein laszives Lächeln, das es mir schwer macht, standhaft zu bleiben. »Oh, ich bin sicher, da können wir eine Menge anstellen. Ich muss nur ...« Sie fällt fast vom Stuhl, als sie nach ihrem Cocktailglas greifen will und sich nur mühsam an der Tischkante festklammern kann.

»Huch, was war denn das?«

»Du musst nur ... was? Mit mir nach Hause kommen? Ganz genau. Und zwar sofort.«

Sie schüttelt den Kopf und lässt sich wieder zurückfallen, nur um dann ihre Hände um den Saum ihres Pullovers zu schließen und ihn nach oben zu ziehen. »Nein, ich muss den hier loswerden. Wir haben beide viel zu viel an.«

»Stop, Mana. Hör sofort auf damit.«

Genervt und gleichzeitig gegen ein Lachen ankämpfend schnappe ich mir den Saum und ziehe ihr den Pulli mit einem Ruck wieder nach unten. »Du kommst jetzt mit. Ende der Diskussion!«

Es wundert mich, dass Emma sich nicht in unsere Diskussion einmischt. Aber als ich sie ansehe, weiß ich, was los ist. Sie hat sich so dermaßen betrunken, dass sie einfach den Kopf auf den Tisch gelegt hat und eingeschlafen ist. Toll.

»Du bist schon wieder so herrisch!«

»Du stehst darauf. Das wissen wir beide!« Dieses lockere Geplänkel gefällt mir schon besser. Das ist vertraut. Es gefällt mir. Aber auch nur, solange ich nicht darüber nachdenken muss, nichts Falsches zu sagen. Normalerweise muss ich das bei Mana nicht. Allerdings bin ich mir nach unserem Kuss nicht mehr so sicher, wie ich mit ihr umgehen soll. Auch wenn es nicht unser erster Kuss war. Aber es war der Erste, der alles an mir in Brand gesetzt hat.

»Ich stehe da nicht ... Okay, das wäre eine Lüge. Es macht mich ziemlich heiß, wenn du so bist. Jedes Mal. Auch wenn du mich damit manchmal in den Wahnsinn treibst.«

Kurz wird mein Blick ein bisschen traurig. Andere in den Wahnsinn treiben, das kann ich. Schaffe ich immer wieder.

»Bitte. Komm mit mir nach Hause.«

Könnte sein, dass ich einen Schmollmund ziehe. Aber verdammt noch mal, ich will sie endlich nach Hause schaffen und von hier verschwinden.

Mana scheint jedoch nicht so schnell nachgeben zu wollen, denn sie verschränkt die Arme vor der Brust. »Aber nur, wenn du mir versprichst, dass du nicht gleich wieder wegläufst. Einmal am Tag reicht ...«

Alles. Ich verspreche dir alles. Ich stehe auf, packe sie um die Hüften und werfe sie mir über die Schulter. Sollte sie deswegen kotzen müssen, dann wenigstens noch in der Bar. Und nicht in meinem Zimmer. Schnell schnappe ich mir ihr Handy, und die zwei Taschen, die hier stehen und von denen ich annehme, dass sie den beiden Mädels gehören. Ich werfe dem Barkeeper einen Blick zu, doch noch bevor ich meine Gedanken laut aussprechen kann, nickt er bereits, kommt auf uns zu und wirft sich die schlafende Emma über die Schultern. Gemeinsam tragen wir die beiden Mädels nach draußen.

»Nox, lass mich runter.«

»Nein, ich bringe dich jetzt nach Hause.«

Mana zappelt wild herum, aber ich halte sie einfach noch fester, während plötzlich Emma wieder wach wird und anfängt, über die Schulter des Barkeepers hängend, wild mit mir zu schimpfen. Gut. Wenigstens lebt sie noch.

»Einen Scheiß wirst du tun! Du hast sie heute ziemlich verletzt und jetzt denkst du, du tauchst hier auf, machst einen auf Arschlochmacho und sofort ist alles wieder gut?«

»Emma ... Nox will sich in mein Bett bringen. Nein, warte ... mich in sein Bett, so rum.«

»Das kann nicht dein Ernst sein? Ernsthaft, Mana. Der Kerl verarscht dich nur. Du hast was Besseres verdient.«

Autsch. Aber sie hat recht. Das kann ich nicht leugnen. Sofort versteife ich mich bei diesen Worten am ganzen Körper und lockere meinen Griff um Manas Hüften, als wir beim Auto ankommen. Der Barkeeper, der sich als Jim vorgestellt hat, wirft Emma auf meinen Rücksitz und sie rollt sich sofort zusammen und schläft wieder ein. Frauen sind manchmal wirklich eigenartig.

Ich lasse Mana langsam runter und sehe sie an. »Einsteigen!«

»Verdammt, die Aussicht war so schön. Aber okay, im Auto habe ich andere Dinge, mit denen ich mich beschäftigen kann.«

Ich stelle mir gerade vor, welche Dinge sie meint. Keine gute Idee. Ganz und gar nicht gut.

»Mana?«

»Was denn?«

Mit unschuldigen großen Augen sieht sie mich an und hält sich mit einer Hand an meiner Schulter fest. Diese Augen ... die zwingen mich auch irgendwann in die Knie. Da bin ich mir sicher.

»Steig ein, bitte.«

Sie schiebt die Unterlippe ein bisschen vor und schmollt, aber dann steht sie plötzlich auf Zehenspitzen und drückt mir einen Kuss auf den Mundwinkel. »Aber nur, weil du es bist.«

Und dann tut sie endlich, worum ich sie jetzt schon mehrmals gebeten habe. Erst als sie sicher sitzt und angeschnallt ist, schließe ich die Tür und umrunde den Wagen, um sie endlich heimzubringen. Jim hat mich charmant darauf aufmerksam gemacht, dass die beiden Mädels noch eine offene Rechnung haben. Zusammen mit einem großzügigen Trinkgeld dafür, dass er mir geholfen hat, die beiden ins Auto zu verfrachten, verabschiede ich mich von ihm und steige ein.

Den ganzen Heimweg über plappert Mana vor sich hin, während Emma anfängt zu schnarchen und sie krallt ständig ihre Finger abwechselnd in meine Haare und in meinen Hoodie. Betrunken ist sie echt ein Klammeräffchen und will mich gar nicht mehr loslassen.

Kapitel 23

Mana

»Hmm, du riechst so gut.«

Tut er wirklich. Ich atme einfach tief ein und seufze genüsslich, während ich ihn mit einem Arm zu mir heranziehe, damit ich mich nicht so strecken muss. Dieser blöde Gurt ist echt im Weg. Vielleicht sollte ich mich einfach abschnallen. Aber das habe ich jetzt schon ein paar Mal versucht und Lennox hält mich immer davon ab. Ich weiß gar nicht, was der hat.

»Danke. Sicher, dass es dir gut geht?«

Er hat echt viel Arbeit damit, gleichzeitig den Wagen zu steuern und mich davon abzuhalten, auf ihn draufzuklettern. Er sollte das mit dem Abhalten einfach lassen, das wäre so viel einfacher. Diese Nacht werde ich nämlich nicht einfach aufgeben. Das habe ich vorhin beschlossen, als er wie ein wütender Neandertaler die Bar betreten hat. Es hat nur noch die Keule gefehlt. Moment, wo waren wir? Nox hat mir irgendeine Frage gestellt. Er duftet gut. Ach ja, jetzt weiß ich es wieder.

»Alles bestens. Aber mir könnte es noch besser gehen, wenn du dein Shirt ausziehst.«

Ein tiefer Seufzer löst sich aus seiner Kehle, während er mich aus den Augenwinkeln beobachtet und seine Hände fest um das Lenkrad klammere. »Mach es mir nicht so schwer, Mana.«

Stirnrunzelnd sehe ich ihn von der Seite an und nutze die Chance, um seinen Wangenknochen mit dem Finger entlangzufahren. Die haben es mir schon immer angetan. »Ich mache doch gar nichts.«

»Du musst auch nicht viel machen, um mich aus dem Konzept zu bringen.« Er murmelt so leise vor sich hin, dass ich mir nicht sicher bin, was genau er eigentlich gesagt hat. Mein nächstes Ziel ist seine Augenbraue, um sie mit dem Finger nachzufahren.

»Du könntest einfach nachgeben, weißt du?«

Er beißt die Zähne zusammen und reckt sein Kinn trotzig vor. Antworten wird er mir aber nicht. Das weiß ich. Ich kann es ihm ansehen. Er spricht erst wieder mit mir, als wir vor seinem Haus stehen bleiben.

»Du musst ins Bett. Sofort.«

Er steigt aus und kommt auf meine Seite des Wagens, um mir die Türe zu öffnen.

»Ja, in dein Bett. Zusammen mit dir.« Herausfordernd hebe ich mein Kinn und sehe ihm direkt in die Augen.

»Warum?«

»Weil ich heute Nacht nicht allein sein will. Und weil ich es vermisse, zusammen mit dir in einem Bett zu liegen. Das war ... echt schön.« Oh Gott, habe ich das gerade laut ausgesprochen? Habe ich. Verdammt. Ich wollte flirten und ihn weichkochen, nicht traurige Stimmung verbreiten. Dabei haben wir früher so oft zusammen in einem Bett geschlafen und das ganz ohne Hintergedanken.

»Mana ... komm mit.«

Er zieht Emma von seinem Rücksitz und wirft sie sich vorsichtig über die Schultern, bevor er sich mein Handgelenk schnappt und mich mit zum Haus zieht.

»Du darfst in meinem Bett schlafen, wenn du das möchtest. Ich kann auf dem Sofa schlafen. Alles andere wäre keine gute Idee.«

Allerdings wirkt er von seinen eigenen Worten nicht gerade überzeugt. Ich bin es auch nicht, denn das ist es nicht, was ich will. Genau aus diesem Grund halte ich auch abrupt an und stemme meine Füße in den Boden.

»Du Trottel, dann kann ich auch in meinem Bett schlafen.«

»Und niemand kriegt mit, wenn du kotzen musst und Hilfe brauchst? Vergiss es. Außerdem fahre ich euch nicht noch länger durch die Gegend.«

»Ach, und wenn du auf dem Sofa schläfst, kilometerweit entfernt von deinem Bett und durch eine Tür getrennt, bekommst du es mit? Hast du Ohren wie ein Hund?«

Nox reagiert nicht, sondern geht zielstrebig die Treppen nach oben zu den Schlafräumen, wo er die erste Tür links öffnet und Emma dort auf einem Bett ablegt, bevor er ihr die Jacke und die Schuhe von den Füßen streift.

»Du nervst, wenn du mir ständig deine Logik um die Ohren knallst. Aber ja, ich würde es mitbekommen, weil die Tür natürlich offenbleiben würde. Und ich ohnehin nie wirklich tief schlafen kann. Emma kann hier erst einmal ihren Rausch ausschlafen. Das muss sie leider in ihrer Hose machen, ich werde sie nicht ausziehen.«

»Wessen Zimmer ist das?«

»Aidens. Der ist das Wochenende aber zu Hause.«

»Ach so. Okay. Weiter im Text. Du würdest mich viel besser hören, wenn du neben mir liegen würdest. Was ist, wenn ich plötzlich aufhöre zu atmen? Kannst du das aus dem Wohnzimmer auch hören?«

Seine Augen werden riesig und er fährt sich ein paar Mal durch die Haare, während er auch ein bisschen blass um die Nase wird. »Du ... wenn du ... Gott, Mana, was soll der Mist? Na gut. Meinetwegen. Aber nur weil ich nicht will, dass du stirbst. Klar?« Sofort wendet er sich ab und marschiert auf sein Zimmer zu, zumindest glaube ich, dass es seines ist, dreht dann aber schwungvoll noch einmal um, als ihm auffällt, dass ich ihm nicht folge.

»Komm jetzt. Sonst überlege ich mir das noch mal.«

Auffordernd strecke ich die Hand aus, damit er sie nimmt, während ich breit grinse.

Beinahe schon knurrend nimmt er meine Hand und schleift mich hinter sich her, was dazu führt, dass ich mehr stolpere, als gehe. »Dort ist das Badezimmer. Bitte. Bedien dich.« Übertrieben höflich breitet er die Arme einladend aus und deutet auf das Badezimmer, das direkt an sein Zimmer angrenzt, und seinen Kleiderschrank. »Ich versteh nicht, was das alles hier soll. Was machen wir hier? Nach allem, was passiert ist, halte ich das für keine gute Idee.« Er murmelt die Worte aufgebracht vor sich hin, während er anfängt, sich aus seinem Hoodie zu schälen. Nicht gerade galant lasse ich mich auf die Bettkante plumpsen und sehe ihm zu, wie er sich auszieht. Das will ich auf keinen Fall verpassen.

»Wir schlafen jetzt miteinander, Lennox. Ist doch klar. Das haben wir doch gerade besprochen.« Manchmal ist er wirklich schwer von Begriff. Allerdings habe ich nicht damit gerechnet, dass Lennox sich auch sein T-Shirt auszieht und dann langsam auf mich zukommt. Seine Hände stemmt er zu Fäusten geballt links und rechts von mir ins Bett, während er mir mit seinem Gesicht so nahekommt, dass seine Nasenspitze meine berührt. Ich halte den Atem an, weil er plötzlich so nah ist, und reiße die Augen auf.

»Ja, das werden wir. Nebeneinander. Nicht miteinander, du kleine Schnapsdrossel.«

»Sicher, dass du deine Meinung nicht noch mal ändern willst?«

»Nein, ganz und gar nicht sicher.« Er flüstert nur und fängt an, seine Nase an meiner zu reiben. Beinahe sofort schließe ich meine Augen, um die Berührung noch intensiver spüren zu können.

»Könnte ich dich dazu bringen, sie zu ändern?« Auch ich spreche nur leise.

»Du bist betrunken, Mana.«

Ja. Ja, das bin ich. So ungern ich das auch zugebe, aber es stimmt. Verdammt. Hätte ich bloß nicht so viel getrunken. Doch andererseits ... wäre ich dann gar nicht hier. Blöder Mist.

»Bin ich. Gerade wünsche ich mir aber, ich wäre jetzt sofort nüchtern. Dann würde dich ein Grund weniger zurückhalten.«

Er lehnt seine Stirn kurz gegen meine und schließt seine Augen. »Du würdest es bereuen. Spätestens morgen. Du würdest mich bereuen. Ich will das nicht.«

Vorsichtig bewege ich den Kopf von links nach rechts. Vorsichtig deshalb, weil ich den Kontakt zu Lennox nicht verlieren will. »Dich könnte ich niemals bereuen.«

Seufzend richtet er sich wieder auf und sieht mir traurig in die Augen. »Sag das noch mal, wenn du nüchtern bist. Falls du dich dann noch daran erinnerst.« Er macht einen kleinen Schritt zurück und steckt seine Hände in die hinteren Hosentaschen seiner Jeans. »Geh ins Bad. Ich dusche unten in Aidens Bad und sehe noch einmal kurz nach Emma.«

»Guter Plan.« Voller Energie hüpfe ich vom Bett und halte mich an der Kommode fest, als ich grinsend sein T-Shirt aufhebe, das er bis eben noch getragen hat. »Bin gleich wieder da.« Über die Schulter schenke ich ihm noch ein Zwinkern und einen Luftkuss, wobei ich fast gegen die Wand laufe. »Oh, ups. Hey, war die Tür nicht weiter links? Na egal. Ich brauche nicht lange.« Damit schließe ich die Tür hinter mir und suche als Erstes die Toilette auf. Erst als das erledigt ist, stelle ich mich vor den Spiegel und zögere nur eine Sekunde, bevor ich Nox Zahnbürste aus dem Becher nehme und Zahnpasta daraufgebe, um mir die Zähne zu putzen. Er hat schließlich gesagt, ich darf seine Sachen benutzen. Meine Haare flechte ich eher schlecht als recht zu einem einfachen Zopf, bevor ich mich ausziehe. Nackt. Na ja, bis auf meinen Slip, den behalte ich an. Nox T-Shirt wird diese Nacht für mich als Nachthemd fungieren. Hmmm, es riecht nach ihm. Ich glaube, das muss ich behalten.

Nox liegt mit nassen Haaren, einer Jogginghose und überkreuzten Knöcheln auf seinem Bett. Eine Hand hinter seinem Kopf, während er mit der anderen sein Handy hält.

»Da bin ich wieder.«

Langsam, beinahe schon träge, wandert sein Blick über meinen Körper. Angefangen von den Zehen, über meine Oberschenkel, bevor er einen Moment zu lange am Saum seines Shirts hängen bleibt. Erst dann wandern seine Augen weiter nach oben und nehmen scheinbar jeden Zentimeter von mir auf. Als seine Augen bei meinen angekommen sind, legt er sein Handy, ohne unseren Blickkontakt zu unterbrechen, neben sich auf den Nachtschrank und stützt sich auf seinen Unterarmen auf. Ich weiß nicht, was in seinem Kopf vorgeht. Aber ich habe ihn schon mehrmals dabei beobachtet, wie er mit anderen Frauen flirtet und wie er sie ansieht, wenn er Sex mit ihnen möchte. Mich ... mich sieht er jedoch ganz anders an. Ich weiß nicht, ob das gut oder schlecht ist.

Langsam gehe ich auf ihn zu, ganz darauf bedacht, sexy zu lächeln und nirgendwo gegenzulaufen oder umzufallen. Gar nicht so einfach, wie man denkt.

»Na, gefällt dir, was du siehst?«

Leise lachend schüttelt er den Kopf und senkt seinen Blick für ein paar Sekunden, bevor er sich leise stöhnend zurück auf den Rücken fallen lässt und sich beide Arme über das Gesicht legt.

»Wieso tust du mir das an?«

Weil ich dich will, du Trottel. Ich bleibe nicht stehen, als ich am Bett ankomme, sondern krieche auf das Bett und krabble auf ihn zu, bis ich ein Bein über seine schwingen kann, um mich auf seine Hüften zu setzen. Ziel erreicht. Allerdings muss ich mich auf seiner Brust abstützen, um gerade sitzen zu bleiben. Das ist aber nicht wirklich schlimm, denn hey, ich wollte ihn sowieso schon die ganze Zeit anfassen und dieses Sixpack mit den Fingern nachfahren.

»Was tue ich dir denn an?«

Lennox verspannt sich sofort unter mir und linst zwischen seinen Armen zu mir durch. »Geh. Sofort. Runter. Von. Mir!« Er liegt stocksteif da, bewegt sich keinen Millimeter und sieht mich angespannt an. Dafür bewege ich mich und rutsche ein wenig hin und her. Einfach nur, weil ich es kann.

»Ist aber gemütlich hier. Und wenn ich runtergehe, könntest du sehen, dass ich unter deinem Shirt nichts anhabe ... Willst du das riskieren?«

Sofort reißt er seine Arme von seinem Gesicht runter, packt den Saum des T-Shirts und hebt es an. »Das muss ich sehen.« Er hebt leicht den Saum seines Shirts an, um herauszufinden, ob ich recht habe. Als seine Augen schließlich das Höschen entdecken, setzt er sich ruckartig aufrecht hin, sodass wir wieder Nase an Nase sitzen, und knurrt mich an.

»Du hältst dich wohl für besonders witzig, oder?«

Ich grinse über das ganze Gesicht und stupse meine Nase gegen seine. »Ich habe meine Momente.«

»Ich werf dich gleich wieder raus.«

»Keine Chance, ich bleibe. Wenn ich will, klebe ich wie Sekundenkleber an dir, du wirst mich so schnell nicht los. Damit solltest du dich abfinden und dich ... deinem Schicksal ergeben.«

»Ich besitze sicher irgendwo ein Stemmeisen. Hör auf, dich zu bewegen, verdammt!«

Ich schlinge die Arme um seinen Hals, um ihm noch näher zu sein. So kann ich auch viel besser mit seinen Haaren spielen.

»Ich flehe dich an. Hör damit auf.« Seine Stimme klingt atemlos und er presst die Worte nur mühsam beherrscht hervor, während sich seine Hände fester in den Stoff an meinen Hüften krallen. Seufzend gebe ich nach und höre auf, mich an ihm zu reiben. Obwohl mir das wirklich nicht leicht fällt. Aber Lennox klingt echt ein bisschen verzweifelt und ich will es nicht zu weit treiben.

»Darf ich mein Shirt ausziehen? Also eigentlich ist es dein Shirt. Und es ist echt bequem und so. Aber ohne diesen Stoff zwischen uns wäre das, was wir gerade tun, sicherlich noch besser.«

Nox sieht aus, als hätte er einen Hirnschlag oder so erlitten. Sein Mund ist leicht geöffnet, während er zischend Luft holt, und seine Augen sich merklich verdunkeln. Ich glaube, ich habe Nox noch nie so sprachlos erlebt.

»Übrigens haben wir vorhin am Handy ja bereits über meine sexuellen Fantasien gesprochen ... Wie sieht es denn bei dir aus?«

»Oh Gott.« Leise stöhnend vergräbt er sein Gesicht in meiner Halsbeuge und atmet zittrig ein. »Ich werde mit dir bestimmt nicht darüber sprechen. Vergiss es.« Seine Stimme ist ganz heiser und, unbewusst oder bewusst, ich weiß es nicht, drängt er mir seine Hüften entgegen und packt mit seinen Händen fester zu.

»Warum nicht, ich habe mit dir doch auch darüber gesprochen?« Beim Sprechen streife ich mit meinen Lippen seine Schläfe.

»Ich hab dich aber nicht darum gebeten, Mana.« Seufzend hebt er seinen Kopf wieder und sieht mir ganz tief in die Augen. »Du bist betrunken!«

Er klingt ein wenig frustriert. Ich verdrehe mal wieder die Augen, weil er das Offensichtliche anspricht. Verdammt, er ist erregt, ich kann es spüren. Mindestens so erregt wie ich.

»Du nicht. Wenn ich dir jetzt was zu trinken hole, wirst du dann gesprächiger?«

Er schüttelt leicht den Kopf, während er seine Hände vorsichtig von meinen Hüften löst. »Ich glaube nicht, dass es eine gute Idee wäre, wenn ich jetzt etwas trinken würde.«

»Dann rede mit mir, verdammt. So schwer kann das doch nicht sein. Ich kann FÜHLEN, dass du es auch willst, Nox.« Sanft bewege ich meine Hüften und merke, wie er sich sofort verkrampft und die Luft anhält. Es dauert eine Weile, bis er langsam wieder tief Luft holt.

»Du willst wissen, was ich will? Dich. Okay? Aber das wird nicht passieren.«

»Warum nicht?«

»Weil du ... betrunken bist.«

Ein wenig tollpatschig lege ich meine Hände auf seine Wangen und schüttle den Kopf. Lennox presst die Lippen zusammen, als ich wieder anfange, mich zu bewegen. Ich kann seine Härte direkt zwischen meinen Schenkeln spüren. Genau da, wo ich ihn brauche. Mir entkommt ein Seufzen, als er genau die richtige Stelle trifft. Verdammt, ich glaube, mein Slip ist bereits klitschnass. Selbst wenn wir uns nur unterhalten, diese Situation hier macht mich an.

»Was?« Er wirkt ein bisschen benommen und sieht mir nicht richtig in die Augen. Stattdessen krallt er seine Finger wieder in den Saum meines Shirts und starrt mir, mal wieder, auf die Brüste. »Kann nicht denken. Kopf. Blutleer. Verdammt.«

Nox kneift seine Augen so fest zusammen, als würde er sie niemals wieder aufmachen wollen. Das ist meine Chance. Ich nutze den Moment, in dem er mich nicht beobachtet, und überwinde die letzten Zentimeter, die unsere Lippen voneinander trennen. Sanft küsste ich ihn. Vorsichtig und zärtlich. Im ersten Moment weicht er zurück und öffnet seine Augen wieder. Doch dann ... wirkt er für einen Moment so, als hätte ihm jemand eine riesen Last von den Schultern genommen. Sein Blick wird um einiges weicher als noch vor ein paar Minuten und schon in der nächsten Sekunde liegen seine Lippen wieder auf meinen. Nicht sanft und schon gar nicht vorsichtig. Sondern fordernd, während er seine Hand in meinen Haaren vergräbt, und mich mit der anderen am Kragen meines Shirts näher zu sich zieht. Oh ja, DAS gefällt mir noch viel besser.

Bereitwillig überlasse ich ihm die Kontrolle über den Kuss und öffne mit einem leisen Stöhnen meinen Mund, um ihm Zutritt zu gewähren. Er scheint seine Hände plötzlich überall zu haben. Jedoch nur oberhalb des Stoffes. Irgendwie scheint er seinen Kopf doch noch nicht ganz abgestellt zu haben. Aber ich bin fürs Erste zufrieden.

Schwer atmend löst er seine Lippen von meinen. »Mana ... ich ...«

Ich will gar nicht hören, was er mir sagen will. Weil ich nicht weiß, ob es mir gefallen wird. Deswegen presse ich meine Lippen auch sofort wieder auf seine, und in diesem Moment ergibt er sich mit einem tiefen Stöhnen. Ich lasse sein Gesicht los und schaffe es wie durch ein Wunder, ohne ihm im Weg zu sein, den Saum meines Shirts zu ergreifen, um es mir auszuziehen. Wenn er es nicht tut, übernehme ich eben diesen Job.

Mit geweiteten Augen sieht er mir zuerst noch ins Gesicht, lässt seinen Blick dann aber langsam über meinen Körper schweifen. Vorsichtig, beinahe schon zögerlich, legt er seine Hände auf meinen Hintern, um von dort aus weiter nach oben zu streifen. Fast so, als würde er sich jeden Zentimeter meiner Haut mit den Fingerspitzen einprägen wollen. Und endlich, endlich schleicht sich dieses schiefe Grinsen, das ich so sehr an ihm mag, in sein Gesicht, als er den Kopf wieder hebt und mich belustigt anfunkelt.

»Ich wollte die beiden schon immer mal live und in Farbe sehen. Viel besser als in meinen Vorstellungen.«

Lachend lege ich meine Hände auf seine Schultern und lehne mich vor, sodass ich meine Brüste gegen seinen Oberkörper pressen kann.

»Wunderschön. Die beiden.« Er flüstert nur und grinst dabei so jugendhaft, dass mir ganz warm ums Herz wird.

Seine Hand bewegt sich langsam, aber mit etwas mehr Druck als zuvor, von meinen Schulterblättern aus nach vorn, unter meinen Armen hindurch, und bleiben direkt an meinen Rippen liegen. Seine Daumen streifen immer wieder meine Brüste und ich würde mir wünschen, er würde weitergehen. Aber irgendwie ist diese Sache hier so zerbrechlich, dass ich Angst habe, ich könnte zu viel von ihm verlangen. Genau deshalb spreche ich auch nicht aus, was ich mir wünsche, sondern einen anderen Gedanken, der mich zum Schmunzeln bringt.

»Ist dir eigentlich klar, dass wir gerade wie zwei unerfahrene Teenager rummachen?«

»Unerfahren? Ich bin nur zurückhaltend.« Wie zum Beweis zwickt er mir mit den Zähnen leicht in den Hals und drängt sich mir fest entgegen.

»Sprich nur für dich, wenn du solche Dinge von dir gibst.« Mein Stöhnen geht in ein Kichern über und ich lasse meinen Kopf in den Nacken fallen, um ihm besseren Zugang zu gewähren. Er darf nicht aufhören. »Wie weit reicht deine Zurückhaltung?«

»Kann ich dir nicht sagen. Aber gerade hängt sie am seidenen Faden.« Während er das sagt, knabbert er an meiner Halsbeuge, meinem Kinn und an der Stelle hinter meinem Ohr. »Du machst es mir echt schwer, standhaft zu bleiben. Und wenn du jetzt anfängst, wegen meiner Wortwahl zu lachen, werfe ich dich aus meinem Bett.«

Ich kann sein Grinsen an meiner Haut spüren und halte mich gleich noch ein wenig fester an ihm fest. »Hatte ich nicht vor. Oh, verdammt ja, genau da. Hör nicht auf, Lennox.«

Seufzend hebt er seinen Kopf und legt seine Stirn wieder auf meine. »Ich sollte aber genau das tun. Aufhören. Das wäre vernünftig.« Er verzieht kurz sein Gesicht und sieht mich so komisch an, dass ich Mühe damit habe, nicht laut loszulachen. »Und dass in dieser Situation ausgerechnet von mir.«

»Du willst mich jetzt nicht wirklich hängen lassen, oder? Das wäre nämlich total unvernünftig, Nox. Man lässt eine Frau nicht unbefriedigt zurück.«

»Geteiltes Leid ... na, du kennst den Spruch ja. Ich denke trotzdem, du solltest von mir runtergehen.« Trotz seiner Worte lässt er seine Hände weiterwandern, erkundet beinahe jeden Winkel von mir, lässt aber all die Stellen aus, an denen ich seine Berührungen so sehr ersehne. »Also ... um noch einmal auf deine Fantasien zurückzukommen. Erzähl sie mir. Jetzt.« Auch seine Lippen gehen wieder auf Wanderschaft und es fällt mir wirklich schwer, mich auf irgendetwas anderes als auf seine Berührungen zu konzentrieren.

»Du. In mir.« Ich drücke meinen Rücken durch und bohre meine Fingernägel in seine Schulterblätter. »Du. Wie du mich mit deinen Fingern zum Kommen bringst. Oder mit deinem Mund. Du, wie du mich in jeglicher erdenklichen Stellung nimmst und dich nicht zurückhältst. Ich mag es hart, weißt du?«

»Oh, verdammt.« Plötzlich ist Nox gar nicht mehr so zurückhaltend, und ehe ich auch nur ein Wort hervorbringen kann, liege ich auf dem Rücken, und er schiebt sich energisch über mich. Ich will meine Hände um seinen Hals legen, aber er lässt es nicht zu. Stattdessen umklammert er meine beiden Hände mit seiner und drückt sie über meinem Kopf ins Bett, während er seine freie Hand langsam von meinem Hals abwärtsgleiten lässt.

»Ist das so?«

Ich nicke heftig. »Ja. Bitte, Lennox ...« Mehr bringe ich nicht hervor. Ich kann nicht mehr klar denken. Ich kann nur noch fühlen. Seinen festen Griff und seine Berührungen. Seinen Körper über mir, der mir jetzt hoffentlich bald Erlösung verschafft. Egal, auf welche Weise. Er bringt seine Lippen dicht an mein Ohr und raunt.

»Ist das hart genug?«

Im selben Moment, in dem er die Worte ausspricht, kneift er mich fest in meine rechte Brustwarze und Schmerz breitet sich von meiner Brust aus in meinem Körper aus, vermischt sich mit der Lust in mir und ich stöhne. Laut.

»Mach das noch mal.«

Kapitel 24

Lennox

Oh Fuck. Mana so zu erleben stellt etwas in mir an, von dem ich nicht sagen kann, was das für mich bedeutet. Doch jetzt ist ohnehin nicht der passende Zeitpunkt, um mir darüber Gedanken zu machen. Vielmehr habe ich das Bedürfnis, ihren Körper zu erkunden. Ihre Haut ist seidig weich, und sie schmeckt so gut. Nach ihren Snickerdoodles und selbst der Geschmack ihrer Lippen nach Alkohol tut dem keinen Abbruch.

»Du meinst ... das hier?« Wieder kneife ich sie fest in die Brustwarze und streife gleich danach mit der flachen Hand darüber. Ihr Stöhnen macht mich unglaublich an, und ich werde alles dafür tun, um es noch einmal zu hören. Wirklich alles. Mana ist ... sie ist leidenschaftlich. Bei allem, was sie macht. Ich hätte mir denken können, dass sie im Bett genauso sein würde. Allerdings hätte ich nie gedacht, dass ausgerechnet ich einmal mit ihr im Bett liegen würde. Außerdem überrascht es mich ungemein, dass sie heute so forsch an die Sache rangeht. Sie scheint keinerlei Berührungsängste zu haben. Und ich keinen festen Willen, denn ich wollte sie in diesem Zustand eigentlich nicht anfassen.

Obwohl Mana unter mir liegt, schlingt sie ihre Beine um meine Hüften und reibt sich weiter an mir. Wenn sie so weitermacht, komme ich wirklich wie ein Teenager in meine Hose. Das werde ich garantiert nicht zulassen.

»Küss mich, Nox. Bitte, küss mich. Ich brauche das.«

Ihre Stimme ist schon ganz heiser vor Verlangen, und sie windet sich unter mir auf der Suche nach etwas, was ich ihr heute auf keinen Fall geben werde. Ihre Augen sind fest auf mich geheftet, die Lippen hat sie leicht geöffnet und ihre Hände befinden sich immer noch über ihrem Kopf, fest in die Matratze gepresst. Genau dort sollen sie auch bleiben. Ohne meinen Blick von ihr zu lösen, verteile ich hauchzarte Küsse auf beinahe jedem Millimeter ihres Oberkörpers.

»Ist mir aufgefallen, ja.« Ich murmle die Worte dicht an ihrer Haut, während ich langsam meine Hand von ihren löse und flüstere. »Lass deine Hände genau dort, verstanden?«

Mana nickt selbstvergessen. Ihre Finger fahren haltsuchend über das Laken und krallen sich schließlich an ihm fest. Gut so. Das gibt mir die Möglichkeit, meine Lippen weiterwandern zu lassen. Kaum dass ich ihren Bauch berühre, spannt sie sich plötzlich ein wenig an. Ich denke jedoch nicht daran, aufzuhören, sondern blicke ihr stattdessen stur in die Augen, ohne den Kontakt meiner Lippen zu ihrer Haut zu unterbrechen.

»Soll ich aufhören?«

»Nein …«

Sie haucht das Wort nur, aber sie lässt meinen Blick nicht los. Ich kann sehen, wie sich ihre Brust ein paar Mal tief hebt und senkt, dann schließt sie die Augen und entspannt sich wieder.

Ich stolpere über meine eigenen Gedanken, als ich meine Hände seitlich an ihrem Körper hinabfahren lasse und schließlich am Bund ihres Höschens ankomme. Ein schwarzes und wirklich sehr knappes Teil. Absolut heiß.

Ich knie mich zwischen ihren Beinen, um sie ansehen zu können. Kurzerhand nehme ich ihr Gesicht in meine Hände und presse meine Lippen hart auf ihre. Ich minimiere den Druck und meine Lippen gleiten vorsichtig über ihre, während ich eine Hand in ihren Nacken wandern lasse, um sie näher zu mir zu ziehen. Mein Herz schlägt wie verrückt, und ich weiß gerade nicht, wohin mit meinen Gefühlen.

Manas Arme legen sich um meine Schultern und ziehen mich näher zu ihr, während ihre Beine ihren Weg um meine Hüften finden. Im selben Moment packe ich meine Hände fest an ihren Arsch, stemme mich auf die Knie und ziehe sie ruckartig auf meinen Schoß. So fest ich kann, dränge ich mich ihr entgegen.

»Fuck, das fühlt sich gut an.«

Fest beiße ich ihr in die Unterlippe und stöhne laut auf, als sie sich sofort dafür revanchiert. Unser Kuss wird intensiver, drängender. Fast schon fiebrig gleiten unsere Hände über den Körper des jeweils anderen in dem verzweifelten Versuch, miteinander zu verschmelzen. Zumindest ist es das, was ich will.

»Du bist perfekt. Perfekt für mich.«

Sie ist viel zu gut für mich. Aber verdammt, ich kann einfach nicht widerstehen, wenn sie nackt auf mir draufsitzt. Die nächsten Stunden gehört sie mir. Egal was passiert, und selbst wenn wir nur schlafen, will ich in dieser Nacht egoistisch sein, und Mana für mich haben. Für mich ganz allein.

Als sie sich schwer atmend von mir löst und ihre Stirn sanft auf meine legt, sehen wir uns eine ganze Weile nur in die Augen. Meine Finger gleiten immer wieder durch ihre Haare, streifen sanft ihr Kinn entlang über ihre Wange, während sie sich an mich klammert, als hätte sie Angst, dass ich in dem Moment verschwinde, indem sie ihre Hände von mir löst.

»Du bist wunderschön.«

Ich bin verloren. Völlig verloren.

Mana vergräbt ihr Gesicht an meinem Hals, streift mit ihrer Nase über meine Haut, ebenso wie mit ihren Lippen. Ihre Arme sind um meinen Nacken geschlungen und sie flüstert so leise, dass ich mich konzentrieren muss, um sie zu verstehen.

»Kannst du mich so festhalten, bis ich eingeschlafen bin?«

Wortlos schlinge ich meine Arme um sie und atme tief ein und hänge meinen Gedanken nach, während ich mich mit ihr hinlege.

»Schläfst du schon? Dann kann ich dich nämlich jetzt loslassen!« Leise lachend stelle ich ihr diese Frage.

»Nein, ich bin noch wach. Hellwach, um genau zu sein. Daran bist nur du schuld.«

Wie bitte? Das kann sie nicht ernst meinen. Ich lehne meinen Kopf zurück, um ihr stirnrunzelnd ins Gesicht sehen zu können.

»Dir ist klar, dass ich schon längst schlafen würde, wenn du mir nicht diese Bilder in den Kopf gepflanzt hättest?«

Schmollend schiebt sie die Unterlippe vor und lässt mich los, um die Arme vor ihren Brüsten zu verschränken. »Ja, aber das ist nur passiert, weil du mich von Emma weggeholt hast. Weil du mich heißgemacht hast. Ich kann da gar nichts für.«

»Du hast da was!«

Skeptisch deute ich mit dem Finger auf sie, strecke meine Hände aus und ziehe ihre Arme wieder runter.

»Besser. Viel besser.«

Dümmlich grinsend starre ich ihr wieder auf die Brüste. Daran könnte ich mich glatt gewöhnen.

»Eigentlich habe ich dich nur von Emma weggeholt, weil *du* mich heißgemacht hast.« Erneut versucht sie, die Arme vor ihrem Körper zu verschränken, doch das lasse ich nicht zu.

»Mein Zimmer, meine Regeln. Die Hände bleiben unten.«

Ihre Augen verengen sich ein wenig.

»Kann ich dein Shirt haben? Bitte.«

»Schade. Ich unterhalte mich doch gerade auf Augenhöhe mit dir.«

Grinsend stehe ich, mit ihr im Arm auf, stelle sie kurz auf dem Boden ab, nur um sie mir dann über die Schulter zu werfen. Lachend gehe ich die paar Schritte bis zu meinem T-Shirt, hebe es auf und marschiere damit in der Hand in mein Badezimmer, um es in den Wäschekorb zu werfen.

»Hoppla. Es ist in der Wäsche, und meine Haushälterin hat heute ihren freien Tag. Dann musst du wohl doch nackt schlafen.

»Mann, Nox, du bist echt unmöglich. Lass mich wieder runter, ich kann selber laufen. Vielleicht im Moment nicht geradeaus, aber egal. Mir ist es unangenehm, die ganze Zeit nackt zu sein, wenn du mich ständig ansiehst ... Bitte, lass mich ein Shirt holen. Ich verspreche auch, dann gebe ich endlich Ruhe.«

Seufzend ergebe ich mich meinen Schicksal und stelle sie vorsichtig vor meinem Kleiderschrank ab.

»Überleg dir das nächste Mal, ob du dich noch einmal so an mir reibst. Es ist verdammt schwer, mit einem Ständer zu schlafen. Nur zur Information.«

Ohne weitere Worte wende ich mich von ihr ab und lasse mich auf den Stuhl neben meinem Bett fallen. Die Frau macht mich wahnsinnig. Ich werde jetzt nur solange warten, bis sie eingeschlafen ist, und dann verschwinde ich von hier.

»Meinst du, mir geht es besser? Wir hätten uns ja schon längst darum kümmern können, aber du wolltest ja nicht.«

»Wenn man es ganz genau nimmt, war ich gerade dabei, mich darum zu kümmern.«

»Wieso kann bei uns eigentlich nichts einfach ... AU! Verdammt, meine Zehen!«

Auf dem Weg zurück zu mir ist die Wand plötzlich im Weg und sie hebt automatisch ihren Fuß, nachdem sie sich gestoßen hat. Bei ihrem Alkoholgehalt nicht gerade die beste Idee, denn mit ihrem gestörten Gleichgewichtssinn kann sie sich gerade mal eine Minute halten, bevor sie zu Boden kracht.

Jetzt weiß ich plötzlich wieder ganz genau, wieso es eine gute Idee war, das heute nicht fortzuführen. Statt vor

Schmerzen zu jammern, fängt sie jedoch plötzlich an zu kichern.

»Na, man gut, dass mein Po so gut gepolstert ist.«

Ich lache leise, stehe aber dann doch auf, um ihr zu Hilfe zu eilen. »Darf ich dir helfen? «

Ich lehne mich direkt an die Wand ihr gegenüber, die Hände in die Taschen meiner Jogginghose geschoben und beobachte sie einfach nur ruhig. Ich mag es, wenn sie kichert. Ich mag es sogar sehr.

»Darfst du ja.«

Wie ein kleines Kind streckt sie mir beide Arme entgegen, aber der wütende und traurige Gesichtsausdruck ist verschwunden und ihr scheint es wieder besser zu gehen, auch wenn ihre Augen immer noch leicht gerötet sind.

Ich gehe direkt vor ihr in die Hocke, lege eine Hand in ihren Rücken und die andere schiebe ich ihr unter den Kniekehlen durch, um sie hochzuheben.

»Schlafenszeit, Prinzessin!«

Sofort legt sie die Hände in meinen Nacken und hält sich fest.

»Du bleibst bei mir, oder? Du weißt schon, aus Sicherheitsgründen und so.«

Aus Sicherheitsgründen. Eine kalte Dusche könnte nicht effektiver sein. Vorsichtig setze ich Mana auf meinem Bett ab und hole ihr schnell eine Schmerztablette und ein Glas Wasser.

»Trink das aus und nimm die Tablette. Sonst bereust du es morgen noch.«

Langsam setze ich mich an den Rand des Bettes und sehe ihr auffordernd in die Augen. Überraschenderweise widerspricht sie nicht oder fängt an, mit mir zu diskutieren, sondern schluckt die Tablette und trinkt das Glas Wasser zur Hälfte aus, bevor sie es mir wieder in die Hand drückt und auf dem Bett zurückrutscht.

»Also, was ist jetzt? Legst du dich zu mir? Du hast mir versprochen, mich mindestens so lange im Arm zu halten, bis ich eingeschlafen bin.«

Hoffnungsvoll sieht sie mich an. Wenigstens für diese Nacht schiebe ich alle Gedanken daran energisch weg von mir und lege mich langsam neben Mana unter die Decke. Seitlich, das Gesicht ihr zugewandt beobachte ich sie stumm.

»Zufrieden?«

Mit einem Lächeln auf den Lippen schüttelt sie den Kopf und rückt dann näher. So nah, dass sie ihre kalten Füße zwischen meine Beine schieben und ihr Gesicht an meiner Brust vergraben kann.

»So ist es noch viel besser.«

»Sturkopf. Du musst immer das letzte Wort haben, oder?«

Wie selbstverständlich schiebe ich einen Arm unter ihrem Kopf durch, ziehe sie enger an mich und lege die andere Hand auf ihre Hüften.

»Jepp.«

Sanft drückt sie mir einen Kuss auf die Stelle direkt über meinem Herzen.

»Schlaf gut, Nox, und träum von mir.«

Oh, das werde ich. Ich drücke ihr noch einen kurzen Kuss in die Haare, und schließe tief durchatmend die Augen.

»Schlaf gut, du Schnapsdrossel.«

Ein paar Atemzüge lang ist es still im Raum, aber dann spannt Mana sich plötzlich an und hebt den Kopf.

»Ich hab was vergessen.«

Ich war kurz davor, wegzuschlafen, und öffne jetzt blinzelnd wieder meine Augen.

»Keine Ahnung was du jetzt so Wichtiges vergessen hast, aber kann das nicht bis morgen warten?«

»Auf gar keinen Fall.«

Mana reckt den Kopf und kommt mir immer näher, bis ihre Lippen auf meinen liegen. Träge küsst sie mich, als würde dieser Moment die Ewigkeit über andauern. Und ich erwidere ihn. Um einiges vorsichtiger als zuvor.

»Lass uns das morgen wiederholen.«

Als Antwort küsse ich sie nur auf die Nasenspitze und drücke ihren Kopf dann leicht an meine Brust.

»Schlaf jetzt.«

Mana erwidert nichts mehr und es dauert auch nicht lange, bis sie tatsächlich eingeschlafen ist.

Kapitel 25

Mana

Hmmmm, so will ich gern öfter aufwachen. Es ist so warm und kuschelig und unglaublich bequem. Unter meinem Ohr höre ich gleichmäßig ein Herz schlagen. Ja, perfekt. Also, wenn da nicht dieser Schlagbohrer in meinem Kopf wäre. Ich glaube, mein Schädel explodiert gleich. Himmel, was ist das?

Ich presse die Augen fest zusammen und bleibe still liegen, aber natürlich hilft das nicht. Scheiße. Wo bin ich überhaupt? Ganz vorsichtig taste ich mit meiner Hand mein Kissen ab. Das sich als eine nackte Brust herausstellt. Eine Männerbrust. Was zur Hölle? Ich bin doch gestern Abend mit Emma in diese Bar gefahren. Wieso bin ich dann jetzt mit einem Mann im Bett? Und vor allem mit wem?

Blinzelnd und unter Todesqualen schlage ich die Augen auf. Okay, vielleicht übertreibe ich ein bisschen, aber ich habe definitiv einen Mordskater. Das ist ... oh mein Gott! Das ist nicht mein Zimmer. Und es ist Lennox, mit dem ich hier im Bett kuschle.

Schlagartig fällt mir alles wieder ein, was letzte Nacht passiert ist. Mein Gespräch mit Emma, die Nachrichten mit Nox, wie er mich abgeholt hat ... und vor allem, wie ich ihn wie eine rollige Hündin besprungen habe. Wieder und wieder. Oh nein ...

Ganz vorsichtig hebe ich den Kopf und sehe in sein schlafendes Gesicht. Er sieht so entspannt aus, wie er da noch tief und fest schläft. Aber ich bin gerade alles andere als entspannt, weil mir die Bilder aus der Nacht nicht aus dem Kopf gehen wollen.

Ich glaube, mir wird schlecht. Eigentlich will ich ihn auf gar keinen Fall wecken, aber als das Gefühl immer drängender wird, kann ich darauf keine Rücksicht mehr nehmen und schiebe seinen Arm von mir, um aus dem Bett zu springen und ins Badezimmer zu hechten. Oder eher zu stolpern, wenn ich ehrlich sein will.

Sekunden später knie ich vor der Toilette und gebe meinen Mageninhalt von mir. Es ist ätzend. Jedes Mal wenn ich denke, dass endlich alles draußen ist, kommt noch etwas nach. Das T-Shirt klebt an meinem verschwitzten Körper, meine Haare hängen mir wirr ins Gesicht und ich hab echt Mühe damit, sie mir zurückzustreifen und mich gleichzeitig darauf zu konzentrieren, die Kloschüssel weiter zu umarmen. Gar nicht so einfach, wenn sich mein gesamter Körper verkrampft. Aber auf einmal werden mir die Haare aus dem Gesicht gestrichen und in meinem Nacken zusammengefasst, während sich eine Hand an meinem Rücken auf und ab bewegt. Ich glaube, ich habe gerade ein Déjà-vu. Als ich krank war, befanden wir uns in genau der gleichen Position.

»Scheint irgendwie zur Gewohnheit zu werden. Langsam nehme ich es persönlich.«

»Es tut mir so leid, Nox.« Die Worte verlassen krächzend meinen Mund und ich kann ihn nicht mal ansehen. Ich weiß nicht mal, für was ich mich genau entschuldige. Die Kotzorgie oder die Aufdringlichkeit im betrunkenen Zustand oder dafür, dass ich ihn gestern einfach geküsst habe. Wahrscheinlich für alles irgendwie zusammen.

Lennox schweigt beharrlich und schnappt sich stattdessen einen Waschlappen, den er im Waschbecken befeuchtet, bevor er ihn mir in die Hand drückt. Sein Schweigen verunsichert mich ein wenig. Zaghaft nehme ich den Waschlappen entgegen und wische mir damit über das Gesicht und über den Nacken. Dadurch fühle ich mich wenigstens ein bisschen besser.

»Lennox?«

Er kniet immer noch hinter mir, hat in der einen Hand meine Haare, und stützt sich mittlerweile mit der anderen am Waschbecken neben mir ab. Ich kann ihn nicht sehen, und ich glaube, das will ich auch gerade nicht.

»Hm?«

»Hast du gehört, was ich gesagt habe?«

»Habe ich. Schon in Ordnung.«

Stirnrunzelnd drehe ich den Kopf ein wenig. »Ist es nicht.«

Ich höre ihn leise seufzen, aber ich bin mir nicht sicher, ob ich es mir nicht nur einbilde. »Lass gut sein, Mana.«

»Wir haben rumgemacht.« Die Worte sind raus, bevor ich mich zurückhalten kann, und ich merke, wie er sich hinter mir ein wenig versteift. Er scheint diesen Zustand aber schnell wieder abzuschütteln und steht auf.

»Offenbar ... ja.«

»Und ich lag bei dir im Bett?« Ich blicke an mir selbst hinab, bevor ich ihn wieder ansehe. »Nur in Shirt und Höschen?«

»Du warst ein wenig kuschelbedürftig gestern. Und dir war kalt. Na ja ...«

Mehr sagt er dazu nicht, stattdessen stellt er sich vors Waschbecken und fängt an, sich die Zähne zu putzen. In aller Seelenruhe. Als wäre es völlig normal, dass ich mit nur einem Shirt und meinem Höschen in seinem Badezimmer hocke. Aber das ist es nicht. Trotzdem kann ich ihn nur anstarren – bis mir plötzlich ein weiteres Detail von gestern Abend einfällt.

»Ich habe gestern deine Zahnbürste benutzt, glaube ich ...«

Er hält in der Bewegung inne, dreht sich langsam um, sodass er sich seitlich mit der Hüfte ans Waschbecken lehnen kann, und starrt mit hochgezogenen Augenbrauen zu mir runter. Jepp, ich knie nämlich immer noch auf dem Boden vor dem Klo. Langsam, fast wie in Zeitlupe, nimmt er die Zahnbürste aus seinem Mund und deutet damit auf mich.

»Wie bitte?«

Oh oh ... das ist nicht gut. Langsam stehe ich auf und mache einen wackeligen Schritt rückwärts.

»Ich glaube, ich habe gestern Abend deine Zahnbürste benutzt. Nachdem du gesagt hast ...«Was hatte er noch mal gesagt? Verdammt, ich bekomme es nicht mehr ganz zusammen. »... dass ich all deine Sachen benutzen darf und ich mich wie zu Hause fühlen soll?«

Irgendwas in der Richtung jedenfalls. Während ich rede, lässt er mich nicht aus den Augen. Und dann ... hebt sich sein linker Mundwinkel zu einem leichten Grinsen, er zuckt die Schultern und dreht sich wieder zum Waschbecken um. So, als wäre nichts gewesen, putzt er sich die Zähne fertig, spült sich den Mund aus und legt die Zahnbürste dann auf den Waschbeckenrand. Er klopft einmal kurz auf das Waschbecken, lächelt mich noch mal zaghaft an und verschwindet dann wieder aus dem Bad.

Und ich ... ich stehe immer noch dümmlich im Badezimmer und starre ihm nach, weil ich keine Ahnung habe, wie ich damit umgehen soll. Hier stehenzubleiben ist aber keine Option, deshalb kämme ich mir nur kurz mit den Fingern durch die Haare und laufe ihm hinterher.

Er bleibt nicht stehen, sondern geht immer noch nur in Jogginghosen runter in die Küche. Mir fällt auf, wie still es hier ist. Entweder sind die anderen nicht da, oder aber sie schlafen noch. Emma schläft bestimmt noch. Ansonsten wäre sie schon wie eine Wilde durch das Haus gestürmt, um herauszufinden, was gestern Nacht passiert ist.

Wortlos startet er die Kaffeemaschine und stellt mir ein Glas Wasser mit einer Schmerztablette auf den Küchentresen, bevor er sich auf einen der Barhocker pflanzt.

»Wir haben uns geküsst.« Schon wieder.

»Genau genommen, hast DU mich geküsst.« Er verschränkt die Arme vor sich auf der Theke und sieht mir noch nicht einmal richtig in die Augen. Das ist ungewöhnlich. Nox besteht sonst immer darauf, während eines Gesprächs Augenkontakt zu halten. Forschend betrachte ich ihn, während ich die Tablette nehme und von dem Wasser trinke.

»Und du hast den Kuss erwidert.«

»Ja. Habe ich.« Erst jetzt hebt er seinen Blick und sieht mich wieder an. Er wirkt müde. Irgendwie ... traurig. Aber das ist doch absolut unmöglich. Oder? Ich meine, wieso sollte er traurig sein?

»Aber dann bist du abgehauen und ich bin mit Emma weggefahren, um mit ihr zu reden.«

Genervt legt er den Kopf in den Nacken und starrt ein paar Sekunden lang auf die Decke. »Was wird das hier? Du hast getrunken, ich hab dich abgeholt, wir haben ein wenig rumgemacht und du hast in meinem Bett übernachtet.« Er steht auf und tapst wieder in meine Richtung, um die Kaffeemaschine in Grund und Boden zu starren.

Er wirkt auf einmal total verspannt.

»Warum bist du so sauer auf mich?«

Wütend stemmt er sich hoch und verschwindet rüber zum Sofa. »Lass mich in Ruhe. Ich bitte dich inständig, mich damit in Ruhe zu lassen.« Kurzerhand lässt er sich aufs Sofa fallen und reibt sich müde über das Gesicht.

»Nein, ich will wissen, warum. Ich werde dir damit so lange auf den Sack gehen, bis du es mir erzählst.«

Ich weiß, wie Nox reagiert, wenn er sich in die Ecke gedrängt fühlt. Also stelle ich mich ihm gleich direkt in den Weg und schneide ihm so einfach den Fluchtweg ab. Vorausgesetzt, er nietet mich nicht einfach um. Gerade jetzt denke ich, dass er genau das vorhat. Denn er steht mit

Schwung auf und stellt sich dicht vor mich hin, während er mich wütend anfunkelt.

»Du gehst mir jetzt schon auf den Sack!«

Ich verschränke die Arme vor der Brust und muss den Kopf in den Nacken legen, um ihn anzusehen.

»Ich will nicht hören, dass es dir leidtut. Oder dass das alles nie passiert wäre, wenn du nüchtern gewesen wärst. Das weiß ich auch selbst.« Mit jedem Wort wird er lauter, bewegt sich aber ansonsten nicht vom Fleck. Ich habe es geahnt, und trotzdem stehe ich da wie vor den Kopf geschlagen.

»Ich habe dich ausgenutzt. Du wolltest das alles gar nicht, aber ich habe nicht nachgegeben und … irgendwann hast du mitgemacht. Wahrscheinlich nur, damit ich endlich Ruhe gebe.«

Abrupt wende ich mich von ihm ab und laufe zurück in die Küche, wo ich mich auf der Arbeitsfläche abstütze und aus dem Fenster nach draußen in den Garten starre.

»Hör verdammt noch mal auf, ständig zu behaupten, ich würde etwas nicht wollen.«

Aber er wollte es nicht. Er hat es immer wieder gesagt. Außerdem … »Dann hör du doch auch auf damit.«

»Du kapierst es nicht, oder? Denkst du echt, es würde mir so leicht fallen, ständig dagegen anzukämpfen?« Lennox ist mittlerweile weit davon entfernt, ruhig zu sein. Stattdessen wird er immer lauter. Auch ich steigere mich immer weiter rein.

»Sieht bei dir jedenfalls immer ziemlich leicht aus!«

»Das soll es ja auch.«

Ich drehe mich um, damit ich ihn wieder ansehen kann. »Warum, Nox? Warum kannst du das zwischen uns nicht einfach auf dich zukommen lassen? Warum musst du mich immer wieder wegstoßen? Weißt du eigentlich, wie weh das jedes Mal tut?«

»Wenn ich es nicht tue, wirst du es irgendwann bereuen.«

»Das werde ich nicht, verdammt. Bekomm das endlich in deinen Dickschädel. Ich liebe dich.«

Es ist das erste Mal, dass ich die Worte ihm gegenüber ausspreche, aber sie sind wahr. Ich kann nicht mehr genau sagen, wann es passiert ist, dass ich mich in ihn verliebt habe, aber das spielt auch keine Rolle, weil ich es gerade in den letzten Monaten immer stärker fühle.

Lennox steht da wie vom Blitz getroffen. Die Augen weit aufgerissen und auf mich fixiert. Doch dann setzt er sich in Bewegung und kommt auf mich zu. Keine Ahnung, was er vorhat, aber mein Herz klopft wie verrückt bei dem Gedanken, dass er jetzt vermutlich gleich in den Garten rennt und verschwindet. Aber da täusche ich mich. Er steuert nicht die Terrassentür an, sondern wirklich mich. Und als er bei mir angekommen ist, nimmt er mein Gesicht in seine Hände, zwingt mich dazu, meinen Kopf in den Nacken zu legen, und sieht mich mit einer Mischung aus Verzweiflung und Erleichterung an.

»Sag das noch mal!«

Sanft streifen seine Daumen die Tränen von meinen Wangen, die ich bis eben nicht einmal wahrgenommen habe, während er seine Augen nicht eine Sekunde von meinen löst. Ich bin mir sicher, diese Geste geschieht unbewusst, weil das einer der seltenen Momente ist, in denen Nox nicht darüber nachdenkt, was er tut. Mein Herz schlägt viel zu schnell, und ich muss ein paar Mal tief durchatmen und mich selbst beruhigen, bevor ich in der Lage bin, die Worte noch einmal auszusprechen.

»Ich liebe dich, Lennox.«

Dieses Gespräch ist eigentlich nicht der richtige Rahmen, um diese gewichtigen Worte zum ersten Mal auszusprechen, aber ich konnte sie in diesem Moment auch nicht zurückhalten und schon gar nicht werde ich sie zurücknehmen. Ich habe nur das ausgesprochen, was ich fühle. Egal wie er reagieren wird, ich bin froh, dass ich den Mut dazu hatte. Tatsächlich fühle ich mich gleich ein wenig leichter, weil ich ihm endlich gestanden habe, wie ich für ihn empfinde. Mit seiner nächsten Frage jedoch ... na ja, irgendwie habe ich ja schon damit gerechnet.

»Warum?«

Dieses eine Wort kommt ihm nur leise und mit viel Mühe über die Lippen. Er hat Angst vor meiner Antwort. Ich kann es in seinen Augen sehen, und am Zittern seiner Hände, die immer noch mein Gesicht umschließen, fühlen. Langsam hebe ich meine Hände und lege sie auf seine.

»Weil ich gar nicht anders konnte, als mich in dich zu verlieben. Schon als wir Kinder waren, warst du immer meine bessere Hälfte. Das hat sich nie geändert, ganz egal, wie sehr ich wollte, dass dieses Gefühl verschwindet. Als ich dich wieder gesehen habe, war ich nur so scheiße zu dir, weil ich sofort gemerkt habe, dass die Trennung zwischen uns rein gar nichts gegen die Gefühle in meinem Inneren getan hat.«

Lennox sieht mich eine lange Zeit nur an und bewegt sich keinen Millimeter. Gerade jetzt würde ich zu gern in seinen Kopf sehen können.

»Mana, ich ...« Er unterbricht den Satz, zieht seine Unterlippe zwischen die Zähne und legt seine Stirn fest auf meine. Die Augen presst er fest zusammen, als er doch noch anfängt zu sprechen. Es sind zwar nicht die Worte, die ich mir im Moment von ihm wünsche, aber in seiner Welt kommen sie schon ziemlich nahe an sie heran.

»Dich zu ärgern war schon als Fünfjähriger meine Lebensaufgabe. Du bist die Einzige, okay fast die Einzige, die weiß, wie es bei mir zu Hause aussieht. Ich ... weiß nicht, wie ich die Einstellung, die man mir mein Leben lang eingetrichtert hat, von heute auf morgen abstellen soll.« Er runzelt kurz die Stirn, drückt mich ein wenig fester an sich und spricht dann weiter. »Und du bespringst mich. Ständig. Das muss aufhören. Du bist eine erwachsene Frau und solltest dich besser im Griff haben.« Jetzt schleicht sich sogar ein kleines, schiefes Grinsen auf seine Lippen. »Ich werde trotzdem keinen Sex mit dir haben. Oder, wie du es gestern ausgedrückt hast, dich ficken.«

In seinen Worten bedeutet das so viel wie, ich werde jetzt nicht mit dir schlafen, weil du mehr bist als eine Frau für schnellen Sex. Die Frau, die ich liebe. Denn auch wenn er es nicht ausspricht, weiß ich instinktiv, dass er so empfindet und es ihm schwerfällt, die gleichen Worte auszusprechen, die ich ihm eben ins Gesicht geschrien habe. Aber das ist okay.

»Aber ich stehe mächtig auf deine Brüste!«

Das bringt mich dazu, lachend den Kopf in den Nacken zu legen und ihm leicht auf die Brust zu hauen. »Ich weiß. Wenn du nett bist, zeige ich sie dir vielleicht noch mal.«

»Ich bin jetzt nett!« Grinsend öffnet er die Augen und zieht mich noch fester an sich. Wenn er so weitermacht, drückt er mich direkt in sich hinein.

»Ich bin nicht gut in solchen Dingen. Ich ... meistens weiß ich nicht, was ich sagen soll. Aber ich kann versuchen, mir Mühe zu geben. Glaube ich.«

Wieder runzelt er die Stirn. Es ist offensichtlich, wie schwer ihm dieses Gespräch fällt und wie sehr es ihn gleichzeitig auch zu erleichtern scheint. Dafür, dass er es versucht, liebe ich ihn glatt noch ein bisschen mehr. Dafür, dass er uns eine Chance geben will.

»Mehr will ich gar nicht, Nox.«

In diesem Moment bin ich einfach nur glücklich. Die Kopfschmerzen sind vergessen. Unser Streit ist vergessen. Stattdessen strahle ich ihn einfach nur an.

Er nickt und atmet erleichtert auf. »Allerdings haben wir jetzt ein kleines Problem.«

Kurzerhand hebt er mich hoch und setzt mich auf die Küchentheke. Er stellt sich zwischen meine Beine, stemmt die

Hände links und rechts von mir auf die Arbeitsfläche und legt den Kopf schief.

»Ach ja? Haben wir das? Klär mich auf.«

Ja, so ist es schon viel besser. Sofort schlinge ich die Beine um seine Mitte und lege die Arme um seinen Hals.

»Ja. Wie soll ich es schaffen, nicht jedes Mal auszuflippen, wenn einer deiner Mannschaftskameraden dich anfasst?«

»Was?«

»Du hast mich schon verstanden. Schließlich werfen dich den ganzen Tag andere Kerle beim Training in die Luft und halten dich fest.« Verlegen kratzt er sich im Nacken, als ich anfange zu lachen.

»Halt die Klappe, und küss mich lieber!«

Ich habe keine Ahnung, ob das mit uns beiden klappen kann oder ob Nox wieder abhaut, sobald es ernster wird. So oder so bin ich endlich da, wo ich schon immer sein wollte, und ich werde alles dafür tun, um das hier nicht zu gefährden.

Kapitel 26

Lennox

»Oh, in dem Laden war ich noch nie. Komm, lass uns da reingehen, die Sachen im Schaufenster sehen fantastisch an.«

Wir, damit meine ich Aiden, Sam, Max und mich, haben uns von den Mädels dazu breitschlagen lassen, zum Shoppen nach Boston zu fahren. Während ich nach fünf Stunden, die wir bereits hier sind, die Schnauze voll habe und nach Hause möchte, sind die Mädels in ihrem Element und vor allem Mana zerrt mich hinter sich her, als wäre ich ihr persönlicher Taschenträger. Die unzähligen Tüten mit Klamotten und Kosmetika in meiner Hand bestätigen diese Annahme.

»Mana das ist bereits der vierte Laden mit Sportklamotten. Meinst du nicht, dass du langsam genug Sachen hast?«

Entschieden schüttelt sie den Kopf und deutet auf das Schaufenster. »Siehst du den Pullover da in Pink? Wir wissen beide, dass ich den lieben werde.«

»Deine Argumente sind wieder mal unschlagbar.«

Schmunzelnd, und dennoch leicht mit den Augen rollend, folge ich ihr widerwillig in den Laden. Die Jungs folgen mir ungefähr genauso begeistert, wie ich es bin, während die Mädels sich mit leuchtenden Augen auf die Klamottenauswahl stürzen.

»Bitte, tob dich aus, Prinzessin.«

Mana kommt auf mich zu, stellt sich auf Zehenspitzen und drückt mir einen kurzen Kuss auf die Lippen. »Vielleicht finde ich auch noch etwas für dich!«

»Bitte bloß nicht in Pink.«

»Keine Sorge. Ich finde bestimmt etwas absolut Männliches.«

Schmunzelnd sehe ich ihr nach, als sie mit Colette, Lucy und Emma ein Kleidungsstück nach dem anderen an sich nimmt.

Es fühlt sich wieder an wie früher. Unsere alte Verbundenheit ist wieder da und ich fühle mich wohl mit Mana. Auch wenn ich unserer Beziehung noch immer keinen Namen gebe und ihr keinen Stempel aufdrücken möchte.

»Denkst du, sie haben irgendwann genug davon?« Aiden hasst shoppen mindestens genau so sehr wie ich und auch Sam und Max waren alles andere als begeistert darüber, dazu verdonnert worden zu sein. Ich ziehe den Kopf ein, nur bringt mir das nicht wirklich was. Hier drinnen wirke ich völlig fehl am Platz zwischen all dem Rosa.

»Darauf würde ich nicht wetten.«

Seufzend schieben wir synchron unsere Hände in die Hosentaschen. Max hat sich von Lucy dazu breitschlagen lassen, ihre Sachen zu tragen und Sam versucht, Colette ein paar besonders knappe Dinger aufzudrängen. Mit mäßigem Erfolg. Beinahe jedes dieser Teile hängt sie mit einem vehementen Kopfschütteln wieder zurück an seinen Platz. Sam wäre jedoch nicht Sam, würde er sich davon die Laune verderben lassen.

»Hilf mir, ein paar Sachen auszusuchen.«

Mana steht plötzlich wieder vor mir, greift nach meiner Hand und zieht mich konsequent mit sich mit. Mit einem kurzen Anflug von Schadenfreude registriere ich, dass es Aiden ebenfalls an den Kragen geht. Emma ist beinahe genau so herrisch wie Mana und es dauert nicht lange, bis ich meine Freunde aus den Augen verliere. Würde es nach mir gehen, würden wir nichts davon kaufen. Mana hat Unmengen an Sportklamotten zu Hause und wenn sie mit mir allein ist, kann sie gern die ganze Zeit nackt sein. Ob ich ihr das einmal vorschlagen sollte?

»Ich hab von Klamotten keine Ahnung und langsam auch keine Lust mehr auf Shopping«, murre ich leise und sie verdreht demonstrativ ihre Augen.

»Du musst ebenso Klamotten kaufen wie ich. Also stell dich doch nicht so an.«

»Mana, wenn ich einkaufen gehe, überlege ich zuvor, was ich brauche und woher ich es bekomme. Dann fahre ich dorthin, hole es mir und bin schneller wieder draußen, als die Verkäuferinnen auch nur Umkleide buchstabieren können.«

Um sie effektiver zur Eile anzutreiben, ziehe ich einen Schmollmund und ich kann sofort sehen, dass diese Geste Wirkung zeigt.

»Na gut. Gib mir ein paar Minuten.«

Mana fängt an, sich durch die Kleiderständer zu wühlen, und ich bin ehrlich gesagt froh, dass sie die Sachen nicht erst probieren muss. Sie kennt ihre Größe. Wenigstens werde ich so nicht, wie alle anderen Männer, vor der Umkleide abgestellt und zum Warten verdonnert. Während sie also zielstrebig nach Dingen sucht, die ihr gefallen, schiebe ich lustlos einfach nur ein paar Haken von links nach rechts und tue so, als würde ich mich umsehen.

Aber dann sehe ich, wie sich ein Typ auf Mana zubewegt und mit ihr spricht. An sich nichts Schlimmes, allerdings kann ich nicht verstehen, was genau er zu ihr sagt. Doch Manas Blick nach zu urteilen, flirtet er mit ihr. Und das vermutlich nicht einmal auf kreative Art und Weise. So, wie sie den Typen ansieht, war die Anmache ziemlich schlecht. Sie lächelt ihn zwar freundlich an, schielt jedoch immer wieder zu mir her. Als der Kerl sich nicht abwimmeln lässt, löse ich meine vor der Brust verschränkten Arme, gehe auf ihn zu und schiebe ihn gleich mal wieder ein paar Schritte von ihr weg, bevor ich ihr einen Arm um die Schulter lege.

»Ist dir klar, dass du hier gerade meine Freundin anmachst?«

»Deine Freundin?« Er macht einen Schritt zurück und verschränkt ebenfalls die Arme vor der Brust. »Sorry, Mann, das wusste ich nicht. Dass sie einen Freund hat, hat sie nicht erzählt, als sie mich angeflirtet hat.«

Ein schneller Blick zu Mana und ich sehe, wie ihre Augen sich weiten.

»Verschwinde von hier. Sofort.« Langsam nehme ich meinen Arm von ihr runter und bringe ein wenig Abstand zwischen uns. Ich hätte generell kein Problem damit, den Kerl am Kragen zu packen und ihn persönlich aus dem Laden zu schleifen. Allerdings hält mich Manas Blick davon ab. Und die Tatsache, dass sie mir später einen Vortrag über übertriebenes Platzhirschgehabe halten würde.

»Schon gut. Ist ja gut, ich bin ja schon weg.« Mit einem süffisanten Grinsen in unsere Richtung hebt er einmal die Hand zum Abschied und verschwindet innerhalb von Sekunden aus dem Laden. Wenige Sekunden starre ich ihm noch nach, bevor ich mich wie in Zeitlupe Mana wieder zuwende. Die Worte des Typen haben etwas in mir aufgewühlt. Würde Mana tatsächlich mit ihm flirten? Andererseits hat sie mir gesagt, dass sie mich liebt. Das muss doch etwas bedeuten. Ich hingegen habe bisher nur gesagt, dass ich versuchen werde, das mit uns hinzubekommen. Ob mir das nun zum Verhängnis wird?

»Ich habe nicht mit ihm geflirtet. Er hat mich angesprochen und wollte mich auf ein Abendessen und ein … Dessert einladen.«

»Er hat was?« Meine Hände ballen sich zu Fäusten und ich kneife die Augen zusammen, weil ich einerseits Mana glauben will, andererseits auch immer die Worte meines Vaters im Kopf habe: Frauen lieben dich nur so lange, wie sie es wollen. Danach lassen sie dich fallen, wie eine heiße Kartoffel. Das Bild meiner Mom drängt sich mir in den Sinn. Auch sie ist von heute auf morgen weg gewesen. Weil sie aufgehört hat, meinen Vater zu lieben. Liebe. Ich bin verwirrt. Weil ich nicht weiß, was das zwischen uns sein soll. Sind wir zusammen? Eigentlich nicht. Haben wir eine Freundschaft plus? Wäre dem so, hätten wir ziemlich oft Sex. Sind wir nur Freunde? Freunde küssen sich nicht und reiben sich auch nicht nackt und in betrunkenem Zustand aneinander. Außerdem hat sie mir gesagt, dass sie mich liebt und ich habe ihr versprochen, mir Mühe zu geben. Es zu versuchen.

»Ehrlich, Lennox. Er hat *mich* angesprochen und ich habe sofort abgeblockt.«

»Also hat er gelogen?«

»Hat er.«

»Und du bist dir ganz sicher?«

Jetzt wirkt ihr Blick verletzt, aber darauf kann ich keine Rücksicht nehmen. Wütend presse ich meine Lippen zusammen und starre durch das große Schaufenster nach draußen. Der Kerl steht genau davor und grinst dämlich zu uns rein.

»Ich bringe ihn um!«

»Nein!« Sofort packt sie meinen Arm und umschließt ihn mit ihren Fingern. »Bitte, Nox, er ist es nicht wert. Ignorier ihn einfach.«

Ich richte mich ruckartig auf und fahre mir mit beiden Händen durch die Haare. »Dann sieh zu, dass wir von hier verschwinden. Bitte.« Schnell schnappe ich mir die Sachen, die sie in ihrer Hand hält, und renne damit zur Kasse. Ohne ein weiteres Wort werfe ich sie der Verkäuferin vor die Nase und trommle ungeduldig mit meinen Fingern auf dem Verkaufstresen herum, während sie scheinbar ohne Eile alles einzeln einscannt. Als sie fertig ist, bezahle ich die Sachen. Nicht nur, weil ich schnell hier raus will, sondern weil ich ohnehin vorhatte, ihr die zu spendieren. Aiden, der mich offensichtlich nicht aus den Augen gelassen hat, hat bereits die anderen ebenfalls zur Kasse getrieben. Ein Blick in meine Augen, dann nickt er kurz und stellt keine weiteren Fragen. Im Grund genommen ist es lächerlich, sich wegen so einer scheinbar harmlosen Flirterei so dämlich zu benehmen. Aber wenn ich mich erst einmal in eine Sache reingesteigert habe, ist es schwer, mich wieder von meiner Meinung abzubringen.

»Ich glaube, wir sollten jetzt nach Hause fahren.« Knapp nickend ziehe ich Mana stur nach draußen und der Kerl ist zum Glück bereits weg. Als wir um die nächste Ecke biegen, bleibe ich ruckartig stehen und sehe Mana ernst an. »Kannst du mir schwören, dass du nichts gesagt hast? Dass du nicht mit ihm geflirtet hast?«

Unsere Blicke treffen sich und ich halte ihren fest. »Ich schwöre es. Das würde ich dir niemals antun.«

»Okay. Das ist ... das ist gut. Denke ich. Ja, ist es.« Ich kann durchaus zugeben, dass mich diese Situation total verunsichert. Warum auch damit hinter dem Berg halten? Frauen sind permanent unsicher. Sie fragen sich doch auch ständig, ob einem Kerl ihre Haare gefallen, ihre Figur und alles Mögliche. Und sie haben Angst, dass ein Typ sich in eine andere verliebt und anfängt zu flirten. Warum also darf es mir dann nicht ebenso gehen? Allerdings packt mich nun doch das schlechte Gewissen und ich setze unseren Weg kurzerhand fort. Die anderen folgen uns stumm. Was mich überrascht, denn normalerweise halten sie sich mit ihren Meinungen nicht so zurück. Vor allem Emma steht die Neugierde ins Gesicht geschrieben. »Komm mit. Du wolltest doch shoppen.« Ich schleife sie die Straße entlang in irgendeinen Laden, in dem ich mich hoffentlich nicht gleich völlig langweile. »Da rein. Los, komm schon.« Ich grinse breit, als sie mich zweifelnd ansieht, und sehe mich suchend um, als eine elegant gekleidete Verkäuferin auf uns zukommt.

»Hallo. Kann ich euch helfen?«

»Unsere Mädels wollen shoppen. Und wir sind nicht gerade eine große Hilfe dabei. Können sie ihnen helfen?« Ich lege Mana einen Arm um die Schulter und ziehe sie näher an mich.

»Nox? Dir ist klar, dass wir uns gerade in der Unterwäscheabteilung befinden?«

Obwohl Colette mich anspricht, fixiert sich ihr dreckiger Blick nur auf Sam, der ein wenig rot zu werden scheint. Lucy starrt den Boden an, auf dem sie steht, während Max sich nervös die Brille ein wenig höherschiebt und Aiden wackelt verspielt mit den Augenbrauen und schiebt Emma näher an die Verkäuferin.

»Ist ihm bewusst«, sagt Aiden und reibt sich die Hände. Die Verkäuferin, die nicht viel älter zu sein scheint als Mana, lacht nur.

»Natürlich kann ich helfen. Ich schlage vor, wir lassen euren Männern eine Pause, und suchen euch etwas Schönes aus.«

Manas Blick ruht kurz auf mir. Fragend. Als würde sie wissen wollen, ob es wirklich okay ist, jetzt auf sie zu warten. Ist es. Also nicke ich und brumme.

»Ich erwarte aber, dass du mir später alle vorführst.«

»Ich sehe mal, was sich machen lässt.«

Es dauert keine fünf Sekunden, da stürzen sie sich kichernd auf die unzähligen Klamotten, während die Jungs und ich uns auf die Hocker in der Nähe der Umkleiden fallen lassen und erst einmal durchatmen. So viel also dazu, dass wir nicht wie alle anderen einfach vor den Umkleiden abgestellt werden. Aber es ist okay, wenn wir uns selbst diesen Platz aussuchen.

Gefühlte fünf Stunden später taucht eine strahlende Mana vor mir auf, über und über beladen mit Textilien. »Wir nehmen alles.«

Lachend betrachte ich sie, bevor ich aufstehe, und ihr die Sachen abnehmen. Ich kann durchaus ein Gentleman sein.

Wenn ich will. »Gut. Dann lass uns bezahlen. Wir haben beschlossen, den Tag beim Italiener ausklingen zu lassen.«

Mana stellt sich auf die Zehenspitzen und drückt mir einen Kuss auf die Wange. »Trifft sich gut. Ich habe Hunger.«

Sie geht vor zur Kasse, aber bevor sie ihre Geldbörse auch nur in die Hand nehmen kann, zücke ich bereits meine Karte und bezahle den Einkauf. Das erfreute Strahlen von ihr ist mir Belohnung genug. Aber jetzt lege ich erst einmal entspannt meinen Arm wieder um ihre Schulter, schnappe mir die ganzen Tüten und dann machen wir uns zusammen mit den anderen auf den Weg, um endlich etwas zu essen. Shoppen macht definitiv hungrig. Ich kann ganz klar sagen: Shoppen ist nichts für mich. Absolut nicht. Ihr zuliebe könnte ich mich aber durchaus dazu durchringen, es ab und zu zu versuchen, doch ich hoffe, sie wird das in Zukunft mit ihren Mädels machen und nicht mit mir.

Kapitel 27

Mana

»Ich dachte, der Termin wäre hinfällig.«

Murrend stampft Lennox neben mir her direkt auf das Waxing-Studio zu. Ich habe am Anfang unseres Experimentes darauf hingewiesen, dass dieser Termin stattfinden würde. Er wurde mehrmals verschoben und deswegen dachte Nox, er wäre aus dem Schneider. Aber so leicht kommt er mir nicht davon. Ich kann es kaum erwarten, endlich seine glatte, weiche Haut unter meinen Fingern fühlen zu können.

»Komm schon. Die Belohnung dafür ist weiche Haut. Was gibt es Besseres?«

»Besser wäre, wenn nur du diese Behandlung vornehmen lässt.«

»Nox.« Ich bleibe stehen und bringe ihn mit einem Griff um sein Handgelenk dazu, es ebenfalls zu tun. »Du sollst es doch nur versuchen. Schon vergessen? Du sollst nur verstehen, warum Frauen das machen.«

»Ich weiß, warum Frauen das machen. Weil Kerle es schöner finden und Frauen uns gefallen wollen.«

»Ist das dein Ernst?«

Er zieht sofort beschämt den Kopf ein, als er bemerkt, was er da gerade gesagt hat. »Tut mir leid. Aber du weißt, was ich meine.«

»Es geht um das Gefühl. Ich lasse mir nicht jedes einzelne Haar entfernen, nur um einem Kerl zu gefallen. Es fühlt sich für *mich* einfach gut an.« Schulterzuckend setze ich unseren

Weg fort und betrete, ohne mich noch einmal nach ihm umzusehen, den Laden.

Clara, die Dame am Empfang, steht sofort auf und kommt grinsend auf uns zu. Ich habe sie in unsere Pläne eingeweiht und sie kann es kaum erwarten, Zeuge davon zu werden.

»Hi, Mana. Schön. Ihr habt es geschafft.«

Lennox nickt ihr nur stumm zu.

»Wer von euch fängt an?«

»Sie. Mana. Sie fängt an.«

Irre ich mich, oder hat Nox Angst? Oh und wie er das hat. »Oh da verwechselst du was, Baby. Der Termin ist nur für dich. Habe ich das vergessen zu erwähnen? Ups.« Mit dem unschuldigsten Blick, den ich zustande bringe, sehe ich zu ihm hoch und schlinge meinen kleinen Finger um seinen, als er mich entsetzt ansieht.

»Was?«

»Du hast mich schon verstanden. Es tut mir leid, Clara, ich habe dieses Detail wohl nicht erwähnt.«

Nox ist zu perplex, um sich gegen den Zug an seiner Hand zu wehren, und stolpert mir nach in den Behandlungsraum.

»Also, Nox. Du kannst dich gern untenrum freimachen und dich dann auf die Liege legen. Sarah wird gleich zu euch kommen.«

»Untenrum? Mana, ich warne dich, was hast du gemacht?«

»Oh, nur ein kleines Intimwaxing.«

Clara verlässt leise lachend den Raum und Nox sieht mich so entsetzt an, als hätte ich ihm gerade mitgeteilt, er müsste seine Hoden amputieren. Und zwar alle beide.

»Nein. Kommt ja nicht infrage. Ich dachte die Beine. Und das finde ich schon mehr als ... komm schon Mana, nein.«

»Doch. Oh doch. Deine Beine bleiben, wie sie sind, und niemand wird jemals erfahren, dass du hier warst. Aber dein Intimbereich wird schön auf Vordermann gebracht. Ich würde dich auch dafür belohnen!«

Ich weiß, es ist gemein, dass mir das hier mehr Spaß macht, als es sollte. Aber es geschieht Nox recht, Dinge, die er von vorneherein als typisch weiblich abgestempelt hat, am eigenen Leib zu erfahren.

»Würdest du? Wie ... nein. Hör auf damit.« Er umrundet die Liege und sieht mich darüber hinweg böse an. »Was genau hält mich davon ab, jetzt einfach zu gehen?«

»Ich. Weißt du eigentlich, wie toll ein Blowjob für uns ist, wenn man keine Haare zwischen den Zähnen hat?« Ich grinse frech und kann genau sehen, wie sein Vorsatz, von hier zu verschwinden, ins Schwanken kommt.

»Wieso tust du mir das an.« Er stützt verzweifelt seine Arme auf die Liege zwischen uns und lässt den Kopf hängen.

»Nicht ich. Nur deine absolute Überheblichkeit hat dich in diese Situation gebracht. Sagtest du nicht, das würde dir nichts ausmachen und wir Frauen würden uns dabei anstellen? Jetzt kannst du beweisen, wie wenig es dir etwas ausmacht.«

»Ich hasse dich. Wirklich, Mana. Ich. Hasse. Dich.« Mit jedem Wort nähert er sich mir wieder und nimmt schließlich mein Gesicht in seine Hände, um mich harsch zu küssen. Es ist nur ein kurzer Kuss, aber der reicht aus, um meine Gedanken wieder zu klären.

»Tust du nicht. Und jetzt zieh dich aus.«

Er weigert sich weiterhin, genau das zu tun. Erst als Sarah den Raum betritt und ihm den genauen Ablauf erklärt, setzt er sich verzweifelt auf die Liege und wird kalkweiß im Gesicht. Wohlgemerkt immer noch komplett angezogen.

»Mana? Bleib so stehen und gib mir deine Hand.«

»Du bist so ein Baby, Nox.«

»Ja, dein Baby und jetzt halt meine Hand.«

Er tut mir fast ein bisschen leid. Andererseits hat er es nicht anders verdient. Das kleine Großmaul, auch wenn er sich in der Zeit, in der wir uns jetzt wieder näher gekommen sind, echt gebessert hat, hat einen Denkzettel verdient. Ich hab es satt, dass Kerle immer noch denken, man würde das nur für sie tun.

Als Sarah anfängt zu lachen, kann ich auch nicht mehr ernst bleiben und steige mit ein.

Nox lässt verdattert meine Hand los und wirft uns beiden abwechselnd einen Blick zu. »Warum lacht ihr so?«

»Du solltest mal dein Gesicht sehen!« Sarah kriegt sich kaum noch ein, bereitet aber tapfer weiter alles vor und zieht sich mit einem schnallenden Geräusch die Handschuhe an. Ich habe ihr Kinokarten für sich und ihren Freund versprochen, wenn sie heute mitspielt und Lennox in dem Glauben lässt, er würde eine Intim-Enthaarung bekommen. Da ich aber weiß, welche Schmerzen das sein können, und ich es eher nicht so männlich finde, wenn ein Kerl absolut blank ist, würde ich das nicht wirklich zulassen. »Intim-Waxing mit einem Anus-Bleaching war das, oder?«

»Anus ... was? Okay, das wars. Niemand, wirklich niemand, packt mir an den Hintern!« Als würde er seine Worte unterstreichen wollen, steht er wieder auf, legt sich seine Hände an den Arsch und geht rückwärts von uns weg. »Ihr seid doch wahnsinnig.«

Wir zwei sehen uns an und brechen in schallendes Gelächter aus. »Oh, Nox, du solltest dich mal hören!«, bringe ich prustend hervor und krümme mich vor Lachen.

Nox kneift die Augen zusammen und richtet sich dann kerzengerade auf. Sein anklagender Finger wandert von Sarah zu mir. »Ihr verarscht mich!«

Ich kichere noch immer, als ich auf die Liege klopfe. »Komm her, du Baby. Kein Intim-Waxing, aber dennoch ziehst du jetzt deine Hose aus, denn deine Beine bekommst du nun tatsächlich gewachst!«

Sofort sacken seine Schultern ein wenig ab und auch wenn er uns immer noch verstört ansieht, ist ihm die Erleichterung darüber, dass seinen Eiern und vor allem seinem

Hintern niemand zu nahe kommen wird, deutlich anzusehen.

»Ihr macht mich fertig. Ich bin um Jahre gealtert. So was könnt ihr nicht machen.«

»Dennoch siehst du sehr gut aus mit deinen grauen Haaren«, frotzle ich.

Stirnrunzelnd fasst er sich ebenfalls an die Haare und kneift erneut die Augen zusammen. »Mach so weiter, und du wirst meine Haare eine ganze Weile nicht mehr zu sehen bekommen!« Grummelnd atmet er tief ein und dann durch die Nase wieder aus, bevor er langsam auf die Liege zugeht und sich nach einem weiteren Blick zu mir die Hose auszieht. »Nur für dich. Ich mach das hier nur für dich. Ich hoffe, das ist dir bewusst.«

»Und für das Experiment!«

»Stimmt. Da war ja noch was.«

Zufrieden kichere ich und ziehe mir ebenfalls die Hose aus. Als Nox das sieht, zieht er fragend die Augenbrauen hoch. »Was? Gleichberechtigung. Darum geht es doch in dem Experiment. Außerdem sollst nicht du allein das Gefühl von glatten Beinen genießen dürfen.«

Mit Schwung setze ich mich auf die zweite Liege und lehne mich entspannt zurück.

»Wieso sieht es bei dir so aus, als würdest du gleich eine Wellnessbehandlung bekommen?«

»Mach das mal alle sechs Wochen und du bist auch deutlich entspannter. Und weicher.«

»Du kannst froh sein, wenn ich das heute durchziehe. Alle sechs Wochen. Du hast sie doch nicht mehr alle.« Murrend setzt er sich nun auch endlich auf die Liege und beobachtet Sarah mit Argusaugen.

»Wer von euch möchte anfangen?«

Sofort deutet Nox auf mich, ohne Sarah aus den Augen zu lassen. »Mana. Ich muss erst sehen, was auf mich zukommt.«

Sarah nickt nur und fängt an, alles routinemäßig vorzubereiten. Sobald alles in ihrer Reichweite aufgebaut ist, schmiert sie mit dem Schaber, der aussieht wie ein großer Eisstiel, einen Streifen Kaltwachs auf mein Schienbein. Dann legt sie einen der Streifen drauf und reißt es mir an einem Zipfel gegen die Wachstumsrichtung wieder ab. Ich zucke nicht einmal mit der Wimper bei dem Vorgang. Nox hingegen zuckt bei jedem Abreißen heftig zusammen. Die Prozedur wiederholt sie so lange, bis mein rechts Bein so glatt wie ein Babypo ist. Vor allem, nachdem sie die letzten Wachsreste wegwischt und eine Creme darauf verteilt. Dann verfährt sie mit dem linken Bein ebenso. Nox ist mittlerweile blass und sein Blick noch verängstigter als zuvor.

»Ich glaube, gerade verstehe ich, warum manche sagen, die Menschheit würde aussterben, müssten wir Männer die Kinder bekommen.«

Sarah und ich gucken uns an und lachen. »Oh ja! Ihr Mimosen!«

Schluckend nickt er langsam und krallt seine Finger seitlich in die Liege.

Als Sarah auf seine Seite geht, drückt er seinen Hinterkopf beinahe durch die Liege hindurch, in dem Versuch, ihr auszuweichen. Zu schade, dass ich nicht daran gedacht habe, das hier für die Nachwelt zu filmen. Als Anschauungsmaterial für das Experiment.

»Wenn ich sterben sollte, gib Aiden meinen Football. Du darfst mein Trikot behalten. Es ist aber nicht gewaschen. Und als Leichenschmaus back Snickerdoodels. Okay? Okay!«

Ich reiße den Blick von seinem sexy Körper und schnaube amüsiert. »Meine Güte, man könnte meinen, du bekommst eine neue Niere.«

»Die wäre mir auch lieber. Dabei könnte ich wenigstens schlafen.«

Sobald Sarah auch nur mit dem Spatel in seine Nähe kommt, zieht er die Beine ein. Sie lässt ihm Zeit, entfernt sich wieder, bis er sich entspannt, und dann geht das ganze Spiel noch einmal von vorn los.

»Lennox, so wird das nichts. Streck die Beine aus, sieh nicht hin und denk an etwas anderes.«

Sarah ist nach wie vor die Ruhe in Person, allerdings sind wir nicht ihre einzigen Kunden, deswegen wäre es gut, wenn wir das hier endlich hinter uns bringen würden. »Wie kann ich an etwas anderes denken, wenn ich halb nackt auf dem Tisch liege und sie mir gleich meine sorgsam gezüchteten Haare rausreißen will?«

»Sorgsam gezüchtet? Du spinnst ja, echt.«

Kurzerhand packe ich meine Hand an seine Wange, drehe sein Gesicht in meine Richtung und presse meine Lippen auf seine. Sarah reagiert sofort, beschmiert sein Bein mit Wachs und packt in Windeseile einen Streifen auf sein Bein und reißt es ab. Nox versteift sich und ich bringe meinen Mund schnell in Sicherheit, weil ich Angst habe, dass er mich sonst beißt. Er jault auf und flucht dabei so derbe, dass Sarah anerkennend die Augenbrauen hebt.

»Gutaussehend und schmutzig. Nett.«

Ich lache auf, während Nox noch immer aussieht, als würde er jeden Moment losheulen. »Hier ist gar nichts nett. Fuck, so kann ich mich doch nirgends blicken lassen. Das habt ihr euch ja fein ausgedacht. Jetzt muss ich den Scheiß tatsächlich durchziehen.«

Maulend legt er seine flache Hand an meine Stirn und schiebt mich von sich weg. »Geh mir aus den Augen, Weib. Ich muss mich jetzt konzentrieren, um auch nur annähernd als Mann aus dieser Situation hervorzugehen.« Er lässt seine Schultern kreisen, atmet hörbar durch und stemmt seine Hände seitlich in die Liege.

Sarah schnaubt und macht weiter damit, das Wachs auf sein Bein zu schmieren. »Der Zug ist abgefahren.«

»Lass mir wenigstens ein Mindestmaß an Würde, solange ich selbst noch daran glaube.« Fest beißt er die Lippen zusammen, als Sarah erneut einen Streifen aufträgt und ihn ebenfalls ruckartig abzieht.

»Mittlerweile sind meine Beine taub.« Murmelnd wischt er sich über die Augen und wendet sein Gesicht ab, aber ich habe bereits die Träne gesehen, die sich aus seinem Augenwinkel gelöst hat.

»Denk an die Belohnung.«

»Die muss wirklich Hammer sein, wenn man bedenkt, welche Schmerzen ich deinetwegen erleide.« Seufzend legt er den Kopf in den Nacken und als Sarah endlich den letzten Streifen abzieht, zieht er fast gleichzeitig seine Beine an und legt seine Stirn auf seinen Knien ab. »Großer Gott. Ihr Frauen scheint echt auf Schmerzen zu stehen.« Wieder wischt er sich mit der flachen Hand über die Augen und sieht mich an. »Ich will was Süßes«, jammert er und schiebt seine Unterlippe vor.

»Du bekommst alles, was du möchtest.« Das Lachen verkneifend beiße ich auf meine Unterlippe und streiche ihm über den Nacken.

»Danke. Nichts gegen dich, Sarah, aber ich hoffe, dass wir uns nie mehr sehen müssen.«

Mit zitternden Knien steigt er endlich von seiner Liege und nimmt die Hose entgegen, die Sarah ihm lachend entgegenhält.

»Oh, ich hoffe das Gegenteil. Das war witzig.«

Schnaubend zieht Nox sich an, weigert sich aber standhaft, einen genaueren Blick auf seine Beine zu werfen.

»Ich kann mich nicht mehr beim Training sehen lassen. Ich höre schon das Gerede von den Jungs. Sie werden mich als Pussy bezeichnen. Und meine glatten Beine anfassen wollen. Diese Schweine. Vor allem Aiden wird seinen Spaß mit mir haben.«

Diese und noch einige Worte mehr murrend, richtet er sich auf, als er mit Schwung seinen Reißverschluss zuzieht und seine Hände in die Hüften stemmt.

»Ich könnte dir doch noch das Anusbleaching verpassen. Dann hätte dieser Aiden noch mehr Spaß mit dir«, wirft Sarah süß lächelnd ein.

Sofort ruckt sein Kopf zu ihr, während er gleichzeitig einen Schritt zurückweicht. Er lässt uns einfach stehen, als er zielstrebig auf die Tür zumarschiert, dreht dann aber doch noch einmal um, kommt auf mich zu und schlingt seine Finger um mein Handgelenk. »Und dich nehme ich mit.«

Lachend laufe ich ihm hinterher, als er mich aus dem Raum zerrt. Sobald wir draußen stehen, wirft er den Kopf in den Nacken, schließt die Augen und atmet tief die Luft in seine Lungen ein, als wäre er jahrelang im Knast gewesen. »Das war gar nicht mal so witzig. Jetzt will ich was Süßes.«

»Das sagtest du bereits. Also, ab nach Hause mit uns!«

Kapitel 28

Lennox

Was bin ich froh, endlich wieder zu Hause zu sein. Ich habe Schmerzen des Todes und kann nicht verstehen, wieso Frauen das freiwillig machen. Als Mana erst behauptet hat, sie würden mir die Eier wachsen, ging mir der Arsch auf Grundeis. Zum Glück hat sich das nur als Scherz entpuppt und dennoch bin ich fix und fertig und will nur aufs Sofa und schmollen, während Mana schnell nach Hause wollte, um etwas zu holen. Die Jungs sind alle unterwegs und kriegen von meiner Jammerei nichts mit. Ich will etwas Süßes. Zum Trost.

Als hätte sie das geahnt, höre ich die Haustür ins Schloss fallen. Ich habe ihr vorhin schnell meinen Schlüssel mitgegeben. Weil ich sicher nicht noch einmal aufstehen werde. Nicht einmal, um ihr die Tür zu öffnen.

»Ich muss kurz in dein Zimmer. Bin gleich wieder da!«

»Okay. Wenn du wieder runterkommst, guck in der Küche, ob du etwas Süßes für mich findest«, murmle ich, das Gesicht fest in das Sofakissen gepresst.

Es vergehen einige Minuten, bis sie wieder zu mir kommt.

»Ich habe noch Schokokuchen im Tiefkühlschrank gefunden, er muss nur noch auftauen. Bis dahin habe ich aber was anderes, was du vernaschen kannst.«

Ich stemme meinen Oberkörper schwerfällig vom Sofa hoch, um sie anzusehen, und erstarre dann an Ort und Stelle. Ich glaube sogar, dass mir der Mund offen steht, während mein Verstand noch zu begreifen versucht, was ich da sehe.

»Oh, wow!«

Mana hat ... sie ist ... Fuck, sie hat nur Dessous an. Die neuen. Ein Hauch von nichts. Aber das ist nicht das Einzige, was mich dazu bringt, sie anzustarren. Mana, meine Mana, steht da wie eine Göttin. Ich fasse es nicht. Lässig und auf äußerst verführerische Art lehnt sie im Türrahmen und lächelt mich auf eine Weise an, die eindeutig mehr verspricht. Viel, viel mehr.

»Na, gefällt dir, was du siehst?« Mit einem leichten Lächeln und funkelnden Augen sieht sie mich an, als sie sich vom Rahmen abstößt und langsam auf mich zukommt. Ihre Hüften schwingen kokett hin und her. Und ich habe die Möglichkeit, sie von Kopf bis Fuß zu mustern. Die dunkelrote Spitze verdeckt nicht wirklich viel. In diesem Moment zeigt mir Mana alles von sich. Und ich meine alles. Es ist das erste Mal, dass ich sie wirklich so sehe, sie ungeniert betrachten kann. Sie versteckt nichts vor mir. Nicht einmal die Narbe, für die sie sich sonst immer so schämt. Einzig und allein in ihren Augen kann ich eine leichte Unsicherheit erkennen, die sie jedoch offensichtlich nicht zulassen will. Mana hat Rundungen, an genau den richtigen Stellen.

»Ob mir ... ich ... oh Mann. Mana ich ... weiß nicht, was ich sagen soll!«

Ihre Hände zucken, als würde sie sie vor ihren Körper halten wollen, als ich das sage und als würde sie sich nur mit viel Willenskraft davon abhalten. Auch ihr verführerisches Lächeln wird unsicherer. Ich bin so ein Arschloch. Seit wann bin ich so unbeholfen, wenn es um so etwas wie das hier geht? Sofort rapple ich mich vom Sofa hoch, gehe auf sie zu und nehme ihre Hände in meine.

»Du siehst unglaublich aus.«

»Findest du?«

»Oh ja. Absolut.« Ich kann ihr gar nicht in die Augen sehen, weil ich zu sehr damit beschäftigt bin, den Anblick ihres halb nackten Körpers in mich aufzunehmen und jeden Millimeter davon mit meinen Augen zu erkunden.

»Dann … habe ich ja alles richtig gemacht. Ich finde diese neuen Dessous nämlich verdammt heiß. Und soll ich dir etwas verraten?« Sie hebt unsere verschränkten Hände an mein Kinn und hebt es ein wenig an, sodass ich ihren neckischen Gesichtsausdruck erkenne.

»Was?« Völlig von ihrem Anblick benebelt, schüttle ich meinen Kopf, um wieder etwas Klarheit zu schaffen.

Ihre Mundwinkel zucken belustigt. Mana ist klar, dass ich gehörig abgelenkt bin. »Du hast mir noch mehr davon gekauft.«

Ja, das habe ich wohl. Es war die beste Investition, die ich seit Langem getätigt habe. »Und du wirst sie mir alle zeigen, habe ich recht?« Ich will sie jeden Tag so sehen. Jeden einzelnen Tag will ich, dass sie so vor mir herumläuft. Nur vor mir, und niemandem sonst. »Dreh dich um.« Ich kriege nicht mehr als ein heiseres Flüstern zustande, als ich eine Hand loslasse, und ihre andere über ihren Kopf hebe, um sie dazu zu bringen, sich einmal um sich selbst zu drehen.

Als sie es tut, raubt sie mir damit beinahe die Luft zum Atmen. Ihr süßer Hintern ist höllisch heiß in dieser Spitze, die gerade mal so viel bedeckt, dass noch genug Platz für eigene Fantasien bleibt. Nur langsam lasse ich unsere Hände sinken, lege sie ineinander verschränkt vorn um ihren Bauch und ziehe sie damit leicht mit dem Rücken zu mir.

Ich streife ihr sanft die Haare über die linke Schulter und küsse mich von ihrer rechten Schulter ausgehend bis zu ihrem Hals. Während meine Hand ebenfalls nach vorn wandert und sanft über ihre Narbe streift. Es ist fast wie ein Reflex. Ich mache das nicht bewusst, aber irgendwie zieht sie mich an und ich kann nicht anders, als sie zu berühren, so oft es geht.

»Du schmeckst irgendwie immer nach Schokolade. Und nach Snickerdoodles.« Ich flüstere die Worte gegen ihre weiche Haut, genau an der Stelle unter ihrem Ohr, bevor ich sie leicht reinbeiße. Ein leises Seufzen dringt über ihre Lippen und ihre Augen schließen sich flatternd. Sie sieht vollkommen gelöst aus.

»Entspann dich.«

Langsam dreht sie den Kopf und drückt mir einen sanften Kuss auf den Hals. »Ich liebe dich, Nox, habe ich dir das heute schon gesagt?«

»Nein, ich glaube nicht. Du musst es noch einmal sagen.« Lächelnd drücke ich ihr einen Kuss auf die Wange und die Nase. Zufrieden strahlt sie mich an und hebt ihre freie Hand, um sie auf meine Wange zu legen.

»Ich liebe dich.« Sie flüstert die Worte ganz dicht an meinen Lippen, sodass ich jede Bewegung spüren kann, und dann ... küsst sie mich. Nicht gerade zögerlich vertiefe ich den Kuss und drehe sie in meinen Armen zu mir. Wenn das so weitergeht, haben wir gleich hier an Ort und Stelle Sex. Und dann wäre es in ein paar Minuten vorbei und wir wären nicht einmal bis ins Schlafzimmer gekommen. Aber genau das will ich nicht. Auch für den Fall, dass die Jungs doch spontan früher nach Hause kommen.

Ihre Hände, die unter mein Shirt schlüpfen und sich auf meinen Bauch legen, machen es mir nicht einfacher, einen kühlen Kopf zu bewahren. Ich spanne meine Bauchmuskeln an, als sie jeden Einzelnen davon mit ihren Fingern erkundet. Leise stöhnt sie in meinen Mund, während ich mit den Händen fest ihren Hintern umfasse und mich ihr entgegendränge. Ich muss aufhören. Nur noch ein Kuss. Noch einer. Okay, vielleicht doch noch mehr aber ...

»Mana, wir müssen aufhören. Bitte!«

»Gar nichts müssen wir. Ich will nicht aufhören. Es ist keiner da, der uns stören könnte, wir sind allein. Ich will dich. Heute. Jetzt.«

Abrupt löse ich mich von ihr und bringe schwer atmend ein bisschen Abstand zwischen uns. »Ich dich auch. Aber …«

»Was aber? Wo ist das Problem?«

»Ich will einmal im Leben etwas richtig machen. Ich will dich, aber nicht schnell mal eben hier gegen die Wand. Zumindest nicht jetzt. Gib mir ein paar Minuten, um wenigstens zu versuchen, so was wie ein anständiger Freund zu sein. Verstehst du, was ich dir sagen, will?«

Sie nickt, ein wenig zögerlich zwar, aber sie stimmt mir zu und seufzt. »Ja … okay.«

Erleichtert gehe ich wieder auf sie zu und nehme ihre Hände in meine. »Okay. Dann … du bleibst genau so. Also ich meine, du lässt diese Dessous an. Und vielleicht holst du dir etwas zu trinken. Oder uns. Gib mir zehn Minuten.«

Ich hoffe nur, es fällt mir irgendetwas ein, was dazu beitragen kann, diesen Abend für sie besonders zu machen.

»Warte. Bevor du gehst …« Mana zieht mich noch einmal zu sich und gibt mir einen keuschen Kuss auf die Lippen. »Um die Wartezeit zu überbrücken.« Lächelnd lässt sie mich los und tapst in Richtung Küche, wobei sie mir ihre hübsche Kehrseite zuwendet. Fast bin ich versucht, ihr nachzulaufen und die Sache sofort in Angriff zu nehmen. Aber nur fast. Stattdessen drehe ich mich entschlossen um, marschiere hoch in mein Zimmer und schließe die Tür.

Oh, Fuck. Seien wir doch mal ehrlich, ich hab absolut keine Ahnung von diesem ganzen romantischen Mist und allem, was dazu gehört. Ich habe es nie gebraucht. Vielmehr war es eine stumme Vereinbarung zum Sex. Ausziehen, vögeln und ab nach Hause. Aber heute nicht. Nicht mit Mana. Gott, ich hoffe nicht, dass sie zu große Erwartungen an das ganze Drumherum hat. Unschlüssig stehe ich ein paar Minuten in meinem Zimmer und versuche, mir in Erinnerung zu rufen, was Frauen eigentlich wollen. Kerzen. Wo bitte soll ich jetzt Kerzen auftreiben? Irgendwo hier müssten noch welche sein. Aiden hat die mal mit nach Hause gebracht, als wir Stromausfall hatten.

Toll, jetzt müsste ich nur wissen, wo die sind. Ich werde erstaunlicherweise schnell fündig. Sie befinden sich genau in der Kommode neben meinem Bett. Dort drinnen befindet sich alles, was nicht wirklich einen Platz bei mir findet. Allerdings weigere ich mich jetzt, Hunderte von Kerzen anzuzünden. Deswegen verteile ich einfach wahllos ein paar im Raum. Auf Rosenblätter verzichte ich. Erstens weil ich keine habe, und zweitens weil ich das nicht brauche. Ich brauche nur Mana. Ob sie nervös ist? Ich für meinen Teil werde mit jeder Minute hier drinnen ruhiger. Was für ein Glück. Trotzdem habe ich das Gefühl, dass noch irgendetwas fehlt. Ha. Musik. Nur was? Sheeran. Der zieht doch immer bei den Frauen.

Als ich die Tür öffne und zurück ins Wohnzimmer gehe, steht Mana immer noch in der Küche. Sie hält ein halb leeres Glas Eistee in der Hand.

»Alles zu deiner Zufriedenheit?«

Das ... werden wir gleich herausfinden.

»Vielleicht willst du es dir ja ansehen? Oder hast du es dir anders überlegt?«

Sofort kneift sie mich in die Seite. »Ich drehe bestimmt nicht kurz vor der Zielgeraden um, nur weil du mich ein paar Minuten warten lässt.« Ihr Glas landet auf dem Esstisch ein paar Schritte weiter, bevor sie mich erwartungsvoll ansieht und eine Hand nach mir ausstreckt. »Zeig mir, was du für mich gezaubert hast.«

Mein Grinsen wird ein wenig dreckig, als ich auf sie zugehe und ihre Hand nehme. »Oh, ich hab meinen Zauberstab noch gar nicht ausgepackt ... Ladys First.« Mit einer galanten Handbewegung deute ich ihr an vorzugehen.

Ich hätte mir keine Sorgen machen müssen, denn ihre Augen leuchten auf, als sie sich einmal um die eigene Achse dreht und sich im Zimmer umsieht. »Du hast Kerzen angemacht. Romantisches Licht, romantische Musik ... in dir steckt ja ein richtiger Charmeur.«

Oh, dieser Charmeur steckt hoffentlich bald in ihr. Gott, ich muss mir auf die Zunge beißen, um das nicht laut auszusprechen. Wortlos trete ich ins Zimmer, schließe die Tür und sehe Mana einfach nur an. Ich will nicht, dass sie sich überrumpelt fühlt. Deswegen gehe ich langsam auf sie zu, beobachte jede ihrer Regungen und als ich direkt vor ihr stehe, lege ich eine Hand sanft an ihre Wange.

»Jeder hat so seine Momente. Das hier ist einer von meinen.« Ich spreche nur leise, lasse sie keine Sekunde aus den Augen, während mein Herz langsam aber sicher schneller anfängt zu schlagen.

»Der Moment, in dem du mir zeigst, was dein Zauberstab so kann?« Grinsend sieht sie zu mir auf und schiebt ihre Hände wieder unter mein Shirt. Und wie ich ihr das zeigen werde. Ohne noch länger zu zögern, fasse ich mir in den Nacken und ziehe mir das Shirt über den Kopf, um es achtlos auf die Seite zu werfen.

»Meinetwegen können wir das Ganze auch überspringen, und direkt zu dem Teil mit dem Zauberstab übergehen. Allerdings dachte ich, wir haben Zeit. Die ganze Nacht.« Sanft nehme ich ihre Hände von meinem Bauch, halte sie fest und verschränke unsere Hände hinter ihrem Rücken. Unsere Oberkörper berühren sich, unsere Gesichter sind uns ganz nah. »Und falls ich es noch nicht gesagt habe, du siehst unglaublich aus in diesen Sachen. Zu schade, dass du sie bald schon ausziehen wirst.« Nur mein linker Mundwinkel hebt sich zu einem leichten Grinsen an, während meine Augen, dunkel vor Lust, die ihren fixieren.

»Du bist auch ganz ansehnlich.« Ihr Blick gleitet betont langsam nach unten bis zu der Stelle, wo sich unsere Körper aneinanderschmiegen. Ihre Zähne graben sich in ihre Unterlippe, als sie den Kopf wieder hebt. »Und du fühlst dich noch besser an.«

»Ich würde mich noch besser anfühlen, wenn du mir endlich diese Hose ausziehen würdest. Und wenn du schon mal da unten bist ...« Leise lachend drücke ich ihr einen Kuss auf die Stirn, die Nase und die Lippen. Sie windet ihre Arme in meinem Griff und dreht ihre Handgelenke, aber ich lasse sie nicht los.

»Das könnte etwas schwierig werden, wenn du mich festhältst. Da will man einmal gehorchen, und dann so was.«

Ihre Augen funkeln amüsiert, auch wenn sie versucht, mich gespielt genervt anzufunkeln. Schauspielerei ist jedoch nicht gerade ihr Fachgebiet. Grinsend fange ich an, mich mit ihr zur Musik zu bewegen.

»Du und gehorchen ... das passt irgendwie nicht zusammen, hm?«

Sofort kneift sie die Augen ein wenig zusammen. »Nein, du hast recht, das geht nicht. Wir sollten das erst ... tanzt du gerade mit mir?« Ihre Mimik ist wirklich faszinierend. Mit jeder Emotion verändert sie sich und zeigt mir, was in ihr vorgeht. Im Moment ist sie überrascht. Ich kann es ihr nicht einmal verübeln, denn ich habe bisher noch nie mit einer Frau getanzt. Außer mit ihr, als wir Kinder waren. Das weiß Mana. Mana weiß so viel mehr, als andere Menschen in meinem Leben.

»Ja, tu ich. Ich bin durchaus dazu in der Lage, mich ein wenig zur Musik hin und her zu wiegen.«

»Du ... ich ... kannst du meine Arme loslassen? Bitte.«

Lächelnd erfülle ich ihr diesen Wunsch und sofort schlingt sie die Arme um meinen Hals und drückt sich noch dichter an mich, während wir uns im Takt der Musik bewegen. Das gibt mir die Gelegenheit, meine Hände wieder auf ihrem Hintern zu parken. Ich liebe es, das zu tun.

Tief einatmend vergrabe ich meine Nase in ihren Haaren und drücke sie an mich. Will sie am liebsten nie mehr gehen lassen und für immer hierbleiben. Zusammen mit ihr. Genau so, wie wir jetzt sind. Sie schafft es, dass ich manchmal meinen Kopf abschalte und einfach einmal nicht nachdenke. Das ist ungemein erleichternd. Es würde mir das Herz brechen, wenn ich sie wieder gehen lassen müsste. Sie hat mir bereits so viel von sich gegeben, und ich? Nichts. Rein gar nichts.

»Du überraschst mich immer wieder, Lennox. Und das, obwohl wir uns jetzt schon so lange kennen. Ich glaube, du musst ab jetzt öfter mit mir tanzen, das gefällt mir nämlich.«

Ja, mir gefällt es auch. Sehr sogar. Eigenartig. Dabei stehen wir nur in meinem Schlafzimmer. Aber anders würde ich es nicht haben wollen. Meinetwegen können wir bis an unser Lebensende jeden Abend in diesem Zimmer tanzen. Und als sie mir wieder in die Augen sieht, weiß ich genau, dass ich das nur mit ihr haben möchte. Mit keiner sonst. Schweigend sehen wir uns einen unendlich langen Augenblick nur an. Während meine Hände langsam weiter nach oben wandern und unendlich sanft ihr Gesicht umfassen. Wie von selbst legt sie ihre Hände auf meine Unterarme und löst ihre Augen keine Sekunde von meinen. Ihre Gesichtszüge sind ganz weich und entspannt und ihr Blick ist voller … Liebe. Liebe, Ruhe und Verlangen. Das ist es.

»Küss mich.«

Genau das ist es, was ich hören muss, um meine Lippen endlich auf ihre zu legen. Erst noch sanft, dann aber drängender. Ich werde niemals genug von ihr kriegen. Sie ist die Frau, die ich an meiner Seite brauche. Die Einzige, die es an meiner Seite aushalten kann. Die Einzige, die ich jemals in mein Herz gelassen habe. Und zwar so richtig.

Irgendwann löst sie ihre Arme von meinem Hals, aber den Kuss unterbrechen wir nicht für eine Sekunde. Ihre Fingernägel kratzen leicht über meine Brust, als sie sie weiter nach unten wandern lässt und mein gesamter Körper spannt sich vor freudiger Erregung an. Ich kann spüren, wie sich ihre Mundwinkel heben, als sie das bemerkt, doch noch hat sie ihr Ziel nicht erreicht, denn sie erkundet mich immer weiter, streichelt jeden Zentimeter meines Oberkörpers. Meinen Rücken, meine Brust, meinen Bauch. Und dann spüre ich ihre Hand plötzlich direkt in meinem Schritt. Zischend löse ich mich von ihr, während meine Atmung immer heftiger geht.

»Ich glaube, wir verlegen das Vorspiel auf später und kommen zur Sache.«

Kurzerhand hebe ich sie hoch, trage sie die paar Schritte bis zum Bett und lege sie darauf ab. Natürlich bleibt der kleine Sturkopf nicht einfach so liegen, sondern stützt sich sofort auf ihren Ellbogen hoch, um mich zu beobachten.

»Bekomme ich vorher wenigstens noch eine ansehnliche Stripshow geboten? Dafür finden wir sicherlich noch die passende Musik.«

Lachend schüttle ich meinen Kopf und fahre mir mit der Hand einmal durch die Haare, bevor ich anfange, den Knopf meiner Hose zu öffnen.

»Du bekommst alles von mir. Aber die Show ... die sparen wir uns für ein anderes Mal auf.«

Sie wendet ihren Blick nicht ein einziges Mal ab, während ich die Hose und meine Socken loswerde, und mich dann langsam wieder näher auf das Bett zu bewege. Nur noch bekleidet mit meiner engen Boxershorts. Manas Augen tasten genüsslich jeden Zentimeter meines Körpers ab, und ich bin bereits steinhart, weil ich mir einfach nur vorstelle, was wir zwei gleich miteinander tun werden. Ohne Vorwarnung umfasse ich ihre Knöchel mit meinen Händen und ziehe sie ruckartig an das Fußende des Bettes. Keuchend fällt sie zurück auf die Matratze und starrt mit leicht geöffneten Lippen nach oben. Ihre Wangen sind gerötet und ihre Augen glänzen, während sich ihre Haare auf dem Laken ausbreiten. Ich nehme mir einen Moment, um sie noch einmal genauer zu betrachten. Und zwar jeden Winkel ihres Körpers, der nicht von dieser roten Spitze bedeckt ist. Wie in Zeitlupe gehe ich vor dem Bett auf die Knie, genau zwischen ihren Beinen. Ich schiebe meine Hände unter ihren Knien durch und lege sie auf ihre Hüften, während sich ihre Beine wie von selbst auf meine Schultern legen. Und dann ... mache ich das, wofür ich in letzter Zeit offenbar eine Schwäche entwickelt habe. Ich verteile sanfte Küsse auf ihrer Narbe, während ich meine Finger auf beiden Seiten ihres Höschens einhake. Mana spannt sich bei dieser Berührung wieder an, atmet schneller und legt ihre Hände auf meine. Während ich mich immer noch der Körperstelle widme, die sie jedes Mal vor mir zu verstecken versucht, sehe ich von unten zu ihr hoch und versuche, ihr nur mit den Augen zu sagen, dass sie sich entspannen soll.

Wortlos zupfe ich verspielt an ihrem Höschen, bis sie schließlich leise seufzend ihre Hände von mir nimmt, und sie stattdessen in das Laken neben sich krallt. Und während ich ihr aufreizend langsam das Höschen über die Beine nach unten ziehe, lasse ich ihren Blick dabei nicht los. Sie soll sehen, was das hier mit mir macht. Wie sehr die Lust meinen Körper in Besitz genommen hat.

»Du bist so wunderschön!«

Ein Lächeln umspielt ihre Lippen, als sie sanft den Kopf schüttelt. »Nein, *du* bist wunderschön.«

Als Antwort hebe ich lediglich eine Augenbraue und sage trocken. »Natürlich. Schließlich habe ich jetzt ja babyglatte Beine.«

Sofort kneift sie die Augen ein wenig zusammen und funkelt mich an. »Ach leck mich doch.«

»Zu Befehl!« Ich werde mir viel Zeit dafür nehmen, das hier zu genießen. Daran ändert auch die Tatsache nichts, dass sie fordernd ihr Becken anhebt. Wir haben die ganze Nacht Zeit, und ich werde jede Sekunde davon ausnutzen. Ich lasse sie nicht aus den Augen während ich mich zu ihr beuge und sanft ihren Knöchel küsse. Meine Lippen bewegen sich langsam aber sicher immer weiter auf die Stelle zu, an der sie so gern von mir berührt werden möchte. Doch kurz davor ... widme ich mich ihrem anderen Bein und wiederhole die Prozedur.

»Du wolltest mich lecken, nicht meine Beine mithilfe deiner Lippen als 3D-Modell in dein Langzeitgedächtnis übertragen.«

Ihre Antwort wird von einem frustrierten Schnauben begleitet, als sie ihre Fersen in meinen Rücken gräbt und versucht, mich näher zu ziehen.

»Du bist so ungeduldig. Was für ein Glück, dass mir diese Eigenschaft völlig fremd ist.« Grinsend hebe ich meinen Kopf, als jetzt meine Finger anstelle meiner Lippen an ihren Beinen entlangwandern. Ich liebe es, wie ihre Finger sich dadurch noch fester in die Decke krallen, wie ihre Atmung sich beschleunigt.

»Ich bin nicht ungeduldig, ich weiß nur, was ich will.«

Das weiß ich auch. Wieder umfasse ich ihre Hüften und ziehe sie mit einem Ruck noch näher an mich, direkt an den Rand des Bettes.

»Setz dich auf.«

Ihre Beine schließen sich fester um mich, sie spannt sich an und bleibt auf ihre Ellbogen gestützt liegen. »Danke, ich habe es hier sehr bequem.«

Ich fackle nicht lange, richte mich auf und packe eine Hand in ihren Nacken, um nachzuhelfen. Als sie endlich sitzt, berühren sich unseren Lippen kaum, als ich ihr zuraune. »Du solltest besser tun, was ich dir sage.«

Unvermittelt beißt sie mir in die Unterlippe, und zwar nicht gerade sanft. »Und du solltest besser bedenken, dass ich nicht wie die Frauen vor mir bin, mit denen du im Bett warst. Ich habe meinen eigenen Kopf.«

Oh ja, und wie sie den hat. Und ich liebe das. Aber jetzt will ich, dass sie macht, was ich ihr sage. »Richtig, bist du nicht. Also ... bleibst du jetzt sitzen und spreizt deine hübschen Beine für mich?«

Seufzend gibt sie nach, lässt ihre Schultern ein wenig hängen und nickt kaum merkbar.

»Du denkst zu viel nach, Mana!«

»Dann sorg dafür, dass ich es nicht mehr tue. Sorg dafür, dass ich alles um mich herum vergesse.«

Vor dem Bett kniend küsse ich erst ihre Lippen, bevor ich mich langsam an ihren Körper hinabküsse. Über ihren Hals, ihre Schultern bis hin zu ihren Brüsten, und von dort aus weiter über ihren Bauch.

Mit den Fingern streicht sie durch meine Haare und massiert sanft meinen Kopf.

Schon im nächsten Moment krallt sie ihre Finger fester in meine Haare und stöhnt laut auf. Gott, ich liebe dieses Geräusch. Und ich liebe ihren Geschmack, der sich gerade auf meiner Zunge ausbreitet. Sanft, beinahe schon forschend, streifen meine Zähne über ihre empfindlichste Stelle, bevor meine Zunge zum Einsatz kommt und ich sie fordernd lecke. Meine Augen dabei die ganze Zeit auf ihr Gesicht geheftet, um nur ja keine ihrer Gefühlsregungen zu verpassen. Ich könnte stundenlang damit verbringen, ihre Mimik in jeder erdenklichen Stimmung zu studieren. Sie hat die Zähne in ihre Unterlippe vergraben, während ihre Augen im Schein der Kerzen leuchten. Und als ich nun auch noch meine Finger aufreizend langsam in sie gleiten lasse, presst sie mein Gesicht noch fester an ihre Mitte und keucht auf.

»Hör nicht auf, Nox. Ja ... genau da ... Oh Gott.«

Ihre Fingernägel bohren sich in meine Kopfhaut. Schmerzhaft und völlig rücksichtslos. Und ich steh absolut drauf. Wie gut, dass ich nie vorhatte, aufzuhören. Es wird mir eine Freude sein, auszutesten, welche Geräusche ich ihr noch so entlocken kann. Genau deswegen beiße ich sie auch ganz sanft in ihre empfindlichste Stelle und krümme meine Finger in ihr. Und das alles, ohne meinen Blick auch nur für eine Sekunde von ihr abzuwenden. Ich will alles von ihr sehen.

Kapitel 29

Mana

»Nox, ich will ...«

Seine Zunge neckt meinen empfindlichsten Punkt und umkreist ihn immer wieder mit genau dem richtigen Druck. Wimmernd winde ich mich in seinem Griff, will seiner süßen Folter entkommen und gleichzeitig, dass er nie damit aufhört. Die Anspannung breitet sich immer weiter in meinem Körper aus, strahlt von meiner Mitte bis in meine Fingerspitzen. Wenn er so weitermacht, wird es nicht lange dauern, bis ich komme. Es ist unfassbar, wie sehr ich auf ihn und seine Berührungen reagiere.

»Du willst ... was? Sag es, Mana.«

Ich kann sein dreckiges Grinsen beinahe an meiner Haut fühlen. Er weiß genau, dass ich, wenn er so weitermacht, nicht in der Lage sein werde ihm zu antworten.

»Dass ich aufhöre?« Er murmelt die Worte nur, lässt aber ansonsten keine Sekunde von mir ab.

»Nein!« Daran sollte er nicht mal denken. Nicht jetzt. »Ich will ... « Oh Gott, wieder krümmt er seine Finger und presst sie auf die Stelle in mir, die mich beinahe explodieren lässt. Ich drücke meinen Rücken durch und stöhne. Laut. Vor ihm war ich noch nie besonders laut im Bett. »Dich.«

Und endlich scheint er Erbarmen mit mir zu haben. Seine Zunge bewegt sich fester an meiner Mitte, seine Lippen saugen drängender und seine Finger bewegen sich schneller. Fuck, eigentlich will ich ihm noch mitteilen, dass ich das nicht so meinte, aber ich kann nicht mehr reden. Genau genommen kann ich gar nichts mehr, außer mich ihm hinzugeben und mich unter seinem Mund immer weiter auf meinen Höhepunkt zutreiben zu lassen, bis ich schließlich mit seinem Namen auf den Lippen zerspringe und am ganzen Körper zitternd auf die Matratze zurückfalle. Schwer atmend liege ich eine Weile so da, die Augen geschlossen und noch völlig gefangen in meinen Empfindungen. Ich öffne meine Augen erst in dem Moment wieder, als Lennox mich sanft an den Hüften packt, und weiter nach oben, Richtung Kopfende schiebt.

»Hey ... alles okay?«

Sanft platziert er ein paar Küsse in meinem Gesicht, streift mir die Haare aus der Stirn und legt sich seitlich neben mich. Sein Finger wandert einmal mehr runter zu meiner Narbe, obwohl seine Augen nur auf mein Gesicht gerichtet sind, und ich frage mich, ob ihm bewusst ist, dass er sie immer wieder berührt. Öfter als jede andere Stelle meines Körpers.

»Ja, ich bin nur ... außer Atem. Du machst mich fertig, Mister.« Lächelnd sehe ich ihn an und strecke mich ein wenig, bis ich meine Lippen auf seine legen kann, um ihn zu küssen. Ich kann mich selbst schmecken, was ein wenig befremdlich ist, aber irgendwie auch erregend.

»Ich hab noch nicht einmal richtig angefangen.«

»Stimmt, du wolltest noch deinen Zauberstab zum Einsatz, bringen und mir zeigen, was du damit alles anstellen kannst.«

Lachend reibt er seine Nase an meiner und ich lasse träge meine Fingerspitzen über seine Seite wandern, während ich ihm fest in die Augen sehe.

Seine Augen leuchten auf, er grinst schief und küsst mich noch einmal auf die Nasenspitze, bevor er endlich aufsteht, um auch noch das letzte Stück Stoff von seinem Körper zu entfernen.

Mit einer Ruhe umrundet er langsam das Bett und holt etwas aus der obersten Schublade seiner Kommode. Er gewährt mir so volle Aussicht auf seinen Hintern. Unwillkürlich lecke ich mir über die Lippen und grabe meine Zähne in die Unterlippe.

»Du starrst mich an.«

Nachdrücklich schließt er die Kommode wieder, dreht sich in meine Richtung und sieht mich mit brennendem Blick an.

»Was ist los?« Auffordernd hebt er eine Augenbraue, während er langsam wieder zu mir zurückkommt.

»Mir ist nur eben dein göttlicher Hintern aufgefallen.«

Gott, dieser Mann ist einfach perfekt.

Wortlos legt er das Kondom neben seinem Kopfkissen ab, kniet sich schnell zwischen meine Beine und beugt sich über mich.

»Ich finde deine Brüste auch echt göttlich. Aber wie wäre es für den Anfang mit einem Kuss? «

Er spricht ruhig, während sich eine seiner Hände in meinen Nacken legt, und er mich so wieder dazu bringt, mich aufzusetzen. Langsam gleitet sie von dort weiter, bis zu meinem Rücken, nur um dann mit einer flinken Bewegung meinen BH zu öffnen. Die ganze Zeit über sieht er mir in die Augen.

Ich hebe meine Hände und streife die Träger des BHs von meinen Schultern, sodass er in meinen Schoß fällt und ich ihn zur Seite werfen kann. Auch ich sehe ihm dabei in die Augen und konzentriere mich auf unser Gespräch.

»Eine wirklich gute Idee. Ein Kuss wäre ein guter Anfang. Direkt hier auf meine Lippen.«

Und damit keine Missverständnisse entstehen, deute ich noch auf meinen Mund, bevor ich meine Arme um seinen Nacken lege. Lennox zögert den Bruchteil einer Sekunde, bevor er seine Lippen unendlich sanft auf meine legt. Er erkundet jeden Winkel, streift mit der Zunge über meine Unterlippe und nimmt meinen Mund dann vollständig in Besitz. Sein Arm schlingt sich um meine Hüften, während er die andere Hand wieder besitzergreifend in meinen Nacken legt, um mich an Ort und Stelle zu halten. Sanft, und dennoch bestimmend drängt er mich langsam wieder zurück in eine liegende Position und stützt seine Hände links und rechts neben meinem Körper ab.

Genau das ist es. Das ist der Moment, auf den ich schon seit Ewigkeiten warte. Auf jede Berührung seiner Lippen antworte ich mit einem Seufzen. Auf jede Bewegung seiner Zunge mit einem Stöhnen. Nox huldigt meinem Körper, indem er jeden Winkel davon in Besitz nimmt. Erst noch sanft, vorsichtig und forschend. Doch mit der Zeit werden seine Berührungen drängender, härter. Und Gott, ich steh drauf. Er küsst meine Brüste und nimmt abwechselnd meine Brustwarzen in den Mund. Saugt fest daran, bevor er reinbeißt und mir so ein lautes Keuchen entlockt. Ich kann kaum noch atmen, halte die Spannung, die sich immer weiter zwischen uns ausbreitet kaum noch aus. Meine Arme schlingen sich mit jedem Kuss fester um ihn. Am liebsten würde ich ihn für immer so festhalten und nie mehr loslassen.

»Du gehörst mir, Mana. Nur mir allein!«

Die Worte kommen beinahe knurrend über seine Lippen. Ich kralle meine Finger in seine Schultern, halte mich an ihnen fest und reibe mich an seiner Männlichkeit, die sich hart gegen meine Mitte presst. Allein das macht mich schon wieder ganz verrückt. Aber ich will ihn. In mir.

»Dann nimm mich.«

Scheinbar ist seine Geduld ebenso zu Ende wie meine, denn ich muss ihn nicht zweimal darum bitten. Er platziert noch einen Kuss hinter meinem Ohr und richtet sich dann zwischen meinen Beinen auf, um nach dem Kondom zu greifen.

»Oh, das werde ich.«

Mit einem leichten Lächeln und funkelnden Augen reißt er die Folie mit den Zähnen auf und rollt es mit ein paar geübten Bewegungen über seine Erektion.

Ich beiße mir auf die Lippe, als ich ihm dabei zusehe, denn ich habe Angst, dass ich sonst anfange zu sabbern, weil mir bei seinem Anblick das Wasser im Mund zusammenläuft. Lennox, der mir jetzt endlich wieder näher kommt, einen Unterarm neben mir abstützt und mit der zweiten meinen Oberschenkel umfasst, um mein Bein anzuwinkeln. Vorsichtig legt er es sich um die Hüften und bringt sich in Position. Oh Gott, wieso kann er sich nicht einfach beeilen?

Mit dem Bein um seine Hüften versuche ich, ihn näher an mich zu ziehen, während ich mich ihm gleichzeitig entgegendränge. »Komm schon, Nox, unser Vorspiel war mehr als ausreichend, du brauchst das nicht noch in die Länge zu ziehen.« Ja, ich bin ungeduldig, und ich verstecke das auch nicht. Und auch in seinen Augen kann ich es sehen. Dieselbe Ungeduld, wie ich sie empfinde. Aber da ist auch noch etwas anderes. Liebe. Er sieht mich so voller Liebe an, dass mir für einen Moment der Atem stockt, während er mich frech angrinst.

»Ich steh drauf, wenn du so herrisch bist.«

Und dann macht dieses Grinsen einem Ausdruck puren Erstaunens platz, als er endlich, unendlich langsam, in mich eindringt. Ich öffne meine Lippen und halte den Atem an. Lust durchflutet meinen Körper wie eine Welle, als er meinen Körper beansprucht und immer tiefer in mich dringt. Es fühlt sich unglaublich an. Mein letztes Mal ist schon eine Weile her, aber ich glaube nicht, dass es mit dem hier vergleichbar ist. Lennox dehnt mich, schenkt mir eine Mischung aus Lust und ein wenig Schmerz, die mich völlig einnimmt, und ich kann ihn nur mit lustverhangenen Augen ansehen. Seine Finger klammern sich ein wenig fester um meinen Oberschenkel und als ich ihn ganz in mir aufgenommen habe, legt er schwer atmend seine Stirn auf meine und sieht mir tief in die Augen.

»Du fühlst dich unglaublich an.« Seine Stimme ist heiser und rau vor Verlangen, seine Hände zittern, weil er sichtlich Mühe hat, sich zurückzuhalten. »Geht es dir gut?«

Er fühlt sich auch unglaublich an. Jeder Zentimeter von ihm, und damit meine ich nicht nur den Teil, der sich gerade tief in mir befindet und dafür sorgt, dass sich alles in mir zusammenzieht und ich mehr will. »Ja. Ja, mach weiter. Bitte.«

Zärtlich streiche ich mit meinen Fingern über seinen Nacken und den Haaransatz, recke meinen Kopf, um ihn küssen zu können. Und in dem Moment, in dem unsere Lippen aufeinandertreffen, fängt er langsam an, sich zu bewegen. Seine Bewegungen haben nichts Hektisches oder Ungeduldiges an sich. Er lässt sich Zeit, genießt jede Sekunde mit mir in dem Versuch, mit mir zu verschmelzen. Seine Lippen wandern von meinen an meinem Kinn entlang, bis zu meinem Hals und zurück zu der empfindlichen Stelle hinter meinem Ohr. Seine Hand löst sich von meinem Bein, streift hauchzart über meine Haut nach oben, wo er meine Hand von seinem Nacken löst und unsere Finger miteinander verschlingt.

Keuchend bewege ich mich unter ihm, passe mich seinen Stößen an. Während wir einen gemeinsamen Rhythmus finden, der uns beide immer wieder zum Stöhnen bringt, legt er unsere miteinander verflochtenen Hände über meinem Kopf ab.

»Ich liebe deine freche Klappe!«

»Was für ein Glück. Wäre schwer, das abzustellen!« Keuchend klammere ich mich fester an ihn.

»Ich liebe dein Grübchen, das sich immer dann zeigt, wenn du lächelst«, erwidere ich. Und ich liebe es, wie er sich immer wieder in mir versenkt und mich zum Stöhnen bringt. Meine Muskeln ziehen sich immer öfter um ihn herum zusammen. Das Feuer in mir lodert immer höher, lässt mich in Flammen stehen und ich schlinge auch mein anderes Bein um seine Hüfte und keuche auf, als er durch die veränderte Position noch tiefer in mich dringt, und gleichzeitig anfängt, fester in mich zu stoßen.

»Und ich ... ich liebe dich!«

Er hat es gesagt. Er hat die drei Worte ausgesprochen, die schon seit einer Ewigkeit zwischen uns hängen und die er bisher nie ausgesprochen hat. Meine Augen füllen sich mit Tränen und meine Lippen verziehen sich zu einem breiten Lächeln. »Ich liebe dich auch.« Meine Stimme ist ganz belegt vor lauter Emotionen, weil mich seine Worte so glücklich machen. Ich kann mich nur noch schwer zurückhalten. Auch Nox scheint an seine Grenzen zu kommen, denn er ist nicht mehr in der Lage, auch nur ein einziges Wort zu formulieren, geschweige denn auszusprechen. Keuchend bewegt er sich um einiges fester als noch zuvor. Lässt meine Hand los, die ich sofort wieder um seinen Nacken schlinge, und legt sie stattdessen an mein Gesicht, um die Tränen wegzustreifen, die sich langsam aus meinen Augen lösen.

»Gott, Mana. Komm für mich und nimm mich mit.« Seine Stimme ist nicht mehr als ein heiseres Keuchen an meinem Ohr, seine Bewegungen werden unkontrollierter und rauer und ich brauche nur noch ein paar seiner Stöße, bis meine Lust über mir zusammenschlägt und mich mitreißt.

Fest umklammere ich seine Hände, halte ihn mit meinen Beinen fest und grabe meine Fersen in ihn, als ich unter ihm zerspringe. Sekunden später folgt er mir, spannt sich am ganzen Körper an und ich presse meine Lippen auf die Kante seines Kiefers, bevor er stöhnend auf mir zusammenbricht und seinen Kopf in meiner Halsbeuge vergräbt. Er atmet heftig, und eine ganze Weile, ist unser beider Keuchen das einzige Geräusch im ganzen Zimmer.

Zärtlich streiche ich mit meinen Fingerspitzen seinen Rücken auf und ab und verteile ein paar Küsse auf seiner Schulter.

»Ich …« Ausatmend zieht er sich aus mir zurück und rollt sich auf den Rücken. Er entfernt schnell das Kondom, knotet es zusammen und wirft es in den Mülleimer neben seinem Bett. Langsam dreht er sich wieder auf die Seite, den Blick mir zugewandt, und hebt seinen Finger, um damit sanft über meine Lippen zu streifen. »Ich möchte dich küssen … Ich möchte, dass du bei mir bleibst. Und ich will …« Ein kleines Grinsen schiebt seine Mundwinkel nach oben. »… das hier am liebsten sofort noch einmal machen.«

Lennox zieht mich ohne weitere Worte in seine Arme, legt seine Hand auf meinen Hinterkopf und drückt mich sanft an seine Brust, wo ich sein Herz hektisch schlagen höre. Ich atme tief ein und aus und kuschle mich an seine Seite.

»Du darfst mich jederzeit küssen und wir können das hier noch ganz oft wiederholen. Das war unglaublich. Ich werde mich hier nicht mehr wegbewegen.«

»Ist das ein Versprechen?« Er flüstert die Worte und schlingt seinen Arm fester um mich.

»Ja, das ist ein Versprechen. Ich werde mich nicht mehr von deiner Seite wegbewegen. Ich liebe dich, Nox.«

Mittlerweile habe ich einen Unterarm auf seiner Brust abgelegt und stütze mein Kinn darauf, damit ich ihn ansehen kann, während wir uns leise unterhalten. Ich hoffe, dass er die Worte noch einmal ausspricht, die mir so viel bedeuten, damit ich jede einzelne Regung in seinem Gesicht dabei beobachten kann, um sie nie mehr zu vergessen.

Ein Lächeln breitet sich auf seinem Gesicht aus und zeigt mir wieder seine Grübchen, auf die ich so stehe. Einen Arm hat er unter seinen Kopf geschoben, während er mit der anderen immer wieder durch meine Haare streift.

»Ich habe Hunger. Und ich fühle mich gerade mehr als gut. Und …«

Bitte Nox, sprich es aus. Komm schon, ich will es noch einmal hören.

In einer einzigen fließenden Bewegung rollt er mich auf den Rücken, stützt sich auf seinem Unterarm ab und beugt sich nah an mein Gesicht. Unendlich sanft legt er seine Hand an meine Wange, streift mit dem Daumen darüber und sieht mich voller Ernst an.

»Ich liebe dich.«

Ich hebe meinen Kopf und lege eine Hand an seine Wange, als ich ihm einen langen Kuss gebe.

»Du sorgst dafür, dass ich mich auch mehr als gut fühle. Nicht nur jetzt, sondern jeden Tag.« Und gegen seinen Hunger kann ich auch etwas tun, denn mir fällt wieder ein, dass noch ein Schokokuchen auf uns wartet. »Kann ich dich fünf Minuten allein lassen?«

Als Antwort schüttelt er nur den Kopf und hält mich fest, während seine Stirn sich in Falten legt. »Nein. Wieso? Warum willst du mich allein lassen?«

Ich lege meine Hand über seinen Mund, um ihn zum Schweigen zu bringen. »Ich komme ja gleich wieder. Aber du hast gesagt, du hast Hunger, und ich ehrlich gesagt auch. Ich will uns nur etwas zu essen holen.«

»Ich mach das. Was willst du haben? Du ... ich ... ich will nicht, dass du mich jetzt bedienst.« Er drückt mir noch einen festen Kuss auf die Lippen und steht auf, mustert mich abwartend und hält es offenbar nicht einmal für nötig, sich etwas anzuziehen.

»Auf der Kücheninsel steht Schokokuchen, der dürfte mittlerweile aufgetaut sein.«

Sein Anblick lenkt mich so ab, dass ich nicht einmal widerspreche und ihn einfach machen lasse. Als er das Zimmer verlässt, folge ich ihm mit meinen Augen. Doch kurz bevor er draußen ist, stemmt er seine Hände gegen den Türrahmen und dreht sich dann wieder zu mir um.

»Du bleibst schön so liegen. Nackt.«

»Ich werde mich nicht vom Fleck rühren.«

Dazu ist dieses Bett auch viel zu bequem. Wir haben das ganze Wochenende für uns und wenn es nach mir geht, werden wir einen beträchtlichen Teil der restlichen Stunden, die uns noch bleiben, genau hier verbringen. Ich weiß bereits jetzt, dass es mir schwerfallen wird, morgen wieder allein in meinem Bett zu liegen. Ob es ihm auch so geht? Wie gern würde ich jede Nacht das Bett mit ihm teilen, und das nicht nur wegen Sex. Und der war ja mal wirklich ... absolut großartig. Wer hätte gedacht, dass wir beide, nach allem was wir erlebt haben, am Ende doch noch zusammenfinden würden?

Zutiefst befriedigt lasse ich mich entspannt in die Kissen sinken, schließe für einen Moment die Augen und lasse die letzten Stunden in meinem Kopf Revue passieren, in dem Wissen, dass es nicht das letzte Mal gewesen sein wird, dass wir so etwas erlebt haben.

Kapitel 30

Lennox

Ich konnte mich erfolgreich eine Weile davor drücken, nach Hause zu fahren. Aber mein Dad hat dieses Wochenende Geburtstag und auch wenn er behauptet, der wäre ihm nicht wichtig, ist er dennoch jedes Mal sauer, wenn sich einer von uns daran hält und der kleinen Feier, die nur aus ihm, meinen Brüdern und mir besteht, fernbleibt.

Eigentlich wollte ich Mana mitnehmen. Nicht zu meiner Familie. Aber es wäre schön gewesen, abends zu ihr rüberzugehen und die Nacht bei ihr zu verbringen. Nur leider muss sie lernen und sie hat versprochen, dieses Wochenende unsere Projektunterlagen zu sortieren.

Ich stehe sicher schon seit fünfzehn Minuten vor meinem Elternhaus und kann mich nicht dazu durchringen, den Wagen zu verlassen und reinzugehen. Aber je eher ich es hinter mich bringe, desto besser. Seufzend schnappe ich mir meine Tasche aus dem Kofferraum und gehe auf den Eingang zu, als würde ich mich auf dem Weg zu meiner eigenen Hinrichtung befinden. Ich weiß bereits jetzt, dass diese paar Stunden mit ihnen mich wieder gedanklich zu einem Arschloch machen werden. Ich kann nur hoffen, dass Mana es schaffen wird, mich am Boden zu halten. Wenn sie doch nur hier wäre.

»Na sieh mal einer an. Junior hat es auch endlich nach Hause geschafft. Komm rein, Baby.«

Ich funkle Will, der nur knappe zwei Jahre älter ist als ich, wütend an, als ich die Verandatreppen nach oben laufe und ihn mit der Schulter anremple, um ins Haus zu gelangen.

»Halt deine Klappe.«

Dad sitzt zusammen mit Colton auf dem Sofa. Beide haben ein Bier in der Hand, während Evan in Dads altem Fernsehsessel hockt und schläft.

»Hey, Dad. Happy Birthday.«

Mein Soll ist erfüllt. Ich habe ihm gratuliert, sogar persönlich, und könnte theoretisch jetzt wieder nach Hause fahren, mich ausziehen und Mana in mein Bett zerren. Okay, das klingt, als wäre ich ein Höhlenmensch.

Dad sieht mich nicht einmal an, sondern hebt nur seine Flasche an seine Lippen und murmelt etwas, was nur mit viel Fantasie an ein Danke erinnern lässt. Das ist sie. Die große Party, für die ich extra herkommen musste, weil es keiner besser versteht als diese vier Menschen hier drinnen, mir ein schlechtes Gewissen einzureden. Will setzt sich zu den anderen dazu und ich weiß genau, dass von mir erwartet wird, mich ebenfalls zu ihnen zu setzen. Also mache ich das. Greife nach dem Bier, das Evan mir in die Hand drückt. Dabei hasse ich Bier. Mana steht drauf.

»Lennox, wie läuft die Uni?«

Es ist selten, dass Dad nach meinem Studium fragt. Wenn er es einmal macht, ist meine Antwort am besten so neutral wie möglich. Um ihm keinen Grund zu geben, wütend zu werden. Auch wenn das meistens nicht viel bringt. Er wird immer wütend. Oder abfällig. Nach all den Jahren überrascht es mich immer noch, dass ich noch nie von ihm geschlagen wurde. Wobei ich nicht genau sagen kann, ob mir der körperliche Schmerz nicht sogar lieber wäre als er seelische Druck, den er ständig auf mich ausübt. Körperlicher Schmerz vergeht. Wie beim Football. Die seelische Grausamkeit schneidet immer tiefer in mein Herz, so lange, bis man das Messer gar nicht mehr rausziehen kann.

»Gut. Viel Training und viel Stoff, den sie uns aufhalsen. Alles wie immer.« Gut gemacht. Nur nicht mehr Information als unbedingt nötig rausrücken.

»Ich hab gehört, ihr macht jetzt so einen hirnrissigen Scheiß mit gemischten Spielern bei dem wichtigen Spiel. Stimmt das?«

Dad sieht mich über seine Bierflasche hinweg zum ersten Mal an und ich erkenne den Argwohn darin. Es ist das Benefizspiel, und davon habe ich ihm bestimmt nichts erzählt. Weil ich genau wusste, wie er darauf reagieren wird und genau das vermeiden wollte.

»Ja, Lenny! Bist du jetzt unter die Cheerleader gegangen?«, ätzt Colton und alle lachen. Evan pennt immer noch, doch er würde ebenfalls darüber lachen.

Fuck. Die wissen mehr, als ich dachte. Ich habe hier nie auch nur mit einem Wort etwas von dem Experiment erzählt. Woher zur Hölle wissen sie das?

»Wovon redet ihr?« Ich nehme einen Schluck von dem ekelhaften Bier und versuche angestrengt, nicht angewidert das Gesicht zu verziehen. »Dad, woher hast du diese Information?«

»Du kennst doch Jim. Sein Kumpel kennt deinen Trainer. Der spinnt doch, wenn du mich fragst! Wie kann er zulassen, euch mit Frauen spielen zu lassen? Die haben auf so einem Feld nichts zu suchen!«

Seufzend reibe ich mir mit der flachen Hand über die Stirn und hoffe, dass gleich irgendetwas passiert, was dieses Thema ein für alle Mal vom Tisch fegt, bevor ich darauf antworten muss. Aber weder stürzt das Dach ein, noch kommen Aliens, um mich zu entführen.

»Sie stellen sich gar nicht so schlecht an.« Das rutscht mir raus, ohne dass ich darüber nachdenke. Scheiße.

Die Stille, die daraufhin herrscht, ist ohrenbetäubend laut. Drei Augenpaare starren mich an, bevor Will den Mund aufmacht und mit dem Zeigefinger auf mich zeigt. »Du bist wieder weich geworden, Arschloch. Genau wie damals mit … wie hieß sie noch gleich?« Nachdenklich sieht er Colton an. »Mana!«, antwortet er daraufhin und Will nickt.

Fuck. Fuck. Fuck. Ruckartig schieße ich von meinem Stuhl hoch und funkle die beiden wütend an. Evan, der eben auch von den Toten erwacht ist, blinzelt müde und richtet sich schlaftrunken auf, bei dem Versuch, sich einen Überblick über die Situation zu verschaffen.

»Du warst schon immer so schwach!«, sagt Colton abfällig und Dad schüttelt enttäuscht den Kopf und stellt dann seine Bierflasche mit einem lauten Knall auf dem Couchtisch neben sich ab. »Du wirst auf keinen Fall mit Frauen spielen! Ich habe dich besser erzogen. Wenn du eine Frau haben willst, dann lass sie gefälligst nur in dein Bett und deine Küche!«

Evan scheint die Lage direkt kapiert zu haben, denn er schüttelt nur den Kopf. »Ist der Knirps etwa wieder zur Frau mutiert? Ey jo! Geh mir einen Apfelkuchen backen!«

Erneut wird gelacht, während Dad mich noch immer anstarrt, jetzt wütend und unerbittlich.

»Wieso sagst du deinen anderen Söhnen nicht, sie sollen die Klappe halten? Ich spiele, weil ich spielen will. Ich lasse mir die Uni nicht kaputtmachen, nur weil es dir nicht passt.«

Außerdem hat Mom mich erzogen. Ich war schon fertig, als sie uns verlassen hat.

»Wieso? Sie haben doch recht! Lass dir mal paar Eier wachsen, Lennox! Du bist keine verdammte Frau! Und wenn du Schande über diese Familie bringst, brauchst du dich nie wieder blicken lassen und dein Unigeld ist auch gestrichen! Haben wir uns verstanden?«

Mein Vater hat noch immer nicht verstanden, dass nicht er mir die Uni finanziert, sondern ich ein Sportstipendium bekommen habe. Noch ein Grund, um an diesem Spiel teilzunehmen.

»Schande über diese Familie? Ernsthaft, Dad? Ich bringe Schande über uns? Und das mit einem Sohn, der seinen Job und seine Frau verloren hat und jetzt hier herumsitzt?«

Colton schnaubt entrüstet und macht einen Schritt auf mich zu.

»Oder mit Sohn Nummer zwei, der wöchentlich seine Jobs wechselt, wie Evan seine Unterhosen? Was nebenbei bemerkt absolut ekelhaft ist. Oder Sohn Nummer drei, der hier sitzt, weil er sich weigert, aufs College zu gehen, und absolut keine Ahnung hat, was er aus seinem Leben machen will? Aber ich bringe die Schande über die Familie? Ich, der Sohn mit dem Stipendium und einem geregelten Leben? Wow.«

Mein Dad steht auf. »Du hast mir nichts zu sagen! Deine Mutter hat dich viel zu verweichlicht. Deine Brüder wissen wenigstens, was es heißt, ein richtiger Mann zu sein! Sie hatten kein Mädchen, mit denen sie spielten und von ihr in Kleider gesteckt wurden.«

»Lass Mana da raus!«

Ich war drei, als ich eines ihrer Kleider angezogen hat. Einfach nur, weil sie krank war und unbedingt Teeparty spielen wollte. Sie war meine beste Freundin. Wie hätte ich da Nein sagen können?

»Oh. Ist sie jetzt deine Freundin, Lenny?«, grinst Evan und Colton schnaubt. »Lackiert sie dir die Fingernägel, wenn dir einer abbricht? Du Pussy.«

Dad sieht mich enttäuscht an und schüttelt den Kopf. »Ich hätte dich niemals mit ihr spielen lassen, aber deine Mutter hatte schon immer ein zu großes Mundwerk. Sieh nur, was aus dir geworden ist.«

Als er meine Mom erwähnt, bricht mein Herz und es ist mir nicht zu blöd, wenigstens mir selbst gegenüber zuzugeben, dass ich den Tränen nahe bin. Aber ich werde den Teufel tun, vor meiner Familie zu heulen. »Mom ist nur deinetwegen weg. Und ich hasse es, dass sie mich hier bei euch gelassen hat.«

»Dann sieh zu, dass du von hier verschwindet. Wir brauchen keine Schwuchtel hier, die nach Mami weint«, sagt Will und widmet sich wieder dem Film im Fernseher.

»Wisst ihr was? Wenn euch das hier reicht, dann trinkt doch einfach weiter euer Bier und sitzt bescheuert auf dem Sofa herum. Aber hört auf, mir ein schlechtes Gewissen einreden zu wollen, wenn ich nicht oft genug nach Hause komme, wenn ihr mich dann ohnehin rauswerft. Und das nur, weil euch meine Meinung nicht passt.«

Der Witz ist, ich wäre meinen Brüdern allen körperlich überlegen. Aber die sogenannte Schwuchtel, die nach Mami weint, hat auch von besagter Mami gelernt, niemals jemandem Schaden zuzufügen. Ich kann es nicht fassen, dass meine Brüder, obwohl sie viel mehr Zeit mit meiner Mom hatten, so wenig davon mitbekommen haben.

»Und genau deswegen war ich immer gegen diese Uni! Sie versuchen, euch so einen Schwachsinn wie Gleichberechtigung einzutrichtern, oder dass eine Frau genauso viel verdienen soll wie ein Mann. Totaler Blödsinn. Männer arbeiten immer härter. Weil sie stärker sind. Und du bist jetzt noch weicher als sowieso schon. Du widerst mich an.« Dad sieht mich mit so viel Abscheu an, dass ich fast erschrecke.

»Mom war stärker«, sage ich leise und bringe ihn damit nur noch mehr in Rage.

»Mom war stark genug, dich zu verlassen.«

Auch wenn ich sauer und verletzt bin, weil sie gleichzeitig nicht stark genug war, mich mitzunehmen. Sie fehlt mir so unglaublich und doch konnte ich diese Sehnsucht niemals laut aussprechen, um nur ja keine Angriffsfläche für meine Familie zu bieten.

»Diese ... war genauso schwach wie alle Frauen. Nicht mal anständig putzen konnte sie.«

Ich balle meine Hände zu Fäusten und mache einen Schritt auf ihn zu. »Kein Wort gegen Mom. Sag kein einziges Wort mehr gegen sie.« Knurrend, und am ganzen Körper zitternd, versuche ich, mich unter Kontrolle zu halten. Ich kann ihm keine reinhauen.

»Oh! Lenny wird mutig. Was ist? Willst du dich prügeln?«

Meine Brüder stehen auf und stellen sich neben meinen Vater.

»Das wäre das erste Männliche, was du je getan hast.«

Ich höre wie in Dauerschleife alle Worte, die sie mir in den letzten Jahren an den Kopf geworfen haben. Gleichzeitig erinnere ich mich an die Worte meiner Mom, die mir sagen, dass ich gut bin, wie ich bin. Und eine neue Stimme gesellt sich dazu. Die von Mana. Die mir sagt, dass ich sofort ins Auto steigen und von hier wegfahren soll. Am besten zu ihr.

»Reden wir noch einmal über Männlichkeit, wenn du es schaffst, endlich mal einen hochzukriegen, ohne vorher etwas einwerfen zu müssen.«

»Ich glaube, du solltest jetzt gehen, Lennox«, sagt mein Vater und setzt sich erneut auf die Couch, während Colton zetert.

»Und du bist jetzt ruhig! Oder bist du eine Furie? Benimm dich nicht wie eine hysterische Frau!«

Das lasse ich mir nicht zweimal sagen. Ich greife nach meiner Tasche und stürme aus dem Haus, ohne noch einmal einen Blick zurückzuwerfen. Zum Glück habe ich nur an dem Bier genippt und traue mir noch zu, mich hinters Steuer zu setzen.

Allerdings komme ich nur bis zur nächsten Kurve, bevor ich zur Seite fahren und den Wagen abstellen muss. Hektisch wische ich mir über die nassen Augen und schlage verzweifelt auf mein Lenkrad ein. Und dann mache ich genau das, was meine Brüder mir schon immer vorgehalten habe. Ich heule wie ein Baby. Um meine Mom. Und um meine Familie und das Gefühl, was ich ständig vermittelt bekommen habe. Ich werde niemals gut genug sein. Wer weiß, am Ende haben sie recht und die Frauen in meinem Umfeld haben mich weich gemacht. Als es auf der Beifahrerseite an der Scheibe klopft, hebe ich ruckartig den Kopf und entspanne mich sofort, als nicht einer meiner Brüder davor steht, sondern Manas Mom. Sie lächelt mich beruhigend an und öffnet die Tür, um ihren Kopf in den Wagen zu stecken. »Nox. Was ist los?«

Zittrig atme ich ein und aus, bevor ich weinend meine Stirn gegen das Lenkrad presse und den Kopf schüttle. Das Nächste, was ich wahrnehme, ist ein Arm, der sich um mich legt und mich gegen einen weichen Körper drückt. Manas Mom war immer schon großartig im Trösten. Als meine Mutter weg war und auch Mana aus meinem Leben verschwunden war, war sie es, die mich getröstet hat.

»Du solltest in diesem Zustand nicht mehr fahren, mein Schatz. Komm mit. Ich mach dir etwas zu essen und dann reden wir, was sagst du?«

Ich richte mich auf und wische mir mit dem Unterarm über das Gesicht, nicke zaghaft und lasse zu, dass sie mich aus dem Wagen holt. »Du kannst ihn hier stehen lassen. Komm mit.«

Stumm schließe ich mein Auto und denke gerade noch daran, meine Tasche mitzunehmen. So, wie ich sie kenne, lässt sie mich heute wirklich nicht mehr nach Hause fahren. Als wir Manas Elternhaus betreten und ihr Dad ebenfalls sofort dafür sorgt, dass es mir an nichts fehlt, ist es mit meiner ohnehin geringen Beherrschung endgültig vorbei.

Kapitel 31

Mana

Ich habe Nox seit vier Tagen nicht gesehen. Ich habe ihm geschrieben. Bekomme jedoch keine Antworten.

Ich stand bei ihm vor dem Haus, jedoch wurde mir immer gesagt, er sei nicht da. Erst dachte ich, Aiden und seine Jungs würden für ihn lügen, doch irgendwie glaube ich das nicht. In den letzten Wochen wurden auch wir so etwas wie Freunde. Sie würden nicht lügen. Hoffe ich.

»Nicht schon wieder!«

Als Emma nach Hause kommt, und ihre Tasche in die Ecke wirft, stecke ich bis zu den Ellbogen in Keksteig. Ich backe Snickerdoodles wie eine Irre, auch wenn ich nicht weiß, wer die alle essen soll.

»Was denn? Sind doch lecker?«

Mit dem Unterarm wische ich mir schnell die Haare aus der Stirn und sehe Emma ruhig an. Wenn ich nachts heulend im Bett lag, lag sie neben mir und hat mich einfach nur festgehalten. Wenn ich tonnenweise Eis in mich reingestopft habe, hat sie es nicht gewagt, auch nur einen Löffel anzusehen, um mitessen zu können. Sie hat mir zugehört. Sie hat angefangen, meine Snickerdoodles auf dem Campus zu verteilen, und sie hat mein Zimmer aufgeräumt, weil ich leider dazu neige, einen Saustall zu verursachen, sobald ich Kummer habe.

»Ja, Mana. Das sind sie. Aber mir kommen die Snickers bald aus den Doodles raus, wenn du so weitermachst.«

Lachend schiebe ich die letzte Ladung für heute in den Backofen.

»Noch immer nichts von Nox gehört?«

Kopfschüttelnd fange ich an, die Küche aufzuräumen.

»Okay.« Emma schnappt sich einen Putzlappen und fängt an, die Arbeitsfläche von Mehl zu befreien. »Soll er langsam sterben, oder schnell?«

»Er soll gar nicht sterben, Emma.«

»Gut, aber leiden. Ich würde ihm gern wehtun. Oder ihn einfach nur richtig fies ärgern. Mit Juckpulver, zum Beispiel!«

Die Idee gefällt mir leider viel zu gut, um gleich nein dazu zu sagen.

»Ich meine, er hatte Sex mit dir, und jetzt meldet er sich nicht. Wie stellt er sich das vor? Ihr müsst bald euren Projektbericht abgeben. Außerdem seid ihr doch zusammen. Oder hat sich das urplötzlich geändert?«

»Doch. Sind wir. Frag mich nicht, was los ist. Wüsste ich es, würde mich die Situation nicht so belasten.« »Kleines Arschloch. Ich hab echt angefangen, ihn zu mögen. Aber das ...« Emma seufzt tief auf, bevor sie den Lappen ins Waschbecken wirft und sich zu mir dreht. »Willst du das Projekt unter diesen Umständen wirklich durchziehen?«

»Emma, es ist ein gemeinsames Projekt und auch meine Note hängt davon ab.«

Emma weiß, wann es sinnlos ist, weiter mit mir zu diskutieren, und ich kenne ihre Meinung dazu. Damit scheint das Thema wohl vorerst erledigt, denn Emma beschließt, uns beiden Kaffee zu machen und mich damit und einem kleinen Vorrat an Snickerdoodles auf das Sofa zu verfrachten. »Aufräumen können wir später noch.«

Seufzend kuschle ich mich ins Sofa ein und sehe aus dem Fenster. Es regnet. Schon den ganzen Tag und Nox' Trainer hat das gemeinsame Training für heute abgesagt, da die Mannschaft kurz vor dem Endspiel steht und sie keinerlei

Ablenkung gebrauchen können. Scheiße. Es wäre eine Möglichkeit gewesen, ihn zu sehen. Aber bald. Wir müssen schließlich auch noch für unser Benefizspiel trainieren.

»Er fehlt mir. Und ich verstehe nicht, warum er plötzlich so auf Abstand geht.«

»Vielleicht muss er ja wirklich viel mehr trainieren als sonst?«

»Und das kann er mir nicht einfach sagen? Ich dachte, ich bin seine Freundin.«

»Männer sind halt wie sie sind. Es tut mir leid, aber er war von Anfang an nicht gerade der Redefreudigste.«

Früher war er es. Aber Emma hat recht. Nox hat sich verändert. Allerdings dachte ich, unsere Zeit zusammen hätte dafür gesorgt, dass er ein wenig offener wird. Zumindest mir gegenüber.

»Denkst du, er hat es sich anders überlegt?«

Emmas Worte schmerzen mehr, als ich zugeben möchte. Es war so schön die letzten Wochen. Nox war wieder wie früher. Er hat mir vertraut, sich mir geöffnet. Andererseits ... ich richte mich auf und sehe Emma nachdenklich an.

»Er war bei seinem Dad. Und seither ist er komisch. Wieso bin ich da nicht gleich draufgekommen?«

»Denkst du, das hängt zusammen?«

»Emma, ich hab dir doch erzählt, wie es damals bei ihm zu Hause war. Du kennst unsere Geschichte. Und jedes Mal, wenn er zum Arschloch wurde, war sein Dad darin involviert.«

Emma runzelt die Stirn, während mir plötzlich alles klar wird und Wut mich erfasst. »Ich dachte wirklich, wir hätten diese Scheiße endlich geklärt. Aber anstatt mit mir zu sprechen, zieht er sich wieder zurück und tut einfach so, als wäre ich nicht da. Ich werde dem Mistkerl einen Tritt in seinen Hintern verpassen, den er nie mehr vergessen wird.« Wütend stehe ich auf und stürme in den Flur.

»Oh nein. Das machen wir nicht. Nicht bei diesem Regen, nicht in deinem Zustand und schon gar nicht, ohne zu wissen, wo dieser Mistkerl überhaupt steckt.«

Sie packt mich mit mehr Kraft, als man ihr zutrauen würde am Oberarm, und pflanzt mich wieder auf die Couch. Und ich muss leider zugeben, dass sie recht hat.

»Ich hasse es, wenn du so viel erwachsener reagierst als ich.« Grummelnd stecke ich mir einen Keks in den Mund und kaue schmollend darauf herum.

»Bald wirst du mir dankbar dafür sein. Wenn Nox wirklich wegen seines Dads ist, wie er ist, wird er dafür geradestehen müssen. Aber wir werden nicht überreagieren und schon gar nicht werden wir ihm eine Szene vor versammelter Mannschaft machen. Klar? Du bist so nicht. Ich schon. Aber du nicht.« Emma setzt sich wieder neben mich und stupst mein Knie mit ihrem an. »Lass uns die Sache ruhig angehen. Überleg dir, was du ihm sagen möchtest und was ich tun darf, wenn er nicht einsichtig wird. Okay?«

Einen langen Augenblick lang sehe ich sie an, bevor ich bedächtig nicke. »Okay. Können wir dabei einen Film sehen?«

»Alles, was du willst. Am besten etwas Blutiges, wo die wütende Ex dem Kerl den Arsch aufreißt.«

Lachend rufen wir die Netflixstartseite auf, bis wir an einem Film hängen bleiben, der uns beiden nicht bekannt ist und die nächsten zwei Stunden ohnehin nur im Hintergrund läuft, während wir uns eine Pizza in den Ofen schieben und darüber reden, wie es mit Nox und mir weitergeht.

Kapitel 32

Lennox

Wenn noch einmal jemand behauptet, Männer wären cool und so gelassen, dem haue ich eine rein. Ich bin gerade alles andere als das. Heute müssen wir einen Vortrag darüber halten, was uns dieses Projekt gebracht hat. Wie wir uns damit fühlen und ob wir es geschafft haben, das andere Geschlecht ein wenig besser zu verstehen.

Mittlerweile ist es ein paar Tage her, dass mein Vater mich aus meinem Elternhaus geworfen hat. Ich war seitdem nicht mehr dort und habe auch sonst keinerlei Kontakt zu meiner Familie gesucht. Nachdem ich die halbe Nacht heulend mit Manas Eltern zusammengesessen habe, bin ich am nächsten Morgen früh nach Hause gefahren, um mich auf mein Training zu konzentrieren und endlich wieder das zu tun, was ich von Anfang an vorhatte, als ich damals von zu Hause ausgezogen bin, um auf die Uni zu gehen. Meiner Familie beweisen, wie falsch sie lagen. Und genau so lange habe ich auch Mana nicht mehr gesehen. Ich schäme mich dafür, dass ich mich noch immer so sehr von ihnen beeinflussen lasse. Und gleichzeitig keimt in mir der unbändige Drang auf, die Sache mit Mana zu beenden, bevor sie es tun kann. Bevor sie beschließen kann, dass ihre Gefühle für mich nicht stark genug sind. Das war vermutlich einer der Gründe, warum ich nicht sofort zu ihr gefahren bin. Sie hätte mir sagen können, dass alles gut ist, gleichzeitig bestand aber auch die Gefahr, dass sie das genaue Gegenteil macht.

Aus Angst davor, was ich in ihrem Blick sehen könnte, ignoriere ich Mana, seit ich den Hörsaal betreten habe, und setze mich möglichst weit von ihr entfernt auf einen freien Platz. Ich kann fühlen, wie sie mich mit Blicken erdolcht, aber ich nehme darauf keine Rücksicht. Sie hat mir gefehlt. Sie tut es noch. Aber ich habe Angst. In den Wochen, in denen wir zusammen waren, habe ich meine ganze Aufmerksamkeit auf sie gelegt. Mein Training war plötzlich nicht mehr so wichtig wie zuvor und auch die Vorlesungen habe ich nicht mehr so ernst genommen, wie ich es eigentlich sollte. Was ich gar nicht schlimm fand, schließlich habe ich dennoch meine Leistung so gut wie möglich erbracht, und nebenbei noch eine wunderschöne Zeit mit ihr gehabt. Die beste Zeit meines Lebens. Sie hat gesagt, sie liebt mich. Dieser Gedanke allein würde dafür sorgen, dass ich die Worte meiner Familie von mir wegschiebe und zu ihr gehe. Mich vor ihr in den Staub werfe und um Vergebung dafür bettle, sie ein paar Tage ignoriert zu haben. Aber die Worte sind zu laut.

Du bist ein Weichei.

Kleine Pussy.

Sei ein Mann und lass die Frau nur in dein Bett oder in deine Küche.

Permanent kreisen diese Worte durch meine Gedanken und ganz egal, was ich auch versucht habe, ich werde sie nicht los. Weil ich vielleicht wirklich schwach bin, nur anders, als sie denken.

»Mister Collister, Miss West, darf ich bitten?«

Als Professor Thompson uns bittet, nach vorn zu kommen und unsere Einschätzung abzugeben, schlucke ich hart und stehe mit heftig klopfendem Herzen auf, während Sam und Max mir fest auf die Schulter klopfen. Ich steige die Treppen des Hörsaals nach unten, bis ich neben Mana stehe und ihr lediglich einen kurzen Blick zuwerfe. Die Unterlagen in meiner Hand zittern und ich konzentriere mich darauf, mich zu beruhigen. Nicht lange, dann habe ich es geschafft und habe all das hinter mir. Dann kann ich dieses Experiment endlich abhaken und weitermachen wie bisher.

»Nox.«

Mana flüstert leise meinen Namen, doch ich schüttle mit nur einem schnellen Blick auf sie den Kopf. Wenn ich sie jetzt ansehe, ist es mit meiner Selbstbeherrschung vorbei. Das würde den völligen Bruch zu meiner Familie bedeuten und sie sind doch alles, was ich noch habe. Was ist, wenn Mana mich doch irgendwann verlässt, wenn ich meine Familie aufgegeben habe? Dann bin ich allein. Dieser Gedanke macht mir Angst.

»Miss West, bitte erzählen Sie uns von Ihren Erkenntnissen der letzten Wochen.«

Ich habe keine Ahnung, was genau Mana erzählt, und kriege auch nur am Rande mit, dass sie damit den Hörsaal zum Lachen bringt. Es fühlt sich an, als wäre ich in Watte gepackt und ich bin kurz davor, einfach den Saal zu verlassen und nach Hause zu fahren. Allerdings endet Mana gerade in diesem Moment ihre Ausführung und erntet sogar Applaus von unseren Mitstudenten. Es dauert einen Augenblick, bis ich begreife, dass nun ich dran bin. Ein Räuspern, wohl von Professor Thompson, lässt mich die Schultern straffen und tief durchatmen. Kurz schweift mein Blick über die Gesichter der anderen, bleibt eine Sekunde lang an Mana hängen und dann atme ich tief durch, lasse meine Unterlagen sinken und versuche, die Worte meiner Familie aus meinem Kopf zu vertreiben.

Sei ein Mann.

Frauen und Männer können nicht befreundet sein.

Raus aus meinem Haus.

»Als uns gesagt wurde, was wir da machen sollen, wollte ich auf der Stelle den Kurs und die Uni verlassen.« Dafür ernte ich ein paar Lacher, was mir jedoch nur ein müdes Schmunzeln entlockt. »Es gibt nun mal Unterschiede zwischen Mann und Frau. Nicht alle mögen schlecht sein, aber doch sind sie da und von der Natur gegeben. Frauen haben ständig Handcreme bei sich. Die ist gut. Ehrlich, ihr solltet euch alle eine Avocado-Creme zulegen. Ich glaube, meine Hand war zuletzt so weich, als ich ein Baby war.« Wie zum Beweis halte ich meine Hand hoch und wieder lachen einige. »Bier, und das gestehe ich hier nun zu meiner Schande, ist nicht meins.« Einige Buhrufe begleitet von Lachen werden laut und ich grinse breiter. »Ich hasse Bier und trinke es nur, weil ich denke, dass man es von mir erwartet. Mal davon abgesehen, dass ich ohnehin kaum Alkohol trinke, weil der Trainer es schlichtweg nicht erlaubt.«

Ich erzähle noch so einiges. Dass Mana genauso gut Autofahren kann wie ich. Dass sie – und Frauen, die ich kennengelernt habe – tatsächlich alle lieber Shoppen gehen als ich. Und ja, ich erzähle sogar davon, dass ich mir die Beine habe enthaaren lassen und das absolut niemandem empfehlen würde. Nicht einmal Frauen. Und schon gar nicht, um einem Mann zu gefallen, weil selbst bei einigen von uns Männern Body-Shaming ein absolutes No Go ist und wir manchmal nur zu wenig Eier in der Hose haben, um unsere Freunde aufzuhalten, wenn diese es doch witzig finden. Außerdem erzähle ich vom gemeinsamen Training und wie ich anfangs noch der Meinung war, dass die Frauen sich gar nicht mal so blöd anstellen dabei, ich aber doch denke, dass es ein reiner Männersport bleiben sollte. Da war er. Der erste, unabsichtlich platzierte Stich in Manas Herz. Ich erzähle von Pyjamapartys und wie lächerlich ich es finde, so einen Vorwand zu schaffen, um mit seinen Freundinnen über Probleme oder dergleichen zu sprechen. Dass es aber gleichzeitig nichts anderes ist, als wenn wir Jungs uns treffen, um irgendein Spiel zu sehen. Ich rede und rede, erzähle von allem, was wir in den letzten Wochen durchgemacht und erlebt haben. Und dann, kommt das Arschloch in mir durch und ich habe keinerlei Chance, es aufzuhalten, als ich mich Worte sagen höre, die ich niemals wieder werde zurücknehmen können.

»Es mag sein, dass es einige Dinge gibt, für die wir beim jeweils anderen Verständnis aufbringen könnten. Aber wenn wir ehrlich sind, werden Männer immer das starke Geschlecht sein und Frauen diejenigen, die tun, was wir wollen.«

Während die Mädchen anfangen, mich wüst zu beschimpfen, johlen die Jungs. Alle, bis auf Sam und Max, die mich entsetzt ansehen. So, als wüsten sie, was gleich hier passieren wird. Mana greift nach meinem Arm, aber ich bringe sofort Abstand zwischen uns.

Sei ein Mann.

Du Pussy.

Raus aus meinem Haus.

Deine Mutter war schwach.

»Nox. Was zur Hölle wird das?«

Ich kann sie nicht ansehen. Der Klang ihrer Stimme bricht mir das Herz, aber der Wichser in mir ist stärker und hält mich davon ab, sie einfach in den Arm zu nehmen und mit ihr von hier zu verschwinden. Dabei ist das genau das, was ich jetzt gern tun würde.

Ich schlucke, während mein Herz heftig in meiner Brust pocht und ich am liebsten auf den Boden vor mir kotzen würde. Mein Herz erinnert sich noch genau an das Gefühl, als Mana mir sagte, dass sie mich liebt. Der Arschlochteil in mir will davon jedoch nichts hören und ich versetze Mana, der Frau die ich liebe, den finalen Stoß. Einfach nur, weil ich mich nicht von den veralteten Ansichten meines Vaters und meiner Brüder lösen kann. Wenn ich könnte, würde ich mich auf der Stelle selbst erschlagen. Trotzdem mache ich nichts, um meine Aussage irgendwie zu mildern.

»Frauen glauben an die große Liebe. Sie glauben daran, dass es den richtigen Menschen für jeden von uns gibt. Aber wisst ihr, was ich glaube? Dass es die richtige Liebe nicht gibt. Früher oder später verlassen dich die Frauen, weil du in ihren Augen nicht gut genug bist. Ein Fehler, und es ist vorbei. Da halte ich es doch für besser, sich gar nicht erst darauf einzulassen.«

Ich hebe meinen Kopf und sehe mich im Saal um, vermeide jedoch den Blick auf meine Freunde. Sie wären bestimmt enttäuscht von mir.

»Frauen sagen immer, durch Reden könnte man so einiges aus der Welt schaffen. Aber das stimmt nicht. Nicht alle Frauen reden. Sie wollen uns aber immer dazu bringen, genau das zu tun. Mein Fazit ... Männer und Frauen können nicht einfach nur befreundet sein. Früher oder später entwickelt sich mehr und man landet zusammen im Bett. Immer. Und dann zerbricht es. Nichts ist für die Ewigkeit.«

Mein Herz bricht in tausend Teile, aber ich kann die Worte nicht davon abhalten, sich einen direkten Weg aus meinem Mund zu bahnen. Aber darauf kann ich keine Rücksicht nehmen. Mein Soll ist erfüllt. Das Experiment hat gemacht, was es sollte. Es hat die Unterschiede zwischen Mann und Frau aufgezeigt und ich kann es endlich für beendet erklären.

Ein Schluchzen rechts von mir lässt mich aufhorchen und sofort zerre ich meine Schutzmauer nach oben, weil ich innerlich weiß, dass es immer schon so war und niemals anders sein wird. Meine Mom hat mich verlassen. Mana hätte mich früher oder später auch verlassen. Und wie soll ich wirklich glauben, dass mein Vater und meine Brüder wirklich mit allem unrecht haben? Jahrelang waren ihr Worte das Einzige, was ich zu hören bekommen habe. Ich wurde genau nach dieser Sichtweise geformt. Es war egal, dass meine Mom mir die ersten Jahre meines Lebens den Wert einer Frau nähergebracht hat. Dass sie alles für mich war. Mein Dad hat ganze Arbeit geleistet und all ihre Worte erfolgreich aus meinem System gewischt. Und ich hasse mich dafür, dass mir diese Tatsache bewusst ist, und ich gleichzeitig dennoch nichts davon ablegen und mir einfach nehmen kann, was ich will. Und das ist Mana.

Im Hörsaal herrscht ein wildes Durcheinander an Stimmen und Beschimpfungen. Mann gegen Frau. Und ich sehe lediglich ruhig zu, ohne die Absicht, mich einzumischen. Mechanisch reiße ich mich von Mana los, die wieder nach meinem Arm greift, und sehe wie in Zeitlupe dabei zu, wie sie ihre Unterlagen fallen lässt und weinend aus dem Hörsaal verschwindet. Ohne sie auch nur einmal anzusehen, habe ich es geschafft, den wichtigsten Menschen in meinem Leben zu verlieren. Ich hasse mich.

Inmitten des ganzen Chaos bin ich irgendwann auch einfach wortlos verschwunden, habe vorher noch meine Unterlagen auf Professor Thompsons Tisch gelegt und bin nach Hause gefahren. Kaum aus dem Wagen raus, würde ich am liebsten wieder rückwärts reinklettern. Auch als ich sehe, dass Sam und Max ebenfalls gerade in unsere Einfahrt einbiegen.

»Lennox.« Aiden klingt wütend und ein Blick in sein Gesicht genügt mir, um zu wissen, dass ich keinerlei Lust auf eine Standpauke habe. »Du bist ein richtiger Wichser.« Er rempelt mich so heftig an, dass ich gegen mein Auto knalle und all unsere Nachbarn die sich gerade draußen befinden, sich schaulustig zu uns umdrehen. Sofort richte ich mich wieder auf und mache einen energischen Schritt auf ihn zu.

»Was ist dein Problem?«

»Du. Du bist mein Problem. Eine stinkwütende Emma hat mich angerufen und mir erzählt, was passiert ist.«

»Ich habe nur meine Arbeit erledigt.«

»Du hast Mana verletzt und jede andere Frau mit Füßen getreten. Warum? Was zur Hölle ist passiert, dass du sie so behandelst?«

»Gar nichts ist passiert und seit wann interessiert dich Mana?«

Max und Sam stellen sich angepisst neben Aiden und funkeln mich wütend an. So wütend habe ich sie noch nie gesehen. Und dass es ausgerechnet jetzt so ist, wo ich erwarten würde, sie an meiner Seite zu haben, schmerzt mehr, als ich zugeben werde.

»Sie ist unsere Freundin. Alter, wir haben viele Wochen zusammen verbracht. Wir waren beinahe öfter zu acht als nur zu viert unter uns Jungs. Ich dachte, du liebst sie?«

»Um jemanden zu vögeln, muss ich ihn nicht lieben.«

Ich sehe den Schlag nicht kommen. Ich bemerke ihn erst, als der Schmerz so heftig an meinem linken Auge explodiert, das ich einen Moment lang nur Sterne sehe. Und ich habe ihn verdammt noch mal verdient. Sauer bin ich trotzdem.

»Fuck. Bist du verrückt geworden?«

»Du bist mein bester Freund, aber dafür hasse ich dich. Und wenn du eines Tages selbst merkst, wie beschissen du dich benommen und was du alles verloren hast, werde ich der Erste sein, der dich trösten wird. Aber heute bist du zu weit gegangen. Nicht nur, dass du sie völlig bloßgestellt und ihre Gefühle mit Füßen getreten hast, du hast auch dafür gesorgt, dass es überall heißen wird, Männer sind Schweine. Einfach nur, weil du mit deinem Leben nicht klarkommst.«

Als er sich erneut auf mich stürzen will, komme ich ihm auf halben Weg entgegen, allerdings werden wir beide von Max und Sam auseinandergehalten.

»Bring das mit Mana in Ordnung. Ich warne dich, Nox. Du hast deine Mom verloren. Ich glaube nicht, dass du Mana wirklich auch noch verlieren willst. Nicht noch einmal.«

Er reißt sich von Max, der sich beinahe ängstlich an ihn geklammert hat, los und macht zwei Schritte von mir weg. Mein Auge schwillt bereits an und ich würde lachen, wäre die Situation nicht gerade mehr als bescheiden.

»Du als mein bester Freund solltest eigentlich auf meiner Seite stehen, Aiden.«

»Ich als dein bester Freund sollte dir für diese Aktion weit mehr verpassen als nur ein blaues Auge.«

Er lässt mich stehen, marschiert auf sein Auto zu und fährt einfach davon, ohne zu sagen wohin. Auch Max und Sam schütteln den Kopf, lassen mich einfach stehen und verschwinden ins Haus – und ich fühle mich so einsam, wie schon lange nicht mehr.

Kapitel 33

Mana

Eine Woche lang habe ich mich zu Hause eingesperrt. Mein Handy war aus, ich hab mein Zimmer nur verlassen, um auf die Toilette zu gehen, und habe jeglichen Kontakt zu anderen gemieden. Außer zu Emma. Sie ist meine beste Freundin und lässt sich schlichtweg nicht von mir abwimmeln. Zumal wir zwei zusammenwohnen.

Als ich nach dieser Horror-Vorlesung nach Hause gekommen bin, hat es nicht lange gedauert, bis Aiden vor der Tür stand. Ich hab ihm nicht aufgemacht, das war Emma, nachdem sie ihn kurz zuvor angerufen und ihn am Telefon zusammengeschissen hat. Warum sie nicht direkt auf Lennox losgegangen ist, weiß ich nicht. Vielleicht wollte sie ihn mir überlassen. Ich saß in meinem Zimmer auf dem Boden an die Tür gelehnt und konnte hören, wie die beiden sich miteinander unterhalten haben. Aiden hatte offenbar auch schon eine Auseinandersetzung mit seinem besten Freund und Emma hat ihn zur Sau gemacht für das, was eigentlich sein bester Freund angestellt hat.

Als es mir zu viel wurde, habe ich mir die Kopfhörer in die Ohren gesteckt und die Musik so lauft aufgedreht wie auch jetzt. Um die Menschen auf dem Campus, auf den ich mich heute das erste Mal seit einer Woche wieder gewagt habe, auszublenden, habe ich mir die Kapuze meines Hoodies über den Kopf gezogen und die Musik angestellt.

Ich muss dringend Professor Thompsons Vorlesung wechseln. Unmöglich kann ich weiterhin mit Lennox in einem Raum sein. Ich sollte ihn zur Rede stellen. Das werde ich vielleicht auch irgendwann tun. Aber im Moment fühle ich mich dazu nicht in der Lage. Ich bin diesem Gefühl der Ohnmacht, dem ich mich damit unweigerlich aussetzen würde, nicht gewachsen. Er hat mir wehgetan. Ich dachte wirklich, wir finden langsam wieder zu unserer alten Verbundenheit zurück Wir sind eine Beziehung eingegangen. Wir hatten Sex. Ich liebe ihn. Und dann steht er im Hörsaal und erzählt allen, Männer und Frauen könnten nicht miteinander befreundet sein. Ich dachte wirklich, es würde klappen.

Außerdem möchte ich aus dem Cheerleaderteam raus. Eine Idee, die sich mir in den letzten Wochen verstärkt in den Kopf gedrängt hat. Entgegen aller Erwartungen hat mir Football Spaß gemacht und Lindsey, die Kapitänin der Frauen-Footballmannschaft hat versprochen, mir einen Platz freizuhalten. Sie würden immer neue Teammitglieder suchen. Auch darum möchte ich mich heute kümmern. Noch dazu habe ich vor, meinen Spind zu leeren und meinen eigenen Projektbericht endlich abzugeben. Erschrocken fahre ich herum, als jemand meine Schulter packt, und sehe in Aidens Gesicht. Ich reiße mir die Kopfhörer aus dem Ohr und blaffe ihn an.

»Was zur Hölle soll der Scheiß?«

»Ich hab dich gerufen. Aber du ...« Er deutet kurz auf meine Kopfhörer, die ich gerade in meine Tasche stecke.

»Was willst du, Aiden?«

Auch wenn es nicht nachvollziehbar ist, fällt es mir leichter, Nox aus meinen Gedanken zu streichen, wenn ich auch seine Freunde nicht sehe. Reichlich kindisch, oder? Max und Sam holen ebenfalls zu uns auf und sehen mich ernst an, während Aiden spricht.

»Mana, wir ...«

»Wusstet ihr davon? Wusstet ihr, dass er immer noch so über uns denkt?«, frage ich und wische mir wütend über die Wangen, weil ich schon wieder heule und ich hasse, wie schwach ich mich deswegen fühle.

»Nein, wussten wir nicht. Nox liebt dich. Keine Ahnung, was ihn da geritten hat.«

»Ihr Männer seid doch alle gleich und ihr lügt ständig füreinander. Also erzähl mir keine Märchen.« Mittlerweile bin ich laut geworden und versuche die Köpfe, die sich uns zuwenden zu ignorieren. Außer Emma, die gerade keuchend neben mir stehen bleibt und die Hände in die Hüften stemmt.

»Okay, was ist hier los?«

»Wir wollen mit Mana sprechen«, wirft Aiden ein und Emma runzelt sofort die Stirn und sieht mich an.

»Und du willst nicht?«

Energisch schüttle ich meinen Kopf und Emma wendet sich wieder den Jungs zu.

»Dann solltet ihr besser gehen!«

Nun ist es Sam, der sich einmischt. »Nein. Wir wussten nicht, dass Nox sich wie ein Wichser benehmen würde. Und wir wissen auch nicht, was zur Hölle in ihn gefahren ist.«

»Wir waren genauso überrascht wie du. Nox wirkte die letzten Wochen glücklich. Keine Ahnung, was in ihn gefahren ist«, bringt nun auch Max in die Unterhaltung mit ein.

Immer noch wütend, verletzt und beschämt, presse ich meine Lippen aufeinander, während Emma alles stumm beobachtet.

»Aiden hat Nox geschlagen, als er davon erfahren hat.«

Entsetzt ruckt mein Kopf zu Sam. »Er hat was?«

»Er hat ihm die Faust mitten ins Gesicht gerammt. Du hättest dabei sein müssen.«

Mir fällt kein Grund ein, warum Aiden das hätte tun sollen. Schließlich ist Lennox sein bester Freund.

»Warum?« Ein wenig ruhiger sehe ich Aiden nun ins Gesicht und lege den Kopf leicht schief.

»Ich mag dich. Und ich dachte, wir wären in den letzten Wochen auch Freunde geworden. Was Lennox gemacht hat, war scheiße. Wie kannst du ernsthaft glauben, wir wären daran beteiligt gewesen?« Fast ein bisschen verletzt sieht Aiden mich an. Aber nicht nur er. Auch Sam und Max wirken alles andere als glücklich, während Emma neben mir leise seufzt.

»Weil Freunde nun mal dazu neigen, zusammenzuhalten, egal wie scheiße sich der Freund gerade benimmt.«

»Das stimmt. Wir halten für gewöhnlich auch zusammen. Aber dieses Mal hat Nox eine Grenze überschritten.«

Aiden sieht mich so ernst an, und ich glaube ihm jedes Wort.

»Hör mal. Lass uns ein Eis essen gehen oder so. Ihr Mädels esst doch gern Eis, wenn es euch schlecht geht, oder?«

Aiden zuckt sofort zurück, als Emma einen herrischen Schritt in seine Richtung macht. »Hör sofort mit diesem Klischeegerede auf.«

»Aber Emma. Er hat doch recht«, mische ich mich ein. »Also ich möchte ein Eis.«

Aiden lächelt sanft und nickt, bevor er mir einen Arm um die Schulter legt und mich mit sich zieht.

Nachdem ein großer Schokoladeneisbecher vor mir auf dem Tisch steht, und die drei Jungs mich und Emma ernst betrachten, breche ich mein Schweigen und erzähle von den letzten Monaten. Wie es mir anfangs ergangen ist und ich dieses scheiß Projekt nie wollte, dann aber so glücklich war, dadurch wieder Zugang zu meinem früheren besten Freund bekommen zu haben. Sie erzählen ebenfalls, wie sehr Nox sich teilweise geändert hat und ich erfahre heute auch zum ersten Mal, wie Aiden und Lennox sich kennengelernt haben. Mir war nicht bewusst, dass sie sich schon so lange kennen.

»Ich will ihn erst mal nicht mehr sehen. Es wäre etwas anderes, hätten wir nur gestritten. Oder ginge es nur darum, dass er sein Projekt nicht ordentlich zum Abschluss gebracht hat. Aber er hat mich vor dem gesamten Hörsaal bloß gestellt. Er hat so getan, als wäre es lächerlich, wenn Männer und Frauen befreundet sind. Als wäre es lächerlich, was sich zwischen uns beiden entwickelt hat.« Traurig lege ich den Löffel beiseite und lehne mich zurück. Den Blick starr auf den Tisch gerichtet, während die anderen mir stumm zuhören. »Es ist schon schlimm genug zu wissen, dass Männer mit ihren Freunden über den Sex sprechen könnten. Auch wenn dieser Gedanke dumm von mir ist, schließlich sprechen wir Frauen genauso über solche Dinge. Aber er hat ...« Schamesröte steigt mir ins Gesicht, weil ich nur daran denken muss, was passiert ist. »Jeder denkt, unsere Beziehung wäre nur dazu da gewesen, um zu zeigen, wie sinnlos dieses Projekt ist. Sogar ich denke das jetzt. Aber das ist noch nicht einmal das Schlimmste.«

Aiden schiebt mit ernster Miene den Eisbecher mehr in meine Richtung und animiert mich so dazu, wieder nach dem Löffel zu greifen und weiterzuerzählen.

»Ich liebe ihn. Und ich dachte, er mich auch. Ich dachte, unsere Freundschaft, wie wir sie früher hatten, wäre ihm noch etwas wert. Aber jetzt glaube ich, dass seine Liebe gar nicht echt war. Wie verzeiht man jemandem das Gefühl bekommen zu haben, nicht liebenswert zu sein?« Stumm sehe ich in die Gesichter der drei Jungs, bevor ich schließlich an Emma hängen bleibe. »Wie?«

»Ich weiß es nicht«, flüstert sie, während sich betretenes Schweigen am Tisch ausbreitet. Zumindest so lange, bis Aiden sich räuspert.

»Ich für meinen Teil bin für dich da. Die letzten Wochen waren nicht nur für euch beide ein Auf und Ab. Und nur weil du ihn gerade hasst, musst du nicht schlagartig vergessen, dass du auch mit uns gut ausgekommen bist.«

Nun ein wenig energischer schiebt er den Becher in die Mitte des Tisches und jetzt greifen auch die Jungs nach ihren Löffeln. Sam und Max nicken bestätigend, und ich fange stumm an zu weinen, weil mich all das hier absolut überfordert. Schnell wische ich mir über die Wange und Aiden, der mir gegenüber sitzt, stupst leicht mit seinem Fuß gegen meinen.

»Wir haben heute noch Training. Aber danach könnten wir zu euch kommen und uns einen Film ansehen. Wir bringen auch das Essen mit, was sagst du?«

Je mehr Zeit ich mit ihnen verbringe, umso mehr werden meine Gedanken zu Nox wandern und dazu, dass ich ihn vermisse. Aber die Jungs sind so lieb und ich mag sie auch wirklich. Sehr. Also nicke ich und während Emma mit ihnen noch die Details klärt, schaufle ich mir den Rest des Eises in den Mund.

Ich bin dankbar, dass sie da sind, und Aiden mich auf dem Campus aufgehalten hat und nicht einfach bei sich hat vorbeigehen lassen. Selbst Sam und Max versuchen, wenn auch nicht ganz so euphorisch wie Aiden, für mich da zu sein. Und für Emma. Dafür, dass sie eine Woche lang dafür gesorgt hat, dass ich nicht verhungere und mein Zimmer nicht im Chaos versinkt.

Kapitel 34

Lennox

Mein Leben ist scheiße. Nicht nur, dass mich meine Freunde meiden wie die Pest, ich muss mich auch noch mit meinem Hass auf mich selbst auseinandersetzen.

Ich weiß, wie sehr ich Mana verletzt habe. Und ich hasse mich dafür. Weil ich zwar weiß, was zur Hölle mich da geritten hat, ich aber dennoch nicht verstehe, wie ich mich dazu habe hinreißen lassen können. Ich bin ein Arschloch. Punkt. Sie haben alle recht damit. Jetzt liegt es an mir, die Sache wieder hinzubiegen. Nur weiß ich nicht wie. Ich bin ohne Aiden an meiner Seite völlig aufgeschmissen. Auch wenn es mich zum Weichei macht, brauche ich meinen besten Freund gerade mehr denn je. Nur spricht er nicht mehr mit mir. Dafür aber mit Mana. Und er wird nicht müde, mir beiläufig an den Kopf zu knallen, wie schlecht es ihr geht. Als wüsste ich das nicht selbst. Wie ein Stalker lauere ich ihr nämlich überall dort auf, wo sie zu finden ist. Ich weiß, dass sie mittlerweile in der Mädchen-Footballmannschaft ist. Auch eine Sache, die ich nie bemerkt habe. Wer hätte gedacht, dass sie irgendwann kein Cheerleader mehr sein möchte. Ich weiß auch, wie traurig ihre Cheerleadermädels waren, als sie die Seiten gewechselt hat, aber sie unterstützen Mana, wo es geht.

Emma schmiedet Mordpläne gegen mich. Colette und Lucy werfen mir böse Blicke zu, sobald ich auch nur in deren Nähe atme, und ich bin erstaunt darüber, dass Colette mir noch keine reingehauen hat. Andererseits glaube ich, dass es bei ihr weniger um Mana an sich geht, denn so eng sind die beiden nicht befreundet, als vielmehr um die Tatsache, dass ich einen Penis habe und etwas Unverzeihliches getan habe.

Mein Vater und auch meine Brüder haben sich seit unserem Streit nicht mehr bei mir gemeldet. Professor Thompson sieht mich auch jedes Mal an, als wäre ich eine Schande für diese Schule und Manas Eltern ... ich möchte gar nicht wissen, ob sie erfahren haben, was ich gemacht habe.

So oder so: Ich bin gerade einsam. So fühlen sich also all die Außenseiter, die irgendwie nirgends dazupassen. Selbst meine Footballkollegen sprechen nur das Nötigste mit mir. Langsam aber sicher bin ich so weit, mich in einer Ecke zu verkriechen, Eis in mich reinzuschaufeln und nur noch zu heulen. Nicht dass ich das nicht bereits hinter mir habe. Ich habe viel geweint die letzten drei Wochen.

Meine Playlist läuft rauf und runter und ich bin gerade dabei, meine Klamotten in den Schrank zu pfeffern, heulend natürlich, als meine Zimmertür mit einem Krachen aufgeht und mich zu Tode erschreckt. Aiden und ich starren uns stumm an. Er sagt irgendwas. Zumindest bewegen sich seine Lippen. Aber als ich nur verständnislos den Kopf schüttle, marschiert er entnervt zu meinem Radio und stellt es ab.

»Ich sagte, du siehst scheiße aus.«

Danke für den Reminder. Kommentarlos wende ich mich wieder ab und stopfe noch mehr Klamotten in meinen Kleiderschrank.

»Nox.«

»Hm.«

»Sieh mich an.«

Ich schüttle den Kopf und Aiden packt mich an den Schultern, um mich zu sich zu drehen.

»Wie lange willst du dich noch in Selbstmitleid suhlen, bevor du endlich versuchst, das wieder geradezubiegen?«

Ich öffne meinen Mund, um etwas zu sagen, schließe ihn aber wieder, ohne dass irgendwelche Worte meinen Mund verlassen. Ich weiß nicht, was ich sagen soll und es bildet sich ein Kloß in meinem Hals. Aidens Anwesenheit tut gerade einfach nur so unfassbar gut.

»Du bist so ein Penner, Mann.«

Seufzend packt er mich am Nacken und zieht mich in seine Arme – und dann lasse ich los. Lasse alles raus, was ich die letzten Wochen in mich reingefressen habe. Auch ein Scheißkerl braucht seinen besten Freund an seiner Seite, weil er sonst absolut nichts auf die Reihe bekommen würde. Und ich schäme mich nicht, zuzugeben, dass ich meine Finger verzweifelt an seinem Rücken in den Stoff seines Hoodies kralle und meinen Kopf an seiner Halsbeuge verstecke. Wozu auch. Außer uns ist niemand da. Und selbst wenn. Ich habe Mana verloren und da darf man schon mal weinen.

»Aiden, ich ...«

Er zieht mich nur noch fester an sich und ich kann fühlen, dass er nickt.

»Ich will Mana wiederhaben.«

Der Gedanke an sie schmerzt so sehr, dass ich kaum noch Luft bekomme, aber Aiden steht wie ein Fels in der Brandung hier mit mir in meinem Zimmer und hält mich fest. Lässt mich weinen und drückt mich so fest es geht an sich.

»Du musst mir helfen. Bitte ... du musst mir helfen.« Ich erkenne meine eigene Stimme kaum wieder, so rau klingt sie.

»Dann holen wir uns unser Mädchen wieder!«

Ich löse mich von ihm und wische mir mit der Hand über das Gesicht. Sehe in die Augen meines besten Freundes und nicke. Und dann erzähle ich ihm alles. Warum ich das getan habe. Wie das Wochenende bei meinem Dad abgelaufen ist und er mich rausgeworfen hat. Ich erzähle Aiden, wie ich heulend in meinem Auto saß und Manas Mom mich gefunden und mit zu sich genommen hat. Wie ich mich das erste

Mal wie ein kleiner Junge fühlen konnte, dessen Mom ihm Kekse und Milch gebracht hat, nur dass es nicht meine Mutter war. Ich erzähle Aiden, wie meine Gedanken mich die letzten Wochen aufgefressen haben und wie ich angefangen habe, jedes Wort zu glauben, das mein Vater und meine Brüder mir all die Jahre an den Kopf geworfen haben.

Als Aiden sich auf mein Bett setzt, setze ich mich dazu. Und erzähle weiter. Ich spreche alles an. Manas und meine Kindheit, von der er so gut wie alle Geschichten bereits gehört hat. Meine Angst, mich auf sie einzulassen. Dass ich mit ihr den besten Sex meines Lebens hatte und diesen Moment mit Füßen getreten habe, als ich es öffentlich gemacht habe.

»Mein Leben lang wurde mir eingebläut, dass es unmännlich ist, wenn man in Frauen mehr sieht als nur jemanden fürs Bett und die Küche. Als Mom verschwunden ist, war mein Glaube daran, es wert zu sein geliebt zu werden dahin. Diese Angst, gepaart mit den Worten meines Vaters, haben mich verrückt gemacht und ich hatte Angst, dass Mana früher oder später die Nase voll von mir haben würde. Wenn nicht mal meine eigene Mutter es wert findet, mich zu behalten, warum sollte sie es dann tun?«

Jetzt fühle ich mich leer. Gleichzeitig aber auch unglaublich befreit, als ich mich rückwärts aufs Bett fallen lasse, und Aiden sich neben mich legt.

»Ich verstehe dich. Wirklich. Trotzdem musst du dich endlich davon lösen. Die Ansichten deines Vaters und vieler anderer dieser Generation sind völlig veraltet. Wir sind die neue Generation. Wir könnten so vieles anders machen. Gerade du hast die besten scheiß Beispiele dafür, wie man nicht sein soll. Ich bin ehrlich. Dieses Mal reicht keine einfache Entschuldigung. Nox, du hast echt Scheiße gebaut. Aber Mana liebt dich. Wenn du Glück hast, liebt sie dich so sehr, dass sie dir das irgendwann verzeihen kann.«

Ja, wenn ich Glück habe. Und was wenn nicht? »Keinen Schimmer, wie ich das wieder hinkriegen soll. Das war unterste Schublade.«

Um mich vor der Welt zu verstecken, lege ich mir meinen Unterarm über die Augen.

»Das war es eindeutig und du kannst froh sein, dass du so tolle Freunde hast wie uns.«

Ruckartig hebe ich meinen Kopf, als ich Sams Stimme höre. Er und Max stehen mittlerweile ebenfalls in meinem Zimmer. Beide die Arme vor der Brust verschränkt.

»Ich würde dich nur bitten, mir mein Shirt nicht gleich vollzuheulen«, gibt Max seinen Senf dazu. Ich kann nicht fassen, dass sie hier sind und nach so langen Wochen endlich wieder mit mir sprechen.

Verdattert blicke ich von einem zum anderen und stoße einen derben Fluch aus, weil ich nicht fassen kann, was für ein verdammter Glückspilz ich eigentlich bin und was ich alles verbockt habe.

»Okay. Wir vier werden das kaum allein schaffen. Wir brauchen Hilfe.«

Eine Stunde später sitzen wir zusammen im Campus Café. Ich wie ein Schwerverbrecher auf der Bank, meine Jungs links und rechts von mir, und Emma, Colette und Lucy wie Richter mir gegenüber auf ihren Stühlen. Sie waren nicht begeistert, als sie mich gesehen haben. Vor allem Emma hat es sich nicht nehmen lassen, mir ihre Meinung zu geigen. Meine Ohren glühen jetzt noch bei dem Gedanken daran, was sie alles zu mir gesagt hat. Arschloch war noch das netteste Wort.

»Ausgerechnet du willst unsere Hilfe?«

Genau genommen war das Aidens Idee, aber ein Blick in seine Richtung und ich wende schnell den Kopf wieder ab und nicke nur.

»Warum? Warum sollte ich dir helfen? Damit du meiner besten Freundin wieder wehtun kannst?«

Als die Barista Cappuccino für uns alle bringt, traue ich mich gar nicht, nach meiner Tasse zu greifen. Zu groß ist die Angst, dass Emma oder eines der anderen Mädels mir die Finger einzeln bricht. Stattdessen starre ich nur auf den Schaum in meiner Tasse und das Kakaoherz obendrauf.

»Ich will ihr nicht wehtun.« Endlich hebe ich meinen Blick und starre in Emmas Augen. »Nicht mehr. Sie bedeutet alles für mich. Das war schon so, als wir Kinder waren. Offenbar neige ich dazu, alle Menschen, die mir wichtig sind, aus meinem Leben zu vertreiben.«

Keine Ahnung, wie viel Emma aus meiner Vergangenheit oder über meine familiären Verhältnisse weiß. Mittlerweile ist es mir aber auch egal. Wenn es mir dabei hilft, Mana wiederzubekommen, kann sie meinetwegen alles wissen.

Emma wechselt einen Blick mit den beiden Mädels und es wirkt auf mich so, als würden sie ein stummes Gespräch miteinander führen. Hoffentlich zu meinen Gunsten. Als sie drei gleichzeitig nicken, atmen wir Jungs erleichtert aus.

»Gut. Wir helfen dir. Aber ...«

Aiden versteift sich neben mir und greift unter dem Tisch nach meiner Hand, was mich verwirrt die Stirn runzeln lässt.

»Es gibt Bedingungen.«

»Welche Bedingungen?« Aiden spricht aus, was ich sagen sollte, aber dafür ist er mein bester Freund. Mein Gehirn.

»Es läuft nach unseren Regeln.«

Wir vier Jungs nicken synchron.

»Du wirst vor Mana zu Kreuze kriechen!«

Wieder nicken wir. Dieses Mal energischer.

»Du wirst vor aller Augen um sie kämpfen und dafür sorgen, dass sie sich nicht mehr dafür schämt, mit dir ins Bett gestiegen zu sein.«

Autsch. Aber das habe ich nicht anders verdient. Also nicke ich. »Alles. Ich mache alles. Ich will sie nur wiederhaben.«

Emma lächelt sanft und schiebt mir meine Kaffeetasse entgegen. »Du hast echt Scheiße gebaut. Aber ... Es liegt an Mana, ob sie dir das verzeiht oder nicht. Wenn sie es kann, können wir das auch.«

Ich wusste bis eben nicht, wie sehr ich auf ihren Zuspruch gewartet habe, aber jetzt weicht schlagartig all die Anspannung aus meinem Körper und ich lege den Kopf erleichtert in den Nacken. Selbst Aiden reibt sich mit den Händen seufzend über das Gesicht und mir wird bewusst, wie sehr er mit mir mit leidet.

»Was soll ich jetzt machen?« Verzweifelt sehe ich erst Emma und dann die beiden anderen Mädels ab.

»Du musst die harten Geschütze auffahren.« Colette übernimmt nun das Ruder und wir Jungs hängen wie gebannt an ihren Lippen.

»Ich bin mir fast sicher, dass du mit hart nicht das Gleiche meinst wie ich.« Ich versuche mich an einem dreckigen Grinsen, scheitere allerdings kläglich, als die Jungs zwar anfangen zu lachen, aber die Mädchen uns mit ihren Blicken beinahe erdolchen. Sofort werden wir wieder ernst, räuspern uns und legen beinahe synchron unsere Hände um unsere Tassen.

»Tatsächlich tue ich das nicht. Aber okay, ich habe eine Idee. Wenn du auch nur ein kleines bisschen offen dafür bist, könnte es klappen und du kriegst dein Mädchen wieder.«

Tief durchatmend nicke ich. Sehe jedem Einzelnen von ihnen in die Augen und bleibe schließlich bei Emma hängen, deren Meinung Mana am meisten bedeutet. »Okay. Ich bin dabei. Aber sollte Mana mich zum Teufel jagen, versprich mir, dass du für sie da sein wirst und sie für immer von solchen Arschlöchern wie mir fernhältst.«

»Nichts leichter als das.«

Während die drei uns in ihren Plan einweihen, und vor allem Lucy plötzlich voll in ihrem Element zu sein scheint, nicken ich und die Jungs zwischendurch mechanisch und willigen schließlich in alles ein, was sie uns hier vorschlagen.

Für Mana.

Für uns.

Für sie bin ich bereit, alles zu tun.

Kapitel 35

Mana

Wie üblich renne ich beinahe blind über den Campus, weil ich die Blicke der anderen nach wie vor nicht ertragen kann. Ganz egal, ob sie mitleidig, gehässig oder voller Verständnis sind. Ich will sie nicht sehen. Punkt.

Ich habe beschlossen, die Sache mit Nox zu vergessen und irgendwie weiterzumachen, was mir nicht jeden Tag leicht fällt. Genau genommen leide ich nach wie vor wie ein Hund, aber ich kann nicht ändern, was passiert ist, und daran haben auch die unzähligen Mädelsabende mit Eis und Liebesschnulzen nichts geändert.

Nur was soll ich machen? Lennox' Worte haben sich in mein Gehirn gebrannt. Jedes Mal wenn ich an unsere gemeinsame Zeit denke, hämmern sie sich noch mehr ein. Damit kann ich nicht leben, zumal ich bis heute nicht verstehe, was mit ihm los war. Ich glaube, ich möchte es inzwischen gar nicht mehr verstehen. Wozu auch?

Heute ist es viel zu warm für einen Hoodie. Was blöd ist, da ich gern mein Gesicht verstecken würde. Allerdings wäre mir dann entgangen, dass alle gleichzeitig auf ihre Handys starren.

»Mana.« Aiden taucht plötzlich neben mir auf, legt mir einen Arm um die Schultern und geht ein Stück mit mir mit. »Heute schon dein Handy gecheckt?«

»Nein?«

»Solltest du vielleicht tun.«

»Wozu?«

»Sieh einfach nach.«

»Aiden, wenn es wirklich so wichtig ist, dass du mir deswegen sogar auflauerst, kannst du es genauso gut einfach erzählen.«

»Ich hab dir nicht aufgelauert. Ich hab nur auf dich gewartet. Musst du in eine Vorlesung?«

Ich schüttle den Kopf. »Nein. Ich wollte mir grad Kaffee holen.«

»Trifft sich gut. Sam hat bereits welchen besorgt. Komm mit. Die anderen warten bereits.«

»Die anderen?«

Aiden legt mir seine Finger um den Oberarm und zieht mich wieder neben sich her. »Wir wollen dir was zeigen.«

Ich füge mich meinem Schicksal. Außerdem kann ich nicht leugnen, dass ich auch neugierig bin.

Aiden führt mich zu einem Pavillon in der Nähe der Mensa und ich stolpere über meine eigenen Füße, als ich auch noch Emma, Lucy und Colette entdecke.

»Was macht ihr alle hier?«

»Wir schwänzen den Unterricht!«

Emma scheint also genauso wenig auskunftsfreudig zu sein wie Aiden.

»Sieh auf dein Handy.«

Jetzt fängt Emma auch noch damit an. »Was habt ihr heute alle mit euren Handys?«

Im Gegensatz zu Aiden macht Emma jedoch kurzen Prozess. Sie greift beherzt in meine Tasche, holt mein Handy raus und drückt es mir in die Hand. »Sieh. Auf. Dein. Verdammtes. Handy.«

Also langsam wird mir das Ganze hier unheimlich, aber schließlich entsperre ich mein Handy.

»Und wo genau soll ich nachsehen?«

»Insta.«

Als ich es öffne, sehe ich, dass mein Posteingang von Nachrichten nur so überflutet wird. Ich wurde offenbar auf ganz vielen Videos markiert. Von ein und derselben Person. Lennox.

»Was soll das?« Wütend richte ich den Blick auf die anderen. »Hat er jetzt etwa Videos davon gemacht, wie erbärmlich ich bin? Die naive Mana, die sich von ihm hat ins Bett zerren lassen?« Ich drehe auf dem Absatz um, aber Aiden, Sam und Max stellen sich blitzschnell wie eine Wand vor mir auf.

»Sieh dir die Videos an. Vertrau uns.«

Seufzend lasse ich mich auf die Holzbank fallen, auf der ich schon unzählige Male lesend gesessen habe, nehme den Kaffee, den Sam mir entgegenhält, atme tief durch und öffne erneut die App, um auf eines der Videos zu klicken.

Als Nox' Gesicht auf dem Display erscheint, muss ich kräftig schlucken. Sein Anblick schmerzt beinahe genauso sehr wie der Verrat, den er an mir begangen hat. Ich habe keinen Schimmer, was mich gleich erwarten wird. Noch stottert Lennox ein wenig herum und fährt sich immer wieder mit den Fingern nervös durch die Haare. Plötzlich spricht er mich direkt an und mein Herz schlägt sogleich eine Spur schneller. Mein Blick fliegt zu Emma, die mich ernst ansieht und nickt. Auch die anderen haben es sich um mich herum bequem gemacht und scheinen sich offenbar darauf eingestellt zu haben, hier so lange sitzen zu bleiben, bis ich alle Videos gesehen habe. Also sehe ich sie mir an. Jedes Einzelne.

Kapitel 36

Lennox

Der erste Schritt ist getan und dennoch habe ich noch einen langen Weg vor mir. Ein Weg, von dem ich nicht weiß, ob an dessen Ende Mana auf mich warten wird.

Ich habe mich nach langem Hin und Her dazu breitschlagen lassen, dem ganzen Campus zu erklären, warum ich Mana behandelt habe wie den letzten Dreck und warum Frauen im Grunde sogar besser und stärker sind als Männer. Dass ich mich dafür seelisch komplett nackt machen muss, daran habe ich zuerst nicht gedacht. Vor einer Woche habe ich die ersten Videos gepostet und ich weiß von Aiden, dass Mana sie gesehen hat. Aber reagiert hat sie nicht darauf, was mich tierisch nervös macht.

Ich war bereits kurz davor, den Plan einfach in den Boden zu stampfen und keine weiteren Videos aufzunehmen, aber gegen eine Emma kommt kein Footballspieler dieser Welt an.

Also verfasse ich weiter meine Beiträge. Ich poste Bilder von Mana und mir als Kinder und erzähle auch zu jedem die Geschichte. Ich nehme Videos auf, in denen ich von mir erzähle. Von uns. Und wie es so weit kommen konnte, dass ich sie behandelt habe wie den letzten Dreck.

»Bist du bereit?«

Ich nicke und schüttle gleichzeitig meinen Kopf. »Ich hab Schiss.«

Aiden sieht mich mitleidig an und drückt meine Schulter. »Ich weiß. Aber du musst das jetzt zu Ende bringen. Jeder weiß jetzt, wie es bei dir zu Hause abging. Aber keiner weiß, warum du Mana so niedergemacht hast. Wenn du willst, dass sie dir jemals verzeiht ...«

Er muss den Satz nicht beenden. Ich weiß auch so, was er meint. Schnell atme ich noch einmal durch und nicke dann kräftiger. »Lass es uns durchziehen.«

Fast all meine Videos nimmt Aiden für mich auf, denn er ist der Einzige, bei dem ich mich traue, all die Worte auszusprechen. Als er das Handy auf mich richtet und einen Daumen hochhält, atme ich geräuschvoll aus und richte mich auf. Ich sitze in meinem Zimmer auf meinem Bett. Aiden meinte, ich bräuchte für die nächsten Worte eventuell einen Raum, in dem ich mich sicher fühle.

»Hey, Leute. Ich glaube, mittlerweile kennt ihr mich alle und wisst, was ich für ein Arschloch bin. Ihr wisst nun alle, wie meine Kindheit verlaufen ist und wie es in meiner Familie zugeht. Was ihr aber noch nicht wisst ...« Ich schlucke kurz, senke den Blick für einen Augenblick und richte ihn dann wieder leicht zitternd auf die Kamera. »Kurz zuvor gab es zu Hause Streit und mein Vater hat mich aus dem Haus geworfen. Bis heute durfte ich keinen Schritt mehr auf das Grundstück setzen, um wenigstens den Rest meiner Sachen zu holen.«

Ich blicke kurz an der Kamera vorbei in Aidens Augen. Seine Zuversicht gibt mir die Kraft, weiterzumachen. Also erzähle ich alles. Jedes Detail von diesem Abend. Jedes Wort, das gefallen ist. Jede einzelne Gefühlsregung, die ich dabei empfunden habe.

»Danach saß ich heulend wie ein Baby in meinem Wagen. Und nein, jetzt gerade schäme ich mich nicht, das zuzugeben. Manas Mom hat mich gefunden und mit nach Hause genommen. Zu sich nach Hause. Sie war mehr Mutter für mich als meine eigene. Als meine Mom damals verschwunden ist, ist meine Welt zusammengebrochen. Aber diese Geschichte kennt ihr ja bereits.«

Auch jetzt kämpfe ich mit den Tränen und einige Minuten lang kann Aiden lediglich filmen, wie ich den Kopf gesenkt halte und mir mehrmals über die Wangen wische.

»Aber das ist nicht alles. Meine Gefühle für Mana haben mir Angst gemacht. Wenn schon meine Mutter so einfach aus meinem Leben verschwinden kann, wer garantiert mir also, dass Mana nicht irgendwann das Gleiche macht? Es ist schwer, einer Frau zu vertrauen, wenn eine andere Frau mich so verletzt hat. Außerdem wurde mir mein Leben lang von meinem Vater aufgezeigt, dass Frauen keinen Wert haben, und seien wir ehrlich. Ein Kind, und dann ein Jugendlicher mitten in seiner stärksten Prägephase, ist nicht immun gegen diese Sachen. Es macht etwas mit einem und ob man es will oder nicht, es geht einem in Fleisch und Blut über. Und bevor Mana mich verlassen und damit verletzten konnte, habe ich das Einzige gemacht, von dem ich dachte, dass es richtig wäre.«

Mit einem tiefen Seufzen halte ich kurz inne und starre gedankenverloren ins Leere. Vergessen ist Aiden, der mich filmt. Die unzähligen Menschen, die dieses Video sehen werden.

»Als wir unser Projekt präsentieren sollten, kreisten ständig die Gedanken meines Vaters durch meinen Kopf. Er ist, auch wenn er nicht der netteste Mensch ist, dennoch Familie. Ich hatte jahrelang nur ihn und meine Brüder. Und ein einziges Mal wollte ich mich nicht schwach fühlen. Nicht wie eine … Lusche. Ich wollte ein einziges Mal, dass meine Familie stolz ist auf mich. Mich wie ein Mann fühlen. Ein echter Kerl. Aber in Wirklichkeit hat Mana eindeutig die dickeren Eier von uns.«

Mein linker Mundwinkel zuckt leicht nach oben, während ich mir auf die Unterlippe beiße.

»Das ist die einzige Entschuldigung, die ich für mein Verhalten habe, und dabei ist es nicht einmal eine. Ich hab es verbockt, und das aus völlig bescheuerten Gründen. Mana wird vermutlich nie mehr ein Wort mit mir sprechen und ich kann sie verstehen. Ich würde mich auch hassen. Genau genommen tue ich das auch. Wir hatten keine Beziehung, weil ich ihr damit etwas beweisen wollte. Oder weil ich den Vorsatz hatte, ihr zu zeigen, dass am Ende immer ich die Zügel in der Hand haben werde. Ich liebe Mana und nur deswegen waren wir zusammen. Sie ist alles, was ich je wollte. Ich hab es nur einfach nicht auf die Reihe bekommen, mich dem Einfluss meines Vaters zu entziehen.«

Stumm starre ich vor mir in die Kamera und mein Kopf ist gleichzeitig leer und so voll.

»Ich liebe Mana und ich würde so gut wie alles tun, um sie wiederzukriegen. Selbst wenn das bedeutet, unzählige Pyjamapartys inklusive Nägel lackieren über mich ergehen lassen zu müssen. Und wenn ich den Rest meines Lebens damit verbringen muss, mich vor ihr in den Staub zu werfen, dann tu ich das. Sie war meine beste Freundin. Seit wir klein sind. Das war sie nicht ohne Grund. Sie hatte immer Verständnis für mich und sie war die Erste, zu der ich gegangen bin, wenn es mir schlecht ging. Mana, ich weiß, du siehst meine Videos. Und wenn es irgendetwas gibt, was ich tun kann, um diese Scheiße wieder geradezubiegen, bitte sag es mir. Ich flehe dich an. Ich halte es nicht noch länger aus ohne dich und …«

Meine Stimme versagt so heftig, dass Aiden die Aufnahme stoppt und in der nächsten Sekunde neben mir sitzt. Während ich heule wie ein Baby. Und dieses Mal sperre ich die Stimme meines Vaters rigoros aus meinen Gedanken.

»Das war es, Mann. Das war das letzte Video.«

Zum Glück. Diesen Seelenstriptease halte ich keinen Tag länger aus.

Jeden Tag erreichen mich unzählige Nachrichten. Die meisten davon von Mädchen, die es supersüß finden, was ich da mache. Einige jedoch finden mich scheiße und verzeihen mir erst, wenn Mana es tut. Dann gibt es auch noch einige Kerle. Einige finden, ich mache mich zum Weichei, andere finden die Aktion stark. Da ich die meisten von ihnen nicht persönlich kenne, ist mir deren Meinung egal. Wichtig ist mir nur, was Mana denkt. Ob sie mich nach allem noch will. Ob sie mich immer noch lieben kann, trotz allem, was ich getan habe.

»Ich muss zu ihr. Ich muss zu Mana und mit ihr sprechen. Wenn ich weiterhin hier sitze und auf sie warte, werde ich noch verrückt.«

Aiden steht auf und schickt mir das Video auf mein Handy, damit ich es vorher noch posten kann. Ich weiß, dass er mich zu ihr begleiten wird.

»Sie ist nicht da.«

»Oder sie macht einfach nicht auf.«

Aiden ist nicht hilfreich.

»Was mache ich jetzt? Mana?«

Ich hämmere wild gegen ihre Eingangstür, aber ich höre nicht ein einziges Geräusch dahinter. Sie ist nicht da. Fuck.

»Ich muss sie finden.«

Ich stürme an Aiden vorbei die Treppe nach unten und halte erst, als ich vor dem Gebäude stehe und mich nach allen Seiten umsehe, weil ich nicht weiß, wo ich anfangen soll zu suchen.

»Lennox. Stürm nicht wieder kopflos davon. Überleg dir einen Plan, und dann halt dich daran.«

Aufgeregt kremple ich mir die Ärmel meines Hoodies nach oben und sehe ihn ebenso unruhig an.

»Manas Mom hat mir mal gesagt, dass man auf sein Herz hören sollte. Und meines ruft gerade ganz laut nach Mana.«

»Und das heißt jetzt was?«

»Dass ich sie notfalls in der ganzen Stadt suchen werde.«

Aiden lacht laut los und klopft mir fest auf den Rücken. »Manchmal bist du echt bescheuert.«

Das erste Mal seit einer Weile grinse ich. Ein echtes Grinsen, auch wenn mein Herz immer noch Angst hat, seine bessere Hälfte verloren zu haben. Schnell krame ich mein Handy hervor und sehe nach, ob Mana mein Video schon gesehen hat. Hat sie.

»Ich will sie wiederhaben. Mana ist mein Mädchen und egal wie lange es dauert, ich werde ihr beweisen, dass ich mich ändern kann. Dann werde ich sie persönlich durch die halbe Stadt nach Hause schleifen und in meinem Zimmer einsperren, damit sie mir nicht mehr abhauen kann. Komm mit.« Voll neu gewonnener Energie schnappe ich mir Aidens Hand und zerre ihn zu meinem Auto.

Er steigt sofort ein und stellt keine weiteren Fragen mehr. »Wohin fahren wir jetzt?«

»Nach Hause. Wir stellen den Wagen ab, und dann suchen wir Mana zu Fuß.«

»Wir?«

»Natürlich. Sagtest du nicht letztens etwas von unserem Mädchen?« Ich zwinkere ihm kurz zu, bevor ich den Wagen nach Hause lenke, und währenddessen meinen Blick aufmerksam auf meine Umgebung richte. Für den Fall, sie hier irgendwo zu sehen.

»Fuck. Da ist Mana.«

Direkt vor meinem Haus. Wie lange sie wohl schon da steht? Mit quietschenden Reifen fahre ich auf meinen Parkplatz und springe aus dem Wagen, kaum dass wir aufhören zu rollen. Ich habe sie seit Wochen nicht mehr gesehen und ihr Anblick zwingt mich beinahe in die Knie. Sie ist wunderschön. Traurig und offenbar völlig fertig, aber dennoch die schönste Frau, die ich jemals gesehen habe.

»Bleib stehen.«

Als ich ihre Stimme höre, stoppe ich sofort. Sehe sie mit großen Augen und wild klopfendem Herzen an.

»Wir müssen reden.«

Ich nicke heftig. Sie ist nicht allein. Ihre Mädels stehen alle hinter ihr und vor Erleichterung fange ich gleich an zu heulen, als Sam und Max sich zu mir und Aiden stellen.

»Du hast mich verletzt.«

»Ich weiß!«

»Mich gedemütigt und dich verhalten, wie das größte Arschloch aller Zeiten.«

»Ich weiß.«

»Wie kann man einem Menschen, den man sein ganzes Leben kennt und der so gut wie alles von einem weiß, so etwas verzeihen?«

Ihre Worte lassen mich heftig schlucken und sorgen dafür, dass meine Schultern runtersacken, während ich hilflos den Kopf schüttle.

»Lennox, das war unterste Schublade.«

»Ich …«

»Sag jetzt bloß nicht, ich weiß.«

Schnell schließe ich meinen Mund wieder und wippe hilflos auf den Fersen auf und ab.

»Ich weiß, was bei dir zu Hause los ist. Ich weiß auch, wie deine Familie ist. Eigentlich kenne ich auch dich. Aber niemals, wirklich niemals hätte ich dir so ein Verhalten zugetraut. Arschloch, ja. Tut mir leid, aber diese Seite hast du mir oft genug gezeigt. Doch so eine miese Nummer?«

Was soll ich der Frau, in die ich schon so lange verliebt bin, darauf antworten? Es war scheiße. Das ist mir bereits bewusst gewesen in dem Moment, in dem ich mich verhalten habe wie mein Vater. Dieser Gedanke bringt mich beinahe zum Kotzen. Als ich Mana damals wieder auf dem Campus gesehen habe, habe ich mich gegen die Gefühle, die mich dabei überkommen haben, gewehrt. Das Projekt hat uns einander wieder näher gebracht und ich habe alles in den Wind geschossen.

»Es tut mir leid.«

»Manchmal reicht eine Entschuldigung nicht mehr, Lennox.«

Das ist der Moment, in dem mein Herz bricht. In lauter Einzelteile. Ich bin mir nicht sicher, ob ich es allein schaffe, es wieder zusammenzusetzen. Gleichzeitig erwacht aber auch mein Kampfgeist. Ich habe nicht umsonst in meinen Videos alles von mir erzählt. Und ich habe auch nicht grundlos in den meisten von ihnen geheult, nur damit Mana mir jetzt sagt, es ist zu spät.

»Mana, ich habe keine Ahnung, wie ich das wiedergutmachen kann. Mir ist bewusst, dass ich es völlig verbockt habe. Wirklich. Aber gleichzeitig war mir noch nie so sehr bewusst, dass ich dich mehr will als alles andere.«

Manas Züge werden weicher, behalten aber dennoch ihre Traurigkeit bei. Ich möchte nicht glauben, dass ich bereits verloren habe. »Dann sag mir, wie wir das wieder geradebiegen können.«

Durch ihre Frage etwas mutiger geworden, gehe ich auf sie zu und greife nach ihrer Hand. »Kann ich nicht. Weil ich ein ziemlicher Idiot bin.«

»Das ist er wirklich.« Aidens Kommentar ist nicht gerade hilfreich.

»Aber ich kann dir versprechen, wenigstens zu versuchen, es wiedergutzumachen. Egal, wie. Ich tu alles.« Dass sie mir ihre Hand nicht sofort entzieht, werte ich als gutes Zeichen, weswegen ich nach ihrer zweiten Hand greife und sie ein wenig näherziehe.

»Bitte, Mana«, flüstere ich aufgewühlt.

»Lässt du dir die Nägel von mir lackieren?«

»In allen Farben des Regenbogens.«

»Darf ich dir eine Gesichtsmaske auflegen?«

»Am besten eine, die man danach schmerzhaft wieder abreißen muss.« Diese Erfahrung durfte ich bereits machen, bei der Pyjamaparty der Mädchen. Dieser Kommentar sorgt bei unseren Freunden für einen Lacher. Wenigstens finden sie es witzig.

»Darf ich dir deinen Football gegen den Kopf knallen, wenn du dich mal wieder danebenbenimmst?«

»Das übernehmen wir gern für dich.« Das sind meine Freunde. Das haben sie in den letzten Wochen mehr als genug unter Beweis gestellt und ich kann nur hoffen, sie verprügeln mich, sollte ich mich jemals wieder so dermaßen daneben benehmen.

»Gib mir Zeit, Nox.«

»Alle Zeit der Welt.« Leicht drücke ich ihre Hände und atme das erste Mal, seit ich hier bin durch.

»Ich weiß, dass irgendwo in dir drin noch mein bester Freund steckt. Aber ich brauche ein wenig Zeit, um das alles zu verarbeiten und dich wiederzufinden.«

Ich nicke nur, denn was soll ich darauf auch sagen?

»Okay, wir verschwinden nach drinnen.« Die Jungs sehen mich einen Moment lang ernst an, bevor die Mädels sich ihnen anschließen und Mana und ich allein sind.

Erschöpft lehne ich meine Stirn kurz gegen ihre. »Es tut mir so unfassbar leid.«

»Ich weiß.«

»Ich hoffe, wir kriegen das hin, Mana.«

»Das hoffe ich auch. Aber vielleicht sollten wir auch zu den anderen gehen. Emma hat irgendetwas davon gesagt, dass sie euch zu Pizza überreden möchte, falls wir uns nicht gegenseitig erschlagen.«

Sie nimmt wieder Abstand zu mir und schweren Herzens lasse ich ihre Hände los. Ich muss ihr Zeit geben.

»Pizza klingt gut. Vielleicht möchtest du mir dann von deiner neuen Mädchenfootballmannschaft erzählen?«

Mana lächelt mich so süß an, dass ich sie am liebsten küssen würde.

»Sehr gern.«

Als wäre mir eine Last von den Schultern genommen worden, folge ich ihr nun in mein Zuhause, von dem ich hoffe, dass es auch ein wenig ihres wird. Es wird schwer, jetzt so zu tun, als wäre alles völlig okay. Aber wenn ich Mana wiederhaben will, und das will ich unbedingt, dann werde ich diesen Abend zusammen mit Pizza, den Mädchen und vielen Schnulzen aushalten. Denn als wir das Wohnzimmer betreten, stöbert Emma gerade durch alle möglichen Kitschserien, die es so gibt.

Für Mana. Ich tu das für Mana. Mana, die mich bisher noch nicht kastriert hat und es sich jederzeit anders überlegen könnte, wenn ich auch nur einen Fehler mache.

Kapitel 37

Mana

Vor drei Wochen hat Lennox sich bei mir entschuldigt und wir haben den Abend zusammen mit unseren Freunden verbracht. Es war eigenartig, ihn nach all dem Theater wiederzusehen. Als Freunde. Nox hat sich seitdem so bemüht, mir alles Recht zu machen. Dabei war das nie das, was ich wollte. Alles, was ich wollte, war Respekt. Und ich wollte sehen, dass er wirklich dazu bereit ist, sich zu ändern. Das habe ich. Selbst wenn wir uns nicht gesehen haben, hat er mir jeden Tag geschrieben und wenn er mir nur erzählt hat, was er gerade macht oder mich gefragt hat, wie es mir geht. Manchmal frage ich mich, ob ich ihm vor seinem Haus zu schnell wieder erlaubt habe, Zeit mit mir zu verbringen. Aber genau darum sollte es nicht gehen. Niemand sollte dem anderen etwas erlauben müssen. Außerdem kommt dazu, dass ich ihn wirklich furchtbar vermisst habe, und erleichtert darüber war, ihn gesehen zu haben.

Mit der Zeit ist meine Wut verraucht und die alten Gefühle kamen wieder zum Vorschein. Jetzt vermisse ich ihn wieder. Ich kann es kaum erwarten, ihn endlich wiederzusehen und ihm das zu sagen. Allerdings erst nach dem Spiel.

Heute findet das Benefizspiel der Uni statt und die Stimmung hier auf dem Footballfeld ist ziemlich aufgeheizt. Ich stehe mit dem Helm in der Hand zwischen Nox' Mannschaft. Emma und die Mädels sind auch da, um mich anzufeuern. Allerdings kann ich nicht zu ihnen gehen, da Aiden gerade dabei ist, mir noch einmal die Spielzüge zu erklären und mich zu motivieren. Anfangs dachte ich, ich spiele heute mit meiner neuen Mannschaft. Aber da ich im Zuge des Projektes mit den Jungs trainiert habe, gehört dieses Spiel ebenfalls noch uns.

»Du schaffst das. Es ist nur ein Spiel, Mana. Wenn du es bis hierher geschafft hast, ist der Rest ein Kinderspiel.«

Ich bin ihm so dankbar für seine Worte, auch wenn ich vor lauter Nervosität kein Wort rausbekomme. Außerdem frage ich mich, wo Nox bleibt. Was ist, wenn nun er es sich anders überlegt hat und mich gar nicht mehr will? Oder wenn ihn doch wieder sein Vater erwischt und ihm erfolgreich klargemacht hat, dass er ein Waschlappen ist, wenn er heute mit uns spielt. Bevor meine Gedanken mich in die Knie zwingen, entsteht Unruhe um uns herum und ich versuche herauszufinden, was genau dafür verantwortlich ist. Oder wer. Lennox.

Er rennt in voller Montur und ebenfalls einen Helm in der Hand aufs Spielfeld, genau auf mich zu.

»Wir müssen reden!«

Oh. Okay. Ja, das müssen wir. »Jetzt?«

»Ja. Das kann nicht mehr warten.«

Die aufgeheizte Stimmung nimmt ungeahnte Ausmaße an und ich bin mir sicher, dass nun aller Augen auf uns gerichtet sind. Wie ich es hasse, erneut so unter Beobachtung zu stehen.

»Ich weiß, ich habe gesagt, dass ich dir Zeit lasse. Und ich hab es auch so gemeint, als ich es sagte. Aber ich finde, wir haben jetzt lange genug Zeit verschwendet.«

Er atmet schwer und ich bin mir nicht sicher, ob es daran liegt, dass er eben über das halbe Feld zu mir gerannt ist, oder weil er aufgeregt ist. Vielleicht auch eine Mischung aus beidem.

»Nein, lass mich ausreden. Bitte«, wirft er sofort ein, als ich den Mund aufmachen will.

»Ich will dich. Du willst mich. Ich hab Scheiße gebaut und ich werde ganz bestimmt noch öfter danebengreifen. Aber ...«

Er schnappt sich meine Hand und zieht mich mit einem Ruck an sich, was seine Mannschaft, unsere Freunde und die Zuschauer dazu bringt, laut zu pfeifen.

»... ich werde garantiert nie mehr so eine Scheiße abziehen wie damals im Hörsaal. Ich schwöre es, bei allem, was mir heilig ist. Ich hab den Kontakt zu meiner Familie endgültig abgebrochen und endlich meine Sachen da rausgeholt. Ich hab Professor Thompson alles erzählt, weil der leider keine sozialen Medien nutzt, und ich hole mir meinetwegen professionelle Hilfe, wenn du denkst, ich müsste das alles aufarbeiten. Aber was ich ganz sicher nicht tun werde, ist, mich von dir fernzuhalten. Nicht mehr. Ich kann das nicht mehr.«

Bei jedem einzelnen Wort schlägt mein Herz schneller und ich bin so erleichtert, dass er es endlich geschafft hat, sich gegen seinen Vater und seine Brüder zu behaupten. Das war meiner Meinung nach schon sehr lange fällig.

»Also nimmst du mich jetzt entweder offiziell wieder zurück und küsst mich, oder ich fange hier und jetzt auf der Stelle an zu weinen wie ein Baby. Ich schwöre es dir. Ich mache das und es wird mir bei Gott nicht zu blöd sein.«

Als er aufhört zu sprechen, scheinen alle um uns herum die Luft anzuhalten. Mit großer Wahrscheinlichkeit kann niemand unser Gespräch hören. Dafür sind sie zu weit weg. Aber ich bin mir sicher, dass alle genau beobachten, was nun als Nächstes passiert.

»Du würdest echt anfangen zu heulen?«

Er nickt ruckartig. »Ja, würde ich. Bitte, Mana. Du bringst mich noch um.«

»Ich will dich nicht umbringen.«

»Dann erlös mich endlich verdammt noch ...«

Ich küsse ihn. Ohne ein weiteres Wort zu verschwenden, lasse ich den Helm fallen, schlinge meine Arme um seinen Hals und drücke meinen Mund auf seinen. Er erstarrt eine Sekunde lang, dann löst er sich daraus, packt mich um die Mitte und hebt mich mit einer Hand hoch, den Helm immer noch in der anderen. Endlich.

Das Jubeln unserer Umgebung nehme ich nur am Rande wahr. Wichtig ist nur noch Nox, und dass er endlich wieder zu mir gehört. Ich bin nicht so naiv zu glauben, dass er für immer nur der nette Freund sein wird. Ganz sicher wird er wieder in alte Verhaltensmuster zurückfallen. Aber dann werde ich da sein und ihm da raushelfen. Ich werde ihn nie wieder so im Stich lassen wie damals, als seine Mom verschwunden ist.

»Na endlich.« Aiden unterbricht uns, indem er Nox auf die Schulter klopft und wir uns nur widerwillig voneinander lösen.

»Ich unterbreche euren Moment nur ungern, aber der Coach wartet. Wir müssen aufs Feld.«

Der Coach steht mit verschränkten Armen in unserer Nähe, jedoch mit einem liebevollen Schmunzeln im Gesicht. Allerdings wissen Nox und ich, warum wir hier sind. Weil wir dieses Spiel heute durchziehen wollen. Also lässt er mich runter und setzt mir meinen Helm auf, bevor er mich mitzieht zu Emma und den Cheerleadern. Das ganze Team hinter uns klatscht mit den Mädels ein und ich weiß, dass Colette und Lucy heute ebenfalls mit mir auf dem Spielfeld stehen werden, wie auch jede Menge andere Mädels.

Ein nervöses Kribbeln breitet sich in mir aus und ich folge Nox und den anderen wieder zurück aufs Spielfeld. Gehe im Kopf noch einmal alles durch, was sie mir gesagt haben, was ich bei meinem eigenen Training in der Frauen Footballmannschaft bereits gelernt habe und beobachte, wie die gegnerische Mannschaft ebenfalls auf uns zukommt, um uns zu begrüßen. Mit dem Kopf bin ich immer noch bei unserer

Versöhnung, dennoch muss ich mich jetzt konzentrieren und später noch einmal in Ruhe mit ihm sprechen. Denn ich weiß, dass der Bruch mit seiner Familie noch eine ganze Weile in ihm arbeiten wird. Aber dieses Mal bin ich da. Wir alle sind es.

Obwohl ich dieses Projekt anfangs so sehr verflucht habe, hat es mir so viel gegeben. Ich habe neue Freunde gefunden, endlich bemerkt, dass Football genau meins ist, und ich habe Nox wieder zurückbekommen. Meinen besten Freund. Meine große Liebe. Ich bin sicher, meine Familie wird ihn mit offenen Armen empfangen. So, wie sie es immer schon getan haben. Und auch Emma hat ihm bereits verziehen, wie mir ihr breites Lächeln, und ihre Bemühungen der letzten Wochen, mich davon zu überzeugen, ihm noch eine Chance zu geben, beweisen.

Das Leben ist schön – und ich könnte im Moment nicht glücklicher sein.

»Seid ihr bereit?«, bellt uns der Coach entgegen und wir alle nicken, obwohl ich mich alles andere als bereit fühle. Es ist noch ein weiter Weg für mich. Für uns. Aber ich muss da nicht allein durch. Das hilft mir sehr dabei, nicht in Panik zu verfallen. Aiden, der meine Unsicherheit zu bemerken scheint, kommt auf mich zu und legt seine Hände an meine Schultern.

»Du schaffst das. Renn einfach so schnell, wie du kannst.«

Nox schubst ihn zur Seite. »Du kriegst auch eine Belohnung, wenn das hier erst mal vorbei ist.«

Ich kann sein dreckiges Grinsen zwar durch den Helm nicht sehen, aber ich kann es hören. »Beinhaltet diese Belohnung nackte Haut und Schokoladenkuchen?«

Als er nickt, grinse ich breit und klopfe ihm leicht auf seinen Helm, als Aiden anfängt, schallend zu lachen.

»Na dann los. Lass uns das beste Spiel liefern, was es hier jemals gegeben hat. Und dann ab nach Hause. Wir haben einiges nachzuholen.«

»Du sagst es, Snickers.«

Ohne weitere Worte nehmen wir alle unsere Position ein und gehen grandios zugrunde. Aber das ist nicht wichtig. Wichtig ist nur, dass wir diese Erfahrung gemeinsam gemacht haben.

Danksagung

Ich halte es dieses Mal kurz und knapp, weil die Menschen, die immer an meiner Seite sind, schon wissen, wie viel mir ihre Unterstützung jeden Tag bedeutet.

Zuerst danke ich natürlich meinem Mann David und meinen Söhnen Noah und Elias. Ich weiß, dass ich alles andere als lieb und entspannt bin, während dieser Schreibphase. Dass ich zu schnell aus der Haut fahre und ihr halt mein Safe Place seid, an dem ich auch meine nicht so tollen Seiten rauslasse. Ohne dich, David, würde ich verhungern. Ohne euch, Kinder, würde das Beste in meinem Leben fehlen. In unserem Leben. Ich liebe euch und ich bin sehr dankbar, dass ihr mich immer fragt, was ich gerade schreibe. Wann es fertig ist. Dass ihr euch mit mir die Cover anseht und euch vehement dagegen wert, mich eure Namen in einem meiner erscheinenden Bücher zu nutzen.

Lisa, du bist wie üblich immer da, wenn ich Koffein brauche. Wenn ich Pausen brauche und es selbst nicht merke, lädst du mich ins Kino oder auf einen Drink ein. Du fragst immer, wie es läuft und liest all meine Bücher, obwohl du sonst nie liest. Und du gehst mit mir überall hin. Danke für deine Freundschaft all die Jahre über.

Jacki, mein Nerd, ich danke dir, dass du seit meinem ersten Buch schon an meiner Seite bist und mittlerweile auch mit mir den Weg als Autorin für unser gemeinsames Projekt gehst. Du liest meine Sachen immer vor allen anderen und findest immer alles toll, selbst wenn ich hart an mir zweifle. Dafür danke ich dir! Schade, dass du dich nicht selbst mit deiner Lektorats-Box an mich mitliefern konntest.

Kiwi, ich danke dir ebenfalls, dass du schon so lange an meiner Seite bist und mir den nötigen Tritt gibst, weil ich leider nicht gelenkig genug bin, um mir selbst in den Hintern zu treten, wenn ich wieder kurz davor bin, alles abzubrechen. Wo andere lieben, was ich schreibe, findest du prinzipiell erst einmal das große Aber und bringst mich, nach anfänglicher Maulerei meinerseits, dazu, darüber nachzudenken und es besser zu machen.

Carina FS noch mal, das Buch ist fertig und wäre auch ohne deine Unterstützung nicht fertig geworden. Zu wissen, dass Menschen an deiner Seite sind, die genau wissen, wie es in dieser Bubble zugeht und die dich dennoch ertragen, ist unbezahlbar. Danke, dass wir selbst aus jedem privaten Gespräch etwas für unsere Bücher abkupfern können und dass du da bist und wir uns gegenseitig unterstützen.

Elke, Piper digital und Diana, euch danke ich für die Chance und die Möglichkeit, mein Buch überhaupt erst schreiben zu dürfen. Vor allem dir, Elke, danke ich für dein ständig offenes Ohr. Du begleitest mich von Anfang an und ich hoffe, du bist noch ganz lange an meiner Seite.

Auch euch Lesern danke ich dafür, dass ihr meine Bücher lest.

Und meinen Bookaholiker-Mädels Sara, Anna und Karin danke ich dafür, dass sie meine Freunde geworden sind. Dass sie an mich glauben und mich bei allem unterstützen, worum ich sie bitte. Selbst wenn ich nicht darum bitte und sie selbst merken, wenn ich Hilfe brauche. Ihr seid saucool!